为国家保存文化

郑振铎抢救珍稀文献书信日记辑录

郑振铎
——著

陈福康 整理

中华书局

图书在版编目(CIP)数据

为国家保存文化:郑振铎抢救珍稀文献书信日记辑录/郑振铎
著;陈福康整理. —北京:中华书局,2016.4
ISBN 978-7-101-11301-3

Ⅰ.郑…　Ⅱ.①郑…②陈…　Ⅲ.郑振铎(1898~1958)-生平
事迹　Ⅳ.K825.6

中国版本图书馆 CIP 数据核字(2015)第 240401 号

书　　　名　为国家保存文化——郑振铎抢救珍稀文献书信日记辑录
著　　　者　郑振铎
整 理 者　陈福康
责任编辑　万　骏
出版发行　中华书局
　　　　　　(北京市丰台区太平桥西里38号　100073)
　　　　　　http://www.zhbc.com.cn
　　　　　　E-mail:zhbc@ zhbc.com.cn
印　　　刷　北京瑞古冠中印刷厂
版　　　次　2016 年 4 月北京第 1 版
　　　　　　2016 年 4 月北京第 1 次印刷
规　　　格　开本/880×1230 毫米　1/32
　　　　　　印张 14⅝　插页 4　字数 300 千字
印　　　数　1-4000 册
国际书号　ISBN 978-7-101-11301-3
定　　　价　48.00 元

抗战期间的郑振铎先生

上海，高邮路5弄25号，郑振铎1942至1945年在此居住。

　　一年后在友人的帮助下，搬至居尔典路（今湖南路）的一条偏僻的小巷（今高邮路5弄）内，住在小洋楼的二楼，有两间房，分作卧室和书房。一大片窗是朝南的，一大片窗是朝东的，推开窗口，满眼的绿色。我的书桌，放在南窗下面。有一天早上，房东同我说，到前面房子里去看看，望着这特高的围墙，我问道，这究竟是谁的住宅？房东道，我以为你已经知道了，这是周佛海的新居。

　　　　　　　　　　——郑振铎 《蛰居散记》

郑振铎手迹

整理者说明：

　　原件现藏国家图书馆，粘贴、装订成五大册，封面"木音"两字，为张寿镛手书。

张元济　　　　　　　张寿镛

何炳松　　　　　　　徐森玉

上海文献保存同志会部分成员

目录

报告

上海文献保存同志会工作报告书 / 299

此处收录"上海文献保存同志会"工作报告书9篇。"上海文献保存同志会"由郑振铎发起,成立于1940年的上海"孤岛",秘密抢救和保全了一大批珍贵古籍。

日记

求书日录 / 369

《求书日录》是郑振铎生前唯一一次以日记形式撰写的、披露他在抗战时期抢救民族珍贵文献的文字。此处收录的日记,起于1940年1月4日,迄于2月5日。并附录了后来收集到的残存的原始日记和访书日录。

抢救民族文献的珍贵文献

陈福康

一

郑振铎先生对中华民族文化事业作出过巨大的贡献。其中可歌可泣的一件大事，就是他在抗日战争最艰苦的年头挺身而出，发起并联合上海几位爱国老学者（张元济、张寿镛、何炳松等先生），与国民政府相关部门负责人（陈立夫、朱家骅先生）、中央图书馆（蒋复璁先生）及文献专家（徐森玉先生）等密切合作，在日本侵略劫火下秘密抢救和保全了一大批民族文献、珍贵古籍。这一"地下工作"本来人们所知不多，所幸在蒋复璁、张寿镛等先生分别精心呵护下，当年郑先生与张寿镛先生，郑先生与有关当局、中央图书馆之间的关于抢救图书的秘密往来的一批信函、报告、书目、账单等原始文件保存了下来（现正珍藏于海峡两岸的图书馆），而通过对这些原始文件的研读，可以使我们后人能比较详细地了解这一重大史实。毫无疑问，这些珍贵的书信、文件现在也已经成为我中华民族极其重要的历史文献了。

关于这批文献，此前已经整理公布过一些，主要发表在两本学术刊物上，和出版了两本书：

一、《馆史史料选辑·古籍收购与集藏》，台北"国立中央图书馆"编，发表于1983年该馆馆刊新十六卷第一期《五十周年馆庆特刊》。其中公布了郑先生起草的"上海文献保存同志会"的九份工作报告等。

二、《郑振铎先生书信集》，署刘哲民编，1988年上海古籍出版社影印出版，收有郑振铎致张寿镛二百六十九封信（按，数目未必准确）等。

三、《抢救祖国文献的珍贵记录——郑振铎先生书信集》，署刘哲民、陈政文编，1992年学林出版社出版，收有郑振铎致张寿镛二百七十封信（按，数目未必准确）等。

四、《郑振铎致蒋复璁信札》，沈津整理，连载发表于2001年北京《文献》杂志第三、四期和2002年第一期。收有郑振铎致蒋复璁三十八封信及电文。

既然此前已经有人整理发表过这些了，那么，现在为什么又要重新整理出版呢？这主要有两方面的原因：一、三十多年前台北"国立中央图书馆"的馆刊，一般大陆读者是看不到的；二十多年前出版的那两本书，也早已买不到了；十多年前的《文献》杂志，现在也不易寻找。而且，这些已公布的文献如果不汇编在一起，也不利于读者和研究者。二、更重要的原因，是上述这些公布的文本，主要是后三种，存在着大量的整理编辑的错讹，而一般读者甚至研究者都未必看得出来。长期以讹传讹，实在也是对不起郑先生等前辈的。借用刘哲民的话来说，简直令人"有不寒而栗之感"。为了说明这一点，这里不得不举出事实来。这样，持有这些书刊文本的读者和研究者，在使用时也可以提高警惕。

二

台北"国立中央图书馆"《五十周年馆庆特刊》公布的"上海文献保存同志会"九份工作报告，由于我们没有原件的复印件，无法重作校对，主要只是在阅读中发现和纠正了一些错别字。例如人名"鲍菉顾"，改正为"鲍菉饮"；"徐勃"，改正为"徐𤊩"；"吴兔麻"，改正为"吴兔床"。再如书名"南需文定"，改正为"南雷文定"；"钱氏水云集"，改正为"钟氏水云集"；"种氏四钟"，改正为"钟氏四种"；"天经或间"，改正为"天经或问"。等等。

其他三种文本则存在更多的问题。刘哲民，是可以写入现代出版史的人物（刘是建国前后上海出版公司负责人），他对出版郑先生书信做出的贡献应该肯定。然而非常遗憾的是，《郑振铎先生书信集》和《抢救祖国文献的珍贵记录——郑振铎先生书信集》这两本书中，在编辑、系年方面出现了很多的错误，而且，这些错误又全部被带进花山文艺出版社出版的《郑振铎全集》里去了，这对后世研究郑振铎产生了非常严重的误导作用。

《郑振铎先生书信集》乃影印线装本，三大册，启功先生题签，装帧朴素大方，郑先生手迹又很潇洒，令人喜爱。但书中错讹之多

003

实在令人遗憾!

这里先得讲讲该书最主要部分（即郑振铎致张寿镛信）的发现及发表经过。因为这本身对今后的研究者来说，就已是一件史料，而史实首先应该搞清楚。刘哲民在此书《编后》一开头写道：

> 1983年，在编《郑振铎书简》[1]将近完成的时候，陈福康同志过访，谈起他在北京图书馆借阅有关郑振铎资料的一段时间里，曾发现一盒显微胶卷，系郑先生写给张咏霓先生的信，总共有三百多页，因为没有阅读的设备，无法详其内容。我知道张咏霓先生是国内著名财政经济家、教育家。郑先生何以和他有这么多信，当时是很费猜想的。1985年，郑先生哲嗣尔康世讲来到上海，和他谈到这组胶卷的问题，尔康告诉我，他家里也藏有一卷，随即托人带了给我，我设法约略地阅读了一下，才知道这组胶卷是抗战时期，郑、张两先生为国家抢救版本古籍的通信，是一组不可多得的珍贵资料，因建议尔康设法向北京图书馆将原件复印一份。复印件寄到后，共有三百数十封，经过仔细阅读，才恍然大悟到：这些信正是郑先生在《求书日录》中提到的……

曾有不少朋友读了这段文字后感到殊不可解，便来问我：你本是为了研究郑先生而特地跑到北图查资料的，既然发现了这一胶

1　刘哲民编注，学林出版社，1984。

卷，为何连看也不看一下，不"详其内容"？说北图"没有阅读的设备"，岂非笑话？对此，我只能苦笑，因为我也对其所说感到莫名其妙。

这批书信我是1982年就在北图发现的，不仅当时就通读了胶卷，作了笔记，而且还看到过原件，还最早写文章作介绍并提议整理出版。1986年《文献》第四期上，就发表了拙文《记北京图书馆所藏郑振铎日记和文稿》（此文写成则在两年以前，而刘哲民编《郑振铎先生书信集》出版于1988年12月），其中便说："全部手稿中最值得珍视的，我认为当是被装钉成五大本、封面题为《木音》的郑振铎1940年初至1941年底致张咏霓的272封信。"我在文中介绍了张的生平和这批信的保存经过，最后说："笔者郑重呼吁，有关部门应将郑振铎的这批书信整理出版，这不仅具有重要的学术价值，而且也是爱国主义的文献，同时对于台湾回归祖国也能起一定作用。"（这一"呼吁"，当然我也对刘哲民说了，只是我当时人微言轻，没有能说动出版社予以影印的力量。）而拙著《郑振铎年谱》（1988年3月出版，开始撰写则在四五年前），就已将这两百多封信全部记入谱内。另外，刘文中说的郑尔康将胶卷"随即托人带了给我"，这个"人"正是我；而所谓"复印件寄到后"，其实也并非是"寄"，也正是由我从北京带到上海的；甚至连此书封面的题签，也是我受郑尔康之托去北京师范大学（我的母校）启功老师家请启先生题写的。

《郑振铎先生书信集》除了主要收有致张寿镛的信以外，还收了致赵景深、张元济、唐弢、夏鼐、顾廷龙、徐森玉、刘哲民、徐伯郊、梁思永、郭若愚等人的信。在郑先生致后面一大批人的信的整理中，也有很多的错误，但因为这些信大多与抗战时期抢救文献一事无关，所以这里只说致张寿镛信。

（一）失收

郑先生这批信的珍贵价值，不用多说；保存如此完好，也极为不易。因此，理应全部影印。可是，经我对照所作笔记，发现书中有四封郑先生的信被摒弃未收，不知何故。它们是：1940 年 3 月 23 日、3 月 24 日、3 月 29 日、4 月 16 日。这四封信的内容都很重要，拙著《郑振铎年谱》均有摘要，可参看。

（二）重收

书中第 190 页所收 1940 年 9 月 3 日一信，在第 167 页误作 8 月 3 日而重复收入。

书中第 122 页所收 1940 年 5 月 22 日一信，在第 205 页误作 9 月 22 日而重复收入。

（三）系时错误

郑先生这批信，原件都写明年月日三项，又保存完好，基本按先后顺序粘贴成册，所以本来不应该出现系时错误的。但不知为什么，编者仍会看错日期。上述重收者即是如此。另外还有：

书中第 273 页编为 1941 年 4 月 2 日一信，便是把 6 月看成了 4 月，实际应排在第 308 页 6 月 2 日一信之后（同日写有两封信）。我偶然对照原信照片，忽发现更为严重的错误是，郑先生在这封信的日期后面本写有"第二函"三字（这更证明是 6 月 2 日写的，因 4 月 2 日未见另有一函），但在影印本中竟然删去了原件中郑先生写的这样三个字。

书中第 368 页编为 1941 年 10 月 31 日一信，又把 5 日看成了 31 日。

还有书中第 15—17 页编为 1940 年 2 月 23 日一信，实际应是 3 月 23 日。郑振铎写的月份，似乎确实像个 "2" 字；但是，张咏霓将此信粘贴在 3 月 23 日一信之前（胶卷所拍顺序也是如此）。而 3 月 23 日一信，前无抬头（大概就是因为前无抬头，编者便以为此信前阙，最后索性就不收了），署名 "振铎" 之后有 "又启" 两字，因此这是补写的，前一信必亦为 3 月 23 日所写。只不过郑振铎将 "3" 误写作 "2"，或者 "3" 的最后一弯写得不够清楚而已。

（四）错简、漏印

书中第 97—98 页，有编为 1940 年 4 月 29 日一信。两页连读下来，如不注意，文字也是很 "通顺" 的，读者便极易上当。然而请再翻到第 170—171 页，看看 1940 年 8 月 8 日一信，就会发现第 170 页与第 97 页是一样的！经核对原件，其实是书中漏印了 4 月 29 日一信的前一页，并将 8 月 8 日的前一页重印了一次。

（五）附件错编

郑先生的原信中，常常附有书目、账目之类，这部书中大多也影印了。但附录常常印错了地方，因而影响了研究和参考价值。

书中第 4—5 页的《文献保存同志会办事细则》，是极重要的文献，今附于郑先生 1940 年 2 月 3 日信后，编者肯定自以为这样编排不会错，因郑先生此信写了 "办事细则已拟就"；但郑信中随后又写有 "现送菊老一阅，明后日即可送上，请先生阅定"，那么，起码还是应该附于 "明后日" 的信后的。其实，郑先生此时提到的《办事细则》还只是他起草的初稿，而现在保存下来的则是请他人刻写、用红色油墨印成的定本。因此，这份《办事细则》应该附于3月13日后面才对，因为此日郑先生信中写道："办事细则已印出，兹奉上一份存查。"

书中第100—102页的瞿氏《铁琴铜剑楼书目》，今附于1940年4月30日信后；实际应附于第48—49页的4月2日一信之后，因为此信最后正写着"瞿目附上"。（按，这份《铁琴铜剑楼书目》字迹潦草，胶卷更难看清，再说也不是郑振铎写的，本书就不附录了。）

书中第160—161页的《今后购书之目标》《今后经费分配计划》二文，今附于1940年7月25日信后；实际应附于第163页的7月29日信之后，因为这封信中正写着："兹拟就'今后购书之目标'及'今后经费分配计划'二纸，乞先生指正。"

书中第303—304页的十一种书目，今附于1941年5月27日"第二函"之后；实际应附于第301页的这一天的第一函之后，因为第一函中正写着："计共十一种，兹另开一'目'奉上备查"。

书中第112页所附书目，实际当附于第108页一信之后。

书中第143页所附书目，实际当附于第122页一信之后。

以上这些，书中都编排乱了，损失了附录的意义。

（六）重要附件失收

书中收入了书目、账目之类的附件，但却漏收了几件重要性有过之而无不及的文件。

例如，郑先生转给张寿镛看的张元济致郑振铎信二封、何炳松致张寿镛信一封，正是当年张（元济）、何二公与郑公一起抢救文献而写下的大量书信中仅存于世者，珍贵无比。如今失收，实在令人惋惜不已！

还有，当年诸公为存放书籍而向他人租房的有关文书等，也很有史料价值。未予影印收入，也实在可惜。

另外，原信粘贴、装钉成五册，封面有张寿镛亲笔手书"木音"二字，极有深意和纪念意义（我认为当是"木铎之音"之意，郑先生小名"木官"），也理应影印出来才是。

三

《抢救祖国文献的珍贵记录——郑振铎先生书信集》一书，基本上就是上述影印本《郑振铎先生书信集》的排印本（因此，这本书中有不少信实际与"抢救祖国文献"无关），只是另外新增了几封信。刘哲民在此书《前言》中，承认前一种影印书"在编辑工作方面却出了不少的讹误"，甚至还痛心地表示"每披阅到这部书信集的时候辄有不寒而栗之感"。然而，令人遗憾的是，虽然《郑振铎先生书信集》存在的错讹令人"不寒而栗"，但本书在编辑上却并未对上述讹误做彻底的修正，只在极少几处作了改正（如寄张元济信的错简及漏页），但同时因为是排印本，却又新增了不少排印过程中出现的问题和错误。一是错别字、错误标点甚多。二是信中添加了一些并非郑先生写的文字，却并不标明是编者所加。三是编者误系的年份大多连括号都不加，直接印在信尾，令读者还以为是郑先生自己写的年份。书中还有不少新增添的混乱。[1]

1　如该书第379—381页一信，前一影印书中错系为1951年，本书编排次序照旧，却在信尾及目录中改为1952年，但是仍然是系错了。（接下页）

上文指出的影印本中的很多错误，在此排印本中几乎全部照旧，所以这些就不用再写了。而由于是排印本，又排错了很多字，这里就只能略举几个例子：如书中几乎所有的"已"字全错排成"巳"；第43页书名"八叉集"误作"八乂集"（乂字还排成繁体，尤为可笑）；第79页书名"甲申朝事小记"误作"甲申朝市小记"；第81页人名"蔡子民"误作"蔡子民"；第82页书名《永乐大典》……'李'字一册"，误作"永乐太典"，对"'李'字一册"因看不懂而加上"（原信如此）"；第87页书名"石渠宝笈"误作"石渠宝籍"；第92页"不欲"误作"不願"；第95页"遍觅不获"误作"偏觅不获"；第97页书店名"文禄堂"误作"文錄堂"；第102页书名"建文朝野汇编"误作"建文朝野三编"；第107页"一木函"误作"一本函"；第112页人名"费子诒"误作"费子贻"；第145页书名"纂图互注荀子"误作"纂图互法荀子"；第171页书名"师友渊源录"误作"师友渊汲录"；第176页书名"琬琰录"，编者因不识"琰"字而空格；第176页书名"春秋属辞"，"属"字误作"寓"，"辞"字因不识而空格；第177页书名"陵川文集"，"陵"字因不识而空格；第177页书名"读史管见"误作"续史管见"；第187页"每苦时力不足"误作"每若时力不足"；第189页书名"艺苑卮言"误作"艺苑扈言"；第222页"分别部居"误作"分别部首"；第245页藏书楼名"宝礼堂"误作

　　（接上页）再如，本书第401—402页一信，前一书中系于1951年5月30号，未错；本书却莫名其妙地改为5月31日。

"宾礼堂";至于漏字、多字亦常有,如第 132 页漏了约二十个字,第 163 页则多了一行三十多字。

以上两本书中所收的郑先生致张寿镛的信,全部经我系时编入初版《郑振铎年谱》一书中了。如果这两本书在编辑时参考一下拙编年谱,这些错误也就不会存在了。对上述整理工作中的错误,我曾写过文章,1996 年发表在一位出版界老同志以个人资金出版、主编的《出版史研究》专刊上。可惜这本专刊印数很少,早已停刊,因此那篇拙文影响很小,甚至连很多在图书馆、研究所工作的专家都没有看到过。[1] 因此,我久已感到自己只能重写一次了。

四 [2]

我当年怀着十分激动的心情,拜读沈津整理的这些信札,对《文献》杂志和沈先生非常感激。因为早在看到这几期《文献》的

1　例如,我曾去台北"国家图书馆"访问,看到他们馆里的研究者写的有关郑振铎与当年中央图书馆关系的论文,都是引用刘哲民编订的郑先生书信,因此很多的年月日都是讲错的,而他们对曾经指误的拙文一无所知。再如,2011 年上海博物馆举办纪念徐森玉先生诞辰 130 周年学术研讨会,很多与会的领导、专家都引用了郑振铎致唐弢信中赞扬徐森玉为"国宝"的那句话,但都把信的时间说错了,因为他们用的是刘哲民的整理本,也根本不知道我曾指出过刘的错误。

2　对沈津先生整理的《郑振铎致蒋复璁信札》中的错误,我也曾写过文章,发表在 2002 年第七期《学术月刊》上,但好像注意的人也不多;而且,后来我还发现自己的考证中也有少许不对的地方,也必须勇于自我纠正。因此,这里就重写一次。

二十年前，我即已获悉在海峡彼岸还保存着这样一批珍贵书信。我曾撰文希望彼岸将它整理发表或影印出版，以便与保存在此岸的当年郑先生致张寿镛信相合璧。我还曾先后分别给在台湾的蒋复璁、陈立夫先生和"中央图书馆"写信，希望能得到复印件。但不是没有回信，便是不能满足我的愿望。（后来，由台湾学界友人的帮助，我才读到上述"中央图书馆"《五十周年馆庆特刊》。）所以，在《文献》上读到郑先生致蒋复璁信札时，真是欣喜不已！尤其是由此首次知道，在上海"孤岛"完全沦陷后的极端危险时刻，郑先生仍多次以暗语密信试图与蒋复璁联系，来继续为国家抢救民族文献。这种伟大的爱国精神，实在是太感动人了！

又过了十年，我终于经台湾友人帮助，在2011年6月乘赴台开会之际，去台北的"国图"（即原"中央图书馆"），在电脑上匆匆瞻读了这批信函。方知沈津整理的信其实还不够齐全。我在台湾的时候，正值分藏两岸的黄大痴的《富春山居图》在台北故宫合璧展出，热闹非凡；但可惜我没时间去看，而是紧张地一头扎进台北"国图"拜读郑振铎的这些信函。我心里想，什么时候北京国图珍藏的《木音》（郑振铎致张寿镛信）与台北"国图"珍藏的郑振铎致蒋复璁等人的信和报告也能合璧展出，那其意义绝对不在《富春山居图》合璧展之下！

我在台北"国图"看到他们对这批史料已作过初步的整理，有一个内部的影印本，但其中错误也不少。只因为他们还没有正式发表，我也没有影印件，所以我现在不能谈。在此，只对沈津整理中的一些问题述说一下。这些差错除了误注或失注外，主要是系时方面的失误。

（一）误注和失注

沈津在整理中加了一些注，这些注释有利于读者阅读。但同时，失注的地方也不少。更有误注，则必须指出。

（3-251）（按，此为方便读者查阅，前一数字是《文献》的期号，后一数字是该期杂志的页码，下同）中说："北平方面，已委托可靠之友人代为采购。"这里应该加注而失注，这"友人"是指赵万里先生。（见1940年5月14日信。）

（3-254）中说："乞便中示知应与邮局中何人接洽"，沈津加注："'何人'为唐弢。……郑振铎致蒋复璁的信件，多由唐弢设法避免检查，代为付邮。《书信集》第158页致张寿镛札（1940年7月21日）云：'寄发方法甚稳妥，可不经寻常收信人手，亦不经检查，故可放心。'"（3-256）按，此注大误！蒋复璁人在内地，跟唐弢也没有什么关系，怎么会"示知"郑先生应去找唐弢"接洽"呢？郑先生1940年7月21日致张寿镛信中说的"寄发方法甚稳妥"，也绝不是指唐弢，而是由郑先生托何炳松先生设法的，见4月3日郑振铎致张寿镛信中所说："蒋函已托何先生以妥慎方法寄去矣。"郑先生是在此整整一年后，才托唐弢代寄邮件的。1941年5月22日郑先生致唐弢信中问："不日将有'航快'数件内寄，不知先生能代为寄出否？如不便，则作罢可也。"1941年6月5日，又致唐弢信说："前烦兄寄出一函，至感！兹又附上一航快，恳即代为发出为祷！以后，每星期可有一二封奉上，不知方便否？如有不方便处，务恳不必客气，径行退还敝处可也。我辈知交，相知在心，决不愿使兄为难。如尚便利，则亦不客气的拜托一切了。"可见这完全是初次托唐弢办事，用了极恳切的商量的口气；若唐弢此时已经为郑先生代寄了一年了，郑先生绝不需要这样客气了。（见1940年5月21日信。）

（3-259）有沈津注："'公是目'、'杂货目'，应是暗语，当指善本书目。"按，郑振铎当时信中多次用"公是物"、"公是货"、"公是目"等暗语，并非泛指善本或善本书目，而是特指当时他们为国家抢救的刘晦之藏书。因宋人刘敞，人称公是先生，著有《公是集》，所以暗借其"刘"字。（见1940年8月14日信。）

（3-268）信末署名为"子裳、如茂、犀谛同启"，这里不加注，是不合适的。按，"子裳"即张寿镛的化名，从其号"咏霓"化出，古时"霓裳"两字常联用，清末王咏霓即字子裳；"如茂"即何炳松的化名，何先生字柏丞，"松""柏"与"如茂"有关；"犀谛"即郑先生的化名，郑先生号西谛，"犀"与"西"音同。（见1941年3月19日信。）

（1-220）信中在提到"北平赵君"（赵万里）代购书时说："乞秘之，至要！恐某君不欢也。"此处"某君"失注，应注明是北平图书馆馆长袁同礼。而在后面（1-222）信中又提到"平处采购事，原托赵君，所以允守秘密者，诚恐某君知之也"的地方，倒是加了注："某君，似指袁同礼。"这个注本应加在前面，且这个"似"字当删去。（见1941年7月25日信。）

（1-222）信中提到有"儒"而实"商"、"大可畏惧"的"潘某"，说"诚难问其居心，实存敲诈，大为不该"。"潘某"失注。

014

应注明即潘博山。参见（1-228）信即可知。按，郑先生宅心忠厚，这是唯一一次对潘博山的严厉批评；而其实，早在1938年郑先生抢救国宝《脉望馆抄校本古今杂剧》时，潘博山的表现就不佳，而郑先生还一直蒙在鼓里（请参见拙著《郑振铎传》第八章第三十九节）。为知人论世，这个注是应该加上的。（见1941年7月25日、1943年8月7日信。）

（1-224）信中提到"家中大小，自莛翁以下均极健吉，堪释远念"，失注。按，这些均为隐语。"家中大小"指上海"文献保存同志会"诸同仁。此前郑振铎他们为国家抢救收购了张芹伯莛园的藏书，这里"莛翁"乃借用其"张"字，指年龄最大的张元济先生。（见1942年1月26日信。）

（1-225）信中提到"近来有人计画开设旧书肆"，失注。按，"有人"即郑先生和耿济之先生，所开"旧书肆"名为"蕴华阁"，开张于1943年3月1日。"蕴华"寓爱国意，同时也是郑先生夫人高君箴的字。（见1944年4月16日信。）

（二）系时错误或失考

（1-218至220）一信，沈津注："此信未有日期，审其内容应在1941年。"按，系年不误，但"审其内容"本应得出更准确的时间。信中云："第一次点收之黄跋书一百又一种，已将目录附函奉上。"而1941年11月1日郑先生致张寿镛信中说："昨日傍晚，已将芹处黄跋书点清、接收。兹将写就之'书目'一份奉上"，"另一份当寄蔚"。可知此信必写于11月1日以后。又，此信乃"如茂、子裳、犀谛同启"，查11月8日郑先生致张寿镛信中说："兹拟就

015

致王云五君函及蔚君函各一，乞阅正。附上空白之航空笺二纸，乞便中即签字于上，以免再行将誊清稿送上。"可知此信初拟日期是1941年11月8日，正式签署寄出当在几天后。

（1—220）1月12日一信，沈津注："此札末有铅笔写'31'两字，疑此札为1942年所写。"按，此信必为1942年所写无"疑"。信中说："此间八日后，秩序安宁如常，秋毫无犯"云云，都夹杂着隐语。"八日"即指1941年12月8日日军发动太平洋战争，上海"孤岛"此日沦陷。"最为挂念不安""玉老及马、季二位"，是因为他们都在香港，而香港也同日遭受日军侵犯。又按，"马、季"中的顿号为整理者所加，误为两人，其实"马季"即马季明，港大教授，郑振铎以前在燕京大学工作时的同事，此时在香港也参与抢救古籍。"寄存各物，不知已否先期离港"，即郑先生最关心此前寄存香港的一百多箱珍贵图书是不是已经转移至美国。所谓"弟在此，已失业家居"，"弟仍寓愚园路庙弄四十四号郑宅"云云，其实此时郑先生已被迫离家，一人秘密隐居，但信上为防敌特侦探，不能暴露住处，只能将原家址作为联系地点，所以写明"转交"。这是郑先生在日寇占领上海全市后第一封冒险试图与重庆方面秘密联系的信，所以确认其系年是特别重要的。

（1—220至223）此信署1942年7月25日，此系年乃整理者误辨。1942年7月已在日寇的魔掌下，郑、张、何等先生还能如此大张旗鼓地收买古书？还能写寄文字如此明白、如此长的信？（再说，此时何先生也已离沪。）此信必是1941年7月25日所写。如信中说"顷赵君南来"，赵万里是1941年7月来上海的；信中又说"森公昨已南行"，徐森玉正是 1941 年 7 月 24 日晨离沪赴港的。（后来我在台湾目睹原件，此信果然署的是"30/7/25"。）

（1-224）1 月 26 日一信，沈津置于 1942 年 7 月 25 日（按，实际应是 1941 年，已见上述）信之后，又没注明年份，那么只能是 1943 年或更后的年份了。大误。此信只能是 1942 年 1 月 26 日所写。因其内容均是隐语，"前上一函"即指 1 月 12 日那封信，而其内容也是相同和相连接的。是郑先生未得到重庆方面回信，而再次冒险写信联系。

（1-224 至 225）3 月 20 日一信，沈津未能考出年份。我以前认为是 1943 年作，亦误，应是 1942 年。此信与上信内容有连续性。其中写道："圣翁已平安抵达，晤谈至欢！……圣翁精神尚甚健，身体亦如常，现正奔走彼之店务，拟加清理，然困难重重，存货又已被封存，前途亦不可乐观也。"这里必须加注而无注。"圣翁已平安抵达"，指徐森玉此时从重庆潜至上海。"现正奔走彼之店务，拟加清理"云云，是指徐森玉为保护北平图书馆寄存在上海的一批善本书而奔波。

（1-225）4 月 16 日一信，沈津未能注出年份。我以前认为是 1943 年作，现在我认为当是 1944 年作。因为此信中用暗语写道"李平记款已收到……弟因家用不继，去冬曾押去自藏之词曲一批，今春又售去明版书若干，方得勉强不至挨饿"云云，所谓"李平记"据我所知是 1943 年 7 月 18 日郑振铎致蒋复璁密信中第一次使用的可能是虚设的店铺名。（因此，此处必须加注。）另外，"今春又售去明版书若干"也是 1944 年的事。

（1-225 至 226）5 月 11 日一信，沈津未能注出年份。按，此信必是 1943 年作。因信中写道："圣叔已南归"，即指徐森玉 4 月 26 日从北平归来。可参见郑振铎日记。

（1-226）7 月 18 日一信，沈津未能注出年份。按，此信亦必是 1943 年作。因内容与上述一信有内在联系，又说"写此函时，距前函发出不过二月"。

（1-228 至 229）"录西谛先生八月二十日来函"，沈津未能注出年份。按，此函也必是 1943 年所作，因其中内容与上述 226 页 7 月 18 日一信有相同处。此信可能不是写给蒋复璁的，而是别一收信人抄录给蒋看的；也可能是写给蒋的，蒋将原信转给了别人（朱家骅）而录此备案。这有待以后根据原件再考。

（1-229 至 231）9 月 7 日一信，沈津注："此信未署年份，审其内容应在 1943 年。盖因徐鸿宝于 1940 年 12 月 17 日抵沪，而 1941 年 7 月 24 日离沪。徐 1943 年 5 月在沪。"按，此处沈津所考甚误，"徐鸿宝于 1940 年 12 月 17 日抵沪，而 1941 年 7 月 24 日离沪"，及"徐 1943 年 5 月在沪"云云，均与"9 月 7 日"一点儿关系都没有。而此信甚长，未用暗语，且明署"振铎"，是绝不可能写于沦陷期的 1943 年的。因此，我以前判断此信为 1941 年（上海沦陷前）所作，又因信中写到"与森老、斐云应孙君约，看《尚书正义》"，而赵万里（斐云）是 1941 年 7 月（见 7 月 11 日郑振铎致张寿镛信）在上海，徐森玉也是 7 月 24 日前在上海，因而我又曾认为"9 月 7 日"应是"7 月 9 日"之误。后来，我经仔细研究，才确认此信实作于 1947 年，9 月 7 日亦不误。我必须在此郑重承认自己以前的错误。因为此信中说的"应孙君约，看《尚书正义》"诸事，在郑先生1947年此日日记中均有记载。（由于台湾保存的郑振铎致蒋复璁信大多写于抗战时期，因此，我一开始也没有想到它会是写于战后。而现在重编这本书，这封信就不收了。）

（1-231）最后有两份电报抄稿，沈津注云："没有署日期。"按，这两份电报明明都用旧时之"以韵目代日"，因而其具体年月日均不难考定，但整理者失考，且排置颠倒。前一份电报，"养"即22日。该电报四人联署，中有"圣予"，即徐森玉，电文中又说"刘书亟待解决"，"拟刘书解决后，告一段落"，由此可考知必作于1941年1月22日。同月20日郑先生致张寿镛信云："似应以刘家书为一结束"，又云："兹拟就 ·电，何、徐二位均已同意，特奉上，请指正。"即此电文也。同天（22日）致张寿镛信又云："'电报'已发出，乞勿念！"

至于沈津编排在最后的一份电报，实际则是他编排在前面那份电报发出前一个月写的。"梗"即23日。此电由郑、张、何三位先生联署，电文中又说"森公已到，谈甚畅"，则自当作于1940年12月23日。郑先生同月20日致张寿镛信中说："森玉先生来，谈及渝方将开会，索购书之约略统计，兹以二日之力，略加计算。拟就一电，并已由何先生改过，兹附奉，请阅正。改正后，请签字交还，以便誊清拍发。"即此电无疑。

五

本书又收了郑先生的《求书日录》，这是郑先生本人生前唯一一次撰写的披露他在抗战时期抢救文献的文字，最早发表于上海《大公报》。1945年11月1日起，《大公报·文艺》开始连载郑先生抗战胜利后为《求书日录》写的序；11月13日起至12月24日，该报连载发表郑先生自己整理的1940年1月4日至2月4日的日记。此后便辍止了。1983年5月，《新文学史料》第二期上将这些重新发表；同年10月，三联书店出版的《西谛书话》第一次收入书中。现在本书即据1983年重新发表的版本收入，除了修改了几个明显的错字等以外，无暇与1945年《大公报》作校对。但对照我多年前年看《大公报》时作的笔记，发现1983年重新发表的版本将"陈立夫先生"改成了"教育部"（这反映了1980年代编辑的思想还不够解放），本书给予恢复。

郑先生在《求书日录》长序最后说："我这部《日录》只是从'日记'中摘录下来的。无关于'求书'的事的，便不录出。……从二十九年（按，即1940年）正月初到三十年十二月初——有事便记，无事不录。现在还不知道能写到多少。说不定自己觉得不必再写，或者读者们觉得不必再看下去了时，我便停止了写。"从这句话可知，《求书日录》是从他的"原始日记"中"摘录"出来的，抄写成专题日记时当然会有润饰。郑先生原来的发表计划是从1940年1月4日起，到1941年12月8日（日本发动太平洋战争，上海"孤岛"沦陷之日）止，整整两年。但他在开始发表时，似乎就已隐隐预感到此事可能有始无终。可惜不幸而言中，后来人们看到的《求书日录》仅仅只是他原计划发表的约二十四分之一而已！我从今存1943年5月26日及其他日子的日记中，还看到他写道

"写访书日录一则",可知这个专题日记名称他在抗战时期就已想好的（而且他后来还一度把《求书日录》与日记分开来写），还可能一直记到抗战胜利为止。

《求书日录》为什么在报上中止连载呢？1945年12月30日《大公报·文艺》上发表过一则《小启事》："郑先生的《求书日录》不再在本刊连载,编者除觉得对读者抱歉之外,深感本刊篇幅的狭窄。"同时还附了郑先生的一信："编者先生:《求书日录》,篇幅甚多,恐非数月所能刊毕,而《文艺》须数日始得一见,刊载此类长文,似不甚相宜。请于即日起,停止刊出。将来当移登他报或篇幅较多之月刊上。"信后署："郑振铎启,十二月廿六日。"可知是郑先生自己要求停刊,原因是发表得太慢了。我们看那篇长篇序文,该报是在十一天时间内分八次连载完的;而后面的日记,已发的比序文的字数要少,却花了四十二天。每次发的字数越来越少,时间隔得越来越长,所以郑先生想换个地方了。但时隔五个月,1946年6月1日《上海文化》月刊第五期上,才见发表了《求书日录一则》,并附有该刊《编者赘言》："郑振铎氏之《求书日录》,一部分载于复刊后之上海《大公报》副刊《文艺》。嗣因《文艺》篇幅减削,未能刊完。兹由郑氏就未刊稿中亲选一则专交本刊发表。单行本将由商务印书馆出版。"但后来这部大书亦未见商务印书馆出版。我估计,主要因为当时郑先生正奋不顾身地投入爱国政治斗争中,因而无暇继续整理了。但迄今连其原稿或原始日记也未发现,难道已散佚吗？这是一件令人万分遗憾的事！《上海文化》上所刊的一则《求书日录》,为紧接着《大公报·文艺》上已刊的最后一天日记的第二天1940年2月5日，可惜在《新文学史料》及三联书店的书中都失收了。本书当然补上了。

有线索证明，至少直到1961年，犹有《求书日录》的原始日记存世。郑先生逝世三周年之际，1961年11月号《北京文艺》总第八十五期上，发表了吴晓铃先生整理摘抄的《西谛日记钞》，其中有1940年四天日记，极值得注意！因为这四个日子，虽均已包括在已发表的《求书日录》中，但两者内容一比照，就可以惊喜地发现有很大的不同。尤是1月23日的内容，为《求书日录》所全无！这就证明了我估计的当年郑先生确实写过详尽的原始日记。今仅见这四天日记的摘抄（每一天日记中都有省略号），但这部1940年日记今已不知去向。吴先生已故，我们已无法了解他当时是从什么地方抄来这四天日记的，为什么只抄了这样四天？他抄录之后原件又去了哪里？我们现在只好祈祷这些极其珍贵的日记原件还保存在天壤之间，有朝一日能重见天日，公布出来！现在，本书只能将仅见的这四节原始日记的片段，附载于《求书日录》之后，愿读者珍视之！

我还曾在北图善本室里，查到过混杂在郑先生其他札记中的抗战时期写的访书日记散页，共五十一页，本书也收入了。另外，我还在北图善本室里查到过一函两册、裱装考究的郑先生手稿，上题："所见古书录／郑振铎藏／文化部赠"，其中有一则残稿，当也属于残存的《求书日录》，为9月8日所作（经我考证，当写于1943年）。当时我匆匆抄录，可惜因时间紧张未抄全，今只得以抄件收入本书，亦愿读者见谅而珍视之！

六

本书最后特地收录了郑先生致徐伯郊先生的十几封信。这些信并非写于抗日战争时期，而是写于新中国建国初期，那为什么也收入本书呢？乃是因为这些信也是与秘密抢救、保全我民族文献文物有关的。

当年，徐先生在香港工作和生活，郑先生作为新中国首任文物局局长，代表国家组织香港收购工作小组，委托和指导徐先生在香港秘密为国家收购古画、古书、古币等。在这一工作中，郑先生显然充分运用和发挥了抗日战争时期他从事上述"地下工作"的宝贵经验。可惜这一重要史实的原始密件、档案（如郑先生写给上级的报告、周总理等领导人的批复等等），都至今还没有披露。现在仅仅就只能见到郑先生致徐先生的这十几封信，因此更显得珍贵无比。

郑先生致徐先生的这十几封信，首次影印于上述《郑振铎先生书信集》一书，后又收于上述排印本《抢救祖国文献的珍贵记录——郑振铎先生书信集》，对此，编者刘哲民是有功的。但他将这些信系于1951年3月至1952年2月，则完全是胡搞！经我反复排比、研究，确认这些信的系年全部都被他搞错了，先后顺序也被他搞乱了。要将这些被弄得混乱不堪的一大串时间理出头绪，并说清纠正的理由，是不很容易的。

首先，其中有两封信可以比较容易地确定时间。影印本第

552—557 页（排印本第 390—392 页）一信（被编为十三封信中的第九封），刘哲民系于 1951 年 12 月 23 日，而信中提到"近印《中国印本书籍展览目录》一册"，该目录是 1952 年 10 月由北京图书馆印行的，因此可确知此信实作于 1952 年。又，影印本第 560—563 页（排印本第 393—394 页）一信（被编为第十一封），刘哲民系于 1951 年 12 月 30 日，而该信中也提到"前日托朱市长转上一函，并《中国印本书籍展览目录》一本"，可知此信亦必作于 1952 年。信中又提到"故宫的绘画馆，明年国庆节必可开幕"，而绘画馆是 1953 年 11 月 1 日正式开幕的。因此也可证此信必作于 1952 年。再说，郑先生 1951 年 10 月至 12 月都在国外访问，根本不可能写这样两封信。

以上述两信为坐标，再入手考察，根据各信透露的前后有连续性的内容，完全可以推断原编第八封信（被系于 1951 年 12 月 15 日）、原编第十封信（被系于 1951 年 12 月 26 日），都实际写于 1952 年。而原编第十二封信（被系于 1952 年 1 月 29 日）、原编第十三封信（被系于 1952 年 2 月 19 日），实际都写于 1953 年。这里，因担心被人指责为"繁琐考证"，具体的内在线索与根据就不再详写了。

原编在最前面的四封信（分别被系于 1951 年的 3 月 27 日、4 月 8 日、4 月 28 日、7 月 31 日），也可以确认绝非写于 1951 年。郑先生在 1955 年 5 月 28 日致张元济信（见影印本第 391、390 页，此信被排颠倒，但系年则不错）中说，收购陈澄中善本书一事"已进行了两年多，最近方才解决"；而这四封信中都提到了交涉此事。

如果这些信是 1951 年写的，那么到 1955 年岂不是已有四年多而不只有"两年多"了吗？而根据这四封信的内容和内在线索，可确认都是 1953 年所作，正与郑先生说的"两年多"相符。

原编为第五封，被系于 1951 年 8 月 25 日一信，提到"陈仁涛的古钱，如能在九十万港币左右成交，决当购下"。在全部十三封信中，只有这封信提到九十万可购，其他几封信则说九十万太贵，须推翻前议。可见此信实为较早所写的"前议"，自当作于 1952 年。另，此信中提到"去年的及今年的账目"，而徐伯郊是从 1951 年起开始为国家秘密收购文物的（参见原编第十一封信），由此亦可确认此信作于 1952 年。

原编第六封信（被系于 1951 年 8 月 29 日），因信中问到"陈君的宋元善本事"，可知绝非作于 1951 年。信中又说"古币款，已汇上"，而 1952 年 8 月 25 日（原编第五封，误系为 1951 年）刚刚说过收购古币的钱款因"本年度预算不多，需在明春才可付出"，可知也绝非作于 1952 年。根据信中提到明人尺牍一批已办妥等线索，可以确知此信写于 1953 年 8 月 29 日，为十三封信中最晚的一封。

最后仅剩下影印本第 547—549 页（排印本第 387—389 页）原编第七封信（被系于 1951 年 9 月 6 日）。其实，这三页格式不一，不像是一封信，应该并不是同一天所写；不过，最后一页写了 9 月 6 日。我认为这也不会是 1951 年写的，大致可推断为 1952 年所写。这样，除了这封以外，其余各信的时间都已确切无疑地考定，如释重负。兹列表说明如下：

原编者系时	考证后系时	调整后顺序
1951 年 3 月 27 日	1953 年 3 月 27 日	8
1951 年 4 月 8 日	1953 年 4 月 8 日	9
1951 年 4 月 28 日	1953 年 4 月 28 日	10
1951 年 7 月 31 日	1953 年 7 月 31 日	11
1951 年 8 月 25 日	1952 年 8 月 25 日	1
1951 年 8 月 29 日	1953 年 8 月 29 日	12
1951 年 9 月 6 日	1952？年 9 月 6 日	?
1951 年 12 月 15 日	1952 年 12 月 15 日	2
1951 年 12 月 23 日	1952 年 12 月 23 日	3
1951 年 12 月 26 日	1952 年 12 月 26 日	4
1951 年 12 月 30 日	1952 年 12 月 30 日	5
1952 年 1 月 29 日	1953 年 1 月 29 日	6
1952 年 2 月 19 日	1953 年 2 月 19 日	7

至于刘哲民编的排印本中的错字、漏字之类，这里就不再多写了。

诸位读者，您看了以上的文章后，我想非常严肃地问一句：面对错误如此之多的"整理工作"，我们应该怎么办？难道不应该重新整理出版吗？

七

这里还必须说明：对郑振铎先生有关抢救文献的珍贵文献的整理，尚有大量的工作要做，本书仅是对目前可用材料进行整理的阶段性成果。

首先，书信、手稿的整理工作，本来就是难度较高的非常有学问的一件事。除了文字辨识、句读以外，还时有一些难题。例如，常发现有"乱简"的现象，即一封信的某页与另封信的某页被置换了，搞混了，而且有时候读起来还文通字顺，难以发觉。这样的事在鲁迅书信的整理中都曾发生过（后经研究者仔细考辨才得以纠正）。还有一个突出困难的问题是系年系时。不仅古人写信大多不写时间，近人写信也往往不写年份月份，如果没有信封邮戳可作参考，那就必须由整理者来考证了。所以，最好是由几个研究者一起来研究、讨论，以尽可能避免差错。我对台湾有关人士所整理的已发表或待发表的郑振铎书信、报告也不很放心，因此希望最好还要影印出版。我们这次的整理工作中，也可能有错误，欢迎读者指正。

其次，有关这些珍贵文献目前还远没有全部发掘出来。例如上文已指出，沈津先生当年初步整理的信件还远非齐全。因为我在台北短暂访读时，除了发现他披露的郑先生致蒋先生的信札尚有重大遗漏外，更在台北"国图"电脑上看到了郑先生致徐森玉先生、徐先生致蒋先生、蒋先生致教育部等等有关抢救图籍的书信、文件；而且，我还了解到现在可以在台北"国图"电脑上看的，也尚非馆里所藏有关材料的全部。同时我还想，在台湾的教育行政机构、庚款委员会等单位，会不会还保存有关档案呢？我认为在台湾还有着一个可以继续发掘的宝库。同样的，在大陆应该也还有继续发掘的余地。如近时我看到国家图书馆工作人员发表的文章中，透露了国图还收藏着一些当年郑先生抢救图书的有关票据、账单等（具体情况我还不大了解）。那么，这些票据、账单等，也最好整理影印出来，可以和今存的信件结合起来比照研究。

再有，本书所收的"上海文献保存同志会"的工作报告、郑振铎致蒋复璁的信等，还没有条件根据原件再作校勘;《求书日录》也还没有根据《大公报》初刊再作校勘。目前我们尽力只做到这一步，希望将来所有的文献、档案都公开时，我们再来做更好的整理本。

最后再说明一下，本书在整理中，除了一般的繁体字简化和异体字、标点符号规范化以外，尊重郑先生的书写习惯。对人名、书名的异写，一般不予改动。凡属我们认为须添补的文字用〔 〕表示，凡属我们认为须改正的地方在原字后用【 】表示，以与郑先生自己用的括号（ ）相区别。

书　信

木音

致张寿镛（咏霓）

1940 年 1 月 10 日

咏霓先生：

久未见，至以为念！前途有二电来，敬抄奉，阅后付丙可也。顷写《劫中得书记》一文，附奉一册，敬请指正。专此，匆候

著祺

振铎拜上

29/1/10[1]

附　朱家骅、陈立夫来电抄件

何张夏郑先生均鉴：歌电敬悉，关心文献无任钦佩。现正遵嘱筹商进行，谨此奉覆。弟朱家骅叩

1　编者按：29/1/10，即民国二十九年一月十日。下同。

张何夏郑六先生大鉴：歌电奉悉，诸先生关心文献，创议在沪组织购书委员会，从事搜访遗佚、保存文献，以免落入敌手，流出海外，语重心长，钦佩无既！惟值此抗战时期，筹集巨款，深感不易，而汇划至沪尤属困难。如由沪上热心文化有力人士共同发起一会，筹募款项，先行搜访，以协助政府目前力所不及，将来当由中央偿还本利，收归国有，未识尊见以为如何？谨此奉覆，伫候明教。弟朱家骅、陈立夫同叩

1940年2月3日

咏霓先生：

前函拜悉。蒋慰堂先生已有来信，说款已嘱拨，惟尚未到。但阴历年内必须付出各书店清人集款三千余元，玉海堂书款一万七千元，又零星书款二三千元，铁琴铜剑楼款五千元。何先生及某意，拟向暨大先行借款二三万元应付，俟渝款拨来后，即行归还。是否可行，乞即示知，以便照办。清人集细目，明后日可奉上，乞鉴定；又办事细则[1]已拟就，现送菊老一阅，明后日即可送上，请先生阅定。专此，顺颂

公祺

振铎拜上

29/2/3

1　整理者注："办事细则"正式文本见1940年3月13日信附件。

1940年2月4日

咏霓先生：

昨奉上一函，想已收到。盼覆。[1]（覆函请送愚园路［近赫德路］庙弄四十四号敝寓。）如同意由暨大垫款，则若干款项于明日即须付出也。兹奉上"办事细则"一份，乞裁酌，并请签注意见。如同意，盼署名纸后。菊老如阅过，来信云：办事规例十条已读过，甚周密。命名只对内不对外，自无可无不可也。弟前声明不与于办事之列，故未能遵命署名于上。传新书店送来《王震泽集》（索价百元），《古越书》（索价六十元）。菊老意，《古越书》系辑合之本，可不购。不知尊见如何？乞示。兹将该二书首数册奉上。请鉴定。清人集目录并奉上。菊老意：（一）全集零种，（二）诗文选抄均可缓购，某极同意。惟谓：（三）铅印本，（四）洪杨乱后人之著述，（五）非初印，（六）非极著名之诗集均可从缓，则敝意略有不同。盖铅印本不能再印，及今不收，后来搜集更难；洪杨乱后人之著述，有关近代史料，且其板经此劫后，存者极少；又如每书必择初印本，则失去者必多。诗集似可不必大量收藏，然不著名人之诗，亦每每有用。好在价目不大，不妨广收。敝见如此，尚乞指示。专此，顺候

公祺

振铎上

29/2/4

1　编者按：着重号为郑振铎先生在信中所加，下同。

1940 年 2 月 6 日

咏霓先生：

昨已与铁琴铜剑楼瞿凤起君详谈过，经过容面述。《王震泽集》已以九十元购下。玉海堂书昨付定洋三千元。潘博山先生云：邓氏群碧楼书已由孙伯渊与平贾合购，价约四万五千至五万元。（因小费甚多。）其望甚奢。闻欲售十万元左右。当缓缓图之。（抄校本在二百种以上，实为大观。）《兴化县志》（万历刊本）昨已送还，立为平贾所夺，殊可痛心！兹奉上传新送来书六种，其中嘉靖黑口本《袖珍方》，极佳，如去书牌，可冒充元刊。徐贾云：最低价一百六十元，今午或明晨须解决。乞速示知可购否？以便付款。《本草乘雅》惜不全，然实亦罕见书也。敝意《袖珍方》不可放手，不知先生以为如何？专此，顺颂

著祺

振铎上

29/2/6

"清人集"首册，明晨可奉上。

1940 年 2 月 13 日

咏霓先生：

兹奉上中国书店交来之清人集头本三包，乞审定去取。大部分皆先生所选定者，一部分为某意可留者。其余各肆之书，当分

批送上，以免混淆不清。又张葱玉处之抄校本及《史钺》等头本，如已阅毕，乞即交来手带下为荷！朱先生亦有电致何先生，所言与致先生电同。特以奉闻。办事处颇急于成立，不知法租界有房子可找否？乞便中介绍一二处；单幢房及公寓三间者均可。专此，顺颂

公祺

振铎上

29/2/13

1940年2月16日

咏霓先生：

示悉。各书均已收到不误，勿念！关于价格及取舍，已悉遵来示办理矣。《金石例》及《诗谱》二书，张君如不欲减售，是否不购，乞示。慰堂先生有信来，亦主多购清人集及近代史料。好在此种书所费无多，似不妨尽量多购。不知尊意如何？《史钺》似可不购，惟《六朝人集》甚罕见，且可与在北平所购之嘉靖本《唐百家诗》相配，故甚欲留之。（《唐百家诗》系托赵万里先生购下。）嘉靖本书，每本原不过十元左右；惟近来书价，比较昂贵；普通之书或不及十元一本；罕见者便大为不同。似不必拘泥此价也。且我辈目的在得书；稍纵即逝，"好书"仍将北去，似与初衷相背。万历版《兴化县志》前已失之（我辈一放手，立为平贾夺去），前车可鉴。不能不慎重办理。徐积余先生现仍藏有批校本书数十箱，正在设法商购。（此事甚秘，恐为

平贾所知。）徐先生似不能不出让，故须立与之接洽。已托中国书店郭君办此事。俟有消息，当即奉告。现在得书不多，事务清闲，办事处原无需要。惟将来点查书籍，装箱，写目，均非专人，且非专室办理不可。暨大方面职员，未必可靠。此事以慎密为主，故不能假手彼辈。曾与何先生细商。何先生主张为办事慎妥起见，似必须有一大间办事处与一二办事人员也。关于人员方面，原拟借用商务中人，惟商务方面不赞成。不知先生有可靠之人员可调用否？乞便中示知。公家款项，自以节省为上策。惟为办事的慎重与便利计，似亦不能过于节省也。兹又奉上来青阁及文汇书店送来清人集之首本二包，乞鉴定。前送上中国书店之清人集三包，如已阅毕，乞即交下为荷。专此，

顺颂

著祺

振铎拜上

29/2/16

1940年2月23日

咏霓先生：

兹着人取回前交阅之清人集，请即交其带下为荷！传新书店之清人集，多而且杂，费了数日之力，已清理就绪。兹奉上，乞鉴定。又树人书店送来《仁宗大事档案》，索三百元（二十册），又《海左地图》（二十幅）索一百元；兹将菊生先生来示奉上，请参酌办理。敝意《大事档案》并非无用之史料，还以二百，虽似昂，而

008

实则在望其能有"好书"续来也。此人专走常熟一带，常有好抄本书携沪，均为平贾所得。故此次拟以高价购之，俾其后所得书不致"漏失"。不知高见以为如何？乞示。图章俟何先生将款分存各银行毕，即奉还。专此，顺颂

著安

振铎拜上
29/2/23

附一　1940年2月22日（张元济致郑振铎）

　　手示谨悉。《册府元龟》，非细校不能言其优劣。尊意拟不购，可即作罢。《左海舆图》，虽高丽已亡，留之亦可作一纪念。鄙见每幅壹元，想已足价。至《仁宗大事档案》，不过专纪丧仪，无关他事。尊意还价贰百元，未免太贵。弟意可不购，即购，至多亦不过两三元一册耳。（书太无用，鄙见仍请勿收为是。各书藉便缴上。）群碧楼书，甚愿一看。与博山约期后，祈见示。复上

振铎吾兄台鉴

弟张元济顿首
29/2/22

　　潘氏书目已代索，但不知能否得到。又，《也是园元明杂剧》《敬德不伏老》列入地字类，《绯衣梦》《题桥记》《僧尼共

犯》《苦海回头》均列元字，未知在何[1]

附二　1940 年 2 月 24 日（何炳松致张寿镛）

咏老：

　　书款（廿六万五千元）已托新华如数收到。当再分存中央三万，浙江兴业五万，上海五万，余存新华。尊章分存时用过三次。又，偿还本校垫款一万二千时用过一次，共用过四次。书款仅用过一万二千（即归还本校垫款）。因诸费手续，故至今日方能将尊章奉缴，乞宥。又，本校垫款应请吾公会同盖章，兹亦从权办理，并乞恕其冒昧。专此，敬叩
道安！

后学何柏丞叩

29/2/24

1940 年 2 月 25 日

咏霓先生：

　　兹由何先生交来图章一颗，特请郭先生面奉。郭先生事，已谈妥。关于报酬方面，请先生与之面洽。玉海堂款尚余一万四未付。俟何先生开出支票后，当再请先生盖章，以便付款提书。顷得赵万里先生来函，天津李木斋书，已以四十万元售与伪方（北平），此

　　1　整理者注：以后文字，胶卷未拍清。

大可伤心事也！附闻。下星期内，何日有暇，乞示；拟在敝宅茶叙。专此，匆颂

近祺

振铎上
29/2/25

又，拟托嘉业堂施先生刻书约四册，不知能代为介绍接洽否？

1940年2月26日

咏霓先生：

顷由中国书店送来书数种；《初白庵诗评》等三种，拟自购；我搜藏"诗文评"已有十数年，故颇想留下《初白庵》等书。余数种，兹奉上，乞鉴定。价格若干并请批示。《唐六典》（残）似为"四库底本"，《敬业堂集》价尚合理，批注亦费力甚多；《孟子丛说》虽残而极佳，似均可留。昨有陈仲鱼细批《郡斋读书志》一书，为平贾所夺，殊不快。（书绝佳。）已设法向之转索。如得到，当即送上请鉴阅。又，玉海堂书尚有余款一万四千元未付（已付定洋三千元），兹由何先生开支票一纸；兹奉上，请先生加盖一章即付下，以便明午会同潘博山先生交款取书。专此，顺颂

著祺

振铎拜上
29/2/26

郭先生事，想可决定；已与何先生谈及，亦甚赞同。觉园三楼借用事，慰堂已由【有】覆电来，云：已转电香港叶先生转借矣。

1940 年 3 月 1 日

咏霓先生：

前日送下各书，均已收到无误，乞勿念！清人集俟全书送齐后，当将先生所选者另行取出奉上。玉海堂刘氏书款已于前日交去，当即将书取来，计共二十二包；现暂存敝处，俟办事处成立后，即移庋。下星期内可约期至敝寓茶叙并看各书；本星期，因凤举先生有事，不能来也。群碧楼书，已约好菊老，于本星期日至孙贾处阅定。详情当续告。兹奉上《辛斋存稿》一部，似甚佳，乞酌定。赵万里先生拟代购元刻《乐府诗集》一部，兹将赵函及菊老函，附奉，乞酌覆。敝意此类书似不应任出【其】流出国外也。天津李木斋书已全部为伪方所得，为之一叹！惜无法救之矣！中国书店金君送来书目一册，内有元刊本四种，明刊数十种，最低价六千元（原索八千；连坊贾、中人佣钱在内），似较购之书肆者为廉。可否购下，乞示！平贾辈又将南下一批。书价日贵，而我们购书者，往往出价不及彼辈，好书仍将不免漏去，不胜焦急之至！宋本《石林诗话》为光华附近某西书肆之物，索价三千，竟已登《字林报》求售，欲售美金二百元。闻先生已阅过。昨日我亦阅过。确是好书。菊老亦阅过，还以五百元，彼不肯售。如为敌方或美国人所得，未免可惜！能设法一救否？闻彼尚有《直讲李先生集》（李觏）

亦为宋版。觏集仅有元版，如发见宋版，大是奇事也。慰堂先生一电附奉，请一阅。专此，匆候

著祺

振铎拜上

29/3/1

1940 年 3 月 5 日

咏霓先生：

兹送上来青阁书四种，文汇书局书七种，皆先生所选定者。如有不合者，乞退还，以便转退各肆。尚有他书，俟送来后再奉上。许文肃及曾惠敏二集，先生如不欲留，敝处亦欲购之。上星期日（三日）下午，曾偕同菊老至孙贾处阅群碧楼书；俟菊老将"书目"圈定后，当再奉上请先生鉴定也。专此，顺候

著安

振铎上

29/3/5

又上次奉上之"书目"一册，如已阅毕，乞见还，以便再与何张二先生一阅。

《紫石泉山房文集》	五本	十元
《曾惠敏公集》	八本	五元
《研六室文钞》	四本	十二元

《许文肃公遗稿》　　　　十本　　　十五元

以上四种　来青阁

共四十二元　八折　实三十三元六角

《太乙丹集》　　　　　六册　　　二十元

《壮悔堂集》　　　　　六册　　　二元五角

《古微堂集》　　　　　六册　　　二元

《逊学斋集》　　　　　十二册　　七元

《存研楼集》　　　　　八册　　　六元

《笃素堂集》　　　　　二十册　　十五元

《好云楼集》　　　　　八册　　　十二元

以上文汇，共码洋六十四元五角　七折　共实洋四十五元一角五分

1940 年 3 月 6 日

咏霓先生：

昨示奉悉。郭先生可请其于明后日起，先到敝处办公，如何？因许多书均暂存敝处也。法宝处房间最好能商借二间，一作临时书库，一作办公室，似比较可以谨慎些。中国书店昨又送来张氏适园（葱玉）书一批，亦皆为松江韩家旧藏者，虽非上乘，但亦有可留者；已暂于书目作符记。请先生鉴定后赐覆。敝意《阴符经》等数种，确为崇祯抄本，甚佳，似可留也。专此，匆候

公祺

振铎上

29/3/6

1940 年 3 月 7 日

咏霓先生：

兹附奉"群碧目"三册，又孙贾新抄书目一册，乞选定。敝意所欲购者已在书目上作符记（○或○○）。菊老亦有意见，兹并附上。敝意《国朝典故》似可先取来细阅；果与刻本不同，则似不妨购之也。其他普通书，亦请先生选定。俟选定后，当托潘博山先生与孙贾议价也。（所选一百余种。）其他尚有善本若干，则为叶葵初、潘博山二位所已选去，故未加符记。最近拟寄平二千元（交赵万里先生；可径寄支票给他。因他有友人来沪，可将伪钞给他，而将此支票至沪取款也），何先生已开支票，请加盖图章。又明后日拟先付中国书店六千元书之定洋二千元，俟办事处借定后，再持余款取全书来。明晨见到何先生时，当再请其开支票一张，请先生盖章也。细估此批书价六千元，确不为昂；其中善本、罕见本，盖不止一百种以上也。（细阅后，尚可发现一部分。）专此，顺请

公祺

振铎上

29/3/7

1940 年 3 月 9 日

咏霓先生：

兹奉上《查氏文钞》等四种，并菊老函一，乞酌定，示知。敝意《杨文敏集》及《春秋属辞》均佳，惜价较昂耳。《查氏文钞》亦可购，价四十元，未免离奇。《玉笥集》则拟退还；以中国书店经手

之六千元某氏书中，亦有此书也。此数书皆平贾王淳馥得之沪上而转售者，故价均高。下星期内，盼能一聚。俟约定一日后，即通知先生。六千元之书，拟先付定洋二千元，已由何先生开支票；乞加盖图章，俟办事处房间借妥后，即可付余款取书来清理。专此，顺候

公祺

振铎上

29/3/9

1940 年 3 月 13 日

咏霓先生：

兹奉上《留书日札》样本二册（共十二册，极罕见，要价二百六十元，可还一百六十元），翟云升稿本《隶样》二册（共十六册，价四百元，似太贵），《画家姓氏录》二册（共十六册，价八十元）；前一种为传新书局送来者；后二种为中国书店送来者。顷过传新，知彼在一二日内可得法院拍卖会一批，共一百二十箱，内丛书甚多，据云：拟售三千余元。约计每箱不过三十余元耳。即全为"局刻"，亦不贵也。且"丛书"中亦有甚贵重者。敝意似可以三千至三千三四百元之价全部购下，即清人集，亦可退还若干，以此中已有不少也。箱子装书可用，故颇以为"廉"。兹将"书目"奉上。不知尊见如何？盼能于明日得覆，且将"书目"赐还。以彼明日要回音也。群碧楼书，重要者在抄校本；据潘博山云：彼等要价在五万元以上。（所选者约一百余种。）今午与孙贾等接洽过，彼云：只要售出本钱，尽可多选些，普通书亦可包括在内。善本书不肯批价，以所批之价太离

奇，且不欲拆售也。兹将"普通"书价目单附上，乞酌定。现所最急者为办事处，以许多书须送去堆藏或装箱也。不知法宝馆方面已接洽定局否？至念，至念！！本星期四下午四时左右拟约先生及何、张诸位在敝宅茶叙。先生如无他事，务恳一到，因有许多事要细谈也。"办事细则"已印出，兹奉上一份存查。菊老一信并附上。专此，匆候公祺

振铎上

29/3/13

附　文献保存同志会办事细则 [1]

　　一、本会设办事处一所，以干事一人、书记一人至二人组织之，办理图书点查、登记、编目，及装藏事宜。

　　二、凡购买图书每部价格在五十元以上者，须委员全体签字通过。

　　三、各委员购买图书，无论价格多少，均须先行开单知照办事处查核登记，以避重复，再由办事处以书面通知各委员征求同意。

　　四、办事处应每二星期将所购各项图书开列清单及价格送交各委员存查。

　　五、重要之宋元版及抄校本图书在决定购买之前，应分别

1　整理者注：原件失去最后一页，仅存前七条；今据台北原"中央图书馆"保存原件补录最后三条。

延请或送请各委员鉴定。

　　六、各委员需要抽查或检阅某项图书时，办事处应于详细登簿后送去，收回时并应即行销号。

　　七、购得之重要图书，于登记、点查、编目后，即应由委员一人或二人负责督同办事处人员装箱封存，寄藏于慎密保管库房中，每箱均应详列图书清单一纸。

　　八、付款时应由委员二人以上负责签字，以货款互交为原则，但为方便计，经委员二人以上之同意，且有相当负责或保证人，得先拨款项，惟不得超过一万元。

　　九、办事处及代购图书者，应每月结帐一次，送交各委员审阅，并将购进情形及编定书目作成简单报告，寄往内地备查。

　　十、本细则有未尽事宜，得随时由本会修正之。

1940 年 3 月 15 日

咏霓先生：

　　昨谈至畅！中国书店金君经手之杭州胡氏书，共价六千元，前已开支票二千元（此款尚未取去，当连余款一同交去，取书），兹又由何先生开支票二张，一为三千六百元，一为四百元。（此四百元据金君言，系他们之佣金；如此批书佣金仅为四百元，倒还在情理中。）又办事处零购零用款拟先支五十元，亦已由何先生开出支票一张。兹将支票三张一并奉上，请加盖印章交下为感！今晨树仁书店送来《四库全书》（十册）一部，《皇明名臣碑铭》（八册）一部，均甚佳。索价共一千元，乞鉴定。《四库》本《水经注》已有

"珍本"本，或可不购。（然甚佳！)《皇明名臣碑铭》，则似应购之也。先生以为如何？（抄极旧。）专此，顺颂

公祺

振铎上

29/3/15

附　1940 年 3 月 16 日（孙祖基致张寿镛）

大舅父大人尊前：

顷王绍贤兄嘱转呈天津盐业银行复函一件，敬乞察收。敬叩

福安

甥祖基敬上

29/3/16

1940 年 3 月 17 日

咏霓先生：

前送上二书（计四册），想均已收到，鉴定后乞示覆。（支票三张已收到无误。）杭州胡氏书款六千元（计支票三张，一为二千元，一为三千六百元，一为四百元）已交郭晴湖先生带去；今昨二日，均在该宅查点各书；其中佳本甚多，出于意外。俟全部送齐后，当将佳本逐批送上请鉴阅也。邓氏书，菊老不肯出一主张，兹将来信二封附上，阅后，乞即掷还。究竟应如何办法，乞示！或精选一批上品，次等者皆不要，嘱其逐书开价再商亦可。兹奉上秘书二种，一为季沧苇

所辑《全唐诗》誊清本，凡一百五十八册（原缺二册），即群碧楼中物，昨向其索取一阅者。（共送来十册。）一为季辑《唐诗》之底本，系刘晦之物，托李紫东索来一阅者。（共送来一函，五册。）前书孙贾欲索万金；后书，李贾传达刘晦之意，欲索八千金，后书今晨送至菊老府上看过。菊老意，至多不过值三千金。（如系完全无缺者。）此价恐刘氏决不会出售也。不过匆匆一阅，聊快眼福耳。二书相较，底本较誊清本高出多矣！故誊清本决可不收。底本如能削价，敝意大可取也。以其中剪贴之本，佳品不少，实集唐人集之大成！可作为重辑全唐诗之基础。（我本有此愿。）如有力，敝处颇欲自留之也。惜书生本色，百无所有，徒有望梅止渴耳。其中，如王勃诗，即全采取嘉靖本《五十唐人小集》（想此五十集必全收在内），此"小集"，江建霞曾翻刻过，目之为南宋书棚本。实则，嘉靖本耳。菊老云：尚有宋刻本在内。此书不仅足发清廷窃取李氏书之覆，且实足以匡正《全唐诗》妄改妄删之谬不鲜也。今日数次翻阅，爱不忍释。想先生亦必深喜之也。惜明晨二贾即来取书。阅后，乞即交来手带下为感！专此，顺候公祺

振铎上

29/3/17

附　1940 年 3 月 17 日（钱秉权致张寿镛）

咏公大德道席：

　　敬肃者，关于借屋一事，絧老及范成师意见未能一致，昨

已面陈。今日星期，彼二公又皆因事外出，未得相见，势将待诸明日方可商决。恐劳锦注，仅以奉闻。容待有所决定，当再走谒。牵延之咎，非可得已，尚乞曲谅为祷。谨叩

崇安

棘人钱秉权稽颡

三月十七日下午五时

1940年3月20日

咏霓先生：

整理杭州胡氏书（即以六千元购得者）尚未毕。无意中发现"善本"不少。虽其中《仁斋直旨》为明版，非元刊，又其他元版三种，均不甚佳（尚初印）。然中多丁丙、许增校本，且有数种稿本，极难得。其他清人集等均极初印。俟逐步清理后，当分批送上请监阅。（此批书仔细估计，价在万金以上，如零购，尚不止此数。）现在会同郭先生在分别甲乙，并在目录上详注版本及作者。此项工作，极为麻烦，甚盼法宝馆房屋能即日成功，便可移出一部分普通书出来，以便清理善本。此事务恳先生帮助！兹奉上《水经注》八本，《皇明名臣碑铭》六本，连前送上之四本，二书均已全。经数次与树仁商洽，先还以四百元，增至五百元，尚不肯售。最后乃增至五百二十元购定。尚不能算贵也。（比六折低。）我辈对于国家及民族文化均负重责；只要鞠躬尽瘁，忠贞艰苦到底，自不至有人疵议。盖我辈所购者，决不至浪费公款一丝一毫；书之好坏，价之高低，知者自必甚明了也！一方面固以节俭为主，同时亦应以得书为目的；

盖原来目的，固在保存文献也。浪费，乱买，当然对不住国家，如孤本及有关文化之图书，果经眼失收，或一时漏失，为敌所得，则尤失我辈之初衷，且亦大对不住国家也。故我不惜时力，为此事奔走。其中艰苦，诚是"冷暖自知"。虽为时不久，而麻烦已极多。想先生亦必有同感也。然实甘之如饴！盖此本为我辈应尽之责。昨午在来青阁见到弘光刊《雪窦寺志略》一册（弘光刊，最罕见），及《寓山志》二册，立即购之归；恐稍一踌躇，便将为平贾所夺也。议价数小时，终以五十八元得之。自诧为甚廉。立送菊老处，请鉴阅。菊老来示兹附上。彼意还三十元；但实已以五十八元得之。如此价公家不要，我亦拟自行购下。近日书价，大非前比，然实尚未大涨。如还价过于峻刻，必将漏失许多重要文物。且有许多书，非立付现款，便将瞬即失去，抱憾无穷。故有时不能不当机立断也。前二书可暂藏先生处；雪窦及寓山二志，乞阅后即交下，以便登记。专此，匆候公祺

振铎拜上

29/3/20

1940 年 3 月 21 日

咏霓先生：

昨示拜悉。书太多，与僧人杂居，似不便。不知彼等何时迁出？俟迁出后再将办事处移入，如何？惟盼能将一部分书移庋于先生处，一则取阅较便；再则，亦可较为谨慎。乞示！以便搬运。昨树仁书店送翁文恭校本书三种（共索价五百元，似太贵，至多值二百元左右），

菊老主不收，我无意见。不知先生以为如何？似甚佳。如公家不收，不知先生欲留下否？我向不收抄校本书，且价昂，故不能留也。姑奉上，请鉴阅。近来书价之昂，确与菊老有同感。然市价确如是。中国书店最可靠，价亦最廉，而较之二三十年前，则亦大可惊愕。敝处有同、光及民国初书目数种，均注明"价目"，持以与今日市价较之，则如今之视"三代以上"人物也。专此，匆候

公祺

振铎上

29/3/21

附　1940 年 3 月 21 日（张元济致郑振铎）

示敬悉。书三种阅过，确有翁文恭手笔。但书皆易得，公家无保存其遗墨之必要。未知卓见以为何如？群碧楼抄校本，好者自可购存，至于价目则不敢赞一辞。缘收书三十年，从未见有如此昂贵者也。复上

振铎仁兄台鉴

弟张元济顿首

三月廿一日

1940 年 3 月 23 日

咏霓先生：

昨晴湖先生奉上各书想均已收到。胡氏各书，均是如此初印者；

虽名目不生僻，然其估价均甚高。即无元版在内，此价亦不贵也。像《温集》，市价约可值二三十元。平均每本至少可值二元至五元。可见整批购买，较零购必廉也。前日在来青阁见到薛应旂《宪章录》一部，绝佳，索价五百元，即取二册回（其首册已送出），今日又去取得首册；兹奉上，请鉴阅。（凡十册；但原为二十册；并订之痕迹尚在。）此书绝罕见；所见都为不全者。此是天一阁旧藏，初印干净，虽为万历初年刊，实极可贵。此类史料书，为四库所斥者（见《四库存目》），我辈必须收下。先生以为然否？（史料书不可与寻常集部相提并论。）来青阁肆主杨君，人极诚笃，我与之交易二十余年，向不大讨虚价。此书恐非三百五十至四百元不可。今日商谈，彼只肯打九折。但想来尚可稍减。斯类古籍，实正是我辈所应访购者。故不可轻轻放过。即议价未妥，亦必不任其外售也。彼肆中又有元、明版书若干种，新由苏州寄到。已选下若干，嘱其送头本来。俟送到，当即奉上，请鉴阅。杨君云：近有一批书，可成交，近八十箱。当嘱以不可散售，要全部留下。款可先付若干。惟彼云：无目录，但俟阅定后，当详细告知。何先生极主购整批书。此亦一机会也。我辈访购，必须先有见到新出书籍之机会，然后才可选择其精者。现已逐渐可使江南一带所出古书，必须先经我辈阅过，然后再售。然做到此地步，所费时力，已是不少矣。一二月后，必可办到全部好书不致漏失，且使平贾问津无从也。而所需款实亦不多。专此，顺候

公祺

振铎上

29/2【3】/23

顷瞿凤起先生来敝寓，交来宗礼白所藏金石书目一册，拟合售六千元。此批书甚重要，中有罕见本甚多，有○者皆善本；有、者皆容庚《金石目录》所未著录者。兹将此"目"奉上，乞鉴定。敝意此批书似应收购，以其正符应购"专门收藏"之目的也。拟还以四千元或四千五百元，如何？乞示！下午一时，准当偕晴湖先生趋府面谈。届时，乞将此目见还。因尚拟嘱其抽出几种善本来审查。

振铎又启
29/3/23

1940 年 3 月 24 日

咏霓先生：

昨谈至快！瞿凤起先生顷来敝寓，送来托其向宗氏金石书中提出之书六种（共六册），兹奉上，乞鉴阅。其中，《考古图》实为白眉。《博古图录》印本太坏，不足重，且刘氏书中亦已有一部。《格古要论》原目作天顺本，实则万历本也。《天下金石志》至为罕见，且绝佳；据云：恐不全。其他各书，在付款之前，恐须请郭先生去仔细点查过。据说，此外无缺卷缺页者。至书价，瞿云：最好四千元能出头。经再三商议结果，瞿云：大约四千元可成交。兹将原目仍奉上。阅后，乞便中交还，以便再交给何先生一阅。《陶氏明板书目》如已检出，乞即〔交〕来人带下；其中书价，拟过录，以其大足供参考也。此批"金石书"，今晨又将书目仔细看过，确不寻常；以其罕有通行本，而所有者多为难得之书。以此目去配购通行本，便容易得多了。自可成为完备之一"金石书库"。论其价格固不能算甚廉，然如经书贾手，则必不至此数也。瞿云：宗氏原有金石书近千种。携沪者仅此二百余种，余皆通行本，已尽遭秦劫矣！殊堪浩叹也！法宝馆房屋，与僧人杂居，且无可关锁之门，极不方便，亦极不谨慎。只可作为办公之用，决不能作储藏之用，且绝对放不下四五十箱之书，在彼等整理编目也。如欲放存一百数十箱，加以清理、分类，则非另行觅屋不可。俟明日与何先生一商，当再向先生请教。专此，匆候

公祺

振铎拜上

29/3/24

1940 年 3 月 26 日

咏霓先生：

孙贾昨曾将群碧目中各书，注明价格送来，当即转送菊老审定。今晨得菊老一函，兹附上。（请并菊老前一函阅后，一并掷还为感。）惟并未将"书目"附来。俟送来后，当再送先生阅定。《涉园目》已传录一过，谨奉还。谢谢！来青阁送来书若干种，兹奉上十册（计九种），乞鉴定。瞿凤起先生顷来敝寓云：前途已允以四千元成交；惟中有《金石录》四册（翁松禅校），早已售去，误列此目，拟易以他书。敝意，可允之。（似须由售主来一声明为妥。）约定明午点书。其目录一册，乞即先交来手带下；用毕，即

奉上，不误。郭晴湖先生之薪金，拟送四十元或五十元，乞先生示知，以便照办。专此，匆候

公祺

振铎拜上
29/3/26

1940年3月27日

咏霓先生：

　　昨示奉悉。"金石书目"拟今日下午点收后，即可奉上。送上各书，留存先生处数日，自不妨。可不必急急见还也。翁文恭批归集等三书，树仁书店昨来云：前途坚索三百二十元，不肯再让价。先生如以为此价可购，当嘱其将全书送上。否则，请将各首册还之。敝意：《诚斋易传》及《归集》最佳。或可选购。最好，请鉴定是否翁氏亲笔；如非亲笔，则不足重矣！晴湖先生酬报，决定致送五十元。兹由何先生开出支票一纸（计四千元整），为宗氏书款，乞加盖图章；于下午点收无误后，当即将此款面交给瞿凤起先生也。为公家购书，确较私人为不易。我为自己购书，如为我所喜者，每不吝重值；但为公家购书，则反议价至酷。我辈爱护民族文献，视同性命。千辛万苦，自所不辞。近虽忙迫，然亦甘之如饴也。专此，顺候

公祺

振铎上
29/3/27

1940 年 3 月 28 日

咏霓先生：

树仁顷已将《归集》等全书送来，兹奉上，乞鉴阅。关江西袁氏书事，已与何先生谈过；由中国书店负责，且由他们出收据，决无危险，故已签好支票一张计三千元。（拟付三千元，不必付五千元。）兹附上，请加盖印章后，即交来人带下为荷！因下午一时许，中国书店中人即来取票也。其书目，即可设法取来。专此，匆候

近祺

振铎上

29/3/28

1940 年 3 月 29 日

咏霓先生：

昨夜拟就致蒋慰堂先生函一件，请改削。当誊清发出。瞿凤起先生有书一批；前日在铁琴铜剑楼阅过，确均甚佳。兹将书单奉上。各书首册，俟送来后即奉上，请鉴阅。彼拟再加数种，凑齐二十种，共售二千元。敝意不妨允之。盖此为首批交易，不宜过分压抑。其实，书价亦殊相当。敝意，以《营造法式》为最佳，可谓"压卷之作"之一也。赵斐云先生由平寄来《神器谱》一册，价一百五十元，最为佳妙，兹奉上，乞一阅。致蒋函中所云：《牛首山志》《中山集》及《宝日堂志》等，均已取得，兹奉上，乞鉴定。敝意《牛首山志》及《宝日堂志》万不可放手；以有关文献甚大

028

也！《河东盐法》以八元得之。此类书似亦可收。先生以为如何？汉文渊昨送来万历彩色板《奕薮》六册，坚索百元，似极佳，可留。乞酌定。又有洪迈刻《文选》，亦索百元，则较廉。二者拟以一百八十元合购。可否？宗氏金石书目已嘱其在每页上盖印为凭。《金石录》一书，已易他书三种，计共二百二十六（？）种，较原来数目，多出五种。俟其交还后，即奉上。（已由晴湖誊清一份在敝处。）袁氏书正在接洽中；有宋本白文五经（《左传》在内，最罕见，各家目皆无之），黄跋《夷坚志》（二部），元本《白云集》，劳校《潏南遗老集》等十种，总计近一千种书。价约在五万以上。俟取得"书目"后再商决。惟此批书价值远在邓氏群碧书以上，似必须促其成功也。专此，匆候

公祺

振铎上

29/3/29

1940 年 3 月 30 日

咏霓先生：

法院拍卖之李氏书，已由传新书店购成；四月一日付款取书。共一百二十箱，拟暂时寄存法租界暨大图书馆。（已清理出一室，专藏这一批书。）一切费用（连车力）在内，共三千八百元。（内字画值二百元。）兹由何先生开出支票，奉上，乞即加盖图章交下，以便于下午交去。"书目"并附奉；阅后，乞即交下，以便查点各书。此批书甚廉。其中尚有明板白绵纸书在内，查点时当提出。旅

行箧已购二只，尚不敷用，仅《玉海》已装一箱。似尚须再购二只。北平赵先生寄来《神器谱》一册，价一百五十元，绝为精妙。兹奉上，乞鉴阅。又铁琴铜剑楼书，共二十种，已商妥二千元，中有洪武本《元史》及《营造法式》，最佳。《法式》，兹奉上数册，乞鉴定。(《爱日精庐书目》著录。)专此，顺颂

公祺

振铎上

29/3/30

1940年4月2日

咏霓先生：

瞿氏书二十种。昨已与凤起先生面商，以二千元购之。各书均已送来，兹奉上十一种（十七册），乞鉴阅。《元史》为洪武本，有补板，然亦有极初印者在内。此外，以《渑水燕谈录》《龙门凝道记》《滕王阁集》为最佳。元版数种，虽不甚佳，亦可留。好在瞿氏交易，此仅"发端"。已与凤起先生约定，将来如欲售何书，必不交坊贾经手，而先送敝处。当可陆续获得不少也。袁氏书，闻"善本"甚多，书目尚未取得，"定洋"三千元，亦暂存中国书店，未付去。近来平贾来者益众，如文禄堂、邃雅斋、修文堂等均已来此。闻来薰阁等不日亦将到，彼等之意何居乎？恐必在嘉业堂书上作计算。又袁氏书出售事，如为其所知，亦必将千方百计求之，其价必将大昂。乞千万秘之。嘉业堂事，乞便中与施君一谈。日来甚为焦急，恐平贾辈有异图，盖彼

等不独神通广大，抑且资力雄厚也。如上海藏家之"书"，我们失收，实在对不住"国家"也。正多方设法，阻其进行。专此，匆候

公祺

振铎拜上
29/4/2

李氏拍卖书，已购下。今日或明日可送至法宝馆。（瞿目附上。）

1940年4月2日

咏霓先生：

兹附上支票二纸，一"二千元"，交瞿氏；一"三千元"，为办事处零购之用。乞于加盖图章后交还为感！（致何先生一函，附上。阅后，乞见还。）顷传新主人来，交阅"法院"收条，李氏书已购妥；惟书存栈房中，须下星期一二始可运出。好在本星期内，可赶办已购各书盖印及装箱事；"善本"书，现有者可装四大箱（旅行箱），已托何先生与马爵士商议，寄存汇丰，比较的稳妥。瞿凤起先生介绍宗湘文（即礼白）氏书四种，元刊本《中峰和尚广录》及《宝鸡县志》等均少见，原索六百元，经与瞿先生详商，大约五百元可购得。兹奉上各书首册（共五册），乞鉴阅。袁氏书（袁名思亮，湘潭人，号伯揆，与菊翁相熟，新近故世。不知先生知之否？）大约明后日可将"书目"交来。这批书

大可注意。决不让平贾得之。嘉业堂书甚可危。乞便中进行。至瞿氏书，则平贾想望甚殷。然凤起先生对我再四声明，绝不他售，当必不再有问题也。赵斐云先生昨有函来，说诵芬氏之元刊元代《乐府诗集》已以一千八百元购妥，不日即可寄来。又致慰堂函，已抄好。乞签字。又"图章"二颗已刻好。兹奉上样张一纸。此为暗号，不可令"外人"知也。"样张"请存，备查。专此，匆候

公祺

振铎上

29/4/2

1940年4月3日

咏霓先生：

来示并支票二纸，均已收到无误，勿念！袁氏书事，务恳勿与任何人谈起。盖以平贾在此者甚众，恐其闻风而起，价必大昂也。蒋函已托何先生以妥慎方法寄去矣。昨日附奉之致何先生一函，乞检出交还，以便归"档"为荷。（我致先生各函，不知有存留否？如均存，亦拟一同编号归"档"。）群碧楼书已与潘博山先生及孙伯渊数次商谈，略有眉目。彼已开来详帐。兹附上。其中注明"寒目"者，即指《寒瘦目》；"六·七一"者，即为《寒瘦目》卷六之第七十一页。甚便检查。兹并将《寒目》三册附上，以备便中检阅。平贾王晋卿辈已来，欲辇书而北。其价诚奇昂惊人。全购大可不必。已细加剔除，共选存五十种；目内有红色双圈者皆是。请

032

先生再详为鉴定。目上别有一蓝圈者（凡十二种），皆价值最昂者。合计五十种，似已尽此批书之精华矣。（博山先生亦云然。）共计码洋共二万五千余元。如还以五折，共约一万二千余元。以一万二千余元，保存此五十种精华，亦可对得住国家。（约二百余元一种，尚说得过去。）如超过此数，则未免过奢矣。尚拟续"商"再定。乞先生指示一切为盼！树仁书店主人，昨今二日均来过敝处。先生所自购之翁批三书（《归集》等），如愿以三百二十元留下者，乞示知，当嘱其前至贵处取款，或由敝处转交亦可。乞便中示知为感！

专此，顺颂

公祺

振铎拜上

29/4/3

书名	编号	说明	册数	价格
《稿本唐诗》	寒　目 六·七一	钱谦益底本季振宜 续补成书汪士钟旧藏	一百五十八册	
《旧五代史》	寒　目 六·六	邵二云抄孔荭谷校吴焯瑛跋 黄小松印章钰跋邓跋	十四册	三千五百元
《贾太傅新书》	寒　目 二·九	正德本谦枚堂旧藏 何孟春编	四册	二百元
《鬼谷子》	寒　目 六·二七	秦刻本劳季言手校 并跋章钰跋邓跋	三册	三百元
《玉峰志》	寒　目 五·十一	佳日堂吴云甫写本 邓跋	二册	二百元
《芦浦笔记》	寒　目 七·十二	旧抄本邓邦述渡 吴牧庵陈仲鱼校跋	二册	二百元

《鹿门诗集》	寒 目 五·二七	张充之写 王苍虬邓跋	一册	二百元
《春秋分记》	寒 目 六·三	明抄本孙渊如严 可均批校并跋	十七册	二千元
《履斋遗稿》	寒 目 五·三五	劳季言写本 方功惠旧藏	一册	四百元
《玉音问答》	寒 目 五·二二	宋荦手写本	一册	一百元
《中吴纪闻》	寒 目 七·六	汲古阁本 邓邦述渡四家批校	四册	二百元
《黄谷谦 【琐】谈》	寒 目 七·十八	旧抄本邓跋 翰林院官印	二册	三百元
《南烬纪闻· 北狩见闻录》	寒 目 七·二	骆开甫写校并跋 沈桐高印	一册	二百元
《漫叟拾遗》	寒 目 二·二六	明蓝印本 毛古愚旧藏	一册	二百元
《嵇康集》	寒 目 五·二七	明抄黄荛圃副本并题签 吴匏庵校平江黄氏长乐 梁氏印邓跋	一册	二百元
《三体唐诗》	寒 目 六·六八	高士奇刻本何义门手批 并跋邓章一跋	六册	五百元
《二薇亭诗》	寒 目 五·三三	鲍以文手写校并跋 四库底本	二册	三百元
《孟东野诗集》	寒 目 二·二九	弘治黑口本邓跋 白棉纸	四册	八百元
《浪仙集》	寒 目 六·三六	明初奉新刻本叶子寅 张绍仁校黄荛圃邓跋	二册	三千元
《迎銮三纪》	寒 目 五·二六	宋荦手写本 邓跋	一册	二百元

《桃溪百咏鲸背集》	寒　目 五·三六	鲍以文手写并跋	一册	三百元
《松雨轩集》	寒　目 五·三四	劳弄【巽】卿手写本	四册	七百元
《梧溪集》	寒　目 六·五二	蒋西圃手抄顾千里鲍以文 叶廷甲合校千里年谱录佳品	六册	三千五百元
《鉴戒录》	寒　目 六·三一	鲍以文细校宋并跋劳校 吴昌绶邓邦述跋	三册	二千元
《续世说》	寒　目 五·二一	明抄本黄荛圃跋 汪士钟旧藏	六册	八百元
《维祯录》	寒　目 五·二五	明抄本四库底本 玉雨堂旧藏	一册	一百元
《东京梦华录》	寒　目 六·十八	半村人家抄本 常秋崖校跋邓跋	一册	一百六十元
《困学纪闻》	寒　目 六·三十	雍正徐鹍录何义门校批 明刻本吴北溟萧山人	四册	二百元
《墨庄漫录》	寒　目 六·三二	明刻本鲍以文依高瑞本校 于柳堂塘寓室	一册	二百元
《三唐人集》	寒　目 六·六六	汲刻本何义门批校并跋 汪士钟旧藏傅沅叔章钰邓跋	八册	六百元
《冯咸甫集》	寒　目 五·三六	明抄本谦牧堂旧藏 云间冯大受撰邓跋	二册	一百元
《吴梦窗词》	寒　目 五·三八	康熙张女士并学象手抄本 并跋倪承茂跋邓跋	四册	四百元

《钓矶文集》	寒　目 六·四二	杨雪苍抄校并跋	四册	二百元
《眉山先生集》	寒　目 五·三二	吴绣谷手写并跋 吴昌绶邓跋	二册	七百元
《揭希韦诗》	寒　目 一·二一	汪士钟景元抄本 开花纸	一册	二百元
《国朝典故》	寒　目 五·八	明红格抄本有批 白棉纸	十九册	二千元
《宗玄先生集》	寒　目 六·三五	明蓝格抄本钱遵王校毛晋 父子印席玉照印汪士钟 印邓跋	一册	一千元
《鲍明远集》	寒　目 六·三三	明刻本 莫友芝校宋本	二册	一百六十元
《弘秀集》	寒　目 七·三五	汲刻本邓校跋 陆贻典校跋	四册	四百元
《李遐叔文集》	寒　目 六·三六	旧抄本劳季言细批 邓跋	四册	五百元
《平定交南录》	寒　目 五·八	明蓝格抄本白棉纸 四库底本	一册	一百二十元
《后村居士集》	寒　目 六·四八	旧抄本 陈兰邻校本	二十四册	四百元
《淮南子》	寒　目 六·二九	明刻本 孔荭谷钱献之校	四册	八百元
《续谈助》	寒　目 五·十八	张芙川依宋精抄本 开花纸	三册	三百元
《刘宾客集》	寒　目 七·二三	旧抄校本	八册	二百元
《二俊集》	寒　目 七·二十	明刻本徐乃昌校宋 并跋邓跋	四册	一百元

书名	类目	版本	册数	价格
《李长吉诗集》	寒　目 七·二三	明刻本章钰题 邓邦述校宋并跋	四册	六十元
《唐摭言》	寒　目 七·十六	旧抄本吴尺凫印 邓校 四库底本竹垞诗龛 等印	二册	二百元
《三朝政要》	寒　目 七·一	旧抄依元本校 邓跋	四册	一百二十元
《所安遗集》	寒　目 四·三五	旧抄本	一册	四十元
《正音切韵复古编》	寒　目 四·一	旧抄本 何梦华旧藏	一册	五十元
《樵云独唱》	寒　目 七·二九	旧抄本 邓校并跋	一册	一百元
《樵云独唱》	寒　目 七·二八	旧抄本有校 四库底本	一册	一百元
《湛渊集》 （《兴观集》《山村遗稿》）	寒　目 四·三二	旧抄本	一册	七十元
《玉台新咏》	寒　目 二·三四	明赵氏小宛堂刻本 白棉纸	二册	一百五十元
《述古堂书目》	寒　目 四·十一	旧抄本邓跋	一册	七十元
《鹤林玉露》	寒　目 七·十五	明仿宋本 邓批校并跋增抄廿六页	八册	四百元
《元次山集》	寒　目 七·二二	碧鲜斋精抄本 邓校并跋	一册	一百元
《巨鹿东观集》	寒　目 五·三十	翁拭又张抄本并跋 邓跋	一册	二百元

《存复斋集》	寒　目 六·五五	旧抄本宋宾王校 并跋	八册	三百元
《春秋繁露》	寒　目 七·一	明刻本孔荭谷校 邓跋并校	四册	三百元
《历代宅京记》	寒　目 七·八	旧抄本钱大昕跋 邓校并跋	八册	二百元
《明季稗史》	寒　目 四·六	旧抄本	八册	一百元
《傅忠肃公集》	寒　目 四·二四	旧抄本徐时栋跋 傅沅叔校跋	一册	六十元
《家世旧闻》	寒　目 五·二三	明穴砚斋抄本 邓跋三则	一册	四百元
《国史经籍志》	寒　目 四·十	旧抄本	三册	五十元
《来鹤草堂稿》 （即吕敬夫诗）	寒　目 六·五五	旧抄本劳季言校并跋 吴昌绶邓跋	二册	三百元
《佩玉斋类稿》	寒　目 四·三六	旧抄本邓校并跋	四册	一百元
《玉壶清话》	寒　目 七·十七	萃古斋钱氏抄本校 邓校并跋	一册	一百五十元
《梁溪漫志》	寒　目 五·十七	四古堂吴瓯亭抄本 并跋邓跋	二册	二百元
《金石录》	寒　目 六·二十	旧抄本 吴云甫校并补写八页	四册	一百元
《斜川集》	寒　目 五·三一	抄本刘燕庭旧藏 刘跋	二册	一百元
《声律太平 总类》	寒　目 五·二十	明抄本	一册	二十元

书名	寒目	版本	册数	价格
《韩诗外传》	寒 目 六·一	通津草堂本邓跋 秦敦甫校石研斋印白 棉纸	四册	三百元
《徐骑省文集》	寒 目 五·二九	萃古阁钱氏抄本 盛伯羲印	四册	二百元
《归震川未 刻集》	寒 目 四·三九	明抄本吴以淳批校 并跋邓跋	六册	八百元
《文渊阁书目》	寒 目 四·十	宋漫堂抄本	一册	八十元
《紫桃轩杂缀》	寒 目 四·十七	旧精抄本	一册	三十元
《吴都文粹》	寒 目 七·三六	旧抄本钱大昕读过 王鸣韶印邓校跋	四册	二百元
《别史念一种》	寒 目 五·一	明穴砚斋抄本	二十一册	二百四十元
《邵氏闻见 后录》	寒 目 七·十八	旧抄本邓校跋	四册	八十元
《唐三僧诗》	寒 目 七·廿五 廿四 廿二	汲刻本 邓氏校宋	十二册	三百元
《桐江集》	寒 目 六·四九	精抄本录鲍录饮校 邓跋	八册	二百元
《敬业堂〔集〕》	寒 目 六·五七	原刻本翁方纲手批 题衣 李芝陵藏	十册	三百元
《注解八义集》	寒 目 二·三十	清初刻校本邓校跋 莫友芝藏印并校	四册	一百元
《培林堂书目》	寒 目 四·十二	旧抄本	三册	五十元

《元草堂诗余》	寒 目 七·三七	精抄本翁氏飞鸿馆印 大兴朱氏印邓校跋	一册	一百元
《楞严经》	寒 目 四·廿	旧抄本胡志章校 朱笔评点有跋	五册	六十元
《孝慈堂书目》	寒 目 四·十二	旧抄本	一册	二十元
《投笔集》	寒 目 四·四四	观海抄本朱墨批 邓跋	二册	四十元
《栟榈先生集》	寒 目 四·廿六	蒋西圃本雅庭抄校跋 汪士钟旧藏	四册	三百元
《咏怀堂诗》	寒 目 七·廿九	群碧楼抄校本	二册	五十元
《周官录田考》	寒 目 六·二	孔荭谷校抄本	一册	一百二十元
《穆参军集》	寒 目 四·二一	旧抄本杨雪沧藏印	一册	四十元
《五色线》	寒 目 四·十五	旧抄本有批校 邓跋严豹人校	一册	四十元
《安岳吟稿》 （附无为子小集）	寒 目 四·二一	旧抄本杨雪沧印 邓跋	一册	一百二十元
《菰中随笔》	寒 目 四·十八	旧抄本邓校跋	四册	一百元
《陵阳集》	寒 目 六·四七	旧抄本艺风堂校跋 邓跋知不足斋抄本	二册	二百元
《绛云楼书目》	寒 目 四·十一	旧抄本盛昱藏印 邓渡陈少华批	一册	二百六十元
《群英珠玉》	寒 目 四·四九	旧抄本 谦牧堂朱彝尊旧藏	一册	一百二十元

《大涤洞天记》	寒 目 五·二六	明蓝格抄本四库底本 校经堂藏印	二册	一百元
《草堂诗余》	寒 目 三·三四	嘉靖本白棉纸	四册	一百二十元
《砚史》	寒 目 五·十六	汲古阁抄本 毛绶福印	一册	一百元
《乐府古题 要解》	寒 目 七·三九	嘉靖单刻本 邓校并跋五则	一册	一百二十元
《三朝北盟 会编》	寒 目 六·九	小山堂赵氏抄校本 四当斋施复高章钰印	三十二册	六百元
《苍雪庵日钞 十一种》	寒 目 五·二四	明抄本竹纸 曹溶藏印莫友芝印 并题	二册	二百元
《两宋名贤 小集》	寒 目 四·二八	旧抄本邓校 李麓山旧藏	二十四册	五百元
《锦绣万花谷 前后集》	寒 目 三·十九	嘉靖本白棉纸	二十册	一百五十元
《张文潜文集》	寒 目 三·二二	明郝梁刻本 白棉纸	二册	二百元
《南丰曾先生 文粹》	寒 目 三·二三	嘉靖本邓批 白棉纸	二册	二百元
《汉书》 （欠列传二十四至 四十三卷）	寒 目 六·五	明监本惠栋批校 项子京藏	四十八册	一千元
《丹渊集》	寒 目 六·四五	明刻本卢抱经校 徐柳泉藏印	四册	五百元
《唐人万首 绝句》	寒 目 三·三三	嘉靖本白棉纸 抄配一册五七言	二十册	二百五十元

书名	寒目	版本	册数	价格
《唐文粹》	寒 目 三·三二	嘉靖本白棉纸	十六册	一百四十元
《事类赋》	寒 目 三·十八	明覆宋本 白棉纸	十六册	六十元
《黄帝内经》	寒 目 三·十二	明顾刻本白棉纸	十册	四百元
《柳河东集》	寒 目 三·二二	济美堂本白绵纸	二十册	二百五十元
《四书》	寒 目 二·一	明经厂本白棉纸	二十册	一百二十元
《李杜诗》	寒 目 六·三四	明嘉靖本白棉纸 曹彬侯手校明人批	八册	一百元
《四书辑释》	寒 目 一·一	元本明印 白棉纸	二十册	二百二十元
《唐诗纪事》 （配二册）	寒 目 三·三三	嘉靖本棉纸	三十六册	一百五十元
《楞严会解》	寒 目 一·七	元本	十册	三百元
《金史》	寒 目 三·五	嘉靖本白棉纸 郭频迦跋	二十四册	六十元
《宋史鉴》	寒 目 三·三二	嘉靖本白棉纸 抄录目	二十册	一百六十元
郭《乐府诗集》	寒 目 七·三二	元本抄配目录 邓批校跋	四十册	一千二百元
《元文类》	寒 目 三·三二	嘉靖晋藩本棉纸 邓校题	二十册	一百二十元
《礼部韵略》	寒 目 一·一	元本	十册	三百元

《韩昌黎集》	寒 目 二·二七	明东雅堂本邓题 白棉纸	三十二册	一百二十元
《文选》	寒 目 三·三一	嘉靖晋藩本 白棉纸	二十册	一百六十元
《艺文类聚》	寒 目 三·十七	嘉靖本白棉纸	三十册	一百二十元
《孔子家语》	寒 目 二·八	明刻本有批	二册	三十元
《正续通鉴纲目》	寒 目 四·三	明刊钱湘灵批并跋 竹纸	一百八十册	三千元
《独学庐初稿》	寒 目 六·五九	原刻本石琢堂自批 王芑孙批并跋章 邓跋	四册	一百六十元
《北史》	寒 目 二·三	监本沈君度批校	三十册	二百元
《南史》	寒 目 二·四	监本有批	二十册	四十元
《锦绣万花谷前后集》	寒 目 三·十九	嘉靖本 白棉纸	四十册	一百五十元
年刻《陆宣公集》	寒 目 二·二八	年刻开花纸	八册	一百元
《申斋文集》	寒 目 六·四九	星凤阁旧抄 鲍以文细校本并跋 题衣	六册	一千六百元
《辽筹》	寒 目 二·七	明刻本熊廷弼撰 抄配补图禁书	二册	三百六十元
《江月松风集》	寒 目 六·五一	旧精抄本 顾嗣立宋宾王合校	一册	六百元

《王建诗集》	寒　目 六·三九	冯以苍手校本并跋 谦牧堂季振宜印邓校 并跋	一册	一千二百元
《天下同文集》	寒　目 一·二一	毛子晋景元抄本开花纸 汲古阁等印嘉籇阴旧藏 邓述	二册	三千五百元
《雪庵字要》	寒　目 五·十三	明抄本白棉纸 黄荛圃跋汲旧藏	一册	一千六百元
《棠湖诗稿》	寒　目 一·十	汲古阁依宋精抄本 平江黄氏士礼居印 邓跋	一册	一千二百元
《琴川志》	寒　目 六·十七	汲刻本邓跋 孙二西校跋并补写 十页	四册	一千二百元
《乾道临安志》	寒　目 六·十五	旧抄本开花纸邓跋 钱泰吉批校姚元之 旧藏	二册	三百元
《元次山集》	寒　目 七·二一	正德黑口大字本 常狄崖校跋邓跋	四册	四百元
《芳兰轩集》	寒　目 五·三三	鲍以文手抄校本 四库底本邓跋	一册	三百元
《文苑英华》	寒　目 五·三七	明蓝格抄本白棉纸 文甫藏印	一百廿册	三千六百元
《老学庵笔记》	寒　目 五·十七	明穴砚斋抄本	三册	一千元
《杜工部集》	寒　目 一·七	清初依宋精抄本 白皮纸	十六册	二千元
《大雅集》	寒　目 六·六五	精抄本劳羿【巽】卿校	八册	四百元

《辽史拾遗》	寒　　目 四·一	厉氏稿本吴菟床跋 杨复吉跋盛昱旧藏	四册	四百元
《砚北杂录》	寒　　目 六·三二	黄叔琳稿本并批 四库底本卢绍弓手校	四册	六百元
《齐民要术》	寒　　目 五·十二	明精抄本白棉纸 邓校跋	四册	一千五百元
《水经注笺》	寒　　目 六·十八	明刻本 何义门批校本	二十册	二千元
《句曲外史》	寒　　目 六·五十	小山堂抄校本竹纸 厉樊榭批校本	九册	七百元
《丁鹤年集》	明初刻本		一册	三百元
《二俊集》	明庆元徐刻本		八册	二百六十元
《皇清职贡图》	殿本初印竹纸		八册	二百四十元
《西晋文纪》	明本竹纸印		十册	一百二十元
《元曲选》	明本带图竹纸 初印		一百册	三百五十元
《明朝小史》	清初刊本禁书		二册	三百元
《读史汉翘》	康熙本陈仲鱼读印		二册	六十元
《明太祖实录》	明内抄本 存一至七卷		一册	一百元
《初唐诗纪》	明刻本何义门批校 莫常印存十六至卅卷		五册	二百元
《韩诗外传》	明刻本 沈大成批校并题		一册	一百四十元
《茅山志》	元刻本 存十·十一·二卷		一册	一百元

《通鉴纲目》	宋刻大字本 麻纸	二册	四百元
《象棋图》	抄本 邓校并跋	一册	二十元
《幸存录》	旧抄本	一册	十五元
《从军亡随笔》	旧抄本	一册	十五元
《清三家诗选》	清初精刻本 朱墨批	三册	三十元
《栟榈文集》	道光精刻本 邓批并跋	四册	三十元
《温飞卿集》 （即《金荃集》）	汲刻本陈南浦校 宋章式之跋	一册	八十元
《玉楮诗集》	旧抄本 月汀藏印	存一册	二十元
《圣祖庭训格言》	旧抄	二册	四十元
《纳书楹选韵字》	王良常写本	五册	二百元
《傅忠肃文集》	群碧楼抄并校	一册	三十元
《埤雅》	明刻本 龚孝拱校	二册	一百元
《清循吏传》	旧抄本	二册	十五元
《汉武帝内外传》	《疑仙传》《续仙传》汲刻本	四册	六十元
《嘉庆选单》	旧抄稿本 由四年至五年	一册	六十元
《金石录目》	旧抄本	一册	三十元

《四溟山人诗家直记》	万历刻本 白棉纸	五册	一百元
《玉斗人集》	旧抄本	二册	三十元
《四库简明书目》	群碧楼家抄本 并跋	十册	一百元
《曾文贞诗》	沈氏万卷楼抄本	一册	八十元
《史记正义》	旧抄批校本	存一册	五十元
《历代古钱拓本》		六十四册	一百六十元
《李日华全集》	明刻本竹纸	六册	一百五十元
《洛阳伽蓝记》	明刻本竹纸	一册	十元
《唐七家诗》	汲古阁本白棉纸	六册	三百元
《中州集》	汲本 吴省兰渡冯宝远批	五册	二百元
《建文朝野杂记》	明本竹纸	六册	一百五十元
《诗词杂俎》	汲本竹纸	十册	四十元
《词苑英华》	汲本竹纸	七册	五十元
《抄录全唐诗》	会稽笑竹手录 方氏旧藏	十四册	一百元
《新唐诗》	宋刻本残存	一册	五十元
《唐诗纪事》	汲本竹纸	二十四册	八十元
《豫章遗文》	乾隆精刻本 竹纸初印	四册	六十元
《六臣文选》	冰玉堂本 白棉纸	二十八册	一百五十元

《道学统宗源渊问对》	元本	三册	二百元
《唐四家诗》	席刻本有批	四册	四十元
《松陵集》	汲本竹纸	四册	五十元
《陶渊明集》	万历刻本棉纸	四册	四十元
《韩诗外传》	明刻本邓批	二册	八元
《南唐书》	沈氏活字本渊雅堂藏印	四册	三十元
《南渡录》	旧抄本合《南烬纪闻》	一册	八元
《简斋集》	福建刻本邓批	四册	六元
《艾室文钞》	稿本雷飞鹏	五册	五十元
《李君虞诗集》	席刻本双沤居批	一册	六元
《官韵考异》	吴省卿稿本	三册	二百元
《西清砚谱》(残)	内府抄本开花纸	一册	二百元
《清三家诗》	旧抄本金德瑛批	三册	五十元
《唐人万首绝句选》	邵廷杰批清刻本白纸	四册	五十元
《建康实录》	张刊批本	八册	八十元
《崇古文诀》(残)	元巾箱本	四册	一百元
《唐五家集》	席刻本罗文纸	四册	一百元

《冯钝吟集》	汲古阁本邓批	二册	六十元
《支遁文集》	旧抄本张廷济印	一册	十元
《唐四家诗集》	汲古阁本初印 莫绳荪印	四册	一百二十元
《新安程氏统宗世谱》	明抄本白棉纸	五册	二百元
《斜川诗集》	国初活字本 邓批跋	四册	六十元
《唐音戊签》	明本吴遇宾批	廿四册	三百元
《钱注杜诗》	原刻本初印 邓批	十册	三十元
《钱注杜诗》	原刻本有批	八册	四十元
《杜集评林》	董约夫批底本	十二册	一百五十元
《太平寰宇记》	万历本有批白纸 附《大清一统志表》	三十六册	六十元
《施注苏诗》	原刻本 邓批	十二册	三十元
《水经注释》	赵一清刻白纸 杨雪沧跋邓校	十六册	一百五十元
《说文解字》	孙刻 赵贞明批并跋	六册	一百元
《金石例》	乾隆本有批 耿贤举批	四册	四十元
《困学纪闻》	汪刻原本开花纸 胡墨庄手批	六册	六百元
《弱水集》	原刻本	八册	八十元

《王荆公诗笺注》	初印本	六册	八十元
《读书敏求记》	赵刻原本	二册	四十元
《古文约选》		十册	一百元
《顾华阳集》	明本	三册	一百元
《碧云集》	毛刻白纸	二册	四十元
《贾长江集》	毛刻竹纸	一册	三十元
《贾长江集》	毛刻竹纸	二册	三十元
《唐诗拾遗》	明刻	六册	八十元
《古诗纪》	明刻	二十册	一百二十元
《亦有生斋全集》		三十六册	一百元
《罗鄂州小集》	开花纸	二册	一百元
《莆田集》	开花纸	八册	一百二十元
《一切经音义》	东洋本	五十册	一百二十元
《类篇》	抄首本开花纸	十四册	五十元
《五七言诗抄》	翁刻本白纸	十四册	六十元
《今诗篋衍集》		四册	四十元
《灵芬馆全集》	四库以后本（少见）	六册	一百元
《列朝诗集》	原本	四十册	一百二十元
《述学》	汪氏原本白纸	一册	四十元
《隶续》	汪刻本	二册	三十元
《仓颉篇》	孙刻原本	一册	二十元

《爱日精庐藏书志》	活字本	十册	四十元
《尔雅正义》	榜纸初印	八册	四十元
《隶辨》	项刻本初印	八册	六十元
《日知录》	黄刻初印 有批	十六册	五十元
郭《乐府诗集》	汲古阁初印本	十二册	一百二十元
《初有学集》	康熙本初印	十二册	一百六十元
《黄庭内外经》	明红印本	一册	四十元
《李义山集》	毛刻王文潞批本	一册	四十元
《韩柳年谱》	马刻初印本	二册	三十元
《玉篇》	张刻初印本	三册	六十元
《摄山志》	殿本	四册	八十元
《铁网珊瑚》	朱刻本	八册	六十元
《国语》	黄刻本白纸	四册	四十元
《字类》	马刻白纸	二册	四十元
《复古编》	乾隆本赵弱侯批	二册	二十五元
《三礼图》	开花纸初印	四册	八十元
《十经文字通正书》	文章大吉楼刊	四册	一百元
《吴郡志》	白纸仿宋本	十六册	六十元
《荀子》	世德堂本	六册	六十元
《列子》	世德堂本	二册	三十元

《初学记》	安刻欠首尾二册	八册	六十元
《笠泽丛书》	开花纸	二册	一百元
《昌黎诗集》	开花纸 秀野草堂刊	二册	一百元
《楚辞》	山带阁	四册	四十元
《公羊传》	汪刻本开花纸	十二册	一百二十元
《水经》	项刻竹纸	二十册	四十元
《宝刻类篇》	原本	八册	三十元
《人物志》	明本	二册	二十元
《六朝文絜》	开花纸	二册	四十元
《全唐诗》	殿本初印	一百二十册	二百元
《绵津山人诗集》	初印本	七册	六十元
《苕溪渔隐丛话》	初印本	八册	六十元
《中晚唐诗》	明刊小字本	九册	一百二十元
《牧斋集》	明刊本	二十四册	一百四十元
《笔筹》	明刊本	一册	五十元
《晏子春秋》	吴刊本	二册	三十元
《韩非子》	吴刊初印本白纸	四册	六十元
《曝书亭全集》 （附《笛余【渔】 小稿》）	原刻初印	十二册	一百二十元
《杜工部诗集注》	朱墨批校到底	十二册	五十元
《双溪集》	康熙本	六册	五十元

《鸡肋集》（附校记）	活字本 赵时相跋	三册	四十元
《乾道临安志》	王荫嘉题	一册	十五元
《敬亭集》	念祖堂本	六册	三十元
《憺园文集》	康熙初印本	八册	八十元
《元丰类稿》	渊雅堂印管礼耕 过渡何义门批	十六册	二百元
茅《八家》存 韩柳欧曾四家	王惕甫批本	七册	三十元
《梅村全集》	顺治本	二十册	八十元
《栟榈文集》	道光万竹园本	四册	三十元
《南宋文范》	道光活字本	三十六册	一百六十元
《赖古堂诗集》	原刻本	一册	三十元
《积书岩宋诗钞》		八册	四十元
《国语国策》	黄刻本	八册	一百元
《石湖居士诗集》	爱汝堂精刊	八册	五十元
《周恭肃公集》	明川上草堂本	四册	八十元
《清秘阁全集》	精刻本	八册	四十元
《戴东原集》	原刻本初印	二册	三十元
《涌潼【幢】小品》	明本竹纸	八册	七十元
《唐律疏义》（附《洗冤录》）		十册	五十元
《荀子》	谢刊有批	四册	三十元

《高江村全集》	原本	八册	五十元
《楚辞》	黎氏刻本	三册	
《周易精义》	黎刊	三册	
《广韵》	黎刊	二册	
《天台山志》	黎刊	一册	
《尔雅》	黎刊	一册	
《老子》	黎刊	一册	
《玉篇》	黎刊	二册	
《论语集解》	黎刊	二册	
《姓解》	黎刊	一册	
《韵镜》	黎刊	一册	
《尚书释音》	黎刊	一册	
《汉书食货志》	黎刊	一册 ⎫	一百二十元
《荀子》	黎刊	六册 ⎭	
《诗人玉屑》	明版	十册	五十元
《国语》	黄刊本	四册	五十元
《守山阁丛书》	原本竹纸	一百六十册	五百元

1940 年 4 月 4 日

咏霓先生：

传新书一百余箱已车至法宝馆。我因家中有事，一时不能到该

处。乞即派一厅差到法宝馆照料一下为感！匆此，专候

公祺

振铎上

29/4/4

1940年4月7日

咏霓先生：

光华附中事，何先生已与关系方面通过电话；我昨日遇到某君，亦曾谈过；大致可无多大问题。兹奉上中国书店送来之《三子口义》一部，系嘉靖原刊本，似甚佳。索价一百四十元。乞鉴阅。又万历版《平播全书》一部（来青阁书），极罕见（虽《畿辅丛书》中有之，然原刊从未见过），初望甚奢，欲售八百元，又云：可售二千元。后知《畿辅》中已刊过，乃突跌价至三百余元。经商妥：以三百二十元成交。是否可购，仍乞决定。盖此类"史料"书，价格飞腾，似不能以其为万历竹纸本而忽视之也。顷潘博山先生偕孙贾伯渊过敝寓，细谈群碧书事。孙贾云：文禄堂王晋卿已出价五万五千元。如我们可以此数成交者，彼极愿售予我们，决不售予平贾。盖彼本系与我们商谈，且亦极不愿平贾辇之北去也。是否实情不可知。然态度尚诚恳。彼云：今日要确定回音，如我们不能出到五万五千元（善本及普通书均在内）者，则只好售予平贾矣。盖平贾每日均至孙贾处数次，催办此事，势已不能再延矣，云云。可否之处，尚乞主持，决定。何先生与我均无异议。尚盼即覆数行为

055

感！专此，匆候

公祺

振铎拜上

29/4/7

1940年4月8日

咏霓先生：

孙伯渊支票五万五千元，已由何先生开出，请加盖图章赐还为荷。杭贾某来沪，携来数书，为选明刊《世说新语》及《石门诗存》二种，价共一百二十元。《石门诗存》为稿本，未刊，似尤可贵。又平贾孙实君送来《桂洲奏议》及《名山藏》各一册；《名山藏》共一〇五卷，四十册，索四百五十元；《桂洲奏议》索八十元，似不全，尚未详查也。从中国书店遇叶贾，得《元史译文证补》一部；书极平常，然郑叔问一跋甚佳，故以十四元得之。并奉上，乞鉴阅。又前奉上之头本，如已阅毕，乞便中交下。专此，匆候

公祺

振铎拜上

29/4/8

1940年4月11日

咏霓先生：

昨示奉悉，各书均已照收无误，乞勿念！《龙门子凝道记》当于最近期内影抄一部奉上。所有虫蛀应修各书，自当遵嘱剔出，

不予装箱。昨日下午，由孙贾送来群碧楼各书（已运沪之一部分），业已点收无误。（计共三千一百余册。）其中有《菰中随笔》等二书已售予叶葵初，《初学记》残本一部，尚未觅得，将来应如何处理，正在与孙贾交涉中。在此三千一百余册中，佳本缤纷，应接不暇。非先生力为主持购下，必将追憾无已也！兹奉上点收之全单一份；或分批送阅，或从中抽阅，均请通知，以便送书。尚有"普通书"（中亦有元刊本数种及内聚珍等）十倍于此数者，尚在苏州；孙贾即赴苏包扎寄来。闻孙贾云：全数近四万册。（此数似不大可靠；然有书目可点查。）大抵三万册以上之数必有。如此，则平均计算，每册不过一元以上，二元以下也。非先生主张"普通本"亦应兼收者，则又将失之交臂矣。款已全数交与孙贾。（因支票系记名者，且系一张，不便分割。）彼甚可靠，必无问题。《十六国春秋》余书，兹奉上。支票二张，附奉，乞加盖图章后掷下。附上赵斐云兄来函一件，又致何先生函一件。阅后，乞见还存档。专此，匆颂

公祺

振铎拜上

29/4/11

1940 年 4 月 16 日

咏霓先生：

兹又奉上群碧楼书，《世美堂未刻稿》等善本二十种，计二十五册，乞察收，鉴阅。晴湖先生等刻在敝寓装杭州胡氏书，

因敝处堆积太多，无法措置，故非先装出一批不可。大约有五六日可将普通书装毕。然后再到法宝馆装李氏书。敝意李氏书，提出善本若干种后，亦以装大木箱为宜。以可腾出书箱来装群碧普通书。此项普通书较李氏书多出三倍以上。将来由苏寄到后，恐须分藏法宝馆及敝处。现在每装一箱，必于箱盖里面，粘一书目，并另立一簿，详载每箱书名及册数，由我签字为凭。昨所装一箱，共装书七百九十余册。平均每一大箱约可装七百册以上。大约暂时三十大箱可以敷用。但如装群碧书，恐非再做二三十只不可。惟恐无地可堆积空箱耳。"善本书"编目装箱，较费手续，以每书均须我亲自动笔写目，详载版本及内容也。北平赵斐云先生处款五千元，已汇去，计共在平可取伪币五千三百十九元余。（由敦泰永银号汇去。）此多出之三百余元，亦意外之收入也。如由银行汇，则似不至有此项"升水"，且尚需汇费若干。赵先生寄来之"孟姜宝卷"兹附奉。我收藏宝卷甚多，明刊者亦有不少。故拟自留。然其价殊昂，尚未能决定。来青阁前次送来之南丰类稿等，不知已鉴阅毕否？应否购下，或由先生自购，乞示，以便转告。兹又有汉文渊送来明刊书数种，其中白云楼集最佳，惜价太贵，菊先生已阅过，其中数种已退回。我所编《中国版画史》样本已印出，兹附奉一册，请指正。先生所藏方瑞生墨海，拟请借印数幅，不知能见允否？专此，匆颂

公祺

振铎拜上

29/4/16

1940 年 4 月 19 日

咏霓先生：

邓书二批，共四十种，想均已鉴阅完毕。明晨当再奉上二十种。全部"善本"在三百种以上。一月以内，当可陆续送上。来青阁曾购得西泠印社底货八十余捆；我知道这消息，立赴该肆，费数小时之力，细细拣选，计得《萧山丛书》等十余种。兹奉上抄本《萧山丛书》一部（索三百元），又抄本《海甸野史》一部（索八十元），乞鉴阅。来青阁前送之《南丰类稿》等三书，乞决定一下。又汉文渊各书，可购否？并乞便中示知！连日整理杭州胡氏书，并即加装箱，弄得筋疲力尽。计"丙"类书已装好四箱，大约尚可再装二箱。此六箱书，不知能先行送藏某处否？"乙"类书约计可装二大箱。"甲"类书约计可装一二旅行箱。此批书装毕，便当着手装玉海堂书及群碧楼书了。"丙"类为"普通"书；"乙"类为万历以后明刊本及康熙、乾隆间之善本书（包括普通之抄校本；殿版初印本；内聚珍丛书；汲古阁所刊书，及罕见初印之清人集等）；"甲"类书为宋、元刊本，明刊之善本，及抄校善本。如此分类，未知妥善否？乞示！前日奉上之"版画史样本"，一本，乞指正。《方瑞生墨海》一书，不知能便中检出借用否？光华附中事，想已无问题。甚念，甚念！彼辈似有整个计划。但如应付得法，必可无问题。否则，难免"节外生枝"。复旦、大夏闻均甚感狼狈。惟敝校尚可相安。亦以对付得法，相见以诚之故也。赵斐云先生来函云：又有《神器谱或问》（抄本），《杜诗笺》（抄本），《河东盐法录》及《来集》之《外书》等寄来。俟收到后，

即当奉上请鉴阅也。专此，匆候

公祺

振铎拜上

29/4/19

1940年4月20日

咏霓先生：

昨示及书三包均奉悉。兹又奉上邓书《春秋分纪》等书二十种，乞鉴阅。星期日上午十一时左右当至先生处面谈一切。闻刘晦之书有全部出让意。平贾王晋卿在此，必有所图。殊为焦急！袁伯夔书，中国书店一时无从进行。正托人设法。否则，恐亦将为平贾所得也。（刘晦之书闻索价六十万元。有宋本七八十种。）专此，匆候

公祺

振铎上

29/4/20

1940年4月22日

咏霓先生：

昨两示并书及"档案"二包，均已收到。"档案"及敦煌写本均已还原主矣。兹奉上《杜诗笺》全书一包，又北平修绠堂来书二包，乞鉴阅。修绠堂书原系寄沪售给满铁者。特设法先行扣下拣选。明晨或后日晨，乞即见还为荷！敝意可购者已以○为记；请先生指示，或再选若干。施韵秋君不知今日先生能与之见面否？盼他

060

能于今夜或明晨来敝寓一谈。因有要事待商也。张芹伯处善本，恐平贾有攘夺意，故不能不与之细谈。又昨午至孙贾处阅书，计黄跋及宋、元、明版书凡七十一种，皆张葱玉物，非芹伯者。其细目，明晨当可取得。专此，匆候

公祺

振铎上

29/4/22

1940 年 4 月 23 日

咏霓先生：

昨午在中国书店得万历本《河防一览》八册（价四十元），甚为得意！又得《诗古微》一部。（价十八元？未商定。）兹奉上"首册"各一本，乞鉴阅。又从修绠堂打包书中（原拟寄平者）抽取《盟鸥堂集》二册。（虽残，极佳；中多征倭史料，故虽价昂至四十元，亦收之。）《南汉春秋》四册，兹亦奉上，请阅定。修绠堂孙君今晨来敝寓，下午即赴宁。所送各书，其价已开出。（约可打九折，正在商。）兹奉上，阅后，乞掷还。又瞿氏又交来书十五种，均佳；《毛诗注疏》尤为上品（宋版）。价共二千四百二十元，但可以二千元成交。（正在商，瞿君尚有难色。）兹先将帐单奉上，各书待后补奉。陶兰泉氏书款四千元，其支票已由何先生开来，兹附上，乞查收，专此，顺颂

公祺

振铎上

29/4/23

1940 年 4 月 24 日

咏霓先生：

兹奉上铁琴铜剑楼书十八册（计十三种），乞检收、鉴阅。尚有蜀本《宋书》（元、明补）及《茶经》尚在装修，故未能一并奉上。共估价洋二千四百二十元，今晨，凤起先生来敝寓，经与细商，已允以二千元成交。其中《毛诗注疏》及《宋书》均佳。至《春秋经传集解》原亦作宋刊，但凤起明言，实为明翻本。可见其诚笃！昨曾送数书至菊老处，兹已得覆，附奉，乞于阅后即掷还。修绠堂各书曾抽出数种，请菊老鉴定。菊老来函所云：《辍耕录》陶兰泉曾摹刻小字本，实则，此即兰泉摹刻底本也。专此，匆候

公祺

振铎拜上

29/4/24

1940 年 4 月 25 日

咏霓先生：

连续三日下午，会同晴湖先生，督视孙贾点交邓氏普通书，至昨日下午四时许，已全部点交完毕。约共二万册左右。（未计算。）不在底帐中之书，约有十余捆。其余皆与底帐相符。中约阙二三种，在查询中。普通书中亦有"善本"在。如元刊《唐文粹》及《本草》均甚佳。内聚珍各种亦佳。"内聚珍"曾据陶目细对，所阙者不及六十种，如合以杭州胡氏书所有者，则所阙者不及五十

余种，甚易配全也。汲古书亦可设法配齐。此二大类颇可珍视也。至孙贾所云"四万册"，实妄言也，殊为不快！昨在中国，得"内聚珍"《吏部则例》，凡六十九卷，二十二册，极罕见，价一百六十元。盖不在"聚珍板丛书"中者。兹奉上数册，乞鉴阅。又北平修文堂孙贾实君寄来明蓝校抄本《说郛》（嘉靖抄）全部，凡一百卷，十套，六十四册，极佳，本为陶氏物，索一千元，约八百元可成交。似亦不甚昂。此亦张氏校印本所据者。（商务出版。）张校本中多误字阙文，赖此补正者甚多，故亦甚可重视也。兹先奉上一套，乞阅定。瞿氏书以宋版《毛诗》为最佳，次为《宋书》，及《左传》，余皆"凑数"者耳。有此数种，二千之数，已不为昂也。专此，匆候

公祺

振铎上

29/4/25

1940年4月25日

咏霓先生：

上午奉上书一包及一函，想已收到。顷汉文渊又送来《大明一统志》等三书，似均尚佳。兹奉上，乞鉴阅。《一统志》最多不过三百元，《十七史详节》似可还价二百元；至左克明《乐府》恐至多不过值七八十元至百元也。尚乞裁决。致蒋函已拟就，兹奉上，乞改正后交还，以便再行誊清发出。瞿书款二千元，何先生已开出支票一纸，兹附奉，乞盖章；又支票领取证一纸，并乞盖章，以便

转交何先生。专此，顺候

公祺

振铎拜上

29/4/25

1940 年 4 月 29 日

咏霓先生：

　　数日来，晴湖先生因事告假未来，大约今明日或可以来此。传新书店送来周越然君托售之书七种，兹奉上，乞鉴阅。其中，以《郁仪楼集》为最精;《济【齐】云山史》似非全书，然亦佳。又，中国书店从傅节子（以礼）后人处得到明季史料及他书若干种，为选留若干。兹先奉上《小腆纪传》等数种，乞阅定。此数书皆极重要。惟《小腆纪传》有光绪间印本；因未得其本，故不能一校。他如《酌中志余》《岭表纪年》《甲申朝野【事】小纪》（共五编，最全）等，均未见过刻本。《南疆逸史》最佳。通行刊本皆为二十卷及四十四卷，此本独为五十六卷，确是全书，尤为珍秘。至万历刊本《络纬吟》及《嘉靖以来内阁首辅传》亦均罕见，似可留。价似昂。然中国得价亦高。经再三商议，可照码打八折。傅氏书尚多，闻可陆续售出。尚有《国榷》及《明末五小史》（均旧抄本）（傅书欲夺者甚多，乞千万秘之）亦可设法得到。惟其价恐将甚昂耳。敝意，关于史料书，如实在罕见与无刻本者，即价昂，亦不能不收下也。此类书，关系"文献"最巨，似万不宜放手。闻平贾辈近数日皆群趋至苏州，盖以苏州许博明及吴瞿庵二家留苏之书均将出售也。嘉业堂及张芹伯二处必须尽快设法。此数月中诚江南文化之生死存亡关头也。张芹伯好书最多。闻先生已至芹伯处谈过。深盼有一结果。平贾辈对此批书最为注意，且闻张氏亦正需款颇急也。如尚未与之商洽，务恳便中能设法与之一谈是感！附奉帐单二纸。

专此，匆候

公祺

振铎拜上

29/4/29

1940 年 4 月 30 日

咏霓先生：

奉上支票二纸及致何先生函一件，函阅后，乞即见还，以便归档。支票盖章后，亦乞交下为荷。修文堂孙贾在苏、常一带收书不少。《周益公大全集》为知圣道斋抄本，彭元瑞校，共三十二厚册，似极佳。又《杜律颇解》，极罕见，为吕晚村旧藏，似亦佳。周集以十元一册得之，似尚不昂。乞指示。彼尚有《皇明宪实》等史料书，不日亦可交来。《春秋大全》首册稍破，可修补，余皆完整，价约一百余元。又《说郛》亦以八百元成交，似不能算贵。兹先付彼三千元，实无问题。彼辈可代我们在各地收书，究竟方便得多，且易得好书也。兹共奉上修文堂书六种，共十一册，乞鉴阅。施君昨已来过，谈得甚久。张芹伯书索美金三万，姑置之，俟得其"目"后再进行，先生以为如何？施君当于明日

起至敝处编目。专此，匆候

公祺

振铎上

29/4/30

（《新唐书略》为天一阁旧藏，共十六册）

又，罗振常送到先生处之天一阁书，请万勿退还之。殊可宝也。

1940年5月1日

咏霓先生：

昨示及支票二纸均奉悉。孙贾支票一纸，已于今晨交去。《华延年室题跋》二册，兹附还，因敝处亦有之也。传书兹又奉上四种，二十四册，乞鉴阅。中国书店又交来《诗经图谱》一部，计十二册，绘画甚佳，是"美术"品，非仅"著作"也。初索价甚昂，经数日之接洽，大约可以八百元收之。如嫌过昂，则还之可也。惟彼辈拟携宁售之某奸，故甚踌躇，不欲放手。乞鉴阅并裁决。罗子经处所藏之天一阁书，皆其秘藏，不欲轻售者。几乎每种皆难得之物。乞留意是荷！孙贾伯渊昨又交来张葱玉托售之书单一批，共七十余种，书已约略看过，均不坏，而价极昂。其有黄跋之九种，尚不甚居奇。惜不肯拆售耳。除去不必要及重复之五种外，乞再加汰除，然后与之议价。闻均为张氏之原价，孙贾仅居间，成后，欲加若干佣金。其间，如金刊本《地理新书》等均孤本。阅后，乞将原单见还。欲提阅何书，当即嘱其送上。张芹伯书价目究竟太大；不知能以三四十万间解决否？嘉业堂善本书当可得到；其中明初刊本一千八百余种，实奇秘之宝藏也。出三十万左右，或可成交。刘晦之书，价更离奇。拟选购其中精华，不过十万八万左右。大约，除瞿氏书外，有八十万左右，便可网罗江南诸大家矣。但均须待款有确实着落时，始可加紧进行。现时只能姑事接洽耳。不必急急也。苏州方面，闻许博明及吴瞿庵二家所遗之书，均有出售意。故平贾辈又纷纷赴苏矣。孙贾伯渊及中国书店亦均于今晨去苏。将来不知"鹿死谁手"。然好书必可为我辈所得也。袁氏书大约再有半月，便可解决。此皆现时力量所能及者。想来蒋君方面必可续有接济。否则，一至夏秋间，便将艰于周转矣。晴湖先生迄未到敝处办公。有一函来，云，赴苏祭扫。不知在光华附中方面，是否亦用此理由告假？一二日内，甚盼能面谈一次。专此，匆候

公祺

振铎上

29/5/1

晴湖先生顷有电话来，云：已由苏回，明天可来此办公。

1940 年 5 月 3 日

咏霓先生：

前昨二函并送下各书均已收到。傅氏明季稗史佳者至多。惟不能全部同时得到，仅能分批零星购之耳。《甲申朝事小纪》，较谢

067

国桢《晚明史籍考》所著录者，多出"第四""第五"两编，又第三编多出四卷（计共多出二十卷，通行抄本及《痛史》本皆仅为第一二编及第三编之前四卷），可见其佳妙。此类史料书，不仅应传抄，实应流布人间也。俟集合数十种后，当汇为一丛书，与商务一商，设法刊行。先生以为如何？《络纬吟》等书，索价诚昂。然近来，万历本之书，往往有较嘉、隆乃至正德刊本为更趋时者；尤以罕见之"集"部为然。但当如尊意还价，暂行搁置亦可。然诸"史料书"则万不可放手！《诗经图谱》请即暂藏先生处。此书不易录副，以无好绘手也；诚不如付之石印。当与商务一商之。中国书店又送来傅氏书一批，除《郡斋读书志》及《清白士集》暂留敝处外，余均奉上，乞鉴阅。敝意《鲰闯》《剿闯》二书为最好；《野获编》如与刻本有不同处，亦可留。余皆中等物也。《贰臣传》排印本仅十二卷，此则为二十卷也。专此，匆候

公祺

振铎上

29/5/3

经昨日之大风波外，恐书价又将大昂，采购更觉为难矣。

1940 年 5 月 4 日

咏霓先生：

顷奉手示并书二包，均已收悉。傅氏书尚有不少；俟其续出时，当陆续得之。惟中经数手，未免出价要较昂些。且十分好之

书，以及旧抄旧校之本，均尚在观望，一时不肯捐出。兹奉上叶贾送来之《相臣传》（四十八册）（索价至少三百六十元），《后汉书补逸》（蔡子民校，可留。已还价七十元），《鹖冠子》（索价八十元）及《翰苑集》（索价乙百元）。乞鉴阅。敝意《鹖冠子》及《翰苑集》须斟酌再还价，或可不购。至《相臣传》及《后汉书补逸》，一因其罕见，一重其为蔡校，似均应留下。不知先生以为如何？施君顷送来刘晦之书目十二册，想先生已约略阅过。其书太杂乱，且宋刊与"新译"杂陈，仅取其量多，不计其质之好坏，实无大藏书家之风度。当以半月之力，另抄出一目，"眉目"或可较为清朗。似应选购，不必统收也。不知尊意以为如何？专此，顺候

公祺

振铎上

29/5/4

1940 年 5 月 6 日

咏霓先生：

昨示并书四包均已收到。各书价格，当遵嘱与叶贾一商。昨日见叶贾时，曾与之商《相臣传》事，其价已可减让至三百二十元。先生所示各书均甚佳，蟫隐庐各种尤好，价亦甚中平。不知便中能将《御倭条例》等数种交下一阅否？惟汪刻《文选》较为习见，价亦较昂。请暂缓付款，俟斟酌后再行决定，如何？款一千元，当即请何先生开出支票后奉上。修绠堂由平寄来书十四种（共十九册），

兹奉上，乞鉴阅。其中抄校本似皆极佳。均去岁冬天在沪得去者。《皇极篇》亦甚罕见。专此，顺颂

公祺

振铎拜上

29/5/6

1940 年 5 月 6 日

咏霓先生：

晨间奉上一函及书一包想均已收到。支票一张（一千元），已由何先生开出，兹奉上。又应付中国书店傅氏书洋一千五百元（先付，未结算），又《诗经图谱》八百元，共二千三百元支票一张，乞于加盖图章后交下。传新书店顷送来周越然所藏《永乐大典》二册，"李"字一册，尤佳，似不可放手。然每册索价至一千二百元，似太昂。如欲留，恐至少非一千元一册（或更要加些）不办。兹将该书二册奉上，请鉴阅，并请即赐还。因约定今日下午四时左右要来取还也。专此，匆候

公祺

振铎上

29/5/6

1940 年 5 月 7 日

咏霓先生：

昨示及《御倭军制》等三种，均已收到，各书均极可爱；《春

雨楼集》恐未曾石印，则诚是孤本也。《御倭军制》拟抄存一份。先生如欲抄者，乞示知，以便并行办理。《皇极篇》全书尚未寄到；俟到时，即奉上。法宝馆处函，昨已由晴湖先生处理矣。蒋函第二号，今晨已托何先生寄出。昨日"赵同璧"名之支票一张，系误行夹入；盖并非购书之款也。好在并无问题，多盖一章亦无妨。北平来薰阁主人陈济川昨送来澹生堂抄本《乐全先生集》（十四册）及《流芳录》（四册），均甚佳，兹奉上，乞鉴阅。价尚未商妥。此人与张凤举先生及我均甚熟悉；尚有燕赵人之侠气，颇可信托。彼欲代我们向北平各小肆收书，敝意似可托之。盖彼于各肆均可任意搬取，颇省我辈访求之劳；如有不需要者，亦随时可退还之。彼即将赴平，欲携去五千元。敝意此款必可无问题。先生如赞同，当即请何先生开支票。关于嘉业堂事，因关系重大，亦已嘱其暂时不必进行矣。专此，顺候

公祺

振铎上

29/5/7

1940 年 5 月 8 日

咏霓先生：

昨奉手示并书数包，均已收悉。交陈济川之支票一纸，已由何先生开出，兹附上，乞于加盖印章后交下为荷！汉文渊林贾又送来明清版书六七种，除所谓宋本《说文五音韵谱》系明版染色冒充，立即退还外，余六种，兹奉上，乞鉴阅。所开价均甚荒唐。（前者

此人以正德本《十七史详节》求售，索价亦极高，仅以二百元得之，合仅"四折"不到也。）其中似以《救荒本草》为最佳，惜不全。专此，顺颂

公祺

振铎上

29/5/8

赵万里先生来函云：有数书已寄出；俟寄到，即奉上，请鉴阅。

1940年5月11日

咏霓先生：

平贾辈近渐以其底货运沪求售，其中尽有佳品，亦有一部分是新收者。彼辈在山西、山东及湖北收得好书不少；河北境内尤多。王晋卿（文禄堂）昨寄来周宪王《牡丹诗图》及《太古遗音》等书九册，皆明初彩绘本。《牡丹诗》及《太音【古】遗音》皆有宣德刊本，然皆不附图。此附彩绘，似尤可贵。实是美术品，可作为明初绘画观。惜作者无名耳。王贾索值至五千元，可谓昂矣！闻为徐梧生旧藏。尚有他物，俟收到后，当奉上。前日在来青阁得《山堂考索》（正德本，甚罕见），共四集，二十二册，吴荣光旧藏，实价三百元；又得永乐内府刊本《历代名臣奏议》一百五十册（仅寄样本数册来，余书在苏，未寄到），价四百元。（尚是明代原装，不加装修。）此书极难得。（邵亭目已云然。）故立取其首二册回。兹并

奉上，乞鉴阅。周越然兄处《永乐大典》二册，已以二千三百元成交。（附送《齐云山史》一部。）兹由何先生开好支票一张，乞于加盖图章后即交下为感！专此，顺候

公祺

振铎上

29/5/11

1940 年 5 月 12 日

咏霓先生：

昨示并书一包及支票（二千三百元）一张，均已收到。"支票"当即交给传新主人矣。来青阁送来之《山堂考索》及《历代名臣奏议》，其价均已商之再三，似不易再予减削。无已，或将《考索》退回，而留下《历代奏议》，如何？乞裁酌。盖《奏议》篇页甚巨，实不易再得也。前示所云：《稗海》本《东观奏记》，兹从敝藏中检出奉上。乞便中一校。至《江淮异人录》则《稗海》无之。《函海》及《道藏》均有此书，而以《道藏》为最完全。不知能借到一校否？所需录副各书，正在着人抄录。俟抄就，当即奉上。《牡丹诗》等二书，拟还价四折（即二千元），不知可否？当遵嘱与何先生一商。文禄堂王贾昨又寄来书十二包，大半皆徐梧生旧藏，亦有甚佳者。据其来函云：零购七折，"全购"当可再行减削。敝意，可选购若干，而还以对折。不知先生以为如何？其中，似以《石渠宝笈续编》为最佳，《诗义矜式》及《存复斋集》次之。又前付来薰阁陈济川之支票（五千元），因图章模糊，退回。乞再补盖一章为

感！陈贾约定于正午时来取。专此，顺颂

公祺

振铎上

29/5/12

1940 年 5 月 13 日

咏霓先生：

顷由何先生交来慰堂先生一函，当即拟覆一函，兹并原函奉上，请阅后（去函乞改正）交下，以便誊清寄发。北平赵先生寄来三书，皆先已购妥者；均极佳！兹奉上数册，乞鉴阅。如需阅全书，乞示知，当补奉。又中国书店交来嘉靖刊《常熟县志》，为翁氏旧藏，绝为佳妙。北平图书馆所藏者仅残存"六、七"两卷，此为全书，尤罕见。不能不与美人一争。索价五百元，当可削减。又中国书店云：有《大清会典》三百余部，为内政部旧藏，被日人运沪拍卖，约万元可得。我们似可借款给中国购之，而取得数十部为报酬。（此书市价每部约二三百元。）慰堂正要此书，可立寄二部去；不费"分文"也。先生以为如何？专此，匆候

公祺

振铎上

29/5/13

1940 年 5 月 14 日

咏霓先生：

昨示并书一包均收到。致慰堂函已誊清；因关于"会典"事，

似须加入，故补写一段。先生如认为无问题者，乞即签名交下，以便再送何先生签名后，即行寄发。"经济"如有确切办法，刘、张诸家便可积极进行商谈。否则，即商谈亦无益。故甚盼我们第二号函，能早日得覆音也。今日所送三书，皆赵先生寄来者。《乐府诗集》重其为元刻元印，且傅校极多。《南枢志》凡六函，四十八册，兹补奉五函，乞察收、鉴阅。此书传本极罕见，仅千顷目中有之，凡一百九十余卷。此仅得其半。虽残本，亦至足珍。盖天壤间恐不至有"全书"也。嘉靖《常熟志》万不可放手。前万历《兴化志》，一脱手便追悔不及，不能再得。然彼书北平图书馆尚有之，此书则实国内孤本也。阅肆二十载，自信于坊贾情伪，知之甚谂。我辈决不至受其欺诈，亦不至浪费浪购。惟在情理中之"利润"，则不能不任彼辈沾之。盖商人重利，不利何商。但过分之索诈，则断断不能许之耳。于"公平""不欺"之间，我辈可信为十分慎审也。专此，顺颂

公祺

振铎上

29/5/14

1940年5月15日

咏霓先生：

兹奉上支票（五千元）一纸，乞于加盖图章后赐下。赵万里先生昨来一函，可见其为我们得书之苦辛；阅后，亦乞见还。《太古遗音》及《牡丹诗图》等二书，经送何先生看后，他觉得二千

元之款太昂。经面商后，拟以百元一册之价购之。（即九百元。）如王贾不愿售，则退还之可也。先生以为如何？张葱玉氏之书已从孙贾处取回，张由中国书店送来，其价必可大削。盖孙贾利心过重，平空加价不少。中国则甚为稳健、公平也。除取若干佣金外，决不会妄行加价也。书俟送来，即送上，请鉴阅。其中"好书"确有不少。（前单所列不重要之书皆已抽去，改换善本补入。）专此，匆候

公祺

振铎上

29/5/15

1940 年 5 月 16 日

咏霓先生：

今晨北平修文堂孙贾交来明抄本袁衮撰之《皇明宪实》八册，旧抄本《皇祐新乐全书》（？）八十卷（《四库》著录者仅为"图记三卷"），均绝佳。已送菊老处。俟取来，即奉上。有王贾者交来《两汉诏令》三册，尚佳，相传为宋版，恐仍是元、明间之物。索四百元。又有《唐大诏令集》二十册（不全），彼甚重视，明晨即讨回音。（索五百元。）《适园丛书》中有此书，不知能检出借下一对校否？（以其要取回，故拟在此一对，明晨还他书，以便削价。）又有《饮膳正要》二册，索一百元，乃新抄本，且缺页缺图甚多，绝不足重，拟决定退回。姑并《两汉诏令》一同奉上，乞鉴阅。张葱玉藏"善本"，已送来九十余种，其中佳者绝多，而中下驷亦有

之。拟于下午清理一过后再行奉上。储箱处已商妥：借法宝馆下层一大间，约可容一百余大箱；今日即可运储一部分，亦一快事也。各书已保火险十五万元，费三百余元，尚不为贵。专此，顺颂

公祺

振铎上

29/5/16

1940 年 5 月 18 日

咏霓先生：

昨托晴湖先生送上《皇明宪实》（袁裘撰）八册及《圣宋皇祐广乐图记》首册，乞鉴阅。《皇明宪实》确极佳，惜索价太昂（索一千元），正在商议中。《圣宋皇祐广乐图记》作伪之迹太显明，所盖各家藏印，无一不假，钱竹汀跋亦伪。各序均系挖改者。"全目"亦伪。然作伪者恐不会为近五六十年中人物。细审各序，恐是明人作。俟全书寄到后，当再详细校阅一过。如非郑世子《乐律全书》，或陈氏《乐书》之残帙拼合者，当亦是一奇书，一要籍也。我们如能恢复其本来面目，亦一大快事也。先生来示所云：以万元购经、史要籍，全不成问题。现所缺者，是足以压卷之若干宋版。刘晦之之宋版书九种，如能以五万元得之，便可以很成格局矣。惟闻罗子经将赴大连一行，将来接洽，恐不便耳。王荫嘉君有书单数张交来；曾去看书，大体皆好。张绍仁校之《汉魏丛书》最为重要。得此，无异得宋元及旧抄本数十部。王氏初愿甚奢，欲索二万元以上，经来青阁杨君居中商洽，约六千数百元可以成交。兹附上"目

录"一份，请先生阅定赐覆。敝意他书皆可放手，惟张校《汉魏丛书》及延祐刊《书集传》万不可放手。《汉魏》一书，关于古代文化尤为重大也。专此，匆叩

公祺

振铎上

29/5/18

顷得杨君电话，云：王君至少须七千元始可成交。乞裁酌！

1940年5月20日

咏霓先生：

昨来青阁杨君来电话，说王荫嘉所藏书，至少须七千元。我以相差仅数百元，不欲失之，即商之何先生，允以七千元成交。兹奉上支票一纸（七千元），乞于加盖图章后掷还，以便于明日下午交书时付款。慰堂先生顷来一函，兹附奉，乞一阅。来函所云书单，并未附来，故不知渝地所需为何书。俟书单到后，方可代为配购。王贾晋卿昨送来宋版书二部，一为《友林乙稿》（一册）索三千五百元，一望即知其为伪书，已退还之；一为袁枢《通鉴纪事本末》（首册），的是宋版无疑，索六千五百元，拟俟全书送齐后再细细审定。（兹附奉此书首册。）又来青阁藏有宋版《礼记》一部，实是宋版之"甲"，全无毛病，兹附上"书影"（即彼所影印者）二函，乞鉴阅。索八千元，当尚可让减若干。乞指示。又昨得明万历刊《皇明职方地图》一册（残存下卷），虽为残书，然极可贵，已

以五十元得之。先生以为如何？专此，匆叩

公祺

振铎上

29/5/20

1940 年 5 月 21 日

咏霓先生：

慰堂先生顷又来一函，兹奉上，乞一阅。"书单"已寄来，俟配齐，即陆续寄去。王荫嘉氏书，今日一时许即可送来。俟点交完毕后，当陆续奉上，请鉴阅。晴湖先生云：法宝馆楼下之一室，又生变化。范成法师云：欲举办孤儿院，不能出借。请先生便中与之一谈，乞其暂缓举办。同时，拟致函誉虎先生，请他维持。兹附上致菊老及誉虎先生函各一，如无问题，当即于下午发出。菊生因商务事赴港，外闻皆不知，乞秘之！铁琴铜剑楼瞿凤起君昨又交来书单一批，计码约四千余元，大约三千元似可成交。兹附上，乞鉴定。他欲先行支取二千元，以应急需，似可允之。乞裁决，以便请何先生开支票。专此，匆颂

公祺

振铎上

29/5/21

致慰堂一函，乞于阅后见还。观邮局致中央图书馆函，似大批古书仍不能寄渝也。

079

1940年5月22日

咏霓先生：

昨函奉悉。香港函，昨午已寄发。来青阁杨寿祺君已将王荫嘉氏藏书照书单点交清楚。（由晴湖先生监点），并已将支票一纸（七千元）取去，写一临时收据。惟单中有劳季言校《尚书故实》等一册，据王君云：此书遍觅不获，恐已失去，故未交来；又有《辽阳防守记》亦未交来。现正托杨君设法与王君交涉，俾得全部交齐。兹先将先生来函所需各书检出送上。《汉魏丛书》确极佳。凡三十册，完全无缺；中亦有黄荛圃校笔。兹先奉《春秋繁露》一种，乞鉴阅。（邓氏藏《繁露》四册，并附奉。）吴印丞诸人所校"词"，凡二十七种（王氏单中作一种计算），细字密校，功力至勤，亦极可贵。高丽版《武经七书》及元版《书集传》均是善本之"甲"。元刊本《瀛奎律髓》，为今日诸传录本之祖，尤为白眉。明日当续行奉上。张葱玉书索价过昂。然十分之七八，皆上品。施君已编就一目。明后日稍暇，当按目检书，请阅定。北平赵万里先生来函云：端节前有好书可得，要再汇去三千元，兹已请何先生开出支票一纸（托敦泰永汇去），兹并瞿氏款二千元支票一纸，一同奉上，请加盖图章后交还为荷。专此，匆候

公祺

振铎上

29/5/22

兹奉上：

邓氏书　《春秋繁露》　四册

王氏书　（一）张绍仁校本《春秋繁露》一册（甚佳，曾略

校，大半与《大典》合）

（二）元版本《书集传》六册（佳）

（三）嘉靖本《法藏碎金》五册（惜有抄配）

（四）宣德本《周易参同契发挥》三册（惜有抄配）

共书五种　十九册

1940 年 5 月 24 日

咏霓先生：

修文堂孙贾昨送来明初刊《大明清类天文分野之书》二十册，似甚佳，各家书目皆未著录，其中缺页，恐亦无从抄配。自《大元一统志》遗佚后，官刊"地志"恐将以此为最早者矣。故我甚重视之。索八百元。孙贾云：此为北平之价。至少须七百二十元可售。乞裁定。又上海书林朱君昨送来孔荭谷抄校本洪适《盘洲集》十册，似亦不坏。乞鉴阅。（索价二百四十元，约二百元可得。）王荫嘉处之书，正在清理中。当嘱施君另抄一目，以备先生按目提书。其劳氏校之《尚书故实》一册，则始终云：遍寻不获，未知是否实情。前送上之《诗经图谱》，忘著者姓氏，乞便中示知为荷。专此，匆候

公祺

振铎上

29/5/24

又，前送上来青阁之三书，《义山集》等，如先生决定留下，

不知能付款否？因彼催促甚急也。

1940 年 5 月 25 日

咏霓先生：

　　文禄堂王贾送来陈寿祺稿本《三代化范》二函（此陶氏物也），甚佳，索二百四十元，尚在情理中。又修文堂孙贾代向北平配来"内聚珍"若干种；其中以《八旬盛典》为最罕见。兹并附奉，乞鉴阅。又富晋书社送来嘉靖本《山东通志》等数种，尚佳，并奉上，乞裁定。（其中黄刊三种及《水东日记》似可不购。）前日送上之书一包，不知已审阅毕否？王贾之《太古遗音》及《牡丹谱》等二种（九册）坚持非二千元不售；而据何先生意，每册百元已是勉强。不知先生意如何？敝意，如能减让至一千五百元左右，似可留。先生有意自购否？我实在无力，否则亦思留之也。来青阁送来之《李义山集》等书，先生欲留之否？乞示！陶氏书四箱，闻已寄到。请嘱其送到法宝馆，因何先生欲提阅《何文定集》也。专此，匆颂

公祺

振铎上

29/5/25

（富晋及孙贾书目阅后乞见还）

一　富晋书五种　　八册

二　王贾书一种　　二函

三　孙贾书一种　　一函（共四函，兹送上一函）

1940年5月28日

咏霓先生：

连日费许多工夫在选择刘晦之善本书，大约以宋、元本为主；以"书目"明日便须取去，故不能不尽快写完。可有一厚册，留备参考。其中残本过多。惟提出另售之九种宋本（目附）及黄跋最为精妙。其"精华"殆全在此。得此，余可不必问矣。李紫东昨为此事，来谈过；据云：至少须五万五千元。刘氏全部索价四十万（地方志尚不在内），然得此九种，似尤胜于得其全部也。俟菊老回，当再详商。先生前函所云《法藏碎金录》，系王荫嘉书中物，故不必退还。罗君曾托施君交来书数种，已退还数种，兹将留下之数种并原单，奉上，乞鉴阅。又叶贾铭三亦交来书数种，并奉上。裁定后，恳即示知。前日奉上之瞿氏书单，如已阅毕，盼即检出交下。支票二纸奉上（附致何先生函，阅后，乞交还，又孙贾书单七纸），乞于加盖印章后交下。专此，匆候公祺

振铎上

29/5/28

又汪刻《文选》，可购，请代付款。晴湖先生云：有宁波某氏书，价一千元，亦请代为接洽。

1940年5月29日

咏霓先生：

文禄堂王晋卿昨午来谈甚久；彼即将回平，恐在此未必有所

得。彼所送书，除《玉山名胜集》《玄对》《朱子年谱》及《河南二先生集》四书已遵先生来示付款外，《春秋集传》等均已退还。（《徐北郭集》疑系旧纸新抄，亦已退去。）尚有《存复斋集》（原价六百元）及《石渠宝笈续编》（原价一千二百元）似均甚佳，尚未解决。"续编"彼欲以对折计算（即六百元），《存复斋集》则欲以六折计算（即三百六十元）；又《太古遗音》及《牡丹谱》等二书，彼云：最低价为一千五百元，不能再少。均乞裁示，以便付款。又传新书店徐贾前持杭州杨氏所藏《紫光阁功臣像》二幅求售，索价至每轴一千元，虽以价昂不拟购，然实不欲退还之，盖以彼欲销"洋庄"也。兹奉上"说明""照片"及原画二幅，乞鉴定。昨徐贾来，云，此画二幅，并附上之"书目"（共一百二十一种）中书，欲合售二千二百元。细阅"书目"可取者约有二分之一。究竟应如何还价；或"书"与"画"分二起谈如何？均乞指示。昨日奉上之书单均乞便中交下。又昨函忘附刘晦之"九种书"单，兹附上。专此，匆候

公祺

振铎拜上

29/5/29

1940 年 5 月 31 日

咏霓先生：

昨午交下之陶氏书四箱，经略略点阅，觉得均不坏，价亦尚廉。其中有《雍大记》一函，最佳。即此一书，照今日市价，可值

五百元左右。余如《容台集》《宋学士集》等均罕见。闻尚有不全零本若干堆存贵处，当嘱晴湖先生略加清理，作一目录，盖残本亦甚有用也。传新书店介绍之杭州杨氏书及《紫光阁功臣像》二幅，经与何先生商定，以一千九百元成交。兹奉上支票一纸（一千九百元），请于加盖图章后交还为荷。《寒支集》余书，兹附奉。此书我曾于富晋得一部，毁于"一·二八"之役，阅此，殊感凄怆也。专此，顺颂

公祺

振铎上

29/5/31

1940 年 6 月 1 日

咏霓先生：

顷奉二函（内支票一纸）并书一包，敬悉一切。《二十四史》等俟阅毕即奉还，此批书尚不贵，可购也。北平修绠堂孙贾又寄来书一批，除重复者已立即退去后（《罗整庵集》是否重复，未查），余书兹均奉上，乞鉴阅。敝意史料书若《明初伏莽志》《鸿猷录》等，价虽昂，亦应留之；其他"版本"书则应大加斟酌矣。不知尊意以为何如？闻北平邃雅斋因收书不易，已将"存"书均加价八成。（赵君来函云云。）可见近来书价之日涨！匆候

公祺

振铎上

29/6/1

1940 年 6 月 1 日

咏霓先生：

　　兹奉上致何先生函一通并支票一纸（五千元），请于加盖印章后并何先生〔函〕一同交下为荷，专此，匆候

公祺

振铎上

29/6/1

1940 年 6 月 3 日

咏霓先生：

　　昨交下之修绠堂书二包及来示均收到。先生对于此批书单，去取之间，至为慎重，且意见大致相同，极佩！《宋人小集》等全书，当去函该店索寄。该店之折扣，大抵九折或八折，故《易经识余》一书如打八折，则为一百四十四元，不及一百四十元也。诸肆皆有恶习，某家还何折扣，彼等便将书价如何开法。（做"买卖"者决不肯吃亏的。）记得有一笑话：北平易某惯例还价极低，如开一百元，必还以一二十元。于是各肆开价，如值一百元者，必开价一千二百余元。我曾见其"书单"，曾为之大吃一惊。此亦可见估人之善于"揣摩"人意也。此单中各书，先生认为可退，而敝意似尚可留者，有《舒梓溪文钞》《建文朝野汇编》及《开元占经》三书。如价可削（内容尚佳），当留之也。先生以为如何？至大德本《唐书》及《晋书载记》当待菊老归时解决。全校《水经注》及陈刻《廿四史》兹附还。富晋各书，《山东通志》（八百元）以七折解

决；弘治本《纲目兵法》（七十元）以六折解决（即四十二元）。如此，似均尚平平。《水东日记》索四百元，实太昂，即打了六折，还是二百四十元，故收否仍未能决定。乞裁决！《全芳备祖》无一不假，实新抄本也，算抄工纸价，不过一百余元耳。如能以一百元至一百五十元收之，则作为校勘之底本亦佳，否则，当退还。黄刻《三传》，因价昂，已退还之矣。修文堂孙贾之《大明〔清类〕天文分野之书》（二十八册），据北平来函，非七百元不售；本欲退还，因其罕见，尚踌躇不决。乞指示！"内聚珍"各种，加入孙贾交来者外，所缺者不过二十余种，当即可配全，亦一快事也。赵万里先生寄来俞大遒校辑之《续武经总要》四册，天一阁旧藏，人间恐无第二本。得之大喜！先生当亦有同感！俞氏书之获得，或即征"倭"得胜之先声也！惟价昂至三百五十元，未免有些憾惜。孙贾又交来明抄本书数种，兹将首册及"书单"附上，乞鉴阅。专此，匆候

公祺

振铎上

29/6/3

又附上《元儒学案》抄本二册，不知有用否？

1940 年 6 月 5 日

咏霓先生：

昨示并书，敬悉一切。菊老已回，顷有函来，嘱往一谈，并云：玉虎先生有一函交法宝馆董事会。当于今日下午或明日下午，

即往菊老处面谈。详情容后奉告。平贾东来阁托修文堂转送来一批书；兹奉上，乞鉴阅。又平贾孔某在苏州得万历刊本（北监本）《十三经》全部，甚佳！且有人以宋本校过。惜校者无大名耳。此书似可购，以其为基本书也。初索八百元，后乃落至六百元。兹奉上二册，可购否？乞裁决！专此，顺颂

公祺

振铎上

29/6/5

1940年6月6日

咏霓先生：

昨示及书二包均收到。《光华纪念册》二本亦已拜领，谢谢！已以一册转送何先生矣。在辛苦艰难之中，奋斗缔造，有大成功，乃是一伟大之事业也！敬祝光华不朽！鄞某氏书十种以千元得之，价甚相当。其中康熙、雍正刊各"方志"，尤廉；据坊贾云：此种方志，每部至少可值百元也。兹附上支票一纸（一千元），即付此款。各书请暂时留存先生处。又瞿凤起君处之书二十种，原索四千四百余元，经中国书店郭君之估价并再三与之相商，已允减至三千元。除前已付二千元外，尚有一千元，兹亦请何先生开好支票一纸（一千元），乞加盖图章，又修绠堂第一批书，计二千元，修文堂之《大明〔清类〕天文分野〔之〕书》七百元，"内聚珍"十六种共六百四十二元，计共一千三百四十二元，此二批款，亦已由何先生开出支票二纸，兹并附上，乞于加盖图章后交还。孙贾伯渊介绍宗氏明板书及抄校本共

六十六种（目附），前已阅过十余种（有红笔记者），迄未解决。兹欲全售，共二千元。较之平贾所开价，实可谓廉甚！其中虽有若干种重复，然无多大关系。此批书可与陶氏书"相得益彰"。何先生与敝见相同，均主购下。不知先生以为如何？现下存款若干，今晨已面询何先生，据云：约存八万元不到。故以后购书不能不慎重。想来必可续有款到。何先生甚主购大批书。敝意则以为：普通书可不必零购，比较特别而罕见之书则似有留下之必要；故零购亦不可废也。总之，以得书为主。先生以为如何？抄本之《元儒学案》，价十五元。上海书林送来书十余种，为选下四种，兹奉上，乞鉴阅。专此，顺颂

公祺

振铎上

29/6/6

致何先生函兹附上，阅后乞见还。

1940年6月6日

咏霓先生：

来示奉悉。某君之书十种，何以已以一千元成交而忽取销前议？"方志"数种，价实甚廉。不知是否前途反悔？乞便中示知。支票一纸（二千元）先生忘却盖章，兹特附上，特再加盖一章后交下为荷。专此，顺颂

公祺

振铎上

29/6/6

1940年6月9日

咏霓先生：

前日晤菊老，交来叶先生一函（致关、费、钱及范成者），已转致范成。大约法宝馆可望成功；如关先生暂时不办孤儿院，或不借法宝馆为教室者，此事便可成功。晤关先生时恳一提及。陈乃乾君交来宋人写经五册（一木函），兹奉上，乞鉴阅。后有沈子培跋。最低价要三百六十元，似是真品，宋人写经较之唐人写者尤为罕见。虽无甚文献价值，但亦一"佛藏"目录中之要籍也。又北平通学斋孙殿起君送来谭献校《一切经音义》四册，索二百元，并乞阅定。《元儒学案》款十五元，已代付。专此，顺颂

公祺

振铎上

29/6/9

1940年6月12日

咏霓先生：

经数日之力，已草就致慰堂先生第三函，乞削正后交还，以便再送何先生阅定发出。专此，顺候

公祺

振铎上

29/6/12

1940 年 6 月 13 日

咏霓先生：

今晨来示敬悉。致蒋函已交何先生阅定矣。阅后，即可誊清发出。兹奉上传新及王贾送来来书一包。王贾之价，大是荒唐。应加痛削。宁可不购退还，俾彼等不至"居为奇货"也。专此，匆颂

公祺

振铎上

29/6/13

1940 年 6 月 15 日

咏霓先生：

兹奉上富晋书社送来书籍二批，第一批初选暂留二十二种；第二批初选留下十二种，乞鉴阅。阅定后，乞赐示！该肆所开书价均甚大。有的可还以六折，有的还不值对折，均乞裁决。专此，顺颂

公祺

振铎上

29/6/15

1940 年 6 月 18 日

咏霓先生：

法国继荷、比而屈膝，世界形势恐将大变。然对中国恐亦未必有害。兹奉上支票一张（五千元），已由何先生盖章，乞即加盖一章交下为荷。施韵秋君送来一函，并蟫隐庐书单一纸，其价均尚合理，

且均尚有用，似可全留。乞酌定示知。中国书店亦送来罗氏书数种，价均极昂。敝意《登科录》当留之，以其有关"史事"甚巨也。余皆不妨退还。先生以为如何？万有送来"丛书"数种，尚可留，兹亦送上，乞阅定。（以上书二批，共十六册。）又陈乃乾君介绍顾栋高《万卷楼集》一部，兹亦奉上。此书从未刻过，自去冬即议价，至今方商妥，以五百元成交。先生以为如何？彼在去岁，所望乃在千金左右也。敝意此类未刊稿，关系甚大，似不宜放弃也。专此，匆候

公祺

振铎拜上

29/6/18

1940 年 6 月 24 日

咏霓先生：

此次致慰堂先生函，因极冗长，且附有书目，故抄了好几天。兹附上，乞签字后交下，以便再送何先生签字发出。传新书店送来之《尚书日记》及《春秋标题》，经商谈，已减至六十五元。（较先生所给价为廉。）兹将全书送上（发票一纸附），便中乞付款，以便转付徐贾。数日前苏州严贾来沪，带来"首本"数百种，为选留数十种，均尚佳，且大部分为史料及有用书。俟将"目录"及各书清理完毕后即奉上，请鉴阅。（由来青阁经手）近来所得书，以史料为主，究竟有实用，且已甚有成绩。殊感高兴！赵先生从北平寄来《今史》一部，极佳。明日当奉上。敝意明代版本书，如蒋处款未续来，只好以购宗氏书（二千元）为限，余皆暂不问津，专力购置

"史料"及"应用"书。先生以为如何？乞指示！平贾董会卿（邃雅斋）在沪时，曾谈及：有好书甚多。今晨已将该目寄来。（乞用另纸批注，因该目须寄还该贾也。）兹附奉，请留阅。我已于该目上加圈；双圈者尤佳，皆着意于史料书。敝意此目中他书皆极昂，惟此类书，价虽昂，却不能不收。若《岭南文献》《岭南焚余》《大明一统名胜志》《三朝宝训》《抚津疏草》等，尤不能不收。董贾索价素高，然若《皇明鸿猷录》，索价二百元（修绠堂索三百元），似尚在情理中也。俟先生决定后，当即嘱其寄书来细阅。见此目后，颇觉北肆中好书确尚有不少也。专此，顺颂

公祺

振铎上

29/6/24

1940 年 6 月 27 日

咏霓先生：

兹奉上从苏州严贾处购下之书第一批共二包（《脉望》一书，暂留敝处），乞鉴阅！此系从数百种中选得者；以其除二三种外，价均尚廉，故作主留下。（因严贾急欲归去。）此中，如有公家不必留者，敝处可自行购下。又王贾送来书数十种，为选留十六种（十七册），兹并附奉，乞便中再加选剔为荷。匆此，顺颂

公祺

振铎上

29/6/27

1940 年 6 月 28 日

咏霓先生：

昨日附下之五元已收到，当转帐，乞勿念！叶贾铭三交来书数种，兹奉上，乞鉴阅。《宋人小集》数种，似为振绮堂所自辑，他处似皆无之。李拔可先生曾介绍费子诒君来谈，交来书目一册，约共一百余箱；内明本有一千七百余册，抄校本有一千二百余册，余皆清人著作，有实用价值者。索六七万金之谱。曾交来青阁估价，据云：约值三万金左右。然杨君所估之价，似较低。亦当询之陈乃乾诸君，据云：约可值四万左右。兹将"书目"附上，请细阅后见还。又北平来薰阁陈济川君新自平来，亦开来书单一纸，兹并奉上，乞再加选剔。（已以蓝笔加单圈及双圈。）专此，顺颂

公祺

振铎上

29/6/28

1940 年 6 月 29 日

咏霓先生：

晨示拜悉。叶贾支票一纸，暂存，俟其来取时再付。昨款五元，尚余一角四分（共四元八角六分），兹附还。蒋款如无继，势非结束不可。但蒋君前函及此次函，均有续筹之说，故可望仍有若干汇来。如能照第二号报告所提议者，则可有七八十万之谱；但至少二三十万想必可有也。故此时宜谨慎的使用余款，但可不必停顿。宗氏书（二千元），购买已不成问题，惟因敝处积书已多，实

在无地可容，故嘱其暂缓送来耳。刘晦之他书可不购，其宋版九种，则必当购之。菊老亦以为须购，惟嫌价昂。然此价实尚在情理中。若其全部藏书索四十万元，则诚昂也。或托人与晦之商量，先付定洋一二万元。俟款续到，即可付清。据韵秋云：此事由罗子经经手，连旧抄本《圣济方》一部（开花纸抄，绝佳，怡府旧藏，索六千元），其价共五万六千元。想来一时不会有人要，不妨缓缓商之。若经李紫东手，则此九种书，至少须五万五千也。近来正嘱郭、施二君在编"善本"目。翻检所得，已甚可观。不仅可对得住良心，且在实际上，亦可对付任何人也。以不到二十万元之款，而所收者有如此之"质"与"量"（版本书不少，善本目可有二册以上），诚可谓为"煞费苦心"者矣！敝意，如款续来者不多，则除刘书九种外，应集中力量，购：（一）四库未收及存目之书；（二）丛书；（三）清儒稿本及著作；（四）宋、元、明版之较廉者；（五）史料书。若蒋款续来之数在五十万以上，则可设法进行嘉业、适园所藏；并多购方志矣。不知先生以为如何？敝意，以万元购"丛书"，二万元购"史料"，三四万元购清儒著作（此等书现极昂），已甚可观；且以现在之余力，尚可应付有余也。关于"丛书"部分，敝意拟先将近五十年来之刊行者，全部购齐。嘉业、适园、徐氏、玉海堂、董氏、陶氏、（罗、瞿二氏所印者已购齐）缪氏及《安徽》《四明》诸丛书，均不难收齐，且亦极为有用。次则，可收乾、嘉及明代之"丛书"矣。惟《道藏》及《正续大藏经》亦必须先收。"史料"书则现在所收者已不少。张尧伦君有太平天国及鸦片战争一百六七十种，初索二千一百元，商酌再三，约可以一千七百元得之，诚"近代史"料一巨观也。（彼搜集已近十年。）总之，我辈收书，不重外表，不重古董，亦不在饰架壮观，惟以实用及保存文化为主。持此宗旨，想来决不会有人说闲话也。且有几部书或疑为古董，实则，自有其重要价值，决非古董也。如有百万之谱，则所收书，则可较北平图书馆为更可观。盖北平图书馆宋、元版本书过于残零，而以后所收书亦嫌过于无计划，太觉零碎也。（观其善本目便知之。）我辈之工作，完全为国家、民族之文化着想，无私嗜，无偏心，故可得好书不少，且眼光较为远大，亦不局促于一门一部，故所得能兼"广大"与"精微"。但望此宏愿能实现也。（观蒋函，似必可实现。）此愿如能在炮火中实现，则保存民族文化之功力，较黎洲、子晋、遵王、尧圃更大矣！近半年来所做者不过预备工夫而已。大抵平、沪一带各重要货色，皆可网罗一空。（以北平而言，几家大肆，若修绠、修文、文禄、邃雅、来薰等皆已尽其所有，开列书目寄来。）将来所应注意者，彼辈新收之书耳。大抵经我辈如此一收罗，重要之书，流落国外者可减至最低度；甚至可以做到：非经我辈鉴定认为不收，可任其出国外，余皆可设法截留。盖贾人重利，以此法禁其外流，较之禁令似尤为有效也。然此半年来，心力已交瘁；所费时间尤多。先生所费心于此者亦已极多。但觉此事于国有利，故尚可敢言"劳"也。匆匆，不尽所欲言！蒋函附上。阅后，乞见还，以便归档。专此，顺颂

公祺

振铎上

29/6/29

1940 年 7 月 1 日

咏霓先生：

赵万里先生昨从北平来此，已晤谈，甚为畅洽！赵先生为我们尽力极多，似应在数日内宴请他一次。不知先生以为如何？来薰阁所开之书单，其价确有极昂者，但其中亦有较他肆为廉者。当分别还价，且须俟其"首本"寄到后再商定。张尧伦君之太平天国史料等一百五十余种，已由何先生开好支票一纸（一千七百元）乞于加盖图章后交还，以便持款取书。朱骝先先生有一电来，兹奉上，乞一阅。阅后，乞即见还，以便再转给菊老诸位阅看。此款如到，则我辈购书计划当重行支配。此事关系甚大，似须仔细商议一次。先生何时有暇，乞决定一时间茶叙。或于茶叙后，再找赵先生来吃饭，如何？我给先生之长函，能便中带下，以便与先生之函，同时摘要提出讨论。何先生云：他亦极赞同先生之意见也。专此，匆候

公祺

振铎上

29/7/1

1940 年 7 月 12 日

咏霓先生：

赵斐云兄支票二千元，已由何先生开出，请于加盖印章后交还，以便转付为荷！斐云携来代购书不少，多极罕见之品。俟清理后，当陆续奉上请鉴阅。费氏书，经李拔可先生居间，已商谈妥

当，计价三万元，由费氏加添元刊本《沧浪吟》及《李长吉集》二种；当于下星期一请何先生开好支票，于星期二取书付款。此批书实在不贵；中多清儒实用书；得之，尤足补前购各批书之不足也。专此，顺颂

暑祺

振铎上
29/7/12

1940 年 7 月 15 日

咏霓先生：

何先生昨日交来一函并支票一张，兹奉上，乞酌定。朱先生等所拟办之月刊，大约名《中国学报》，规模甚大。先生如赐鸿文，深所盼祷也。费氏书下午可去点收。中午时，可将支票取得，交上请先生盖章也。专此，匆候

暑祺

振铎上
29/7/15

1940 年 7 月 15 日

咏霓先生：

今晨支票一张，已交何先生收；兹将何先生补具之函奉上。阅后，请并前函一同交下为荷。费氏款三万元，共开支票二张，一为一万元，一为二万元，请加盖图章后交还。今日下午，即须

偕晴湖先生前往点书。大约明日可以点毕，即付款。赵万里兄续寄之书，兹奉上六种，皆绝佳之"史料"书也。先生鉴阅后，乞便中交还，以便编目。专此，顺颂

暑祺

振铎上

29/7/15

一、钟氏四种六册一函中有《倭奴遗书》最佳。

二、《中庸集解》一册一函元刊本，纸背有元代物价。

三、《吕氏实政录》十册一函

四、《今史》九册有范景文印，极佳。

五、金双岩《西台封事》《两河封事》等四册一函

六、《抚郧疏稿》二册一函

共计六种三十二册

1940 年 7 月 20 日

咏霓先生：

赵斐云先生所购各书想已阅毕。《方瑞生墨海》正在拍照制版；下星期可以奉还，乞勿念！顷由何先生转来朱先生一电，兹奉上，乞批注意见。电码不明者甚多。最重要者为"善本"运美存放事。此事似可照办，惟手续上极为麻烦，非由美使馆与中央接洽妥善后，用使馆名义运出，始可稳妥无患。否则，恐不免有留难之处，邮寄尤为不妥也。所谓"善本"，似当以批校本，稿本及宋、

元本，明刊精本为限。如此，则数量不至过多，运费可省，且亦可不至引起注意也。尚乞先生批示为荷。（其实，存沪实可无忧。北平图书馆之书，亦均存沪也。）专此，匆候

暑祺

振铎上
29/7/20

费氏书已点收并运存法宝馆矣。

1940 年 7 月 21 日

咏霓先生：

昨上一函，并附朱电，想已收到。先生批注后，乞即交下，以尚须送菊老阅覆也。致慰堂函已誊清，请签字后交还，再转何先生签字寄发。（寄发方法甚稳妥，可不经寻常收信员手，亦不经检查，故可放心。）施韵秋君为嘉业事已谈过数次。想彼亦已与先生接洽过矣。有成交可能，问题实在价格方面。至价格若干，实须仔细估计一下才能决定。连日因招生事甚忙；本星期内当偕赵斐云兄至先生寓畅谈。不知星期三四下午何时有暇？乞示知，以便转约赵兄。专此，匆候

暑祺

振铎上
29/7/21

1940 年 7 月 25 日

咏霓先生：

何先生拟就致朱先生电稿一通，请指正后，即行交还，以便明晨再送菊老处阅定，即可拍发。专此，匆候

暑祺

振铎启

29/7/25

1940 年 7 月 26 日

咏霓先生：

前日谈甚畅。兹奉上支票一纸（二千元），乞于加盖印章后即行交还为感！昨由陈乃乾君经手，购得平湖葛氏书数种，均尚佳。（欲奋之者大有人在，甚怪！此事将来可面谈。）作留作"烬余"之纪念物也。近来购书皆以刘、张二家之"目"为标准，凡在"目"中者皆摒弃不收。先生云：欲开单访购。此正其时！暇时，乞随时开单见示，以便留意采购。（惟不可为估人所知，知则价必大昂矣！）专此，匆候

暑祺

振铎上

29/7/26

1940 年 7 月 29 日

咏霓先生：

昨谈甚快！今晨晤何先生，知由马爵士处拨付之款（十万）已

可照付；大约明后日即可存入银行；又，教部借款，亦即可归还。如此，本星期内，刘晦之宋本九种，便可解决矣。兹拟就"今后购书之目标"及"今后经费分配计划"二纸，乞先生指正、增删后提出讨论为荷。已与何先生提起，准定在下星期一二下午四五时在敝寓茶叙。俟约定菊老诸位后，当再约先生也。专此，匆候

暑祺

振铎上

29/7/29

1. 今后购书之目标

一、"四库"著录各书之乾隆以前刊本，抄校本，及乾嘉以来与"四库"本不同之抄校本；

二、"四库"存目各书；

三、"四库"未收书；

甲、乾隆以前著述，

乙、乾隆以后著述，

四、禁书目录所著录各书；

五、前代及近代丛书；

六、清末以来之报章，杂志；

○ 已购各书，尽快编分类书目备查；

○ 未备各书，开单（分缓急二项）采购；

○ 尽快在一年以内设法多购（一）至（四）类各书；

○ 在半年以内设法全购（五）类各书，多购（六）类各书。

2. 今后经费分配计划

一、刘晦之藏宋本九种约五万五千元;

二、刘晦之藏其他重要宋元本及抄校本,约五万元;

三、嘉业堂善本书一部分,约二十万元;

四、张芹伯藏宋元本及明刊善本、抄校本,约三十万元;

五、张葱玉藏宋元本及明刊本、抄校本,约四万元;

六、徐积余藏抄校本,约三万元;

七、平、沪各肆善本,约五万元;

八、零购,每月约五千至一万元,一年共约十万元;

九、新书,约二万元;

十、临时费、办公费约一万元(包括薪金、木箱、纸张及其他购置零用。以每月八九百元计,一年共约一万元。现存,约四万元,续到八十万,相差一万左右,有伸缩余地。)

共约八十五万元左右。

1940 年 8 月 1 日

咏霓先生:

兹奉上何先生一函及支票二张,送款簿一册,阅后,乞即交还,以便转交何先生。支票上乞不必盖章。教部及朱君借款均已归还;何先生致先生函即火之可也。专此,顺候

暑祺

振铎上

29/8/1

1940 年 8 月 2 日

咏霓先生：

近来新书价格飞涨，商务出版者，竟有加价至一百分之一百二十以上者。例如，《夷门广牍》原价三十五元，现售价为九十六元，几增至三倍。《四部丛刊》市价在千元以上。白纸者，有人出一千二百元，尚无购处。此类书，如遇廉者，似拟购下，不知先生以为如何？顷有上海书林王贾介绍某家有黄纸《四部丛刊》一部，又同文《廿四史》一部，共价一千二百元。《廿四史》我们已有不少部，拟以三百元代价，让售给何先生。如此，则《四部丛刊》合价九百元，尚不为昂。（连琉璃厨四只在内。）兹附上支票（五千元）一纸，请加盖印章，以便支用，为荷！刘晦之所藏宋版九种，经与李贾紫东，王贾淳馥细谈数次，可以五万三千元成交。较前价五万五千元已减少二千元，似即可购下，以免"夜长梦多"。不知先生意见如何？乞指示！如荷同意，乞即示知。以便请何先生开支票，当可于本星期日书款两交也。专此，匆颂

公祺

振铎上

29/8/2

1940 年 8 月 7 日

咏霓先生：

刘晦之所售宋版书等九种，昨方由银行库中赎出，已点收，尚少马令《南唐书》一种（明抄，黄校），据王贾云：即日可觅出送来。

现扣留开花纸抄本《圣济总录》一部在此（共十六函）。如"马"书不送来，《圣济录》亦不还之。此数书经细细翻阅，实为国宝。其中《中兴馆阁录》《吴郡图经续志》及《新定续志》皆著录于《百宋一廛赋》中；《五臣文选》为海内孤本；《广韵》为菊老旧藏；《礼记》为袁克文旧藏；《弘秀集》为书棚本，疑为天禄琳琅中物（未查）；《史记》虽为元刊本，然"牌记"俱全，绝佳。（明有元代年号，不知刘目何以误为宋本。殆未翻检全书款？）陆游《南唐书》为顾千里、黄荛圃合校，有顾跋一，黄跋三。置之善本甲库中，此数书皆可谓"甲"中之"甲"者！地志二种，尤为今存地志中之最古刊本。为价五万三千，虽昂，实亦值得也。先生"计划"及书单，如已拟就，即可开一次谈话会，并传观此一批书。会后，拟托菊老将此数书先行存库。先生以为如何？嘉业堂善本目四册（宋元目及抄校本、稿本目不在内），经一月余之慎重考虑与研究，曾检出第一批拟购入之书若干种。（在目上以○○为记。）前日曾送至菊老处；顷得覆示，兹附上，阅后，乞即见还，以便再送何先生一阅。菊老似矜惜"经济"力太过，殆未知我辈与嘉业主人交涉之经过。开会时，当可详为解释。此类书多半为"史料"及集部孤本、罕见本，我辈不收，欲得之者大有人在。保存文献之意义，便在与某方争此类"文献"也。专此，匆颂暑祺

振铎上

29/8/7

附嘉业目四册

1940 年 8 月 8 日

咏霓先生：

昨示奉悉。原谈之刘晦之宋本等书九种（《中兴馆阁录》及《续录》作一种计算；马、陆《南唐书》亦作一种计算），并无《圣济总录》在内。此次王、李二贾来谈，亦欲并将《圣济总录》合售；费了许多口舌，才分开计算。李贾紫东原谈九种须五万五千元，《圣济总录》在外，且须先谈"总录"事。现在"总录"如以三千元得之，则共计五万六千元。施君亦曾来谈，至少亦须此数也。俟马令《南唐书》送来后，当再付三千元以购"总录"也。"总录"我辈如不要，据赵斐云兄云，北平图书馆亦欲收之。此书凡十六套，一百六十册，较道光刊本多出二卷半（道光本缺二卷半）；足供校勘之处亦多。收之，亦甚值得。各书托菊老存"库"事，当面谈决定。想无问题。张芹伯书，已暗示过，可以三十万购之，至今尚无覆音。可见其估价之高。闻刘某到处借《适园藏书志》，其意何居乎？！恐亦有动芹伯所藏之书之意。此人甚可恶！嘉业书满铁原出四十五万，彼来此，乃加价至六十万。平空腾贵了不少。殊不可测！文化汉奸，实可怕之至！去年曾有一日人来此，作"文化调查"，结果，无一藏书家愿与之见面者。彼只好废然而返。今换了刘某来，已见到不少人，必大有所得矣。"物腐而后虫生"；如果无内奸，外患必不至之烈！言念及此，痛愤无已！嘉业堂所藏以稿本及明刊本为精华。如能照先生所示，分批出售，自是计之上者。惟恐其不愿如此。敝意，以全得为目的；共计若干万元；上海部分作若干万元；南浔部分作若干万元。然后，再将上海部分分为两批。首批取其最精者，次批，尽上海部分之所有。俟战事平定后，再取南浔部分。如此，出款可不至甚多，而书主亦可接也。先生以为如何？约期会谈事，俟菊老覆示后，当再奉约。专此，匆候

暑祺

振铎上

29/8/8

《书目答问》中物，除清儒著作多未备外，余约略可备齐。

敝意为中央图书馆购书，应务其远者，大者；不能以小规模之普通图书馆为满足。对于中文部分，至少须有五六百万册，始可应有尽有，细大不捐。（若伦敦博物院之例。）且不仅求备，亦应求精。盖国家图书馆原有保存国宝之义务与责任也。我辈工作，方在创始。将来续款到齐时，不妨放大眼光，多购奇书、罕见书。我辈与敌争文化遗物之目的，原亦在此。至《书目答问》中物，如购齐，价亦不多。尽可有余力从事于此保存工作也。近来古书益罕，益昂。将来之患，不在于缺款购书，恐将在于无书可购也。我之工作，近全在邀致书贾们为我辈收书；俾好书不漏失，此项工作已有相当成绩。然已费九牛二虎之力矣！我辈收书，固不可浪费；然亦不宜过刻。盖刻则将无书可见矣。现在情形仍如过去，我辈不收之书，欲收之者大有人在。此一点似须注意及之。

铎又启

1940 年 8 月 10 日

咏霓先生：

　　兹奉上支票二张，一为购《正续大藏经》等者，一为购《圣济总录》者，乞加盖印章后交还为感！何先生又有"支票领取证"一张，亦乞于加盖印章后交下。菊老一函，前日曾奉上。如能检出，亦恳交下。菊老既染恙足软，不能出来，我们下星期当一谈，如何？时间约在下午五时，如何？（下星期三下午可否？如无暇，星期四或五均可。乞示知。）《书目答问》已细细阅过，曾将已购书，就忆及者略加符记，大约已备十之七以上。配齐，当非难事。敝意，近二三十年来新版书大有可观；虽未必后来居上，然亦往往有要籍。近见余锡嘉【嘉锡】之《四库〔提要〕辨证》八册，即绝佳，纠正《四库提要》处极多。此类书，将来亦必日罕，似可多购也。专此，匆候

暑祺

振铎拜上

29/8/10

　　致何先生函附上，阅后乞见还。

1940 年 8 月 12 日

咏霓先生：

　　前日来示奉悉；支票二张，又支票领取证一张，均已收到无误。曾以数日之力，检阅《书目答问》，将我辈已购之书，就所忆

及者作一符记（○）。所缺何种，大抵一望可知（所缺之书，当尚有已购得者，因总目未编就，未能细为标出），以后加以补充，当不难齐备。惟清儒重要著述，其难得过于明版，价亦极昂。像宋翔凤《浮溪精舍丛书》（此书已购得，在费氏目中），全数不过十余册，而市价在四五百元左右。沈钦韩《幼学堂集》不过六册，而售价至八百元（燕京购得），可谓奇矣！现所缺之《墨庄遗书》《景紫堂全书》等皆不易购得。而单刊之清儒著述，若包世荣之《诗礼征文》，苗夔之《毛书韵订》，宋绵初之《韩诗内传征》，赵绍祖之《新旧唐书互证》，丁宗济之《逸周书管笺》等，亦均有可遇而不可求之势。然此类要籍，却又以备齐为上策。盖皆读书者不可少之书也。假以时日，或当不难购得。我近来于编辑"善本目"外，并以余力从事于"征访目"之抄录。大抵以《四库标注》《邵亭书目》《四库存目》及《贩书偶记》（此书甚佳，专收未入《四库》之书）为主，先行剪贴成为一"总目"，并就见闻所及，加以补充；然后在此总目上，随时将已购之书注明。如此，则所缺何书，应购何书，亦可一目了然。"史部"正将编贴齐全。"经""子""集"尚未暇及也。是否有当，尚乞指示。此似较以"答问"为据者，范围放大不小。而在国家图书馆之地位上，亦似以放大眼光广搜群籍为宜也。此项工作，对于自己亦甚有益处。每多一次翻检，于版本、目录之学问便可增进不少。如能以我辈现有之财力，为国家建立一比较完备之图书馆，则于后来之学者至为有利；其功能与劳绩似有过于自行著书立说也。昨晚陈乃乾君过寓，谈及邓实风雨楼藏书，有出让之意。此君在辛亥前后，编刊《国粹学报》《国粹丛书》等，所得遗民著作最多。所藏之书，可补充我辈前购各批书之不备者不少。抄本一部分尤佳。全部书籍共七百五十余部，九千余册。（兹将全目奉上，闻尚有目外之书不少。）今晨曾略加检阅，将明刊本之重要者抄出，约有六十余种；其中《国朝典汇》（一百册），《广西名胜志》（六册）及《两浙海防类考》（十册）三书，最为难得可贵；仅此三书，市价已约在三千元以上。抄本一百四十余种，如每种以五十元计，亦可达六七千元。其他清人著述，若严氏《四录堂汇稿》，徐芳《悬榻编》，纽琇《临野堂文集》，陈氏《左海》，《毛西河全集》，贺氏《田间遗书》，市价均甚昂。若零星补购，为费不赀。丛书部分，亦有一百十余种，可补充我辈未备者在六十种以上。（现已购丛书三百数十种。）细计之，其款亦巨。此批书，据陈君云：去夏平贾曾出价二万元，而邓氏尚不欲售。今年书价飞涨。邓氏愿以三万五千元，全部出脱。请先生斟酌情形，决定可否购下？如我辈决购，然后再与议价。敝意：大约在三万元以内，购之，尚不吃亏。最多似不能超过三万元也。先生以为如何？乞详加指示为荷。待决定购买后，我当择一时间前往阅书。（如出三万元，则每册平均约三元余，每部平均约四十余元。）近从孙贾伯渊处得宋刊本祝穆《方舆胜览》一部（惜首册抄配），共四套，二十四册，价为五百六十元（索八百元，以七折得之），似尚不昂也。专此，
顺颂
暑祺

振铎拜上
29/8/12

附奉《风雨楼书目》一份，《书目答问》四册。（乞勿在《风雨楼目》上作符号，因尚须还之，如作符号，彼等便易侦知何书为我辈所亟需也。）

1940 年 8 月 20 日

咏霓先生：

顷得慰堂一函，兹奉上；乞阅后见还。风雨楼邓氏藏书，决定以三万一千五百元成交，虽似较昂，然佳本不多【少】，尚为值得。海日楼沈氏书目，曾交来一阅；彼愿分售，大合我辈之愿。盖整批购买，究竟重复太多，不如选购之省费而适合需要也。昨以四百元，购得元刊本《方是闲居小稿》等三种（内一种为四库底本，一种为弘治本《孟东野集》，均佳），尚不为昂。俟再行选出若干种后，当将抄成之"善本目"及选购单奉上，请先生指教也。专此，匆颂

暑祺

振铎上

29/8/20

本星期五下午四时，乞至敝寓茶叙。又菊生前日病甚危，现已痊愈矣。知念，特奉闻。

1940 年 8 月 21 日

咏霓先生：

兹奉上风雨楼书款支票一张（计三万一千五百元），乞即于加

盖印章交下。又附致何先生函及致慰堂函各一，阅后（致蒋函乞加改削）并乞见还。专此，匆颂

暑祺

振铎拜上

29/8/21

1940年8月26日

咏霓先生：

昨由中国书店郭君介绍，沈寐叟海日楼藏书可拆售；兹选取宋、元、明刊本七十余种（内有明抄本多种；宋、明刊本有许多为天一阁物），价七千元；实为我辈遂心如愿之事也。价实尚廉！兹附上致何先生函及支票各一件，支票乞于加盖印章后，即行交下为荷；致何先生函，亦乞归还，以便归档。专此，匆候

著祺

振铎上

29/8/26

前日谈甚畅，惟有一事忘记提及，即请先生鉴阅刘晦之宋版书事；以后当逐渐送上，请鉴阅也。

1940年8月30日

咏霓先生：

兹奉上致何先生函一件（阅后，乞见还归档），又支票一纸，

乞加盖印章。《袁文荣集》，已由邃雅斋将全书送来；兹奉上。（发票并附。）惟缺首册，敝处未觅得，不知是否先生已取去？乞示知。如未取，当于觅得后补奉。又风雨楼书中，有《句章征文录》一种，甚佳；先生传抄后，敝处亦拟传抄一部也。专此，顺颂

公祺

振铎拜上

29/8/30

何时有暇？拟面谈一次

1940 年 8 月 31 日

咏霓先生：

《袁文荣集》支票一纸（一百五十元）已收到，并转交董君矣。"铜器"一批，原为中央研究院购买，因该处无款，慰堂先生来函，由我辈购入。故此款亦应记入我辈帐中。连日忙于为平贾辈结帐；大约彼等之"存"货，可选得近三百种，款约在二万元左右，与"预算"恰相等。其中所得，以邃雅斋之书为最好，惟价实甚昂。《宋人集》为"四库"底本，馆臣涂抹甚多，实舍不得放弃，经再三商议，乃以六百元成交。以此数得之，似尚值得也。专此，匆颂

公祺

振铎上

29/8/31

113

1940 年 9 月 1 日

咏霓先生：

昨上一函，想已达览。近二日正在细阅海日楼书，所谓宋、金、元版书，大抵皆不可靠；此可见寐叟版本眼光之差。然明刊本数十种却绝佳。中有明小字本《艺文类聚》《初学记》皆极罕见者；又有明初本《坛经》及崇祯本袖珍本《坛经》极可爱。天一阁旧藏各书亦均好。俟嘱韵秋编目后，即将目奉上，请抽阅。我辈存款，除付"铜器"一笔外，所存已不足二万元。而平贾辈急待结帐北归。拟暂向何先生处垫用一万元，以应节下急需。先生如同意，当即向何先生接洽。乞示覆为荷！专此，匆颂

公祺

振铎拜上

29/9/1

1940 年 9 月 1 日

咏霓先生：

昨示奉悉。某处租金六百，即可奉上，请转交。文溯阁目已托平贾代购，不日当可寄到。今日星期无事，细翻嘉业堂善本目，觉得其中好书实在不少。此"目"经月余之选择，从二千七百余部中，选得一千九百余部，约得四分之三弱。此一千九百余种书，即每种以百元计，已近二十万。但其中宋元版书，或不难以四五百至千元一部得之，而稿本部分则万难加以精确之估价。即如《国榷》与翁覃溪《四库提要》稿本，如在坊贾手中，其价均不易谈妥，且恐均非数千金不

114

办。其他类此之书颇亦不少。近得覃溪《纂修四库经过》二册（手稿），价二百元，如此，则《提要》稿凡一百五十册，须一万五千金矣（当然万无此价，姑照比例言之），即以明刊本部分而言，"方志"一部每每在千金以上。篇幅浩瀚者尚不止此数。若天启刊本之《曾氏类说》，绝罕见，若有出现，恐亦必索二三千金左右。明代丛书，若《名世学山》《金声玉振》之类价亦极昂。明人集在"禁书目"中者，其价亦索昂。若《苍霞草》《睡庵文稿》《鹿裘石室集》《陈眉公全集》《七录斋集》等等，均非一二百金可得而问鼎。平市有《苍霞草》一部，索价至七八百金。以此计之，则此一千九百余种书，即毅然以三十万得之，尚不能称为浪费或奢豪也。北平图书馆近由赵万里兄向罗子经处得《湛若水同人录》等书六种，堆在桌上，不及一尺高，为册不及三十，而价在一千四百元左右。近来书价之高，可谓骇人听闻！（我辈所购者，平心论之，均尚在"廉"之一边，无甚太昂之书。）盖今日之情形，患在无书，而不在价值之多寡。特别在近半年来，坊贾得书益少，便益以"书"为奇货可居。偶有罕见之物，便高自抬价。可怪在价虽高而仍有人要。若燕京，若大同（代美人购书者），如遇彼所欲得之物，几乎是不论价而购。平贾辈亦往往因此而索取从来未有之高价。关于史料之书，尤可不胫而走。在此间收书之平贾辈，每恃与我辈向来交情，且彼辈亦利速售，故我辈尚能得到若干好书。近赵君从平贾某手中得到李文田稿本《元秘史注》四册（与刻出之本不同，李氏添注不少，并有文廷式及刘世珩附加案语甚多），价至六百五十元，而某贾尚龈龈不已，以为索此价，尚系因与赵先生交情深厚之故；如寄平，至少可售八百元也。我常游坊肆，目接耳

115

闻，大有戒心，且深为栗惧，惧将来得书之将益为不易也！普通刊本，固可因价昂弃而不顾，但如遇"可遇而不可求"之书，一失便不可复得者，便将以"文献"为重，而不能〔不〕忍痛收下矣。故仔细考虑，嘉业之书，论版本或不如瞿、杨二家及适园之精，论有用与罕见，则似较此数家为尤足重视。若在此时而欲逐渐搜罗类此之一"文库"，所耗金钱固为不赀，且实亦非十廿载之时间所能求得之者；其中有二三百种（特别在稿本部分），即悬价以求，恐亦万不能得到。彼所藏者总数凡一万二千余种，十六万余册，此番所取者，不过六分之一。所余清代刊本十余万册，宋至明刊本一二万册，均为"有用之才"；估值亦当在三十万以上。将来战事平定后，书价恐将更昂。且为中央图书馆计，此类基础书，实是必需者。故我辈似不妨与刘氏商一总数。（虽不必有形式上之契约，而口头上不妨约定。且即有契约亦不妨，盖时局定后，重建图书馆，必有无书之苦，此批书正得其用，而其款亦必可付，不必我辈负责也。）上次曾通过总数为五十万，实则，即多加些亦不妨。闻刘氏为人甚为寡断。若彼反覆，则前功必将尽弃矣。据施君传言，彼意欲全售，且深恐善本尽去，他书不易得善价，未免吃亏太甚。我辈如允许其全购，则善本必可一次全得。（除去重复者外。）否则，如分别论价，势必争论不决，或将不易成功也。首批款如付二十万（或二十五万）而得此一千九百余种书，在我辈固得计，而彼以全售之故，迟早全书皆为我有，当亦不至再龈龈争论多寡也。上次会谈时，我再三说明，上等之善本须一次得之，万不可再分批；一则恐不易分别高低，再则亦不易标定价格。彼尚不知今日之市价，如一旦知之，恐又将抬高售价矣。我对于选剔各善本，实已殚尽精力；如在此一千九百余种中再加分别第一第二批，实非力所能及！我辈自信眼光尚为远大，责任心亦甚强，该做之事决不推辞。任劳任怨，均所甘心。为国家保存文化，如在战场上作战，只有向前，决无逃避。且究竟较驰驱战场上之健儿们为安适。每一念及前方战士们之出生入死，便觉勇气百倍，万苦不辞。较之战士们，我辈之微劳复何足论乎！兹附奉善本目四册，凡每书上有○○为记者，皆我所选；凡未选者，一部分为已购置者，一部分为适园所有者，其他小部分则为不甚重要者。请先生于暇时再加选剔，详为指示为感！此目须时时检阅，选毕，乞即见还。再，刘氏书与适园书重复者并不多；盖原来收书之目标，二家不同；一着重在史料与实用，而版本书则为附带收下者；一则专门着重在版本书。如能全得刘、张二氏书，加以我辈所已购者，已大是可观。将来编成善本目时，书数当在五千以上；且较北平图书馆之"善本目"为整齐、有系统，不若彼之破碎凌乱也。此一工作，在此时成就，诚一奇迹也，大可踌躇满意矣！（"善本目"编成后，拟付刊。）刘氏书经此批选取后，仍可瞒得过外人耳目。盖彼明版重复书不入善本目者尚有不少也。故可不至惊动外人，尽可放心。韵秋固赤心为我辈帮忙，然于刘氏亦有多年宾主关系，对彼谈话，请不必十分公开！此信所谈，尤不可令彼知之！至盼，至盼！琐琐言之，已尽数纸。心有所感，姑向先生倾吐之。专此，匆颂

公祺

　　　　　　　　　　　　　　　振铎拜上
　　　　　　　　　　　　　　　29/9/1 夜

再，何先生已允先行垫付一万，节前书帐，可以解决。特以
奉闻

铎又启

29/9/2

1940 年 9 月 3 日

咏霓先生：

来示及书目均已收到，宏论极佩！何先生处借款已说妥，兹奉
上"借条"一纸，乞签字后即交还为荷！平肆款一万五千七百五十
元（共支票四纸）已由何先生签好支票，乞于加盖印章后即掷下，
以便转付。专此，匆颂

公祺

振铎拜上

29/9/3

1940 年 9 月 4 日

咏霓先生：

昨日已将付李祖薰君款六百元交给晴湖先生带去，乞勿念！数
日后，当可将装箱之善本书先运去若干。如果刘、张二氏书成功，
则"善本书"当在四百箱以上；不知该处如何容纳得下！似将来仍
当再想办法也。兹附上支票二纸乞加盖印章后交下。昨晚平贾陈
某送来《乾隆上谕》二百余册（自元年至六十年均全，仅缺八册），
极为高兴！此"近代史"最重要资料之一也，似各家目中均无之。

118

不知当时何以流传如此之少。价格尚未谈。窥其意，二元一册，当可成交。专此，匆颂

公祺

振铎拜上

29/9/4

关于嘉业事，韵秋已来谈过，想今日彼当可晤见先生面商一切也。

1940年9月5日

咏霓先生：

前昨二日覆阅嘉业堂目数遍，将先生主张剔去及加选之二部分细细查考、研究，发现：剔去之一部分中，大有仍可加入者；而应加选之一部分，亦有我辈业已购置或与适园目中物重复者。当我选剔嘉业书时，曾加以三番四次之细查，凡复本皆已除去。所费工夫，实在不少。敝意，在此"第一批"书中，仅能择要而取；复本尤可不必收。一则为节省资力，再则，亦可免得嘉业主人意中以为善本尽去。其实，所取已多，似仍应再查一遍，再行剔除若干不必要及易得而价廉之书。昨日施君曾详谈，嘉业主人意，宋元刊本平均以一千元一部计算，明刊精本以二百元一部计算，较次者以一百五十元一部计算。如此，则坊间易得之本，凡其价在一千元以内之宋、元刊本，在二百元及一百五十元以内之明刊本，均可剔去不取。照此办法，似可将第一批之款，减去不少。敝意，

至多第一批似不能超出二十五万。盖如超出此数，则适园书便难于问鼎，且他书亦不能购。照上次会谈结果，似至少须留七八万元至十万元，以为维持本会一二年之费用。不知先生以为如何？数日内当再抽出工夫，将嘉业目再仔细覆阅数遍，剔去二三百种，以符上数。俟查毕，当再将此"目"送上，请先生详细指示。菊老顷来一函，阅后，乞见还归档。来青阁前曾送上《李义山诗》等二种，兹将发票附上（言明共一百五十元），便中请付发票以便转交。专此，匆颂

公祺

振铎拜上

29/9/5

（第一单）

宋刊本　　《毛诗注疏》（残存十八卷）

宋刊本　　《皇宋中兴两朝圣政》（残存三十九卷）

宋活字本　《旧闻证误》（存二卷）

宋刊本　　《王荆公诗》（存十七卷）

宋刊本　　《施注东坡先生诗》（存四卷）

元刊本　　《氏族大全》（残存五卷）

以上宋、元刊本六种，为先生剔去不选，而敝意仍可加入者；盖宋、元本书，有一部分，虽系残帙，仍是可贵也。仍乞尊裁，示知

除此二单外，余均已遵命剔除或加入。

（第二单）

《春秋属辞》（？）等三种（赵汸）实非元刊本，已有属辞，但仍可取。

《隋书》之元刊本，已购得一部。（二十八宿砚斋王氏书）

《纂图互注荀子》（元刊本）（适园书中已有）

《增广注释唐柳先生集》（已有）

《朱文公校韩昌黎先生文集》（已有）

《松雪斋全集》（适园书中有之）

以上元刊本

《吕氏家塾读诗记》（适园书中有之）

《礼书》 明刊本（张溥刊本，易得）（价仅二十元左右）

《稽古录》 嘉靖刊本（已有）

《紫阳朱子纲目大全》
《资治通鉴纲目》 } 似可择一而取

《大政记》（此为《明史概》之一，已有）

《路史》 吴宏基刊本（已有洪氏刊本）

《愧郯录》 岳元声刊本（已有）

《皇明大训记》（《明史概》之一，已有）

《孔子事迹图解》（日本刊本，似可不取）

《圣贤像赞》（易得）

《文献通考》 明冯氏刊小字本（适园有慎独斋刊本）

《经济文衡》（已有元刊明修本）

《古今律历考》（适园已有）

121

《容斋五笔》（明刊本，须查；如为马刻本，已有）

《艺林伐山》（易得）

《尊生八笺》（风雨楼书中已有）

《自警编》（嘉业有宋刊本）

《百川学海》（群碧楼书中已有）

《广百川学海》（适园已有）

《白孔六帖》（已有）

《续世说》 明寥寥阁刊本（易得）

《辍耕录》 玉兰草堂本（已有）

《世说新语补》（已有）

《念庵文集》（似已有，待查）

《四溟山人全集》（似已有，待查）

以上明刊本

《复社姓氏录》二卷（已有刊本一种，较此为详。）

《明朝宫史》（已有明末刊本）

《慈湖先生遗书》（已有刊本）

以上抄本

右元、明刊本及抄本三十五种，皆先生所加选，而敝意以为可剔去者。大部分皆系已购置者，似不必重复购入；一部分适园目中所有。我辈既主张购适园书全部，则嘉业书与之重复者自可不必在第一批选入，小部分则为易得之刊本，可不必在第一批选入者。但一切仍请尊裁！

1940 年 9 月 11 日

咏霓先生：

　　数日未晤，深以为念！平贾有以外交部档案八十余册求售者；索五十元一册，实属骇人听闻！闻此项档案系得自南京。谅为当时未及迁出之物。关于四川矿务一部分，尤为重要。（尚有若干已为北平图书馆所得，价较廉。）兹奉上三册，乞鉴阅。类此之"文件"，我辈似应为国家保存也。《四国新档》二十五册，完全无缺，系分国者，与《夷务始末》不尽同，亦可注意。拟以二千数百元得之，先生以为如何？专此，匆候

公祺

振铎拜上

29/9/11

1940 年 9 月 14 日

咏霓先生：

　　前日示悉。装箱事已在赶办，因大木箱运不上去，故均用小箱装，而小箱均非配"锁"不可。现在一面配锁，一面编目；下星期内当可运入十余箱，敝意该处至多只能暂放四五十箱，必须留出空隙，以待刘、张之书；否则，刘、张书又须另觅储藏之地，实大为不便也。先生以为如何？"外交档案"闻南京又出一批，为彼方所扣留，出价甚高，我们所得之一批，贾人坚持不肯让价，最后，坚持非二千七百元不售。约计：大约须三十余元一册。（共85 册。）价虽昂，似须购下。否则，又将售予"彼"方矣！乞尊裁！致蒋函

一，阅正后乞即交下，以便寄发。附上支票一纸（一千元），请于加盖印章后掷还为荷！专此，匆候

公祺

振铎拜上

29/9/14

1940 年 9 月 21 日

咏霓先生：

连日装箱甚忙，故未致函奉候，歉甚！善本书，除前已装好十四箱，存放某馆外（因木箱太大，不能运上"科"楼），现又装好四箱（旅行箱），拟于下星期一二运去。以后，即用腾空之书箱来装"善本"，一则可以省费，二则易以搬运。大约每天可装二箱左右。凡存"科"之善本书箱，概以"千字文"编号，盖用"幼秋山馆"图章。（购来之旧章，似可利用。）预计约可装四十箱，均藏"科"楼。每箱均有详目。特以奉闻。连日约略估计，"善本"约有一千四五百种。如加以刘、张二家所藏，则可至五千种以上，宋元本亦极可观。（宋本约一百二十余种。）不仅足傲视近来之一切藏书家，且亦足以匹敌北平图书馆矣！惟盼续款能早到，俾刘、张二家书能够早日解决，则我辈之工作可以告一段落矣。在此时局，能为国建设一如此宏伟之图书馆，其工作又艰巨与重要，实远在黄黎洲、叶石君等人以私人之力，收拾残余者之上十百倍也。近来所购，概以张、刘二家书目所未备者为标准，故所得以珍本秘籍为多。前日邃雅斋送来明人集数种（新由杭州购得，盖系萧、绍一带

124

散出者），均佳，中有鄞人集《鸠兹集》一种，万历刊本，似尤有用。不知先生处有之否？此君文字甚古怪，大约中"七子"之毒极深。然集中颇多有关系之文章。兹附奉，乞鉴阅。又得旧抄本《蔡复一集》四册，蔡氏为明末钟、谭（竟陵派）之嗣人，似未见过刻本。《晚明史料丛刊》正在拟目，付商务影印行世，想可成功。柳亚子先生素热心于晚明史料之搜辑，对于此事，曾数次通函，极盼其能成为事实也。（拟目明后天当奉上，请指示。）专此，顺颂

公祺

振铎拜上

29/9/21

又，工役告假后，因无甚需要，并未派人接替，并以奉闻。

1940 年 9 月 26 日

咏霓先生：

前日奉上一函并《鸠兹集》一部，谅已收到。连日染轻微之感冒，一事不能做。惟郭、施诸君仍在积极"编目""装箱"，并不以"交通"不便而请假。际此国际局面千变万化时间，敝意：重要书籍以藏"科"最为妥善。故连日催促速装。满十五六箱时即可运去。（以小搬场车无搬夫，不能搬运上楼，故须用大车运，可多装若干箱。）《晚明史料丛书》第一集目录已拟就，兹附上，请指正。其中《甲申纪闻》等均极罕见；《先拨纪始》虽有通行本，然此为原刊本，与通行本歧异处不少，故可贵。先生指正后，当即函蔚堂

125

一商，便可交商务设法印出矣。附上支票一纸（一千元）乞加盖印章后即交下为荷！专此，顺颂

公祺

振铎上

29/9/26

1940 年 10 月 11 日

咏霓先生：

数日未通音问，甚念，甚念！贵恙谅早已痊愈矣。天时不正，犯感冒者甚多。我近来亦甚不舒适，惟未至卧在床上耳。尚乞珍摄！顷与何先生商洽；致渝"慰"一电，文曰："续股盼能即汇或先汇若干以应急需。恳覆。何张等叩。"先生谅同意也。盼示知，以便发出。连日编目装箱，尚进行顺利。施韵秋君拟于十月份起亦加薪二十元（共七十元）；近来物价高涨，车资日昂，区区五十元，实太菲薄。恳指示遵办。大约预计：下月内即可将"善本目录"编就。内容尚可观。专此，匆颂

秋祺

振铎上

29/10/11

1940 年 10 月 15 日

咏霓先生：

顷得慰堂先生来信一件，已由何先生阅过，兹特奉上。阅后，乞即见还，以便归档。云款既决定可到，则刘、张二氏书，及今便

可积极进行矣。张芹伯处甚盼先生有暇能与之面谈一次。菊老曾有一信来，甚挂念于张氏书之成交与否。盖菊生先生素来看重"版本书"，故于张氏所藏，尤为注意也。俟刘、张二氏书成交，则我辈之印行"丛书"计划，便可成功，且必甚可观。现时沪、平各贾所送阅各书，均行搁置，以无款可购也。其中，尽有佳品。前日苏州严贾曾以金武祥稿本二十册求售，索实价二百元，后以九折成交，似尚廉也。大抵，平贾索价高，欲望甚奢，沪、苏各贾，则均尚平心。如每月能有一万左右之固定购书费用，则似以多购南方书为宜。"丛书"之计划，拟于暇时先行拟就，奉上，请指正。前所云《晚明史料丛书》，何先生意，以为过于凄楚，无兴国气象，拟多选有兴国气象之书加入。先生想亦必以为然也。专此，顺颂

公祺

振铎拜上

29/10/15

1940 年 10 月 16 日

咏霓先生：

昨示拜悉。张芹伯与我素不相识，只好托韵秋代约一下，如何？金武祥稿本二十册，兹奉上；阅后，乞赐还，以便装箱。韵秋编目工作，均在敝处进行；装"箱"亦在敝处。故为方便计，存先生处各书请便中即送至敝处为荷。《长春县志》已装箱，存法宝馆。便中当提出奉上，以备录副。今晨，何先生得朱君一电，兹附奉，阅后，乞见还归档。现在此间环境日非，无人能担保"安全"。书

能运出，自以即行运出为宜。但先生之意如何，尚乞示知！惟在运出之前，拟将要印行"丛书"之一部分重要图籍及其他必须录副之孤本，托商务先行摄印一份底板保存。不知先生以为如何？此意亦已去函商之菊老矣。日内有暇，当趋府奉候，面谈一切。有许多事要详商。上午均在校办公，实在无暇。不知在下午五时左右（任何一日下午均可），先生有时间约见否？专此，匆颂

公祺

振铎上

29/10/16

敝处之书已有十分之七已装箱，余书在一个月内当亦可完全装毕也。乞勿念！

1940 年 10 月 18 日

咏霓先生：

昨谈甚快！致朱电稿已由何先生拟就，兹附上，阅定后，即可拍出。菊老今晨来一函，对《荀子》仍不肯开价。敝意拟给以三千元，俟款到即付。不知先生以为如何？如同意，便可通知菊老矣。彼如不肯售，当再商。专此，顺颂

公祺

振铎拜上

29/10/18

保管箱有"余地"可容否？乞便中示知。

1940 年 10 月 22 日

咏霓先生：

　　兹拟就"报告"第五号，奉上，请于指正后即交还，以便誊录。又拟就"善本丛书目录"一份，亦能指正。又菊老交来之宋本《荀子》，经仔细考虑，估价，约可值二千至三千金之间；拟给以二千四百金，不知先生以为如何？帐目书函均在整理，整理后，即当奉上，请代存"保管箱"。专此，匆颂

公祺

振铎拜上
29/10/22

1940 年 10 月 23 日

咏霓先生：

　　昨示奉悉。致慰堂函，已誊清，兹奉上，请即签字交下，以便于明晨交何先生签字后，即可发出。先生所需各书全部，俟检出后即奉上。敝处编目之书已所存不全。昨又送出八箱至"科"。大约尚有一二次，即可送毕。至"普通书"，则几已全部送"法"矣。下月起，施、郭诸位，当可全体至"法"办公。大约存"法"之"善本"，以"费""邓"（风雨）为主，不到三四百种，在一个月内或亦可"编"就也。专此，顺颂

公祺

振铎拜上
29/10/23

又，兹先将与蒋君等来往函件一包奉上，请代为存放保管箱中，因此项函件似较帐目尤有关系，故先行清理出来。数日后，当再将帐目一二包奉上。如尊处保管箱无余地，不知能否代向某某银行租得一箱？此类文件，似以另放一箱为较妥。不知先生以为如何？专此，匆候

公祺

铎又启

29/10/24

1940 年 10 月 25 日

咏霓先生：

昨示奉悉。云件承代存，至为感谢！致慰堂函，今晨由何先生签字后，已发出。顷"慰"有一电致柏公，已拟就一覆电，兹附上；请改正后签字交下，以便拍发。装箱事，现拟托商务代办。据云：须有大木箱，内用铅皮封固，以免受潮湿。且随时起运，日期不能确定，故我们须事前准备就绪也。专此，匆候

公祺

振铎拜上

29/10/25

1940 年 11 月 13 日

咏霓先生：

多日未晤，甚以为念。关于运书事，连日接洽已略有头绪。大

致以外交文件运出，不经"关"检。否则，打草惊蛇，恐怕反要引起问题。何先生及我曾引之江代校长明博士至藏书所在参观。经细谈后，由何先生拟就一电，兹奉上，请指正。改后，乞即见还，以便明日拍发。（密电。）前先生欲阅之全书，兹检出：

（一）《孙子集注》;（二）《宋人小集》;（三）《历年二十一传》;（四）《博物策会》;（五）《古周礼》。

共五种，奉上，乞查收。尚有《策问考略》等未寻出，又《易经识余》全书，未由平寄来，均可暂行搁置，或先将首册见还亦可。专此，顺颂

公祺

振铎拜上

29/11/13

1940 年 11 月 26 日

咏霓先生：

续股尚未到，一切均陷于停顿中，然借此机会，清理积书，亦是佳事。各贾送来之书，大都退还，然实在孤罕之本，亦往往留之。顷见安吉（无锡人）未刊稿本一部，颇好（价二百元），已留之，兹奉上，请鉴阅。又有友人某君托中国书店送来焦氏《孟子正义》一部，系稿本；此书极重要，与刻本颇有不同。略加校读，已有若干处可增补刊本。某君初索千二百元，经再三商酌，已允让至九百元。（此君藏书甚多，均佳，清儒稿本尤多；彼不欲外人知其售书，故姑隐其名。）不知先生以为如何？兹亦将全书奉

上，请酌定。大约关于此类书，决不轻易退回。盖刻本书不难寻到第二部；此类书则少纵即逝，实不欲放手也。（便中能与刻本一对，最好。）金武祥家又有稿本、底本一批，约二十余种，索六百元，以无甚重要者，未与积极商议。微闻嘉业主人已将其明刊本书编目付印。此事大有妨碍。我辈如不速办，此书一出，必将有问题，故甚是焦虑！"编目"事已将告一段落，正由施君整理写定。专此，顺颂

公祺

振铎拜上

29/11/26

1940年12月2日

咏霓先生：

前日奉上信一件，书一包（内为焦理堂《孟子正义》等抄本），想已收到，甚念！兹得慰堂先生一函，奉上，阅后，乞交还归档。玉老处如已有汇信来，乞即示知为感！闻渝沪通汇，至为不便，故须从港转。近有平贾孙殿起（即著《贩书偶记》者，为平贾中之最有实学之人）寄来书目一本，皆实用书，已略为圈出若干。乞先生再加圈定，以便嘱其寄书来。又杭州宋经楼亦出有书目一本，并附上。价奇昂，殊可恶！盖杭贾素来不大诚实也。日来树仁书店送来冯煦奏稿、电稿等六十余册（先奉上一部分），甚有用（史料）。索二百元，约一百二三十元可得。似不贵。乞裁决。申报馆胡君介绍袁爽秋氏朋辈函稿十二册（先送样本一册来），每册索一百元，经

数次商议，已落价至一千元。此书关系颇大，且系编年者，于近代史料大有关系，菊老亦甚注意及之。似可购下。兹将样本一册奉上，并请决定。专此，顺颂

公祺

振铎拜上
29/12/2

1940 年 12 月 3 日

咏霓先生：

昨示奉悉。"袁爽秋氏朋辈函稿"因原主来索取，已暂行退还。《孟子正义》刻在《焦氏丛书》中，当托晴湖先生奉上。昨因敝处应行编目之书已将次告罄，即将先生交下之一箱，从"法"馆运至敝处。昨夜经细查后发现：群碧书中，《皇明典故》(红格抄本)缺末一册(原为十九册，遍觅只有十八册)，请先生便中一查! 不知是否落在尊处。如能检出，盼便中交下，以便装箱。中国书店金、郭二君在嘉兴得沈氏藏书全部，正在陆续运沪。首批已到。兹将首批目录三纸，又书目二册奉上，乞阅。彼拟先行借款壹万元，曾与何先生详商，已开出支票(计壹万元)(详致何先生函，兹附奉，阅后，乞见还归档)，先生如同意，乞即在借条上签字为荷。专此，顺颂

公祺

振铎拜上
29/12/3

沈书中，关于明史料一部分，最为可贵。已在书目中作圈为记。如《五边典则》《皇明书》《皇明经世文编》等等均极为难得。《辽东志》尤佳。"首本"若干，明日或可奉上请鉴阅。（顷已嘱其检理出来送至敝处。）

1940 年 12 月 5 日

咏霓先生：

昨谈甚快！今晨晤何先生时，曾将先生昨谈之数点，与之详商。何先生意，嘉业事仍不宜放弃，盖以其中史料、稿本太多，弃之实太可惜也。惟须谨秘为之，且须待运输事有确定办法时再进行。一成交，即可一面点书，一面装箱矣。如此，或可不至"惊动人耳目"。否则，因噎废食，殊是功亏一篑也。沈氏书约可有三万元左右可取，其中罕见之本实多。（尤以史部集部为最好。）明后日清理后，当将"首册"奉上（现在所送来者皆为首册），请鉴阅。《唐三高僧集》，索价一百元，其折扣俟全部说定后再议。此书明日当可送来，当即行奉上。印书事，何先生极赞成。俟"书目"决定后，即可先行购备若干纸张。汇款已由敝校会计询之新华，可存入"书生本色"户中，惟须在背面加盖"书生本色"之图章。兹附上，乞于加盖后即掷还。又其余二张，如已取来，亦乞盖章后交下，以便一并存入。（关于印书事，意见颇多，拟目亦不易，当再行商谈。）专此，顺颂

公祺

振铎拜上

29/12/5

134

1940 年 12 月 6 日

咏霓先生：

　　昨日汇票二纸已收到无误。汇单二分已照收，以便覆蒋。沈氏书目中，如有先生欲自购者，乞即行示知，以便嘱他们留下。否则，恐其他售也。《唐三高僧集》兹先奉上首册一本，余俟全书收到后即再送上。中国书店已将"首册"送来二批，除与我们已购重复者退还外，凡有与张氏书重复者亦已退去，所最难决定者惟在与刘氏书重复者之一批。只好暂留，以待此前提之解决耳。兹先将"史料书"一批（共二十册）又宋本二种奉上，请鉴阅。（与刘氏书重复者并注明。）此类书实不易得，如《皇明世法录》之类，均是坊间多年不见者。如《辽东志》，则殆是天壤间之孤本也。专此，顺颂

公祺

　　　　　　　　　　　　　　振铎拜上

　　　　　　　　　　　　　　29/12/6

　　致港叶先生函，俟拟就即奉上。

　　此信写就，又得来示，敬悉一切。各书均已收到无误。书目亦收到。

1940 年 12 月 7 日

咏霓先生：

　　昨午奉上沈氏书一批，想已收到。复叶遐老函，已拟就，顷已

送至何先生一阅，俟阅后再行奉上。致慰堂先生函，兹亦已拟就，特先行奉上，请先生阅正；阅后，当再交何先生一阅，即可誊清发出矣。沈目中好书实在不少。得此，"目"中顿为生色不少。闻菊老染恙，已入医院。祝其能早日痊愈也。连日理书，他事全然放开；盖遍阅"目录"，检查有无重复之事，似若微细，实亦不甚易也。《大明会典》数书，敝意不妨收之，虽与刘氏书重复，然甚有关系。将来此种"复本"，慰堂自当有妥善之处置，且可与北平图书馆相易。此时如退去，必不可复得。何况刘书购否未定，似应慎重处理。尚乞先生裁酌。专此，顺颂

公祺

振铎拜上

29/12/7

1940 年 12 月 9 日

咏霓先生：

昨示并书一包均收到。各书全部，当即嘱其检齐奉上。先生鉴阅，至为细密精明，极佩，极佩！有如对镜，物无遁形矣！惟略有不同之见二点：（一）破蛀之书，普通者可退，如为罕见本及孤本，则似不应因其破蛀而不收。盖如求雪白干净，不破不蛀者似极不易也。（如《献征录》等似可收。）（二）《大明会典》敝意以收万历刊本为宜，盖以其后出，材料较多也。弘治本（楷书者）虽在版本上远胜万历本，然材料却少。不知先生以为如何？此二点仍乞裁夺示知。兹又清理出"集部"书三十种奉上，仍乞鉴定。其中有向来仅

见传抄本，未见刻本者（如《潜斋》《藏春》《陈刚中》等），且均系天一阁旧物，似不可不收之。朱君顷有一电致何先生，兹附上。阅后，乞见还归档。据来电意，似仍有十五万可到。前借何先生款共二万一千二百元（共支票二张），请加盖印章后见还，以便转去，取回借据销帐。又付敝处款五千元，付董会卿款二千元（共支票二张），亦乞盖章后交下。专此，顺颂

公祺

> 振铎拜上
>
> 29/12/9

叶函奉还；复函已拟就，由何先生改过，兹附上。何先生意，不必由二人具名，即请先生签名发出，如何？

1940 年 12 月 11 日

咏霓先生：

昨示奉悉。书一包亦已收到无误。先生心细如毛，鉴阅精审之至！自当遵示分别办理。惟《吴礼部集》一种，似尚佳，且刻本甚罕见，刘、张二目均无之，尚可收。不知先生以为如何？兹由中国书店交来《唐三高僧集》全书，兹奉上。书品尚佳。《皇朝编年》全部亦已送来，兹并奉上。《辽东志》及昨单所要各书，俟取来后再行续奉。该肆因须付沈氏书款，尚拟向我们借支一万元，不知可付否？乞示。敝意，此一批书，二万元之数，想总可拣选。（中有日本《大藏经》等普通书，因蒋来函要购，故亦须取之；此书价格

当在千元以上。）现尚未谈及折扣问题，将来必当设法使其减让也。如同意，当请何先生开支票。刘书，据施君谈，彼方欲望甚奢，奈何，奈何！敝意只有少取、精选之一法；取其最精华者而遗其糟粕。如此，则刘目所有之书，凡沈目有者均可剔去不收，以期减少名目；又宋元版一概不收，专取明本数百种，及抄本全部，如此，则"二十"之数，或可成交。尚乞便中再与施君细谈。此事年内如不解决，则必"夜长梦多"也。恳指示！专此，顺颂

公祺

振铎拜上

29/12/11

1940 年 12 月 13 日

咏霓先生：

兹又奉上沈氏书首册三十种，计三十册，乞察收。内"丛书"三种，均佳。乞鉴阅，指示！刘氏书，何先生意，以速成为宜。盖朱、蒋处既来三数（尚有"一五"未到），必须办成一批也。此数除付张葱玉外，所余当仅能问鼎于刘氏之明刊本；至张芹伯处，只好待其后教部指拨之五数到后再谈了。致蒋函，仍未发；何先生意，拟待刘方有确定办法后再去信。不知尊见如何？专此，顺颂

公祺

振铎拜上

29/12/13

1940 年 12 月 14 日

咏霓先生：

　　昨函并"头本"三十册，想均已收到。兹由何先生签就支票二纸，一为一千元，付瞿凤起君，一为二千四百九十元，付陈济川君，均为搁置甚久之书款，乞于加盖印章后交下为荷！又张葱玉处款，因何先生主张早日解决，昨已与之商谈，此君甚为豪爽，即允以三万五千元成交。此款亦已由何先生开出支票一张，兹并奉上，亦乞于盖章后交下；下午已约好他一谈，即可将款付讫。（书早已送来。）芹伯处事，亦可托他代为接洽。至刘氏事，下午施君来时，当可有确实之回音。施君日来正进行编张葱玉书目，此批书目编就，将"书"送出后，敝处便可廓清矣。（仅留拟抄留副本之书数种。）致遐老函已由何先生及我签字，兹附上，乞即寄出为感！专此，顺颂

公祺

振铎拜上

29/12/14

　　又昨日李贾紫东来云：有宋刊十行本《十三经注疏》全部，为阮文达刊注疏时所未见者，拟出售。此事实可疑；然如果有其事，实一大好消息也。已嘱其送书来看。菊老因病已进医院，要开刀，病状甚有进步。特以奉闻。

1940 年 12 月 17 日

咏霓先生：

昨示并书一包均收到，《盐邑志林》，刘目中有之。郭贾索三百元。《拟儒林传稿》，似非阮刊，乞一查。瞿凤起君昨介绍抄本书三种，内《师友渊源录》最佳，尚是原稿本，且包罗乾嘉时人至四百余，可谓大观；实"学术史"上一重要之参考书也。似可购。乞指示！刘氏书前昨曾与韵秋细谈。彼方"举棋不定"，"言而少信"，殊可愤愤！然"书"实佳，万不能以市价相衡。（乞秘之，亦不可令韵秋知。）明刊部分一千三百余种，以最低价约略估之，可值十八万余；然彼方索二十八万，似过高。且彼欲与抄本并为一谈，合售四十万。敝意则欲先谈明刊本。如能以二十万购得此批明刊本，则此刻之力量尚可应付；如并抄本合购，超出三十万以上，则必须待教部款到，方能商议。且付讫刘款，则张书必不能问津。最好之办法，能说服刘氏，先以二十万购其明刊本一千余种，且说明，有余力，必再购其抄本及宋元本。韵秋云：今晨拟进谒先生。想已见到。我们必须拿定主张，且必须说服嘉业主人。最好能有一机会，由先生及我与嘉业主人面谈一次。不知先生以为如何？购书事，麻烦而易引起外人注目。敝意，俟刘、张二批解决后，此事即可作一结束矣。尚乞明示！专此，匆颂

公祺

振铎上

29/12/17

1940 年 12 月 18 日

咏霓先生：

　　昨奉上一函并书一包想均已收到。昨日下午渝有专人来，已至敝处接洽过。此君为熟友，即徐森玉君（名鸿宝）（乞秘之），现任故宫博物院古物馆长；他们再三的托他来此一行。有许多话要谈。昨已与何先生通过电话。何先生意，拟借贵府，设备素餐，与他接风。时间为本星期六或星期日正午，仅有四人，不另约他人。不知先生觉得方便否？如不方便，则改在敝处亦可。恳即便复数字，以便转行通知。专此，顺候

公祺

振铎拜上

29/12/18

1940 年 12 月 19 日

咏霓先生：

　　昨日二示均奉悉，昨日下午，曾偕何先生访徐森玉先生长谈。星期六正午之约，已与之说定。请先生届时惠临敝寓为荷。森玉先生为版本专家，有许多事正可乘便请教他，诚幸事也！张葱玉书正由韵秋编目；大约一星期后即可编就。俟编毕，即当将各书陆续奉上，请鉴阅。海日楼书尚有一批，即可由嘉兴运来。俟其送到，亦当即行转上，请批定。瞿书三种，确均不坏。《篆法偏旁点画辨》系思进斋写样未刻之书。三书共索六百五十元（《师友录》索四百元，《汉碑校录》索二百元），尚未还价。敝意拟还以四百元，不知

141

尊见如何？乞示！嘉业事及印书事，星期六均可详谈。森玉先生品格极高，且为此事而来，似无事不可对他谈也。专此，匆候

公祺

振铎拜上

29/12/19

1940 年 12 月 20 日

咏霓先生：

森玉先生来，谈及渝方将开会，索购书之约略统计；兹以二日之力，略加计算，拟就一电，并已由何先生改过，兹附奉，请阅正。改正后，请签字交还，以便誉清拍发。支票一张（五千元）附上，亦请于加盖印章后交下，昨示奉悉，一切俟明午面谈。专此，顺颂

公祺

振铎拜上

29/12/20

1940 年 12 月 23 日

咏霓先生：

前日谈极畅！现拟与森玉先生再谈几次，希望他能早日将已装箱之书加以点收，以免装运时，临时匆促。他本负责运输，点收当亦为其所负责任之一也。在运出之前，非详加点查不可。将来每一箱书查毕后，当即由森玉先生及我共签字贴封为凭。如此，责任便可分明矣。印书事，已设法先购宣纸六十刀，绵连纸

四百五十刀，计共价洋五千八百二十元，兹由何先生签就支票一纸，又附上"支票领取证"一纸，均请于加盖印章后交下为荷！来青阁送来之《李义山集》等，如先生不购，乞便中交下，以便退还，或即由"会"购藏。因该肆已来催促多次矣。专此，匆候
公祺

振铎拜上
29/12/23

1940 年 12 月 26 日

咏霓先生：

昨与森玉先生详谈，已允点收所购各书。此事极为琐碎麻烦，恐至少须费一二月之力。兹遵嘱将张葱玉旧藏各书陆续奉上，请鉴阅。除普通者外，约可有八十余种上品，精品，拟每次奉上十种。先生将该十种阅毕后，即请送下装箱，以了手续。然后再奉上十种。韵秋对此批书，编目手续，已将告竣。兹所奉上者，皆系已编目完竣者。今日约定赴刘处阅书。拟先阅其宋元本；然后分批阅明刊本；最后阅其抄本稿本。并拟请森玉先生参加阅定，不知先生以为如何？兹附上支票二张，一为寄赵斐云兄者（五千元），一为付中国书店者（一万元）（沈氏书），请于加盖印章后交下为荷！（致何先生函，并附上，阅后，乞见还归档。）专此，匆候
公祺

振铎拜上
29/12/26

1940 年 12 月 27 日

咏霓先生：

　　兹又奉上张葱玉旧藏书十种，阅后，恳即送下，以便装箱。昨日支票二纸及来示均拜悉。点收事，俟装箱告一段落，即可进行。今午偕韵秋赴刘宅阅其宋元刊本，约三小时而毕，大失所望！鱼龙混杂，佳品至少，直似披沙拣金；真金极不多见。此批宋元本，盖不过一二万元之价值，万无出价十万元之理。观其书目，非不唐唐皇皇，按其实际，则断烂伪冒，触目皆是。所谓真宋本，比较可以入目者不过三五部；元本比较佳者，亦不过五六部耳。兹在原目上略题数语，乞鉴阅裁定。今午如偕徐公同往，必亦使其大感失望也。嘉业主人当时不知何以如此之滥收不择？若以较之我辈所得，我辈眼光诚远胜之！嘉业最佳之宋本，若《魏鹤山大全集》等，已为有识者负之而趋。此等精品既去，则所遗者诚皆糟粕耳。敝意，宋本应留者为：

　　（一）《宋书》；（二）《魏书》；（三）《新唐书》；（四）《施注苏诗》（残本）。

　　尚可考虑者为：

　　（一）《周易兼义》；（二）《琬琰录》；（三）《诗律武库》；（四）《自惊编》；（五）《王荆文公诗》；（六）《后村居士集》；（七）《文选》;（八）《观澜文集》。

　　元本可留者为：

　　（一）《春秋属辞》等三种（实际明刊本）;（二）《通鉴续编》；（三）《通志》；（四）《通考》；（五）《金陵新志》；（六）《困学纪闻》;（七）《搜神广记》;（八）《分类李太白诗》；（九）《徐节孝集》;

144

（十）《放翁诗选》；（十一）《香溪先生集》；（十二）《陵川文集》；（十三）《云庄类稿》；（十四）《马石田文集》；（十五）《中和集》。

惟匆匆一阅，未可据为定论，尚须仔细阅定。但可留之宋本决不出十种，元本亦不过十种。敝意，刘氏书之价格（宋元本只可作附送之物），似不应在三十万以上也。数日后，当再往细阅其明刊本，再作决定。尚乞先生加以指示。（刘氏许多宋元本之印工，尚在前日所阅《乐书》及《读史管见》之下！）专此，匆颂

公祺

（此事乞暂守秘，勿告知韵秋，为盼！）

振铎拜上

29/12/27

1940 年 12 月 28 日

咏霓先生：

昨上一函并张氏书十种，想均已收到。兹又检出张氏书十种奉上，乞鉴阅。嘉业事，连夜踌躇，不能决定。据其宋元本情形观之，大可弃之不顾。惟其明刊本过于重要，故仍极恋恋难舍。乞先生指示一切为荷！下星期起，拟每日赴刘宅阅书。大约每日总可阅二百种左右，则十日左右必可全部阅毕也。大约明刊本鉴别甚易，必可无多大困难问题发生。全部阅毕后，当再行详细报告。专此，顺候

公祺

振铎拜上

29/12/28

1940 年 12 月 29 日

咏霓先生：

　　昨示并张氏书二十种均已收到；尚有夹板一副未交还，便中乞检出。先生所示各节，已遵办；须付印各书，均未即装箱。先生目光如炬，所下评语，佩甚！现纸张已购若干，即可着手印行若干种。兹又奉上张氏书二十种（共二包），乞鉴阅。慰堂先生昨来一电，由何先生交来，兹附上。阅后，乞见还归档。森玉先生昨午曾来敝寓，曾将此电交阅。关于"协助采购"事，彼亦欣然允诺。诚可喜也！所购各书统计，前已电复；明后日当再复一详函。想可来得及供蒋君应用也。昨日得《径山藏》（即《嘉兴藏》）二千余册，目录凡一巨册，共二十四箱，极佳。中多未入"藏"之著作。似不可失之。俟取得《嘉兴藏目》（已印行）校阅后，即当将此目奉上。专此，顺颂

公祺

振铎拜上

29/12/29

1940 年 12 月 30 日

咏霓先生：

　　昨偕森玉先生赴中国书店金君宅中观海日楼书，佳者颇多，甚惜未全部购之。然其精华，则已尽为我辈所得矣。兹又奉上张氏书二十种，共二包，乞鉴阅。细细检阅，张氏书一百余部，大多数皆是精品，殆罕弃"材"。不能列入"善本"目者至多

不过十余部耳。余九十余部，皆"善目"中之上乘物也。专此，匆颂

公祺

振铎拜上

29/12/30

1940 年 12 月 30 日

咏霓先生：

昨日送上张氏书二十种，今晨又送上二十种，想均已收到。明晨尚有十种可以送上。余尚未编目，韵秋又请假二日，只好待新年后再续送矣。兹奉上支票一张，请于加盖印章后交下为荷。今日下午又须偕徐先生往金君处阅书。盖我辈如不早选，则必为平贾辈所夺也。其中普通书，尽有难得之本；而抄校本中，佳者尤多，皆彼辈所未曾发现者。昨晚见到旧抄本《干禄字书》，为段茂堂手校，并有跋语，已亟为留之，实不宜失之也。此批书，俟年假中清理后，即当再行分批送请先生鉴阅。专此，顺颂

公祺

振铎拜上

29/12/30

1940 年 12 月 31 日

咏霓先生：

昨与森玉先生选定合肥李氏书十余种，中以明刊本《径山藏》

147

二千二百余册，最为巨观（附樟木箱二十四只，极佳；可值千元）；此外明人集之罕见者亦有数种；会通馆活字本《白氏长庆集》，亦不贵；并有《清史稿》等普通应用书。选择标准颇严而精，计共价洋六千七百七十元正。兹由何先生开就支票一纸，兹奉上，请于加盖印章后交下以便转付。专此，匆颂

公祺

振铎拜上

29/12/31

1940 年 12 月 31 日

咏霓先生：

兹奉上张氏书宋刊本《大佛顶心陀罗尼经》等十种，请鉴阅。今日下午又偕森玉先生赴金宅阅书，略选普通书若干种；因太多，尚未完全阅毕，尚须再去二三次，总以无遗珠为主。先生来示及张氏书二十一种（非二十种）已收到。拜读来示，深佩体大思精！惟略有所疑者，即：《月老新书》与《五代平话》似皆元版，非宋版；《地理新书》则决非金版，实明刊本也。前人所论，恐皆失之。然实无害其为天壤间孤本也。又《汉隶分韵》，先生以为明刊本，似实为元版。拟印行者，皆已提出。将来当将各书聚集一处，再详加讨论，何者应先印，何者可缓印。敝意关于"史料"一部分似应先印。不知先生以为如何？顷得陈乃乾君来电，云：有姚振宗《读书记》三十二册（手稿），至少须售千元。今日下午可送书来，但须立即付款。敝意，如确系手稿，亟

当收之。乞即加指示，以便遵循！（且当即约森玉先生一阅。）

专此，匆颂

公祺

振铎拜上

29/12/31

菊老第二次开刀，尚未知经过如何，甚念之！

1941年1月4日

咏霓先生：

年假中在写"总结报告"，并仔细统计宋元及明刊本、抄稿本种数、册数，尚未完全写毕。兹先草就第六号"报告"，附上，请削正，以便誊清寄出。姚振宗氏之《师石山房书目》（即《读书记》，内容极佳，多半为清儒著作之提要，足补《四库提要》之不备）三十四巨册，已购得。初索千元，后为某古董肆所得；新年中商谈数次，忍痛以二千零五十元得之。然仍觉值得。立即商之开明书店，已允代为出版。诚一可喜之事也！专此，

顺颂

公祺并贺

新禧！

振铎拜上

30/1/4

1941 年 1 月 10 日

咏霓先生：

　　兹奉上致何先生函及付修绠堂支票二张（一张应作废）；其中一张，乞于加盖印章后并致何先生函及废票一张一并交还为感！本定今日下午续往刘宅阅书，因临时森玉先生约定来谈，只好改到下星期起去阅书矣。专此，顺颂

公祺

振铎拜上

30/1/10

1941 年 1 月 13 日

咏霓先生：

　　兹奉上致何先生函一件，及支票一纸，支票领取证一张，请于阅后，及加盖印章后，即行交下为荷！沈氏书告一结束，殊自慰！当于"编目"后，将各书分批奉上请鉴阅也。专此，匆候

公祺

振铎拜上

30/1/13

1941 年 1 月 13 日

咏霓先生：

　　支票一张，已收到；下午即转付中国书店。森玉先生顷在敝

寓，谈及：拟于最近一二日内请先生及何先生诸位至徐寓一聚（便饭）。同时并商运输各事。不知先生何日有暇？正午或晚间均可。请先生决定一时间，以便再约他人。专此，顺候

公祺

振铎拜上

30/1/13

1941 年 1 月 14 日

咏霓先生：

昨日下午第二函奉悉；已转致森公。森公已决定定于星期四（十六日）正午十二时在徐寓请先生和何先生诸位聚谈。（另有请帖。）昨日和森公商谈购"百衲本"唐诗事，极兴奋。此实一好消息，亦一好机会也。今晨已请何先生开就支票一张，兹并与森公同署之一函奉上，乞于加盖印章后交下，以便转付前途。专此，顺颂

公祺

振铎拜上

30/1/14

1941 年 1 月 16 日

咏霓先生：

兹奉上《通文馆志》二册，《七录斋集》及《容台集》各七册；此三书首册皆在先生处。余书当陆续送上，请鉴阅。今日正午在徐

寓聚谈，请帖想已收到。承邀同行，至感！惟我在校办公，须十二时许始散归。拟不回家，即偕何先生同往徐宅。徐宅地址在：福熙路（同孚路西）升平街内百花巷一百〇五号，颇易寻到。特此奉闻。专此，顺颂

公祺

振铎拜上

30/1/16

1941年1月17日

咏霓先生：

昨谈至快！归后，百感交集；复取刘、张二目细阅，觉：张物佳品固多，下驷亦不少。刘物则多史料，稿本甚合保存"文献"之目的。即全舍其宋元而取其明刊、抄校亦甚可观。我辈所得，有数大特色：（一）抄校本多而精；（二）史料多，且较专门；如得刘物，则欲纂辑《明史长编》，必可成功；（三）唐诗多，且颇精。并世藏家，恐无足匹敌者。如再得蜀刻及书棚本唐集十余种，明活字本唐集五六十种（近有六十种左右可得），则重编《全唐诗》之工作，亦大可进行矣。得书不易，应用尤难。我辈如能在短时期内，尽量应用所得书，则诚不虚此番购置之苦心矣。我辈对于"学问"，野心甚大，每苦时力不足以赴之。姑忘【妄】言之，未必有成也。然"自古成功在尝试"。此二大工作，安知必不能成为"事实"乎？《明史长编》拟分数"部门"编纂，一为"列传"之部，拟以焦氏《献征录》及各明人集为根据，先成一《明碑传

集》，此或简而易举者。所借北平图书馆之书，未能利用，大是减色耳。一为"本纪"之部，则拟印《明实录》及《明宝训》《大诰》等。一为"表志"之部，亦可搜罗明人各著作，如《国朝列卿年表》《马政记》《厂库须知》等为之。至关于"倭""辽"诸役，则汇集各书为之；其体类《纪事本末》，亦类《四夷传》，殆是创举也。兹事体大，经费无着。惟事在人为，或竟有成功之时，亦难言也。敬乞指示！兹附奉支票三张，传新一张，系更换上次未能取款之一张者。加盖印章后，乞即便中交下是荷！专此，顺颂

公祺

振铎拜上

30/1/17

1941年1月20日

咏霓先生：

顷与何先生偶谈及，购书事，似应以刘家书为一结束；不宜"旷日持久"；且森公亦不能久住，势须在此一二月内有一"总结果"才好。兹拟就一电，何、徐二位均已同意，特奉上，请指正。如同意，请签字交还，以便拍发。沈氏书"首本"在先生处者，不知有若干种，兹先就所忆得者，续奉《管子》《老子断注》等五种二十一册。乞鉴阅。又中国书店催款甚急，先生自购之《七录斋集》（三百元），《容台集》（一百六十元）及《盐邑志林》（三百元）三种，全书兹奉上，书品似不佳，计共码洋七百六十元，（八

153

折），折实，计共六百〇八元，如全留，乞即将款交下，以便转交为荷！又来青阁送来之《李义山集》等亦乞便中检出交还为感！专此，匆颂

公祺

振铎拜上
30/1/20

沈氏"首本"尚有若干种在先生处乞示知，以便检出全书奉上。

1941年1月22日

咏霓先生：

昨示并书一包均已收到。《七录斋集》等，当遵嘱退去。《盐邑志林》待商定后再奉告。"山静居丛书"果为"明世学山"之不全本，然价甚昂（三百元）当退回。银行中存款已馨，前发出之"西谛"户支票五千元及"王渟馥"户二千元均不能取，已退回作废。兹由何先生另行设法，存入千元；现开出支票二千元一纸，乞于加盖印章后交下，以应急需。兹附奉《石堂集》七册，《艺苑卮言》五册，《辽东志》五册，又铅印本《辽东志》四册，乞鉴阅。铅印本《辽东志》与嘉靖本异同极少，似不必抄录；此铅印本不难得。先生如欲之，此本即可留下。其价若干，俟询知，即奉告。"电报"已发出，乞勿念！日内已约定森公点书；每书目片上，均盖印（一徐一我）二章为凭。所欲影印"书影"

及"全书"者即可就便提出，以省手续。是否有当，尚恳示知。专此，顺颂

公祺

振铎拜上

30/1/22

1941年2月9日

咏霓先生：

连日下午偕森公点查"善本"，已达三分一左右。法宝馆方面，已查讫；存于敝处者亦已查讫。（尚有零星书，可再查阅一二次。）惟存于南京路者，因手续麻烦，且须购买椅桌，故须下星期内始可开始点阅；又第一次装箱之"大号书箱"十四只（亦存法宝馆），因彼压于箱堆中，一时不能取出打开，也只好暂缓十余日再查。此事如能早日告一段落，诚快事也！斐云兄不日即将北返。何先生意，拟以我辈（三人）名义，公请徐、赵一次，如何？拟在功德林，时间以下星期一二（十日或十一日）之正午为宜；此外拟再约凤举及森公之弟、范成、钱重知等诸人。未知先生以为如何？乞示知，以便遵办。（并请指定时间。）沈氏书中尚有未将全书送上者，兹再奉上，《颜氏丛书》等数种，乞鉴阅。专此，顺颂

公祺

振铎拜上

30/2/9

又，顷赵斐云兄来寓，谈及：刘诗孙又已来沪，不知有何任务？暑假时，彼来此，系为满铁作"说客"，欲购刘氏物。此次不知是否仍为此事？甚为焦虑！好在款即可到，立当成交，免生枝节。先生以为如何？

铎又启

30/2/9

1941年2月10日

咏霓先生：

昨上一函并书一包，想已收到，未得覆，为念！昨夜何先生交来慰堂先生来电一件，兹附奉，阅后，乞见还归档。玉老处之十五万，已到港。顷与玉老之侄公超通电话，知玉老曾嘱其代付此款。彼以上海无款，又去电请其汇来。但无论如何，此一二日内，彼可设法先行交来二三万左右。前送阅各书，如有已阅毕者，乞即见还，以便由森公继续查点、盖印，为荷！请客事，如不便，即作罢可也。《盐邑志林》，中国坚持二百四十元，现有友人亦欲此书。先生如不留，并请便中检出交下为感！专此，顺颂

公祺

振铎拜上

30/2/10

示悉，宴局当设法改在敝处或何先生处；俟决定后当再行奉告。

1941 年 2 月 10 日

咏霓先生：

　　顷上一函，内附慰堂先生一电，想已收到。兹据叶公超君来电话云：香港玉老处汇款十三万一千〇五十七元已到，约定明日下午持收条取款。兹将"收据"写就，请签名盖章；明晨并当请何先生加盖印章，以便取款。此款由渝汇出原为十五万，汇水竟牺牲一万八千九百余元之巨，可谓吃亏太大矣！专此，匆颂

公祺

振铎拜上

30/2/10

1941 年 2 月 12 日

咏霓先生：

　　昨示并收据均奉悉。昨日下午晤叶公超君，当即将港玉老汇来之款十三万一千〇五十七元收来（新华本票一纸），并将"收据"交其带去。此款，今晨已交何先生存入"书生本色"户中矣。知念，特告！送阅各书，如有在抄写中者，请不必匆忙赶抄，尽可暂缓送下。因森公尚须多住几时，且可先行点阅他处之书也。专此，顺颂

公祺

振铎拜上

30/2/12

慰函一件，顷收到，附奉，请一阅。阅后，恳见还归档。

1941 年 2 月 13 日

咏霓先生：

来示并张书十种均收到。先生评定，至为精审，极佩！兹已与徐、赵二位约定，于明日（十四日）正午十二时在敝寓午酌，请帖已发出矣。请先生准时惠临为感！同座者并请有徐鹿君、张凤举诸位作陪。年前曾借暨大款三千七百元，以应急需，兹奉上支票一纸，乞加盖印章，以便归还。又另有支票四张并致何先生函一件，亦均乞于加盖印章后掷还为荷！何先生及敝见，均以为港款盼能全到，以便早日结束刘事。森公亦甚着急，欲早日归渝，但亦必须俟刘事结束后方能成行。故在此一月内刘事必须办成。余款方能有其他打算也。专此，顺颂

公祺

振铎拜上

30/2/13

1941 年 2 月 15 日

咏霓先生：

兹由何先生拟就致蒋电一通，乞修正后签字交还，以便拍发。印书事已积极进行。兹将"印样"奉上一份，乞审阅，指示。拟先试印《诸司职掌》一书；此书为弘治本，流传绝少，北平图书馆亦仅有残本。将来积成"十种"，即可出一"集"；积"二十种"，即

158

可出二"集"。丛书详目，拟就，当再行商谈，并面请指示。专此，
顺颂

公祺

振铎拜上

30/2/15

1941 年 2 月 19 日

咏霓先生：

兹奉上王云五君来函一件，并拟就致王君函（拟即发出），阅
后，乞即签字交下为荷！专此，顺颂

公祺

振铎拜上

30/2/19

1941 年 2 月 20 日

咏霓先生：

昨示奉悉。刘氏书以早日解决为宜，故去函王君，托其将云款一
次汇下。连日正偕森公赴刘处阅书。大约一星期内或可全部阅毕。届时
当向先生详细报告，再作最后之决定。菊老已出院，身体甚佳，堪以告
慰。兹附上致王君函（已誊清），乞签字，以便即日寄发。专此，顺颂

公祺

振铎拜上

30/2/20

1941 年 2 月 21 日

咏霓先生：

　　昨示奉悉。致王君函，已发出矣。兹奉上致何先生函及支票二纸，乞阅后及加盖印章后交还为荷！又领取支票证一纸，亦乞加盖印章。连日偕森公至刘家阅书，甚感兴趣。十日内当可全部阅毕。版本有疑问处，均已当场解决。可喜也！闻森公云：袁守和不日或将来沪。此人妒忌心极重。公开言：要破坏刘家事；不能不防之，且更不能不早日解决也！盖此人成事不足，败事有余。人心险恶，殊可叹也！专此，顺颂

公祺

振铎拜上
30/2/21

1941 年 2 月 27 日

咏霓先生：

　　连日偕森公至刘处阅书；明版部分，已阅毕，甚感满意！"佳本"缤纷，如在山阴道上，应接不暇，大可取也。谨先奉闻。一二日后，当往续阅其抄校本部分。此事如告成，则我辈总算"大功"成就，殊可休息一下矣。夜间均在抄写所得善本目，亦殊不恶。合之刘书，约可有四千目左右，诚洋洋大观，不下于北平图书馆之四册"善本目"矣。（惟宋、元部分及明本地志不能及。）专此，顺颂

公祺

振铎拜上
30/2/27

1941 年 3 月 3 日

咏霓先生:

示悉! 贵处园内二大间房, 务恳留下; 因我们即不用, 某处亦必须用到也; 何况刘书点交时, 必须有一大房子庋藏之乎? 二百元尚不算昂。请费心代留。即从三月份起租可也。宋元本书昨日又阅一次, 仍觉可取者不甚多。森公亦不以多取为宜。其间"伪本"必须剔去。敝意, 其余"后印"本则不妨收之。盖我辈所得宋元本究竟太少也。先生以为如何? 专此奉复, 并候

公祺

振铎拜上(第二函)

30/3/3

1941 年 3 月 7 日

咏霓先生:

园中房间彼夺租, 亦无法可想; 此种人不讲信用, 大可生气! 然不租亦可, 因刘书即交来, 房屋亦可敷用也。先生奔波数次, 多费口舌, 甚是不安! 袁守和等已到沪(乞秘之), 我辈可放下一桩心事矣。同来者有王某, 欲来此, 为美国国会图书馆购宋版书; 见面时, 当劝其为子孙多留些读书余地也! 丁君近拟押运一部分书赴渝, 已接洽数次。连日装箱甚忙。所运去者都为普通应用书。拟先付其运旅费三千元, 已由何先生开就支票一纸, 兹奉上, 乞加盖印章为荷! (致何先生函并附上。)慰堂昨来一函, 阅后, 乞见还归档。先生如有暇, 可否与丁君一谈? 下午六时半, 丁君当来敝处细

161

谈，拟即偕其往谒先生。但先生认为不必要，或届时另有他事，则不来亦可。（尚未与丁君谈及先生。）专此，匆候

公祺

振铎拜上

30/3/7

1941年3月13日

咏霓先生：

经二月之力，已将我辈所得"善本"加以分类、编目；其次要之品，已加剔除。抄校部分，剔除最多。但细加检查之后，或尚有可加入者。大抵不出二千种。一年以来，瘁心力于此事，他事几皆不加闻问。殆亦可告无罪矣。再加刘氏书约一千八九百至二千种，则总计：约得善本三千八百种左右，可抵得过北平图书馆四册"善本目"之三千九百种矣！以百数以内之款，值此书价奇昂之日，尚能得此数量，诚堪自慰慰人也！（平均每种不及三百元也！）何况尚有清代善本及普通本无数乎？兹将已清理就绪之"善本目"一份奉上，请鉴阅、指正，先生阅后，乞早日归还，以便再送何先生及森公一阅。专此，顺颂

公祺

振铎拜上

30/3/13

1941年3月15日

咏霓先生：

昨示奉悉，李君处房租，星期一下午当请晴湖先生送去。风

闻刘书，有古董商在钻营甚力。故甚焦急！兹拟就致王君一函，乞签字交还，即寄发。附上支票二张并致何先生函一件。支票乞加盖印章，致何函阅后并乞见还，以便归档。刘书告成，我辈之工作亦可告一段落矣！"书目"编成，殊可观，堪称不负所托也！专此，顺颂

公祺

振铎拜上

30/3/15

1941 年 3 月 18 日

咏霓先生：

兹拟就致慰函一件，乞加改正后签字，以便誊清发出。袁某在此，多方破坏，不知何意。连日殊为愤慨！恐其系代美之国书【会】图书馆出力也！（此事乞秘之，此函阅后，并乞付丙。）昨偕森公赴三马路，得赵烈文、莫友芝稿本多册，甚为高兴。价仅三百数十金，诚不为昂也。俟送来时，当奉上请鉴阅。"善目"初稿，不知已阅毕否？其中如有须抄录及须提出一阅之书，乞开单交下，以便分批提出送上。王款迟迟不到，刘货不得不搁置，大是可虑！好在韵秋甚是帮忙，或可不至漏失。如得刘货，则我辈工作，可告一段落，且亦甚可观矣！书影九张，兹并奉上，乞一阅。专此，顺颂

公祺

振铎拜上

30/3/18

丁衣仁君恐一时不能成行，可否即留其暂在此间办事？乞示！

1941 年 3 月 19 日

咏霓先生：

致慰函，已誊清，兹附上，请即签字交下，以便寄发。先生改正处，已照改讫。又其中，关于袁某处，偶有火气语，亦已删去。余皆不动。丁衣仁君又已决定动身西行。此君为何先生北大时代之学生，与慰堂同学，此次赴渝，系就中央图书馆之某职。非外人也。故有一部分事，似可告知。不知先生以为如何？仍乞示知，以便遵循。朱电已付丙，乞勿念。莫氏稿凡四册，甚佳；又赵氏稿较芜杂，[1]然亦"材料"书也。（尚有七册未寄到。）兹并奉上八册。（共十二册）此次所选，凡十二种，价三百八十元；其他稿亦颇佳。（全部目录附呈。）究竟较之从平贾辈手中得到者低廉多多矣！专此，顺颂

公祺

振铎拜上

30/3/19

1941 年 3 月 24 日

咏霓先生：

来示及书目等均已收到。承过奖，殊愧！我不过追随先生之

1　整理者注：此处有批语（似为张咏霓先生所批）：名烈文，字勤菽，曾任易州知州。

后，为琐碎之工作而已。主持大计，全是先生等之力。抄校部分，得力于邓氏群碧楼所藏者不少。非先生力主全购，则必无今日之成绩也。就今日之书价观之，此批书实至廉。盖如欲逐部购置，即二三倍其值，亦尚不易得到也。我辈"目"中所缺"经""子"二部，如以刘书补之，大是可观！（"经""子"所以收购不多者，即留为购入刘书之准备。否则，必多重复。）并刘书计之，明刊本在二千二百种以上，抄校本约一千一百种，均可交代得过。惟宋元本部分颇为贫乏。今后拟专致力于此。先生以为如何？乞指示！菊老病后需款，其宋本《荀子》已交来，谈妥价值洋四千元。森公亦以为甚值得。兹由何先生开就支票一纸奉上，乞于加盖印章后交还，以便转送菊老处为荷！专此，顺颂

公祺

振铎拜上

30/3/24

1941 年 3 月 25 日

咏霓先生：

昨示奉悉。菊老款四千元，已于今日送去。《今古舆图》必不误三月之限，乞勿念！惟朱印处殊模糊，亦无法可想之事也。港款已汇来一万元。拟仍用先生"书生本色"章及何如茂章取款。兹奉上印章式样二纸，又取支票证一纸，乞各加盖一章后交下，以便转送银行（上海银行）开户为荷！日来情势益非，我辈事，

似非早日结束不可。闻令公子有在中央银行任事者，想无恙，甚以为念也！专此，顺颂

公祺

振铎拜上

30/3/25

1941 年 3 月 27 日

咏霓先生：

昨示并《粟香室杂著》等均已收到。今日下午，张凤举、李玄伯二位，请先生便酌；在座者有何先生、森玉先生及袁守和几位。兹将"请帖"奉上。先生如有暇，不妨去一谈。平贾辈之书，已清理过半。彼辈因平、沪汇水关系，多半愿将"首本"退回。凡非重要之书，均已退去；惟比较重要者尚扣留在此，陆续加以解决。修绠堂前送来《皇极篇》一种，共二册，已退去一册，尚有一册，未觅得。似仍在先生处。乞便中一查为荷！又尚有若干"头本"在先生寓所，如得便，亦请检出送下。我辈以四月底结束为目标。以后，得书为次，清理为急矣！"善本"清理后，即当着手清理"普通书"矣。附奉付澂处之支票一张（五千），乞于加盖印章后交下为感！专此，顺颂

公祺

振铎拜上

30/3/27

1941 年 3 月 31 日

咏霓先生：

　　晨得香港王君一函，兹奉上，请一阅。覆函已拟就，如无修改，恳即签字，以便今日下午寄出。"图记户"图章，上海银行嫌不清晰，兹再奉上，请多盖数章交还为感！今晨又得菊老一函，并奉上。阅后，乞见还。菊老函中所提及各书，诚皆人间孤本，得之，大足为我辈生色。仍请先生指示南针。书价颇难悬定，已覆函请其略示畴范矣。又付邃雅斋董会卿支票一张（三千六百一十元），请加盖印章后交下，以便转付。专此，顺颂

公祺

振铎拜上
30/3/31

1941 年 3 月 31 日

咏霓先生：

　　来示奉悉。顷忘记附上王君原函，兹特再行奉上，请一阅。又上海银行存户证，似尚有一张须盖章者未见附还，乞一查，即加盖一章见还，以便转送为荷！匆此，顺颂

公祺

振铎拜上　第二函
30/3/31

1941年4月5日

咏霓先生：

刘书迄今未有确耗，殊为着急！见到韵秋时，请便中嘱其来敝寓一谈。主人颇懦弱寡断；颇疑有人从中作梗。（此人疑是袁某。）我辈不能不着力进行也！先生以为如何？我拟抽暇去访他一次，面谈一切，或先致他一函。此事如功败悬成，实太说不过去也！沈谷臣所写《弥陀经》，不知内容如何？沈为何时人？乞便中详示为感！近从潘博山许，得郑知同（珍子）稿本二种，甚佳。又得有康熙刊本《广西舆图》（六册），万历刊本《山带阁集》（朱曰藩著，道光间有翻本，然多删节），颇得意。明后日当奉上，请鉴阅。专此，顺颂

公祺

振铎拜上

30/4/5

1941年4月7日

咏霓先生：

昨示并书一册，均已拜悉。沈氏手写经卷，近于美术观赏性质，似出我辈收购之范围外；且存款不多，所收以史料等书为主，此类书拟暂缓议，不知先生以为如何？朱君顷来一电，兹附奉，阅后，乞见还归档。又，历来所收各信件，现又已整理一批就绪，因存敝处不便，仍乞先生代存保管箱为感！韵秋昨晨来谈，已将敝意仔细告知，嘱其转达书主。我辈不能久搁下来，此事如不成，即当

转而他商。为书主计，我辈如购不成，恐他方亦不易购成也。彼已允转达，惟其地位亦殊困难说话耳。专此，顺颂

公祺

振铎拜上

30/4/7

1941 年 4 月 8 日

咏霓先生：

昨奉一函并信件一包，书一册，想均已收到。韵秋昨来谈，说：书主已有决定，拟先售明刊本一部分，或先售宋、元、明刊本部分亦可。其批校本，抄本，稿本部分拟暂行保留；又清刊本亦拟保留完整，不欲拆售。此与原议虽大有出入，但敝意，为急于成交计，不妨允之，单购其明刊本部分。（共一千二百余部。）余皆暂行放弃，待后再谈。（抄稿批校本部分仍拟请其让予三十余种。）此一部分，拟以二十之数得之。彼即欲迁居。如同意，即可在三五日内点书付款。我辈有款在，不患无书。原来四十之数，本为彼之要求。现彼既不愿照原议出售，则我辈自可勉从其意，少取书，少付款。二十之数虽昂，但以现在市价计之，亦尚为值得。此事须立即决定。不知先生何时有暇？可否约柏丞、森玉二先生一谈，以便有所决定？明日下午二时或三时（新钟），在敝寓一晤，如何？乞示知，以便再约何、徐二位。同时并可鉴阅菊老送来之数书。附奉致王君一函（原稿及清稿各一张），如无问题，恳即签字，以便寄发。又付敝处支票一纸（五千元），请即加盖印

169

章交下为荷，专此，顺颂

公祺

振铎拜上

30/4/8

1941 年 4 月 9 日

咏霓先生：

　　昨示奉悉，何、徐二公已约好，准于本日下午三时（新钟）在敝寓茶叙。所谈事颇关重要。久未晤，深盼能一倾积愫也。兹附上支票一纸：

　　（一）来青阁：一千二百六十六元正

　　（二）瞿凤起：二千元正

　　乞即于加盖印章后交还为荷！刘书成功后，"善本"总目，即可编就。即剔除刘氏之宋元本及抄校本，亦尚有三千种以上，诚是洋洋大观也！仔细披览"所得目"，甚自欣幸！拟在五月底以前，将"善"目全部编成寄去，亦可告一段落矣。专此，匆颂

公祺

振铎拜上

30/4/9

1941 年 4 月 12 日

咏霓先生：

　　前日谈至畅！昨午韵秋来，当以我辈致酬五数之意告之，彼

甚觉高兴！刘事必有望，大约今明日下午必可有确切之覆音也。先生主张，最为近情合理。如此款由书价中扣除，恐有种种不便，韵秋亦必有种种顾忌也。此事告成，皆先生力也！菊老书五种，已还以二万，然迄今尚无覆音，恐系嫌少。奈何？！中国书店主人金颂清已故世，先生所购之《唐三高僧诗》，八十元，乞付下，以便转交。又《盐邑志林》一书，彼万不肯售，乞便中检出交还。专此，顺颂

公祺

振铎拜上

20/4/12

顷得菊老一函，附奉，阅后，乞见还。照价加三成，即共价二万六千元，似可照允。仍请裁决！

1941 年 4 月 13 日

咏霓先生：

今晨韵秋来谈：谓抄校本书三十六种，送菊老估价后，菊老覆函谓：如今法币价值跌落，书价当可涨至原价十倍。因此，书主颇为之动摇。经韵秋力言后，书主决定：明刊本一千二百余种，连同此项抄校本三十六种，共索最低价二十五万元。经与韵秋细细磋商，拟给以最高价二十四万元，且须即日解决，迟则，恐又中变。此数虽较原来决定多出一二万元（抄校本原拟给以二万元左右），但细算尚不太昂。俟书主今晚回音来时，似即可约定付款日期。但

171

仍请先生裁决示知。为爱书、护书计，我辈不能不吃些亏也。先生以为如何？专此，匆候

公祺

鸿宝　同拜启
振铎

30/4/13

1941 年 4 月 15 日

咏霓先生：

　　刘事反覆无常，变幻百出。昨日几生意外。书主欲加殿版《图书集成》一部，共索三十万，当即答以：三十万可付，惟须多取他书，《图书集成》不要；又问，如仍以四十万购前单之书，可仍照付否？当即答以：可付。彼乃无辞而去。惟坚持二十五万之数。经与何徐二公一商，已允二五之数。此事总算定局矣！好在相差仅一数，想先生必可同意也。昨日下午已去点书。今明日尚须续点。点毕，即可付款取书矣。付款当遵尊意，开零星支票若干张，以免人注意。乞勿念！兹附上致慰函一通，又支票二张。（一付赵一万元，一付敝处五千元。）乞阅正及加盖印章后交还为荷！中国书店款八十元已取去。《盐邑志林》事，已嘱其赴尊处面洽矣。专此，匆颂

公祺

振铎拜上

30/4/15

1941 年 4 月 17 日

咏霓先生：

　　兹已将致慰函誊清（略有修改删并处），阅正后，乞即签字交还，以便于明晨托人寄发。刘款已付讫，并已取得临时收据。书今午可运来一批，当即行转送某某等处分别储藏，乞勿念！所云房间，未知已租定否？乞示！如无希望，即当设法进行他处矣。因现有处所，万万放不下刘书也。专此，顺颂

公祺

振铎拜上

30/4/17

1941 年 4 月 19 日

咏霓先生：

　　昨日下午二示均拜悉。先生琐琐费心至此，最为感愧！刘书昨已运藏某处一批。今午续到时，即可再运一批至王宅储藏矣。明日可再运若干分储某二处。分藏四处，当可放心。"科""王"二处，似均须保险，盼先生便中即着人代办一下为荷。每处均保险十五万，如何？乞裁决！此事告一结束，除还旧欠及略购若干不能不购之"善本"外，大可休息一时。即利用此时间编目。今加入刘书，我辈之"善目"已大可观矣。（顷何先生面告云：港款又汇到十数，特以奉闻。）专此，顺颂

公祺

振铎拜上

30/4/19

又李氏书，已托某贾估价，共计值洋八千元；我辈共取四十余种，估四千元，余书该贾亦颇愿以四千元购下。乞通知前途，不知愿售否？

1941 年 4 月 21 日

咏霓先生：

示悉。保险事分作两批托人办理，最妥。刘书已于前日下午运毕，当即分藏他处。堪释念也！某氏书，由某贾约略估价，并未细算，故无每种之价目。我辈所需者凡四十余种（以○○为记，但仍乞裁定），彼共估洋四千元。兹将原目奉还。如能成交，即可付款也。余书可不必提及矣。专此，匆候

公祺

振铎拜上

30/4/21

1941 年 4 月 22 日

咏霓先生：

昨上一函，谅已达览。我辈所取某氏书四十五种，估价四千，实不为廉。想前途当可出让。惟在成交之前，不知能先行阅书否？盖抄本书之价值，大有高下，非目睹不能决定也。今日起，刘书可分部清理、点查。下午，拟请晴湖先生至王宅排架。先生如有兴致，二三日后，即可至该书〔处〕阅书矣。其中史、集二部，佳品实至多也。兹由何先生开就下列支票四纸，请于加盖印章后交下，以便转付为感！

（一）施韵秋：五千元正

（二）张菊老：二万六千元正

（三）陈济川：一万五千三百〇三元四角二分正

（四）修绠堂：二千三百二十元正

预计至迟五月底，购书部分之工作，必可加【告】一段落矣。所余者，惟清理普通书及印书之工作而已。如能印四五十种好书，则我辈对于前人亦可告无罪矣。附奉拟印书目一份，乞详加指正为感！专此，顺颂

公祺

振铎拜上

30/4/22

附上致王君一函，如可用，乞即签字交下。

1941 年 4 月 25 日

咏霓先生：

昨午施君来，又送下刘书十余札，现未交者仅十种左右耳。俟交齐后，即可嘱其写就"帐"本（书目）交来，以清手续。王宅书架，大约后天可布置就绪。星期天上午，先生如有暇，可同往一观。兹需付蟫隐庐书款一千元，已由何先生签就支票一纸，兹附上，乞加盖印章交还，以便转付为荷！专此，匆候

公祺

振铎拜上

30/4/25

1941 年 4 月 28 日

咏霓先生:

　　兹奉上何先生函一件, 阅后, 乞批示见还。我辈本有结束之计划, 故对此, 自无问题。不过"清理"略费时力耳。支票二纸, 已由何先生开出((一)五千元, (二)三千七百七十八元五角), 请于加盖印章后交下为荷! 专此, 顺颂

公祺

振铎拜上

30/4/28

1941 年 4 月 29 日

咏霓先生:

　　昨示奉悉。兹奉上致慰报告第八号, 乞详加指正后, 再行誊清发出。保险费四百八十六元, 兹开就支票一张奉上, 乞察收。琐琐劳神, 至感! 前托藏之"函件"二包, 便中乞取出交下, 以便存入敝处之保管箱中。又, 前奉之"丛书目录"一纸, 不知尚能检出否? 如便, 乞检出附还, 以便存底, 省得再抄一次也。店务拟分两步结束: (一) 本月底结束"零购"工作; (二) 五月底结束"善本书目"编辑工作。"无事一身轻", 五月后当可稍稍休息一下矣。专此, 匆颂

公祺

振铎拜上

30/4/29

1941 年 5 月 2 日

咏霓先生：

　　前昨两示奉悉。保单已收到，费神，至感！保费四百八十六元，兹开就支票一张奉上，乞察收。《范氏奇书》，及《明世学山》二种，即可检出奉上。嘉靖《宁波府志》四十册，兹附奉，乞察收。刘书，闻尚有数种，在先生处，如抄毕，乞便中送下，以便清帐。《颐庵支稿》为明人作，非宋之刘时举也。报告第八号底稿，先生忘未签字，兹附奉，乞补签。又誉清稿亦乞签字交还，以便寄发为荷！敝处支票一纸（三千元），并乞加盖印章交下为感！专此，顺颂

公祺

　　　　　　　　　　　　　　　　　　振铎拜上

　　　　　　　　　　　　　　　　　　30/5/2

1941 年 5 月 7 日

咏霓先生：

　　前函所言敝处"函件"两包，请先生检出交下事，不知现已检出否？甚盼能交下！因欲查阅也。又陶氏涉园书款一项，请便中嘱盐业（？）将收据交下，以便清帐。（书单可不必急急交下。）不知该项款数为"四千"抑"三千"余，记得当时系付"汇划"，似亦须折成"现款"，以便计算。费神，至为感荷！专此，顺颂

公祺

　　　　　　　　　　　　　　　　　　振铎拜上

　　　　　　　　　　　　　　　　　　30/5/7

1941 年 5 月 12 日

咏霓先生：

　　九日来示拜悉。函件二包及书款收据一纸亦均已收到，费神，谢甚！连日坊贾来者渐少，比较空闲，即乘此专力于"编目"工作。现初步剪贴工作，已告完毕，刘书全部亦已加入其中。惟第二步誊清工作，较为麻烦，因须分别部居，排列前后，处处须查书也。数日后（最好下星期内），先生如有暇，可否约何先生诸人一谈？乞示知日期为盼！专此，顺颂

公祺

振铎拜上

30/5/12

1941 年 5 月 13 日

咏霓先生：

　　奉兹上付敝处支票一纸（三千元正）乞加盖印章后交下为荷！专此，匆候

公祺

振铎拜上

30/5/13

1941 年 5 月 17 日

咏霓先生：

　　兹因有要事待商（渝英庚款会有一电来），请先生于下星期一

（十九日）下午四时至敝寓一谈为荷！何、徐二公已另约矣。专此，
顺颂

公祺

振铎拜上

30/5/17

1941 年 5 月 19 日

咏霓先生：

今日下午四时，在敝处会谈，前日已函详。现森公已在此，何
先生亦将到。盼能即来为荷！专此，顺颂

公祺

振铎拜上

30/5/19

1941 年 5 月 20 日

咏霓先生：

昨谈至快！先生对于古籍购置，鼎力支持，能见其大，至
为感佩！我因气魄不大，对于价值昂贵之书，即有不敢问津之
意。殊深愧惭！《本草图谱》及刘晦之各书，能得之，自感愉
快。（当尽力设法截留之。）不知彼等是否已"迫不及待"而他
售？近日明版书稍佳者已大涨，每每千元一部，不以为奇，而
"史料"书往往涨至二三千元一部，似尚不如购宋元本为合宜
也。先生谅亦有同感。综览所得善本书目，所不足者亦正为宋、

179

元本，且"经""史"二部之大"书"尤为缺乏。故于刘晦之之"二经"（"易""书""二史""三国""后汉"）敝意本欲罗致。因款已将罄，不敢开口。如马氏垫款可缓还，则刘书及《本草图谱》均可购入矣。（约共七万四千元。）宁可他处省用，而以购书为先务也。附上支票一张（一百五十元正），乞转付胶州路房租。又付：（一）菊生先生书款六千元正；（二）陈济川书款六千八百八十元正；（三）王浡馥书款六千元正；（四）孙实君书款一千元正，共支票四张，已由何先生开出，乞即于加盖印章后交下，以便转付为感！此二月内，清帐、编目，事务极忙。然即此告一段落，已大可观。将来如能并得"南瞿南【北】杨"及张氏所藏，则"善目"中物，当在五千以上，宋刊本亦已近三百种，当是古今来"书目"中之最为巨观者，固不必论无敌于今日之天下也。有志竟成，想必可成为事实也。专此，顺颂

公祺

振铎拜上

30/5/20

1941年5月22日

咏霓先生：

顷得慰堂先生来函二件，兹附奉；阅后，乞见还归档。诸股东对购书事，意兴似甚浓厚。我辈本为保存文献起见，再辛苦一番，似亦应尽之责。如能将芹伯、瞿氏、潘氏、杨氏诸家一网

收之，诚古今未有之盛业也，固不尽收拾"残余"于一时已！专此，顺颂

公祺

振铎拜上

30/5/22

（又《通鉴》一箱，便中乞送下）

图章已由森公托王福庵刻好，甚佳，兹奉上一"样"，但仍乞见还。

1941 年 5 月 23 日

咏霓先生：

北平赵斐云兄昨寄来一航函，嘱即汇款若干至平，以便于端节时付帐。兹请何先生开出支票一张（计五千元正），拟于明晨电汇至平。乞即于加盖印章后交还为感！又李氏书，如能以五千之数成交，尚不为昂；惟盼能一阅其"书"耳。专此，顺颂

公祺

振铎拜上

30/5/23

又领取"支票簿条"一张，并乞盖章交下。

1941 年 5 月 24 日

咏霓先生：

兹附上致慰堂先生一函，已由何先生阅过，乞即于详加指正后签字交还，以便誊清寄出。（又附航空纸一张，乞签字，以免誊清后再送请签字，多费手续。）盼能于下午交下，因尚须请森公一阅也。专此，顺颂

公祺

振铎拜上

30/5/24

1941 年 5 月 26 日

咏霓先生：

前日致蒋函，已誊清托人发出。森公亦已阅过。彼亦有一函致蒋，所述大致相同。月底办公费用，兹已由何先生开出支票一张（二千元正），乞加盖印章交下为荷，专此，匆颂

公祺

振铎拜上

30/5/26

1941 年 5 月 27 日

咏霓先生：

昨示并李书一箱均已收到。箱内并无目录，计共十一种，兹另开一"目"奉上备查。此十一种中，以《枣林杂俎》及《群英诗

余》为最佳，森公见之，亦甚为赞叹。《说文》（抄）亦好，余皆平平。惟《四明志》及《临安志》殊不佳。但合购，则亦不妨杂入。先生以为如何？专此，顺颂

公祺

振铎拜上

30/5/27

（又《杨师孔十种》，未见，实唐人集。乞查。）余书盼能便中陆续送下。

第一批收到：（共十一种）

《朱氏说文》（抄）　　　　十二册

《秦汉图记》（明刊）　　　二册

《邦畿水利集》（抄）　　　五册

《枣林杂俎》（抄）　　　　六册

《梵音斗》　　　　　　　　一套

《临安志》（抄）　　　　　二册

《群英诗余》（明刊）　　　四册

《四明志》（抄）　　　　　十六册

《忠孝经》（明刊）　　　　二册

《独学庐全集》　　　　　　三十册

《唐人集》（明刊）　　　　十册

此书第一册封面以铅笔写"杨师孔十种"，按此系唐四杰及

沈、宋、孟集之嘉靖刊本。"杨师孔十种"则按原目系天启刊本也。乞查。

1941 年 5 月 27 日

咏霓先生：

顷检阅李氏书第二批，抄目奉上，乞察收。此批书中，确以《海昌外志》为第一，《桂氏说文》亦佳，《天象玄机》最下。余皆中品，然均足补充（除《二酉堂丛书》外）我辈所未备"乙库"目录，有此若干种，亦足生色不少。惟究竟共值四千或五千，似须全部阅毕，始可决定也。专此，顺颂

公祺

振铎拜上（第二函）

30/5/27

屠氏收条已收到，谢谢！

第二批收到（十三种）：

《六逸诗钞》	十二册
《天象玄机》	八册
《古今词选》	六册
《隶篇》	十册（此系刻本，原目作抄本，疑误矣）
《中州名贤文表》	八册
《国朝名家诗余》	二十四册

《桂氏说文》	二十四册
《历代诗余》	四十八册
《庐户部集》（明刊）	一函
《海昌外志》（抄）	二套
《张氏丛书》	一套（即《二酉堂丛书》）
《阙里孔氏词》	二册一函
《影园瑶华集》	二册一函

1941 年 5 月 31 日

咏霓先生：

前日奉上一函，内附支票一张（五千元正），谅已收到。李处收据取得后，便中乞交下。"善本书目"卷一（经部）已抄就，共二百十六种，尚可观。乞加指正。（此一份系寄慰者，指正后，乞即见还）惟细观此目，所阙仍甚多。先生为经学大师，盼便中能示以补充之途径。（明版书为主。）"中英庚会"又来一电，兹附奉，阅后，恳见还归档。阅此电，可见内地诸公之热忱。此事似应面谈一次。先生何时有暇，乞示知，以便另约何、徐二公。专此，顺颂

公祺

振铎拜上

30/5/31

185

1941年6月2日

咏霓先生：

昨示并善目卷一均已收到。星期四之约谈，当即行通知何、徐二公。时间定为下午五时（新钟）如何？先生如不便，改早或移迟均可。乞示知，以便遵办。现拟寄邮包二百五十七件至港暂存（皆刘物）。已由何先生在运费项下开出一千元应用；兹将支票一张奉上，乞于加盖印章后交还为荷！专此，顺颂

公祺

振铎拜上

30/6/2

又附奉致慰第九号报告一件，乞于指正后交还，以便誊清发出。又附航空笺一张，如无问题，乞即并加签字，以便再送。

1941年6月2日

咏霓先生：

顷来示敬悉。覆"中英"会朱杭二位电已拟就，并已由森公阅正过。兹附奉，乞改正。改正后，恳即赐还，以便明晨再送何先生阅后，即可拍发。署名仍用何、徐二公，因来电系何徐也。先生以为如何？或用四人署名亦可。乞酌定。专此，匆颂

公祺

振铎拜启　第二函

30/6/2

186

1941年6月4日

咏霓先生：

　　咋晤何先生，据谈：本星期四因须为人证婚，无暇。我辈改为星期五（六号）下午四时会谈，如何？乞示。致慰报告第九号，何先生阅后，略有改正处，我亦于函末加了数语。兹已誊清，奉上，乞阅正。如无问题，乞签字交还，以便寄发。电文一件，已拍出矣。李书目录，暂存，俟过二三日后再奉还。前存先生处之书（连头本若干），如便，乞送下，以便清理手续。有渎清神，歉甚！
专此，顺颂

公祺

振铎拜上

30/6/4

1941年6月6日

咏霓先生：

　　咋示奉悉。关于"补充"事，已列入"议程"。此事殊为重要，非先生主持一切不可。俟"善目"编竣后，"乙库"目及"普通"目便可着手。此"二目"均拟录副存放先生处，盖补充时，必需参考此二目，以免重复也。大致清儒所著之"经""史""子"三部分尤为重要，"集部"则以文集为主；至诗、词集似尚非我辈所急者。俟第二批款有把握时，自当另行拨出一二万，专供此用。（此款可存先生处。）连日寄出书甚多。兹由何先生开出支票（一千元），乞即加盖印章交下，以资应用为荷！今日下午四

187

时会谈事，已约定何、徐二公。恳先生准时惠临为祷！专此，
顺颂

公祺

振铎拜上

30/6/6

1941 年 6 月 9 日

咏霓先生：

前日晤谈，至快！送下各书均已收到无误。先生费神清理，至
为不安！未校毕及未用毕之书，不妨暂存先生处可也。《夏小正经
传考》俟检出，即奉上。又刘书，先生尚需何种，乞速示知，以免
寄走。忆得上次先生尚取去徐○○诗集一册，便中能检得否？专此，
顺颂

公祺

振铎拜上

30/6/9

1941 年 6 月 12 日

咏霓先生：

昨又寄出书一批；大致在下星期内可告一结束；我辈如释重
负，可放心得多矣！兹附上应付运费支票一张（一千五百元），
又六月份办公费支票一张（一千五百元），乞即于加盖印章后
交下，以资应用为感！我大约本月底即将动身。森公归心如箭，

亦将同行。但在行前，张、瞿二处，必可告一段落也。专此，
顺颂

公祺

振铎拜上

30/6/12

1941 年 6 月 16 日

咏霓先生：

昨由何先生交来蒋君一电，兹奉上。阅后，乞见还归档为荷！
刘晦之书已为平贾王晋卿购去。风闻已归□□□，携之东去，作为
礼物矣！可叹！！！我辈迟了一步，便成终生之憾！现已设法，不知
能留下几种否？（闻未全去。）今日购书，必须眼快手快，盖竞争
者殊多也！办事之难，于此可见！《本草图谱》如不即解决，亦必
将他去矣。当商之何先生，先借若干，以了此事。先生以为如何？
专此，顺颂

公祺

振铎拜上

30/6/16

1941 年 6 月 17 日

咏霓先生：

兹奉上敝处书目一份，又致先生函一件（有森公附注），阅后，
恳见还，以便再送何先生一阅。万乞勿客气的批正。我辈做事，总

以不惹人批评为主。售书是万不得已事。然售得其主，则亦无惜！
专此，匆颂

公祺

振铎拜上

30/6/17

1941 年 6 月 18 日

咏霓先生：

　　昨示奉悉。至感先生盛谊！惟何先生处款已不足，亟须电港、王处汇款来此。兹拟就一电，请阅正。明晨可拍发。何先生意：刘书既去，款如他用，必须再行商量一次。不知先生何时有暇？明日下午四时左右，可否在敝处一谈？乞示。专此，顺颂

公祺

振铎拜上

30/6/18

1941 年 6 月 19 日

咏霓先生：

　　寄港第一批书已平安到达，可慰也！（港大许君来函云云。）第四批亦已寄出。明日可寄第五批。刘书运出，我辈之责任减轻多矣。将来究竟运渝或运美，须待蒋君之通知，才可决定办法。"星五"会谈事，因该日下午敝校有事商谈，拟定为星期六（二十一

日）下午四时，如何？先生届时如无他事，即可决定矣。寄费尚须千余元。兹由何先生开出支票一纸（一千五百元），乞即于加盖印章后交还，以资应用为荷！专此，顺颂

公祺

振铎拜上

30/6/19

1941 年 6 月 22 日

咏霓先生：

昨忘将房租奉上，歉甚！兹将支票开就附奉，乞转付。此项房租盼能将"收据"交下，以便归帐。又李氏书五千元，其"收据"亦乞早日交下为荷！刘书除少数抄校本及须重印者外，均已寄出，共一千七百十包。此工作可算告一结束矣！知念，特以奉闻。星期一（二十三日）下午四时之会谈，已分别通知徐、何二先生矣。专此，顺颂

公祺

振铎拜上

30/6/22

1941 年 6 月 24 日

咏霓先生：

昨谈至快！先生走后，我辈又详谈甚久。当由何先生拟就电文二通，一致蒋君，一致王君，兹附奉。先生如同意，即

191

可拍发矣。（蒋电系用密码。）阅后，乞交还。《本草图谱》及《于湖集》购得，当可抵得过刘晦之书矣。购书事，先生主持最力，极可感动！虽为国宣劳，不足言苦辛，然非有眼光，有魄力不可！今岁购置，倍艰于前。张、瞿二家如获有成，则我辈决当告休息一时矣！但第一批书事，必当先行结束。昨所谈，大致已解决。惟"乙类善本"及普通书尚未编目，似非赶办不可。昨与何先生商定，拟加聘商务编辑员沈志坚君（顷已离商务）帮助编目。沈君与我同事多年，人极可靠，慎妥干练，兼而有之，实一人材也。不知先生以为如何？月薪拟致送九十元正。又晴湖、韵秋二位亦各拟加薪二十元（各为九十元，均自七月份起）。盖近来物价及车资飞涨不已，彼等虽不言，实应代为想到也。先生以为然否？总计，薪金一部分连沈君在内，每月开支不过四百七十元而已。预算中实有余裕也。恳即示知，以便遵循！将来我赴港期内，会计事宜，拟托晴湖或韵秋代管。如何之处，亦乞指示。好在每月月薪连各处房租在内，不过千余元。如照二千元计算，尚可有余款可付各肆零帐，或略购应用书也。今日下午拟约郭、施各位会谈，分配职务，加紧编目。务期能于年内告一结束。印刷事宜，则已托中国书店杨金华君办理一切。此人亦极为慎密可靠也。专此，

顺颂

公祺

振铎拜上

30/6/24

192

1941 年 6 月 27 日

咏霓先生:

各电均已发出。昨森公得蒋君一函,兹附奉。阅后,乞见还,以便再交何先生一阅。函中"颍川"指陈公,"紫阳"指朱公。立兄,即杭立武君。"史部"目录一册,兹奉上,乞指正。《四明风雅》四册,又《琼芳集》二册(闻施君云:有序未抄)。并附上。支票一纸(五百元),为敝处月底所需用者,兹亦奉上,乞即于加盖印章后交还为感!专此,顺颂

公祺

振铎拜上

30/6/27

1941 年 6 月 28 日

咏霓先生:

顷得蔚堂先生来函一件,兹附上。阅后,乞见还,以便再送何先生一阅。蔚函所云杨书(海源阁),确有如此情形。彼方索价既高,大可搁之不理,决不至有人竞购也。王款"十二"数已收到。敝书款"一"数,已由何先生开出支票一张,兹附奉,乞即于加盖印章后交还为感!连日赶写"子""集"二部善目,一时不能即竣,奈何!!我辈所得,"经"部最下,"子"尚颇可观。"史""集"二部则是精华所聚者。蔚及诸股东见到"史"目时,当必感高兴也。("史"目已

寄去。）专此，顺颂

公祺

振铎拜上
30/6/28

示悉。《东坡志林》(《稗海》)敝处有之，兹检奉，乞察收。支票收到，谢谢！《本草图谱》及《于湖集》款，当于"星一"请何先生开支票交去。请勿念！"善"目必须自抄，因韵秋恐未甚详悉也。好在不大吃力，不过多费若干时间耳。专此，顺颂

公祺

振铎拜上
30/6/28

1941年6月30日

咏霓先生：

前日下午奉上《东坡志林》一册，想已收到。《本草图谱》等款，已由何先生开出支票，计共四纸：

（一）潘博山　　　　　二万元

（二）张葱玉　　　　　一万四千元（《于湖集》款）

（三）中国书店　　　　三千元（外交档案一批）

（四）赵万里　　　　　三千元

均乞于加盖印章后即行交下，以便于今日下午分别转付或汇出

为荷！张芹伯书，麻烦甚多，我辈不妨缓图之！待其自来接洽为上策。先生以为如何？专此，匆颂

公祺

振铎拜上

30/6/30

1941 年 6 月 30 日

咏霓先生：

示悉！支票四张，已照收无误，《东坡志林》一册，亦已收到。写本《文选》一巨卷，兹奉上，乞察收。尚有日本帝大丛书所印之《文选》，下午当请晴湖先生检出奉上，以备参考。此为今知《文选》之最早者，非李善注，更非五臣本，或六臣本，乃"集注"也。中土久已失传。虽非全帙，亦绝可贵。覆蔚函，已草就，兹附上，请先生仔细指正后，再送何先生一阅，即可誊清发出矣。连日理书，极忙。早天气尚凉爽，否则，必汗流浃背矣。专此，顺颂

公祺

振铎拜上

30/6/30

1941 年 7 月 9 日

咏霓先生：

何先生得朱君先后二电，兹附奉；阅后乞见还归档。马氏协

运事，何先生已与面洽，恐甚困难，势非自运不可也。何先生所拟覆电，并附，阅后，亦乞见还，以便拍发。自运颇有把握，且较安稳。日内拟再运去若干。专此，匆颂

公祺

振铎拜上

30/7/9

何日有暇，能再晤谈一次否？

1941 年 7 月 12 日

咏霓先生：

前昨二日偕森公往阅宝礼堂潘氏书，极为得意；书凡一百二十种左右，皆宋版也。（元版仅数种。）极精美。以宋版论，盖不在南瞿北杨下也。本星期日上午十时之约，已通知何、徐二公矣。恳先生便中准时惠临为荷！兹附上支票三张：

（一）徐森公旅费五千元（内二千五百元可在香港取回）

（二）敝处七月份杂用一千五百元

（三）传新书店二千二百元

乞即于加盖印章后交下，以便转付为感！专此，顺颂

公祺

振铎拜上

30/7/12

1941 年 7 月 18 日

咏霓先生：

　　兹奉上王宅房租洋一百五十元正，乞转交，并乞取一收据交下为荷！森公即将内行，赵君已来沪。何先生意：可否以我辈三人具名，公请一次？地点时间均由先生决定。地点能在先生处尤佳。"史部"书目，不知先生已阅毕否？因日内有需要处，恳便中交下为感！专此，顺颂

公祺

振铎拜上
30/7/18

1941 年 7 月 22 日

咏霓先生：

　　森翁明日即南行，托带之书，已赶理就绪。惟《本草图谱》及《文选集注》（一卷）二种，是否同时托其带去，乞示。如先生未用毕，则不妨下次设法带去。如已用毕，乞即交下，以便装箱。专此，顺颂

公祺

振铎拜上
30/7/22

1941 年 7 月 25 日

咏霓先生：

　　森公昨晨南行，曾往送别，殊依依不舍也。精品托其带去二

大箱。蒋、朱处曾来三电及一函，兹奉上。阅后，乞见还，以便归档。蒋、朱所急者为运货一举，实则我辈已办得颇有条理矣。再有半月，"善目"中物，必可全部运毕，殊可慰也！又致蒋函，因事迟迟未寄，兹已抄好，并加入若干语，乞审阅。如无修改，盼即签字交还，以便即行寄发。专此，顺颂

公祺

振铎拜上

30/7/25

1941 年 7 月 25 日

咏霓先生：

示悉。致蒋函已留有底稿，故不必再抄，仅将先生所删改者就底稿上删改之而已。兹仍将该函末页附奉，请即加签名，以便寄发为荷！（先生偶忘签名。）专此，顺颂

公祺

振铎拜上　第二函

30/7/25

1941 年 7 月 28 日

咏霓先生：

兹奉上支票一纸（五千元），系支付寄费者；乞于加盖印章后交还，以资应用为感！时局大变，幸货已多半运出。上海想可无虑；即太平洋一时想亦不至有战事。然货究以速运为上策。朱君屡

电促速运，自应照办。好在森公已在港（到港电，迄今未收到），自可主持一切也。专此，顺叩

公祺

振铎拜上

30/7/28

1941 年 7 月 30 日

咏霓先生：

森公已抵港，顷来一电云："最精货本周内航运手续繁复盼兄携二批货速来"敬以奉闻。又拟致渝朱及港徐各一电，请一阅；阅后，乞交还，以便归档。又需付石印工费洋二千元，已由何先生开就支票一纸，兹奉上，乞加盖印章交下为荷！专此，匆颂

撰祺

振铎拜上

30/7/30

1941 年 8 月 4 日

咏霓先生：

顷接蔚唐先生一函，兹附奉，乞一阅。又奉上朱、徐各电及覆电，均乞阅后交还，以便归档。运输事，自信办理尚甚妥善。数日内即可全部告竣矣。（普通书不在内。）徐积余先生嘱其公子交来安徽志书百余种，索万金以上。以今日市价计之，似不为昂。安徽志书本来难得，而其中孤本不少。市贾对于此项孤本，每种开价

七八百元至千金，毫不觉奇。敝意如在万金以内（或万金）径可购下。先生以为如何？书目附奉，请鉴阅。专此，顺颂

公祺

振铎拜上

30/8/4

1941年8月6日

咏霓先生：

今晨徐积余先生之公子来谈，窥其意，该项安徽"方志"，非万金不办。已还价至九千元，彼尚踌躇。但相差不远，想必可得也。敝处旅费已请何先生开出支票五千元，又月来杂购各书款二千元，亦已开出支票，兹附奉，请于加盖印章后交下为荷！旅费先支者，盖因连日港币渐涨，拟先行购存备用也。专此，顺颂

公祺

振铎拜上

30/8/6

1941年8月12日

咏霓先生：

昨得森公一电，兹奉上；阅后，乞掷还归档。邮包目录，正在赶抄中，明日可寄发。此项目录，将存先生处一份，备查，如何？徐积余先生之安徽方志，已还价至九千以上，尚无消息。闻有人肯出一万四千元购之。敝意，此种书，最高价不过一万一二千元。不过，失之，未

免可惜耳。微闻近来颇有人竞购古书，以事积储，大有移"米""布"而至"古董"之风。可叹也！上海游资过剩，将来大有问题。奈何，奈何！何先生交下领取支票证一张，又付赵万里先生书款支票二千元一张，均乞于盖章后交下为荷！港行尚未决定日期，大约在二十左右。在行前，必至先生处畅谈，并面请指示一切也。专此，顺颂

暑祺

振铎拜上

30/8/12

1941 年 8 月 16 日

咏霓先生：

徐积余先生处方志事仍无覆音，恐已变计，只好听之而已。可见近来购书之难也！张芹伯书几经变化，价格无定。初索五数，后又欲提出书一百余种。敝意，提去精华大是减色，便无心进行。昨经张葱玉介绍，说：仍是全部，共索七十五万。细计之，以近日书价计，尚不为昂。（王贾得《后汉书》，竟向人索八万，可谓骇人听闻矣！闻蒋某竟以三万五千购去。可见近日之书价一斑！）惟须款有把握，始能进行，且以速决为宜。一手交货，一手付款。否则，恐芹伯又将变计矣。兹拟就二电，一致蔚，一致森，乞于加以指正后，交下，以便再请何先生阅后拍发。专此，顺颂

暑祺

振铎拜上

30/8/16

201

1941 年 8 月 18 日

咏霓先生：

港渝二电已分别发出。（何先生阅签过。）此事如告成，则宋元本方面，可以弥补缺憾不少。抄校部分，亦大可壮观。深盼其能成为事实也。兹由何先生开就支票一纸（四千元），交敝处应用（八月份杂用及寄费），请于加盖印章后交还为荷！"存港书目"，明日可清理就绪，交存先生处。时局如此，各物以分存为宜。专此，顺颂

暑祺

振铎拜上

30/8/18

1941 年 8 月 22 日

咏霓先生：

昨得森公一电，兹附奉，乞一阅。阅后，恳掷还归档。来青阁之宋余仁仲本《礼记》，经商酌再三，该肆定实价一万二千元。按此时市价，尚不为昂。此书森公在沪时已见过，确极佳，一无毛病。在芹、瞿货中，亦可算为上上品。敝意：徐积余处既无消息，似不妨移该款购此书。不知先生以为如何？尚乞核示，以便遵办。专此，顺颂

暑祺

振铎拜上

30/8/22

1941 年 8 月 26 日

咏霓先生：

　　昨日下午往晤张葱玉君，谈及张芹伯货事。据云：大可接近。芹伯已允减去十二万五千元；现索价六十二万五千元。如此，则与去岁所索三万美金之数甚相近矣。我辈大可交代得过！殊可喜慰！兹拟就二电（何先生已阅过），请先生改正后签字交还，以便即行拍发为荷！又王宅租金一百五十元，前日已托晴湖先生送上。便中请王宅将"收据"交上为感！专此，顺颂

暑祺

振铎拜上

30/8/26

　　顷得来示，敬悉。《西溪丛语》等四种，又王宅"收据"一纸均已收到。谢谢！

1941 年 8 月 29 日

咏霓先生：

　　近日连遭失败，心中至为愤懑！徐积余氏之方志恐已失去（至今无消息）；刘晦之之宋本亦已被夺；前日所谈之宋余仲仁本《礼记》（余本极佳而少见；仅芹伯处有《左传》，然残阙甚多，十不存三），来青阁亦已变卦，不欲以一万二千元出售（本来已说妥书价），盖王贾又以一万六千元欲购之也。奈何？！奈何？！终

夜徬徨，深觉未能尽责，对不住国家！思之，殊觉难堪！殊觉灰心！反省：我辈失败之原因，一在对市价估计太低，每以为此种价钱，无人肯出，而不知近来市面上之书价，实在飞涨得极多极快；囤货者之流，一万二万付出，直不算一会事。而我辈则每每坚持低价，不易成交，反为囤货者造成绝好之还价机会。诚堪痛心！二在我辈购书，每不能当机立断，不能眼明手快。每每迟疑不决。而不知，每在此千钧一发之际，便为贾人辈所夺矣！亦缘我辈不敢过于负责之故。往者已矣，不必再谈矣！谈之，徒惹伤心！将来，当有以自警、自励矣！（有许多书，若非先生主持者，亦必已失去矣。）想先生必有同感也！日来悲愤无已，只好向先生一倾吐之。

兹向平肆配来新书约二百种左右（除去者系已有及不必购者），此项新书，大有用处，前已配来一批，用款不多，而甚有益，拟决购之。但仍请先生再加选定并裁决一切。新书因纸价关系，不能多印，每一出版，便成古董。以铅印、石印本为尤甚！盖极难再版也。为中央图书馆配齐一批，亦未始非"要务"也。先生以为如何？专此，顺颂

公祺

振铎拜上

30/8/29

附新书目一份。

1941年9月4日

咏霓先生：

　　森公昨由港寄来一函，知尚未内行。现一切运货责任，均由森公完全负之，大是辛苦，心中极为不安！徐氏方志事，已绝望，现拟将此款转购来薰阁之新书及他书等。已由何先生开出支票五张，兹并致何先生附奉，乞于加盖印章后，即行交下，以便转付为荷！专此，顺颂

公祺

振铎拜上
30/9/4

1941年9月6日

咏霓先生：

　　兹拟就致慰堂先生函一件，是否有当，敬乞指正。修正后，请即交下，以便誊清寄出。专此，顺颂

公祺

振铎拜上
30/9/6

1941年9月12日

咏霓先生：

　　前日来示奉悉。致慰函，现已抄好，兹奉上，乞签字后，即行交下，以便寄发。昨日森玉先生来一电，兹并附上。阅后，亦请

交下，以便归档。芹货想可无枝节。惟不知何时来款耳。若旷日持
久，难免芹方反覆。我辈惟有静候好消息耳。此批货若成交，"书
影"及"善目"必大为改观。可喜也！《方氏墨海》久假未赵，至
为不安！因不敢拆装，故迟迟未拍。现已设法照样拍照，不致拆
散。大约十余日内当可奉上。乞原谅！专此，顺颂
公祺

振铎拜上

30/9/12

1941 年 9 月 13 日

咏霓先生：

昨示奉悉。清集即当清理，乞勿念！蔚唐先生顷来一函，兹附
奉。阅后，乞见还，以便归档。敝意芹货以全购为妥，且可较廉；
否则，分批购之，又须重行商议，殊为麻烦，且必不得便宜也。先
生以为如何？二万之数，仅足购其黄跋一百部耳。似不妨稍缓几
时，俟蒋款凑齐再与之恳切一谈，立可定局，专此，匆颂
公祺

振铎拜上

30/9/13

1941 年 9 月 16 日

咏霓先生：

兹奉上付敝处九月份杂用支票一纸（三千元正），请即于加盖

印章后交下，以便应用为荷！现因芹货及印刷事，亟待商谈。不知先生明日（星期三，十七号）下午三四时有暇否？如有暇乞至敝处一谈。届时，当约何先生到会也。乞即示知为感！专此，顺颂

公祺

振铎拜上

30/9/16

1941 年 9 月 17 日

咏霓先生：

顷已与何先生约定，准于下午四时（新钟）在敝处商谈一切。务恳准时到会为感！专此，顺颂

公祺

振铎拜上

30/9/17

1941 年 9 月 18 日

咏霓先生：

昨谈至快！存港书目，尚缺一页，兹补写奉上，乞察收。致蔚函，已拟就，兹并附奉，乞于指正后交下，以便再交何先生阅正。购纸款一万四千一百元，已由何先生开出支票，兹附上，乞于加盖印章后交还，俾能于今日下午付出为荷！先生所藏之《南雍志》，如允见让，最为感荷！估价可值一千二百元左右。不知能

荷允诺否？乞示知为盼！专此，顺颂

公祺

振铎拜上

30/9/18

1941 年 9 月 20 日

咏霓先生：

　　来示奉悉。致何先生函，下午当转去。王宅房租已将支票开好，正拟送上。兹附奉，乞察收。蔚昨来一函，兹附奉；阅后，乞见还，以便归档。致蔚函，已钞好（五日来函，已附覆于后），兹并附奉。乞于签字后交下，以便寄发。先生所藏明版书目二册，便中乞假一读，三数日内即可奉赵。《南雍志》款，下星期一二即可开出送上。芹货分批购买事，下午已约张葱玉一谈，或可就绪也。（读蔚函，察其意，亦与我辈同也。）专此，顺颂

公祺

振铎拜上

30/9/20

1941 年 9 月 23 日

咏霓先生：

　　森公昨来一电（已覆），云：货已改运美，此大可慰也！兹将原电及覆电二件奉上，乞一阅。《南雍志》款一千二百元，兹附奉，乞察收。便中请将"收据"掷下为荷！又付石印局款二千元，请即

在支票上加盖印章，以便转付。北平新书，先生所需各种，已嘱其重配一份来；中有数种已售缺，故未寄来。《食旧堂丛书》一种，已打八折，余书均实价。据云：实因汇水关系，不能再打折扣。兹将书单附上。各书当嘱其送上一阅。专此，匆颂

公祺

振铎拜上

30/9/23

1941 年 9 月 29 日

咏霓先生：

何先生送来一函，嘱转致先生，兹附奉。朱君有一电致芹，兹并附上，阅后，乞见还。何先生曾与我谈及此事，云：应否交至芹处，或暂缓交去，均乞先生酌定，以便遵办。专此，顺颂

公祺

振铎拜上

30/9/29

1941 年 10 月 2 日

咏霓先生：

前日来示奉悉。芹货事，昨曾与何先生谈及，而述及尊意。何先生亦以为朱电不妨暂搁，稍缓送芹。盖芹至今对于分批事尚未有覆音来也。《今古舆图》三册，兹奉还；因朱墨套印模糊，不能印，即印出，所费至巨，且亦不会清晰也。前日在冷摊收得《约园藏书

志》二册（计四卷，缺卷四集部上）。不知此书先生处有底稿否？敝处收得此书，决不出示外人。如先生处"底稿"已佚，则得此大可再抄一份也。（原书用《四明丛书》稿纸抄写，不知为何人所抄。）此书内容至佳，叙说明畅，似大可印行。先生以为如何？秋节书帐不多，兹由何先生开出支票二张，计富晋书社一千一百元，中国书店一千二百元，请即加盖印章交还，以便转付为荷！专此，匆颂

公祺

振铎拜上

30/10/2

　　又附致王云五君函草稿清稿各一纸，如无修正，请即签字交还，以便寄发。

1941 年 10 月 4 日

咏霓先生：

　　前日忘将《今古舆图》附上，歉甚！兹奉还尊藏明本目二册，又《今古舆图》三册，乞察收。明本目录，应有尽有，且以时代分，尤为可贵；惟缺建文、洪熙、弘光、永历，颇有微憾。然此四朝刊本，实亦极难得也。（建文、永历刊本尤罕见。）敬谢！敬谢！专此，顺颂

公祺

振铎拜上

30/10/4

1941 年 10 月 5 日

咏霓先生：

　　兹因购绵连纸八百刀，需款一万九千五百元，已由何先生开出支票一张，乞加盖印章后交下为荷！专此，顺颂

公祺

振铎拜上
30/10/5

1941 年 10 月 7 日

咏霓先生：

　　何先生昨得慰一电，兹附奉，乞一阅。阅后，恳即见还归档。又昨得森公自渝来一"江"（三日）电，云："芹货决购，款即全汇。"闻森公系一日由港飞渝。森公到渝后，必面述一切，故对于芹货，方能决定"全购"也。如此，分批购入之事，可不必再进行谈判矣。昨晤张葱玉，据云：芹为人至为反覆无常，非俟款到后面谈，立即解决不可。否则，事前多谈，彼必多犹豫，且货价亦必恍惚不定也。葱玉云：彼现又改索七十万。（前已允六十二万五千。）此事诚不易对付！然必当成之！只好俟款到后，我辈即与面晤一次，立即解决一切耳！先生以为如何？敝意，此批书决不可再漏失，即相差数万，亦当负责成之也。专此，顺颂

公祺

振铎拜上
30/10/7

1941 年 10 月 8 日

咏霓先生：

兹拟就致慰电及函各一件，明午以前，必须发出；乞于修改后即行交下为荷！（明晨当送何先生处一阅。）芹事至为困恼麻烦。但我辈自当坚持"六二五"之数。此君反覆无常至此，诚非"始料所及"。然好在森公详悉经过，必能细述一切，不能责备我辈办事之无能也。变化不测，即购入"公是"货时，亦曾经过此一阶段也。专此，顺颂

公祺

振铎拜上

30/10/8

1941 年 10 月 8 日

咏霓先生：

来示奉悉。芹方如此反覆无常，言而无信，照我辈性情，早当绝之，不与再谈。拟在致蔚函中加入"惟我辈对于此种'言而无信，反覆无常'之情形，未尝不有'深恶痛绝'之感！或竟置之不理，放弃此批货色，亦未为不可（曲不在我）。如尊处必欲购入，则我辈亦只有'委曲求全'耳"一段，不知先生以为如何？恳即示知，以便遵办。又附上空白签名航空笺一张，乞即加签名，以便明午可以寄出。（明日不寄出，便须十一号才能寄出矣。）《方氏墨海》已照毕，兹奉还，谢谢！久搁未赵，心中至为不安！顷得明刊本《诗经世本古义》十六册，价三百二十元，尚

212

佳。敬奉闻。专此，顺颂

公祺

振铎拜上　第二函

30/10/8

1941 年 10 月 13 日

咏霓先生：

兹由何先生交来慰君一电，兹附奉；阅后，乞即见还归档为荷！又奉上付敝处支票一张（二千），为十月份杂用之款，请即加盖印章交还为感！专此，顺颂

公祺

振铎拜上

30/10/13

芹货款汇七万即可解决矣！详目当即编寄去。

1941 年 10 月 17 日

咏霓先生：

兹拟就致蔚函一件，已由何先生阅过，特奉上，请先生阅正。改正后，恳即交还，以便誊清寄出。又，附上空白航空笺一纸，乞即加签名，以免誊清后再送先生签字，多一周折。专此，顺颂

公祺

振铎拜上

30/10/17

1941 年 10 月 17 日

咏霓先生：

致蔚函已照改；"过火"之语，遵示删去。今日可誊清寄出。王宅房租一百五十元，兹奉上；请转交为感！专此，顺颂

公祺

振铎拜上

30/10/17

1941 年 10 月 22 日

咏霓先生：

昨送下《皇朝编年》三十册，已检收，乞勿念！拟拍发致香港王云五君一电，兹附上。阅正后，乞交还。闻芹书有某方向之接洽说，时刻有变化发生。如我辈决购，非立即设法成交不可。拟就致朱、蒋一电，兹并附，乞阅正，即交还，以便拍出。如芹货竟为某方所夺，关系非浅！（此事乞秘之，为要！）且我辈又将为某作"嫁衣裳"矣！凡货最怕商谈接近时，有人插入竞购；不仅变化莫测，且价亦必将抬高也。先生以为如何？殊焦虑，姑妄言之！但愿我言之幸而不中也！专此，顺颂

公祺

振铎拜上

30/10/22

1941 年 10 月 23 日

咏霓先生：

顷得香港王云五君覆电一通，特附上，阅后，乞见还归档。果不

出所料，此款竟被冻结，无法寄来。然此间待用甚急。于无办法之中，晨与何先生商定：拟将此款汇渝，再由渝转沪。虽损失汇水若干，亦无可奈何之事也。先生同意否？惟有一前提：即由港汇渝是否可不遭冻结之影响。此一点先生必知之。敬乞明示。如亦被"冻结"，不能汇，则致王电（兹并附上）可不必拍发，以免多此一举矣。专此，顺颂

公祺

振铎拜上

30/10/23

1941 年 10 月 24 日

咏霓先生：

芹货事，已有眉目。昨今二日均曾与芹面晤。彼颇以币值暴跌为憾，深叹去岁未贬值售予我辈；盖今所得之七十万，犹不值去岁之三十万也。经再三磋商，拟订一合同，以免再有反汗。定洋十万，明日可由何先生向马氏取来；如此，则大事已定矣！可喜，可慰！兹将"合同"二纸（一张改，一何注）奉上，请先生指示一切。又致朱电一通，亦乞阅定。芹坚持改"两个月"为"一个月"，敝意此点似亦可同意。先生以为如何？专此，顺颂

公祺

振铎拜上

30/10/24

拟于本星期六下午四时在敝处付定洋并签合同，盼先生及何先生均能一到。

1941 年 10 月 25 日

咏霓先生：

　　兹拟就致慰函一件，阅改后，乞即交还，以便发出。此事至关重要，故不能不于今日发出也。何先生一条，兹附上，乞阅。马氏款十万，已收到，拟即以原支票交芹。顷已约芹于明日下午四时至敝处签订合同，同时付定洋。不知先生届时有暇一临否？此事告一段落，殊可放下一段心事。惟悬悬于心者，未知蔚款能准时汇到否耳！但愿其能有办法也。下星期一起，即嘱施韵秋君赴芹处编写目录，以便节省将来编目时间。专此，顺颂

公祺

振铎拜启
30/10/25

1941 年 10 月 26 日

咏霓先生：

　　顷五时许，芹来此，何先生亦来，"合同"已签字，总算"大功告成"矣！可喜可贺！支票壹拾万元，已将马氏原票交芹收下。故不必再由我辈开出票子矣。特以奉闻。"合同"二纸，兹附上，乞即加签字交下为荷！时间改为"一个半月"，芹已同意。专此，顺颂

公祺

振铎拜上
30/10/26

1941 年 10 月 28 日

咏霓先生:

　　今晨蒋蔚兄已汇来七数,芹事不成问题矣!可喜也!此款已由何先生存入"书生"户;将来取款时,仍用二章。拟先付芹四十,先行检点各书,并先取来黄跋一部;俟点查无误后,再付余数。先生以为如何?兹由何先生开出支票三千元,付敝处作为印费之用,乞即加盖印章交下为感!专此,顺颂

公祺

振铎拜上
30/10/28

　　俟第一批书到,当请先生来鉴阅!

1941 年 10 月 29 日

咏霓先生:

　　昨示奉悉。先生对于付款办法,深谋远虑,至为钦佩!惟尊示办法,过于琐碎,且芹君待款颇急,力以早付、多付为嘱,似以早付为宜,不知先生以为如何?不妨以五万或十万为一张,且可"不记名",惟第二次(约在本月三十一日付出)似应付彼三十之数,不知先生以为如何?因付此款后,即可取得黄跋书,先行整理。否则,时间过于匆促,整理万来不及。敝意:"黄跋"及宋元本部分,由我整理,而抄校本及明刊本部分,则由韵秋在芹寓整理;如此,方可以分功【工】合作,速成无误。不知先生以为

然否？敬乞明示。王云五君昨来一函，兹附奉。阅后，乞见还。现芹款多出十数，暂不挪用，故港款已可不必急急索寄矣。专此，顺颂

公祺

振铎拜上

30/10/29

1941年10月31日

咏霓先生：

来示奉悉。支票已收到，即转付，勿念！《莛圃书目》原有二份，一份已托丁君携渝，存蔚处，故敝处只有一份备查。好在每次交书时，均另有帐单。一俟黄跋书点查清楚后，当将此项清单奉上，请先行鉴阅。余当陆续奉上。（数日内当可再将"宋本"交来、点清。）专此，顺颂

公祺

振铎拜上

30/10/31

1941年11月1日

咏霓先生：

昨日傍晚，已将芹处黄跋书点清、接收。兹将写就之"书目"一份奉上，请阅定。阅后，便中请见还；因敝处拟保留一份也。（另一份当寄蔚。）何时有暇？请来阅书。装箱另放后，恐取出不

易。此批书琳琅满目，诚令人有应接不暇之概！专此，顺颂

公祺

振铎拜上

30/11/1

1941 年 11 月 3 日

咏霓先生：

昨日奉上黄跋书目想已收到；阅毕后，便中恳能见还为感！此数日内须亲至芹处检点宋元及抄校本书，故阅黄跋事，至早恐须本星期六或下星期一下午始可从事也。何日有暇，乞示知为荷！（以便再约何先生。）朱君昨来三电，迟缓之至；殆已成"明日黄花"矣。兹附上，请于阅后见还。又何先生拟一覆电，亦请阅正后交下，以便拍发。专此，顺颂

公祺

振铎拜上

30/11/3

1941 年 11 月 6 日

咏霓先生：

顷晤谈至快！兹奉上付芹款支票三张，每张五万，共十五万，乞即加盖印章交下为荷！已约好芹君于本日下午三时左右来取款也。先生所需各书兹先检□[1] 种奉上。阅毕，乞即见还为感！附上

---

1 编者按：原件此处空一字。

书单一纸，请加签字掷还。俟书收回，即将此条送上作废，以清手续。以后送书均照此办法，如何？专此，顺颂

公祺

振铎拜启

30/11/6

1941 年 11 月 8 日

咏霓先生：

  兹拟就致王云五君函及慰君函各一件，乞阅正。附上空白之航空笺二纸，乞便中即签字于上，以免再行将誊清稿送上。芹处元刊本又送来一部分。何先生意：或可于下星期二下午四时左右来此一阅，如何？专此，顺颂

公祺

振铎拜上

30/11/8

1941 年 11 月 10 日

咏霓先生：

  本星期二下午四时之约已通知何先生，请准到为荷！兹奉上支票一纸（计三千元，二千为十一月份杂用，一千为购皮箱费），请即于加盖印章后交下为感！专此，顺颂

公祺

振铎拜上

30/11/10

1941 年 11 月 15 日

咏霓先生：

　　王宅房租支票一纸（150 元），兹奉上，敬祈转付为感！芹货已零【另】租妥稳之房一间存放，惟房租颇昂耳。（每月租费 150 元，又小费一千。）付邃雅斋《七十二家集》二千元，已由何先生开出支票一纸，兹并附上，乞即于加盖印章后交下，以便转付为盼！张君搜集晚清史料十余年，有目一巨册，合售五千元。敝意，此等书大可购，价亦不昂。因搜集之劳力，实远过于书价也。兹将该目一册附奉，乞裁夺办理为感！专此，顺颂

公祺

振铎拜上

30/11/15

1941 年 11 月 19 日

咏霓先生：

　　兹接到蒋君一函，附奉，请阅后即交还，以便归还。书单中物，大都已交来，拟俟交齐后，托友携港。张君之晚清史料及文学书一批，计价五千元（彼自留者，当设法再加入若干种），已由何先生开一支票交来。兹奉上，请于加盖印章后交下转付为盼！专此，匆颂

公祺

振铎拜上

30/11/19

1941 年 11 月 27 日

咏霓先生：

连日芹货已点交一千一百余种。尚有一不易解决之问题在，即吴兴人著述之界限是。此有二点：（一）吴兴是否以归安、乌程为限？（二）时代是否限于近人？芹则释为广义之吴兴，故唐、宋、元人著作（中有宋刊本一种，元刊本四五种，明抄明刊若干种）亦被包括在内。此事似非仔详交涉不可。且看今明日面谈之情形如何。此君殊不易对付也。覆蔚函已拟就，兹奉上。请加改正后交下，以便誊清。专此顺颂

公祺

振铎拜上

30/11/27

　　又王宅房租收据，便中乞代为收取交下。

1941 年 11 月 29 日

咏霓先生：

致蔚函，已誊清，并已由何先生签字（略加数语，乞阅正）；兹奉上，请阅后，即签字交还，以便寄发。又本月份杂用颇多，由何先生开出支票一张（一千元）交下备用。兹并附奉；请于加盖印章后交还为感！专此，顺颂

公祺

振铎拜上

30/11/29

又所有来往信件及帐单，敝处为慎重计，均已送存银行。尊处所有函件应否另行放存，乞酌办。

1941 年 12 月 1 日

咏霓先生：

芹货今日下午可点收完毕；尚有若干未检出者，然均是不甚重要之物矣。吴兴人著作方面，经前日面谈后，彼有若干之让步。（照"合同"原应由芹留下。）兹请何先生开出支票二张（各五数，共十数），仍不记名，送请先生加盖印章后交下，以便明日付出。余款五万，拟俟一切手续清楚后再付。先生以为如何？又《四明丛书》款迟迟未付，实因事忙忘之，歉甚！兹亦已由何先生开出支票一纸（两部共一千二百元），并奉上。"收据"便中乞交下。专此，顺颂

公祺

振铎拜上

30/12/1

1941 年 12 月 5 日

咏霓先生：

芹货宋元本部分，已整理就绪；兹将"目"各一份奉上，请阅正。（一份已寄内地。）阅后，便中乞见还为盼！十二月份杂用，已由何先生开出支票一纸（二千元），请即于加盖印章后交下为感！专此，顺颂

公祺

振铎上

30/12/5

致蒋复璁（慰堂）

1940 年 5 月 14 日

慰堂先生：

本月初奉上第二号报告，谅已收到。兹接读四月三十日来函，知四月二日所发第一号函已到渝，至慰！尊示所开各点，兹奉覆如左：

一、北平方面，已委托可靠之友人代为采购。新发现之要籍，当可不至流落外人手中。惟各方外人访购"方志"甚力，仅燕京哈佛社一处，闻已储有六万美金，势恐不易与竞。现在关于"方志"，仅能相机购置善本及罕见本若干耳。

二、各种局刻及普通实用书籍，在杭州胡氏书及李氏书中已搜罗不少，邓氏书中亦有若干。以后自当多购。盖此类书价仍尚廉也。

三、《十一朝东华录》及《硃批上谕》二书，当遵嘱将书款归入帐内。

四、《大正藏经》市上多零星残帙，完全者甚少。现仅缩印之《碛砂藏》，全书尚易得。余当随时留意采购。

五、《大清会典》及《事例》，购得后即装箱寄上。《藏经》如购得，亦当同寄。如一时不易购，则当待后再寄。（如《碛砂藏》

可用，当立即购寄。乞示知。）

　　至关于第二函寄发后续行购得各书，当于第三号"报告"中详之。现在最感需要者为续筹款七八十万，以便商购刘、张诸家之书。张芹伯书欲售美金三万，自不妨暂行搁置。（其目已将编就，即可取得。）刘晦之书目凡十二册，已取到。普通书极多，约近五百箱。惟索价过昂耳。（"方志"不在内，索四十万。）嘉业堂书最为重要，且须秘密进行，盖某方亦甚注意也。此半年内，实为紧要关头，筹款如有把握，自当即积极进行，与各家商谈也。事机迫切，务恳速行商决见覆为荷！又顷据某肆言，内政部旧藏《大清会典》三百余箱，已为某方所得，运沪拍卖。某商得之，正待价而沽，约万元以内可得。某肆愿购之，以数十部赠予我们，惟盼能先行垫款。如此，不费分文，可得书数十部，似可允之。所垫款亦即可归还。盖沪、平各地需此书者甚多，每部约需二三百元之谱，彼售去三四十部，即可出本也。如何之处，并盼立即示知。专此，顺颂

公祺

　　　　　　　　　张寿镛、何炳松、郑振铎同启

　　　　　　　　　　　　　　五月十四日

1940 年 5 月 21 日

慰堂先生：

　　五月八日来示收悉。前一函及一电（致何先生）均已覆，谅已收到。此间"普通实用书"收得不少。杭州胡氏书、李氏书及邓

225

氏书中均有普通书，而李氏书一万余册，殆皆为实用之书。凡各批书中所有"目录工具"及"金石书籍"均当另行提出。惟尊处"书单"迄未收到，不知所急需者，究为何书？俟此项"书单"到时，当即将已购者提出奉上，其他未购置者，当即行配齐。如能由邮局直接寄奉，最为方便。乞便中示知应与邮局中何人接洽，并应如何寄法，以便照办。群碧楼书，善本三百余种（《全唐诗稿》在内），连同普通书，已同时购下。（第二号函中已语及）乞勿念！前月曾从北平购得朱警辑《唐百家诗》全部，合之沈炳巽之《续唐诗话》，将来重辑《全唐诗》大有希望。其他宋、元人诗集，曾有法梧门抄本三十余册，未曾购妥，大是不幸。现仍在进行商洽中，不知能否归我辈所有。此书全从《大典》出，与四库本颇有异同。四库所删改者，此均保存原文（曾取得第一函略加对勘），故甚可贵。刘晦之处亦有法氏抄本宋、元人诗数十册，合之正是全璧，将来《全宋诗》或有纂辑之可能。斯类原料，似不能不乘此时机搜罗之也。刘晦之藏书凡五百箱，"方志"最多，风闻欲合售二十万金，可姑置之。余书欲合售四十万金，其中宋、元版与铅印、石印本糅杂一处，普通书尤多。殆可谓为"应有尽有"。近闻其中精品，有逐渐散失之虞，大是可虑！季辑《唐诗》底稿（以原书剪贴，明版最多，亦有元版，闻并有宋版在内，未见，以仅取得第一函也），曾有某贾欲加问津。《张于湖集》（宋刻宋印）亦已有北平文禄堂王贾欲代人购之。如精品去其大半，则其全部藏书即得之，亦无甚价值。如尊处欲进行商购者，乞即行示知，以便办理。迟则恐怕要缺佚不少矣。其全部书目十二册，已在敝处，正在嘱抄胥录副中。顷有某贾出示西书目录数十页，共三十大箱，皆应用书及文学、社会科学之著作，疑为某处大学所散出者，索一万四千金。以其过昂，已将"目录"还之。中西旧书商店倪贾，甚为狡猾可恶。《石林诗话》凡三册，仅四十余页，书品绝佳，然系元版，非宋版也，索三千元，可谓奇甚！已还以六百元，尚无售意。最后，倪贾让价至一千三百元，然仍不甚值得。想来不会有受主。至《李直讲集》，彼以宋版号召，始终不肯取出一阅。（且言：须俟《石林诗话》购成后，始可阅此书，大是可恶！）盖觏集，世上恐不会有宋版，疑仍是以明黑口本冒充者。俟彼能就范，当再奉告。惟平贾来此者日多，殆皆以江南为收书之大泽。盖山左、山右二地，本为平贾收书之大本营，近皆罕有货色，故其目光不得不转而南下，书价因之大为腾贵，颇感棘手。然数月以来，与各藏书家联络尚佳，大批书当不会失去。惟盼能源源接济以巨款耳，如款有把握，即北方书亦可大批南来。商人重利，实难动以感情，责以大义也。风闻张芹伯之弟，在美国留学（？）者，曾于最近来函，欲代美国某图书馆大购宋版书。平贾辈已开出书单若干寄去，"国宝"一失，不可复得，大可焦虑！务恳速为设法，或由渝设法通知张某，不应代为搜购，欲购者，必须经过审查，验明无关文献，并非"国宝"，始可任其寄发。否则，必须设法截留。此事关系民族文化太大，务恳告知骝、立二公，速想一妥善办法为荷！正封函间，又得七日来示并书单一份。书单中各书，已购者不少，当即行遵嘱寄上。邮局方面，如办得通，可直接寄渝，则数日后即可奉上也。乞勿念！此间所得各书，正在分别"编目"，其"善本"部分，已详加批注版本并录题跋。为此项"编目"工作者即嘉业堂编目并管理人之施维藩君。现已写成三册，尚为负责，可释廑念。惜尚无暇录副奉寄耳。要说的话太多，当于第三号报告中详之。专此，匆颂

近祺

弟振铎拜启

一九四○年五月二十一日

书单已到，鄙意寄书地点以寄至香港九龙福菜街为妥。以渝昆不但需时，且恐未必肯寄也。弟寿镛注。

1940 年 6 月 17 日

蔚唐先生：

前上一函，想已收到。曾由香港高先生转上《清会典》二部，想不日当可收到也。惟"邮费"未免太贵耳。（恐要超过书价。）兹由张风举、李旦丘二先生介绍，知听涛山房得到商代铜器十余件、陶器三十余件，皆完整，系劫中在安阳出土者。据云：甚可靠。我对此完全外行，特嘱其摄影一份，并拓出"文字"。计商器十三件、周器二件、陶器三十四件，后来又得到商器三件。第一批商、周铜器十五件，欲售洋一万三千元。（陶器并说价，但甚廉。）第二批商器三件，欲售三千余元。兹将照片附上。此二批古物，最好能由傅孟真兄方面收购。已再三嘱该肆不可拆售，等候我们回音。如可购，乞即覆一电，此间当可先行说价并付定洋或代为垫款。便中恳即转达孟真兄为荷。至五月以来购书情形，详

于第三函，明后日即可寄上。专此，匆候

著祺

振铎启

一九四〇年六月十七日

1940 年 7 月 20 日

慰堂先生：

六月十五日及二十八日两示奉悉。渝地连日遭轰炸，同人等谅均安吉，念甚，念甚！《大清会典》已由高君转上两部，不知已否收到，抑仍滞留香港未寄，乞便中示知。已购各书目录，当添雇一人逐渐抄出，陆续奉上备查。商购刘晦之藏书事，已搁置，一以其无甚好书，一亦以其索价过昂。惟宋刊《中兴馆阁录》等九种，实为国宝，万不宜失之交臂，已在积极商洽中，惟款已将罄，骝公来电所云之续款八十万，恳能即行汇下备用。现购得费子怡氏藏书一批，计一百余箱、一万三千余册，中多清儒著作，又元、明刻本及抄校本二百余种，共价三万元，本星期内已付款取书。详细内容，容后奉告。刻下积极进行者为张芹伯及嘉业堂二批书，芹伯书中仅宋版已有七十余种，黄跋有百种左右，诚南瞿北杨之后劲也。金石、目录书尚未起运。现正派人至甬设法转寄。至全部书籍内运事，关系甚大，曾商之菊生先生，亦期期以为不可。盖此间现尚安谧，且存放地点甚妥，可释念。普通本不妨内运，即遭损失，尚可添补，惟善本则似仍以暂时存此为宜。已将此意电覆骝公，便中恳再一提及。抱经堂之李越缦手札已送来过，仅四十余通，索价至四百余元，以其内容不甚佳，已退还之矣。前奉上数函，一附张葱玉书目，一为商代铜器事，想均已收到，恳便中见覆，以便遵循。现存款无几，刘晦之之宋版书及张葱玉书，均亟待续款寄到，始可进行。又北方有《王文公集》残本，即罗叔蕴所谓天壤间秘宝，曾据另一残本辑出荆公遗文不少者，现或可得到。此书为南宋初年刊本，尤有北宋版气息，且纸背均为宋人手札，尤可宝。（此事正在进行，乞秘之。）尚有宋版书若干，亦在设法中。如能搜集宋版书至百种以上，则"百宋千元"之盛业，当不难于今日实现之。如能并得张芹伯、嘉业堂之所藏，则宋版书或可有"二百"之可能也。微闻我辈所得书之一部分目录（即历次报告中所提及者），曾有人录副示之某君，某君又宣之于外，甚是不妥！盖此等事，以缜密为上策，更不宜公开也。尚恳便中留意及之为感！专此，顺颂
暑祺

张寿镛、郑振铎、何炳松

一九四〇年七月二十日

又七月三日致铎函已拜悉。《清会典》二部，已寄港转，不知港已寄出否？甚念！俟甬地交涉办妥后，当将第三部奉上，以应尊需。孟真兄如有覆函，请即示知。

1940 年 8 月 14 日

蔚唐先生：

晨间奉上一函，并附公是目一份，想已收到。兹复附奉存港之杂货目一份（中亦有数十种为公是物），乞留存查。尚有一批目，

数日后亦可奉上。如此，则此事可全告一段落矣。

"航运"之书，如已到达，恳便中即来一电示知，以慰远怀为荷。专此，匆颂

晨祺

振铎拜上

一九四〇年八月十四日下午

1940 年 9 月 20 日

慰堂先生：

前日奉上一函，想已收到。兹将敝店前所收购之邓氏群碧楼书全部目录，分作三函寄上。收到后，便中乞一覆。尚有其他各家书目，当陆续分批寄奉，以供选购。中图自先生正式就任后，想必可大展鸿图也。敬贺，敬贺！盼能多购若干书籍，以实尊库。敝店无能为力，必当尽力代为采购也。惟敝店资本短少，兼之近来收货过多，周转为难，眼见有好书精品亦无力收下。友人处所认之续股，盼能即日汇下为荷？盖营业最贵继续发展，一旦停顿，便不易恢复，且亦不易再图进步了。半年以来，费力颇多，店务甚有起色，前途极有希望，凡各地书贾皆已联络就绪，如一月、二月，续股不到，便将使来货中断，势难发展。务恳股东方面注意及此！或再行先拨若干亦可。匆此，顺颂

公祺

铎上

一九四〇年九月二十日夜

1940 年 10 月 22 日

慰唐先生：

得来示，甚快！知邓、宗二目已收到。兹又将胡氏书目（作一函）奉上，乞察收。费氏书目，亦同时另函寄奉（分作二函），收到后，恳即覆数字。尚有敝店新收之其他书目，亦当陆续寄出。店中"营业报告"第五号，即可于一二日内奉上。专此，匆颂

公祺

弟铎上
一九四〇年十月二十二日

1940 年 11 月 1 日

蔚唐先生：

叠上数函，谅已收到。芹款已到，连定洋万元，共已付四万元。（上月底付三万。）明【昨】日傍晚，取来黄氏校跋书一百零一种，三百又三册（中一种仅有藏印），点收无误。兹抄目奉上，乞存查。此批书琳琅满目，应接不暇，虽仅二箱，而浩若渊海，黄跋书当以此为巨观矣。披览终夜，喜而不寝，摩挲未几，几于忘饥。宋、元部分，俟点查完毕后，亦即可收下，乞勿念！与此函同时，并奉上"丛书"印样甲 35 至甲 41 号，共七函。（内为《安南来威图册》三卷、《辑略》三卷。）收到后，恳能一覆。前共已寄上印样不少，不知均已收到否？殊以为念也。如不能收到，则即当另想办法寄上矣。圣与先生仍在渝否？甚念，甚念！见时，乞代为问候。

连日殊为兴奋，除上课外，几足不出户，全为"书"忙！然实乐之不疲也。专此，顺颂

公祺

振铎拜上

一九四〇年十一月一日

1940 年 12 月 14 日

蔚唐先生：

十一月二十二日来函奉悉。朱公致柏公电亦已收到。续股一万五千元已由遐老处转到，扣除汇水后，实收一万三千六百十一元余，共损失约一千四百元，可谓巨矣。不知此后之续股，有无更妥善之方法寄下？续股尚有一万五千元，想不日亦可寄出。此款到后，敝等意拟先购刘氏货一整批，俟陈方续股五万到后，再续购张氏货，不知尊见以为如何？惟物价随米价而日涨，如再迟延不决，将来必更难措手。刘货已在编印"目录"，闻欲向美国售销，已力加阻止，尚不知有无效力。顷知平傅某处已有货色一批，均颇佳，由某人经手，售予国会图书馆，此实大可扼腕之事也！不知贵处有所闻否？总之，我辈在此，已尽人事，尽量设法为店多收货色。能在阴历年内续股全部寄到，则在收货方面，必可便利不少。且亦亟思能在此时将店务清理，以轻责任。务恳鼎力设法，在各股东方面进言，早日汇款，至盼，至盼！现正在接洽，购入一批关于明代之"史料"书，中有《明会典》二部（一万历、一弘治）、《大明律》、《大明律集解》、《皇

233

明书》、《皇明献征录》、《皇明世法录》、《明政统宗》、《皇明经世文编》、《五边典则》、《经世雄略》、《厂库须知》、《明名臣言行录》、《辽东志》（嘉靖蓝印本，孤本）、《海盐图经》、《嘉兴府志》等等。又有明初黑口本之宋、元、明人集十余种，天一阁旧藏明抄本（皆单本）十余种，明刊《山静居丛书》及《颜子传书》等若干种，皆极为罕见者。大约可以购得。间亦有与刘氏目中物相同者。为节省物力计，自当剔去。然"少纵即逝"，不可复得。现尚扣留在敝处，并未退去。如不嫌"重复"，则亦不妨收之也。有某贾来言：有宋刊十行本《十三经注疏》全部，可出售。世间殆无此书，如有之，实最大之好消息也。已嘱其设法取得一阅。又津海源阁有宋蜀刊《二百家名贤文粹》（见黄氏《题跋记》）实人间孤本，至少须一千五百元始可售。已在商洽。然为力不足，似亦艰于问津。现在目标，全在"孤本""稿本""罕见本"及"禁毁书""四库未收书"，所收者已颇可观。盖惟此类书之获得，方符"保存"文献之初衷也。普通书，比较易得者，已一概弃之不取矣。贵处如能力加援助，则将来必大有成绩可言。得失之间，殊为微妙。能有实力，则一切均可顺利办去也。专此，

顺颂

撰安

振铎拜上

一九四〇年十二月十四日

菊老染恙，已进医院，祝其能早日痊愈也！

234

附　电文二通

1940 年 12 月 23 日

　　重庆△密。聚兴村廿一号，蒋慰堂先生并转朱、陈、杭三公。刘书亟待解决。店务正在清点中。拟刘书解决后，告一段落。续股一批，盼能即汇，以利进行。子裳、如茂、圣予、犀谛同叩。养总印。

1941 年 1 月 22 日

　　重庆△密。聚兴村廿二号，蒋蔚堂先生并转骝、立二公鉴：森公已到，谈甚畅。敝处至本月念日止，已得玉海堂、群碧楼、海日楼、风雨楼、费念慈、袠【刘】晦之、张荫玉、王荫嘉、陶兰泉、杭州胡氏、常熟瞿氏、上元范【宗】氏、上【大】兴李氏、大兴傅氏诸家旧藏及沪、平各肆零购善本书总约三千种。内宋密〔本〕三十种、元本七十种、明本千余种、名人抄本八百种、未刊稿本三十余种，秘藏孤本不少，其他普通应用书为数更多本。各详计共用款约四十二万，已得各书、各账目。拟请森公就近检点，以便封存待运。乞核定。刘、张二处，正在予【努】力进行。余函详。张子裳、何如茂、郑犀谛同叩梗印。

1941 年 2 月 26 日

慰堂先生：

　　月来将去岁所得之书加以整理，尚觉得意。今春书价大昂，平

235

肆因汇水关系，尤不愿售书于南方，故此后我辈得书恐将倍艰于前矣。细估去岁所购，价均尚廉，若于此时购置，需款必将倍之。近来选书更酷，所得不多，盖由此也。森公在此，每事请益，获裨良多，至感愉快！几于无日不聚，聚无不长谈。奇书共赏，疑难共析，书林掌故，所获尤多，诚胜读十年书矣。惟近有一事，殊使弟深感不安，为弟之立场计，不能不慎重声明素志。盖顷从某友许获悉森公曾去函尊处，述何先生意，欲按月付弟以若干报酬。此事殊骇听闻！弟事前毫不知情，否则，必力阻其不必多此一举也。二公盛意，虽甚可感，然似未深知弟之为人。弟束发读书，尚明义利之辨，一腔热血，爱国不敢后人。一岁以来，弟之所以号呼，废寝忘餐以从事于抢救文物者，纯是一番为国效劳之心。若一谈及报酬，则前功尽弃，大类居功邀赏矣，万万非弟所愿问闻也。尊处如亦允二公所得，竟欲付弟以报酬或任何名义，则弟只好拂袖而去，不再预问斯事矣！弟自前年中，目睹平贾辈在此钻营故家藏书，捆载而北，尝有一日而付邮至千包以上者。目击心伤，截留无力，惟有付之浩叹耳！每中夜起立，彷徨吁叹，哀此民族文化，竟归沦陷，且复流亡海外，无复归来之望。我辈若不急起直追，收拾残余，则将来研究国史朝章者，必有远适海外留学之一日，此实我民族之奇耻大辱也！其重要似尤在丧一城、失一地以上，尝与菊、咏、柏诸公谈及，亦但有相顾踌躇，挽救无方也。姑电蒋、朱、陈、翁诸公陈述愚见，幸赖诸公珍护民族文化，赐以援手，又得吾公主持其间，辛劳备至，乃得有此一岁来之微绩。虽古籍之多亡，幸"补牢"尚早，江南文化之不至一扫而空者，皆诸公之功也。此不仅建国之盛业，亦子孙百代所应泥首感谢者。我辈得供奔走，略尽微劳，时读异书，多见秘籍，为幸亦已多矣！尚敢自诩其功乎？书生报国，仅能收拾残余，已有惭于前后方人士之喋血杀敌者矣。若竟复以此自诩，而贸然居功取酬，尚能自称为"人"乎？望吾公以"人"视我，不提报酬之事，实为私幸！且政府功令，兼职者不能兼薪。弟任教国立大学，已得国家薪禄，更万无再支额外劳酬之理。如为采购事务，奔走市上，则尽可开支车资，实无按月支领巨额薪酬之必要也。国难未已，分金均宜爱惜，我辈书生至今尚得食国禄，感国恩已深，虽此间生活程度颇高，然量入为出，差足仰养俯育，更不宜乘机取利，肥己肥家。读书养气，所为何事！见利忘义，有类禽兽。良知未泯，国法具在。务恳吾公成全弟之私"志"，感甚、感甚！采购事，最麻烦，且最不易得美评，差幸年来无大过失，足慰远念。顷正由森公逐书审定，查点入箱。善本书目，正在缮写，不日即可奉上。诸公读此目后，当可了然于采购经过，无烦弟之费辞陈述也。微闻妒忌猜疑者大有人在，固不仅要防奸也。袁某在港，扬言欲破坏此事，不知是何居心。我辈尤应百事小心，不宜授人以口舌。故即为吾公计，亦不宜提及弟之报酬事也。如尊处竟允二公之请，竟致酬于弟，则弟为一己之名誉计，惟有洁身而退，自即日起，不再预问此事！（至已购各书之清理，自责无旁贷，仍应办竣。）区区微忱，幸加鉴谅是幸！专此，顺颂

公祺

弟铎拜启

二月二十六日

1941 年 3 月 19 日

慰棠先生：

二月五日及二十二日来示均奉悉。森公来此后，几无日不相见，见无不畅所欲谈。森公游书肆四十年，博见广闻，当代无双。我辈得其助力，店务必能大为发达，殊可欣幸也！已得各货点交事，已进行多日，惟手续甚烦，尚须一二月之时力，始可全部告竣。前电及前函所统计之"善本"数目，经森公审阅后，其中有平常习见之物，或印本较次，或抄本较新者，尚须剔除若干，又在一二月间，又陆续增加若干。全部善本目，非俟点阅完毕后，不能告成。曾约略加以估计：如能获得刘货，则全部精品，可有三千五百种左右，可抵得过北平图书馆之四册"善本目"矣。所不及者，惟宋、元本及明代方志部分耳。其他"经""子"部分，大足并美，"史"（除"方志"外）、"集"二部，尤有过之无不及。诚堪自慰也！各书经森公审阅，如得一知音，每有为其十数年前所曾获睹者，如见故人，弥增感慨！亦有为其所未见者，则往往拍案叫绝，不忍释卷，披书欣赏，相视而笑。"解人"忽得，深为"书"幸！相聚数月，快慰之至！运输事，无日不在考虑中，已略有眉目。与陈颂虞、丁衣仁二先生亦已商谈多次，陈、丁二位决定由闽转。此间并拟托其携上目录、金石书若干。（已装箱就绪。）正在购买船票时，闽海忽又封锁。行期恐又不得不展缓矣。外运之举，颇有可能，正积极进行。总之，以慎妥为主，决不至打草惊蛇，多增麻烦也。尚恳股东方面，亦能早日代为妥筹善法为祷！股款五万，尚存港地王君处。如依照王君分期汇来办法（须三月至半年），实恐缓不济急。一则，时间过久，刘货恐生变化；二则，如欲外运，必须早日结束刘货，决不宜多所耽搁。而刘货则须整付四万，难于零星分批付款。务恳贵处即日电知王君，将此款一次汇下（或尽于一个月内，分数次汇下亦可）为要，盖刘货为时髦物，思染指者不在少数。有某某古董商亦已在议价中。又袁某在此，闻有破坏意，且亦在钻营接洽中。如此批货为外人所得，诚百身莫赎之罪人也！我辈利在速购，否则价格或将抬高，且大有被夺去之可能。我辈对此事，心力已殚。万一发生变化，实不能负责。半月以来，偕森公排日前往阅货，精品至多，爱不忍释。经仔细选剔后，尚可有一千六七百种之上品，若零星购置，其价恐将倍蓰，且其精品亦多万不可获得者。（可遇不可求之物居多。）关于明代史料、清儒稿本及若干禁书部分，均足称巨观。我辈进行已大有眉目，若被彼辈一举手而夺去，则诚可谓为他人作嫁衣裳矣。全在争取时间，愈速愈好，款一到，即可分批取货矣。尚乞贵处十分留意，并乞即行电知王君早日汇款为要！少纵即逝，迟则不及！某某如此破坏，是何居心，诚不可测！我辈连日用心防间，已无微不至！惟此事甚是机密，不足为外人道，亦恐多生口舌，乞秘之为感！印书事，纸张前已购得（共购六百元左右），似不妨进行。印成后，并不发售，乞放心！敝处股款，所存不多，如办理外运，则需款必巨，不知马氏处垫款万元，能暂缓拨还，或由尊处设法另行拨款归还否？有备无患，乃上策也。敝处用款，已极为撙节，惟遇上上精品，仍不能无动于衷。刘晦之处之宋刊本《中兴词选》《诸葛忠武侯传》《切韵指掌图》等十余种，将行散出，此非加截留不可者。又津有《二百家名贤文粹》（宋蜀刻本，孤本）及唐人集数种（均宋蜀刊本）均待价而沽，此等国宝，亦必在罗致之列。瞿氏书近亦大有分散之可能，此均非储款以待不可者。李木斋所藏敦煌卷子，尚有一批未售去，（均为古书写本，非佛经）实精华所聚，微闻国会图书馆有问鼎之意。若此批再归异域，则我国所有敦煌卷子，尽余北平图书馆之八千余卷佛藏矣。此事亦在探询中。俟有确耗，当再奉告。总之，为子孙百世留些读书余地，乃我辈之素志，诚不愿将来研究国故朝章者，非赴国外留学不可，各股东必亦同具此心此志也！此间"善目"，俟刘货得到后，即可陆续写就，分批奉上。观此目后，便知店中所得，甚是重要，一岁心力，不为浪掷也。宋元书影，已在陆续付印。兹先将《中兴馆阁录》及《五臣文选》书影三页附函奉上。余当于下函中再寄。专此，顺颂

公祺

子裳、如茂、犀谛同启

一九四一年三月十九日

1941 年 4 月 11 日

慰棠先生：

由柏承先生转下来示，敬悉一切！先生盛谊，至为心感！惟弟之负责收书，纯是尽国民应尽之任务之一，决不能以微劳自诩，更不能支取会中分文，以重罪愆。弟素奉公守法，自必严遵国府兼职不兼薪之功令。有违尊命之处，尚乞鉴谅。将来，弟如辞去暨大教职，专办此事，或不支暨大薪水时，自当即行遵命支薪也。俟此间事务告一

240

段落时，弟或将赴港一行。刘书成交后，拟在一个月内，将"善目"全部编就奉上。自信目中物颇可观，幸不辱命也。专此，顺颂

公祺

弟振铎拜上

一九四一年四月十一日

陈、丁二先生已动身，想不日必可到。

1941年5月21日

蔚唐先生：

四月廿六日及五月十四日二示奉悉。知衣仁先生已平安抵馆，至慰！王款已到三万，故马氏处款自可不必再行借用矣。七号营业报告，知已收到。八号报告，想亦必已达览。近正办理清结，故零购部分已不再继续。惟每见"可欲"，心中又未免怦怦欲动耳。运货事，正积极设法，但总须犀赴港一行，以便决定如何办理。总之，以慎妥为主。俟运货事告一段落，犀当内行一次，面罄一切。陈股欲增加股款，扩大营业，闻之至喜！"中英"股曾来一"佳"电，亦有此意。诸股东关怀文献，钦佩无已！（"佳"电已于"辰、哿"奉覆，不知收到否？）我辈自不敢辞劳，本"保存"之初衷，尽应尽之责也。惟进行时期内，甚盼森公能暂留此，以便共同审阅各书，并负责相商一切。我辈已力加挽劝，盼尊处亦来一函挽留之。据我辈年来调查所得，在最近将行散出者，有：

（一）张芹伯（菦圃）之藏书一大批（衣仁先生携上之《菦圃

善本书目》，即张目，非公是目也），总数约一千五百余种。除普通书外，善本约有一千二百余种，惟亦有中下之品厕杂其间。最精之品，总在五六百种以上。"经部"若宋刊《纂图互注周易》、宋刊《易注》、元刊《韩诗外传》、宋刊《仪礼经传通解》、宋刊《春秋经传集解》、元刊《春秋透天关》、元刊《孝经注疏》、元刊《说文解字韵谱》、宋刊《押韵释疑》等；"史部"若宋刊《史记》、宋刊《五代史记》、宋龙爪本《资治通鉴》、宋刊《通鉴纪事本末》、元刊《逸周书》、元刊《通志》、宋刊《东都事略》、宋刊《育德堂外制》、宋刊《东家杂记》、宋刊《国朝名臣事略》、宋刊《舆地广记》、宋刊《吴郡志》、元刊《文献通考》、宋刊《小学史断》等。"子部"若元刊《孔子家语》、宋刊《近思后录》、宋刊《黄氏日钞》、宋刊《十一家注孙子》、元刊《黄帝内经素问》、元刊《伤寒明理论》、宋刊《新大成医方》、宋刊《朱氏集验医方》、宋刊《钱氏小儿药证直诀》、元刊《活幼心书》、金刊《铜人腧穴针灸经》、宋刊《元包经传》、宋刊《烟波钓叟歌》（可疑）、元刊《图绘宝鉴》、宋刊《容斋随笔·续笔》、元刊《鹤山雅言》、宋刊《自警编》、宋刊《百川学海》（存十种）、宋刊《白孔六帖》、宋刊《白氏六帖》、元刊《山居四要》、宋（？）刊《宣和遗事》、宋刊巾箱本《老子道德经》、元刊《三子口义》等。"集部"若宋刊《楚辞辨证》、宋刊《反离骚》、元刊《李太白诗集》、宋刊《草堂诗笺》、宋刊《张司业诗集》、宋刊《李贺歌诗编》、宋刊《伊川击壤集》、宋刊《庐陵欧阳先生文集》、宋刊《经进东坡文集事略》、宋刊《豫章黄先生文集》、宋刊《山谷黄先生大全诗注》、宋刊《参寥子诗集》、元刊《韦斋集》、宋刊《晦庵先生朱文公文集》、宋刊《东莱吕先生文集》、宋刊巾箱本《诚斋文脍》、宋刊《雪岩吟草》、元刊《遗山先生文集》、元刊《张文忠公文集》、元刊《松雪斋文集》、元刊《秋涧先生大全集》、元刊《此山先生诗集》、元刊《道园学古录》、元刊《道园类稿》、元刊《翰林珠玉》、元刊《范德机诗集》、元刊《柳待制文集》、元刊《存复斋文集》、宋尤袤刻《文选》、元刊《古文大全》、宋刊《精骑》、宋刊《圣宋文选》、宋刊《皇朝文鉴》、元刊《中州集》、元刊《范德机批选李杜诗》、元刊《河南程氏文集》、宋刊《坡门酬唱》、元刊《静安八咏诗集》、元刊《诗法源流》、元刊《读杜诗愚得》、元刊巾箱本《琵琶记》(实为明刊) 等，大半均为"铭心绝品"。其他明抄明刊，亦均佳。黄荛圃校跋书亦在百种以上。明抄本中之《北堂书钞》《古唐类苑》及明初抄本唐人集十七种等，亦为上品(请阅张目)。曾偕森公至其寓所，审阅数次，极感满意，颇有在山阴道上应接不暇之势。尚拟再往一二次，俾能尽读其精品。此批书，张氏去岁开价五万(或美金三千)，曾还以三万，芹伯嫌过低，然亦表示可以接近商谈。今春以来，物价暴涨，张氏亦有涨价意，然甚有诚意成交，悬想其价总可不出四万至五万间。

（二）刘晦之（远碧楼）尚有善本书（宋元本及黄跋）二三十种，其最精者已于去岁归我辈有，然未尽也。近曾以宋蜀本《后汉书》、元本《三国志》、宋本《大易粹言》、宋本《尚书注疏》、宋本《圣宋文选》、宋本《金陀续编》、高丽本《山谷诗注》及黄跋宋人集三种求售（共十种），索六千元，约五千三四百元可得。然因无此笔巨款，故未能留下，现未知已他售否？此外，尚有宋本《中兴词选》、《韩文》（小字本）、《禹贡图》、《切韵指掌图》、《诸葛忠武侯传》等，均为希世秘笈。大约合此二批，尽其精英，当可不出一万二三千左右。

（三）铁琴铜剑楼瞿氏所藏，主者本意欲保存不替。然系瞿良士三子共有之物。彼辈近有析居意（乞秘之），此批书势亦不能不分析，且亦不能不散出。三子中，惟其第三子凤起君知书好书，力主保存，恐亦无能为力。总数约一千二百余种，均著录于"楼"目及江刻"书目三种"中。约有精品二十余种，在良士生前已售予陈澄中及王寿珊，然所存者仍为海内之冠。四部均有甲品，分配甚为平均。"北杨"散佚已多，"南瞿"尚见完整，诚不能不设法罗致，以存此民族文献之精英。除天一阁外，国内藏书家，自嘉、道以来，尚保守不替者，惟此一家而已。已与商谈数次，尚无眉目。然彼书既将散出，我辈实不能不急起直追以购得之。古旧之家，即中品亦可抵得过"新兴者"之上品也。惟瞿氏所望甚奢。（索十万以上。）且亦不欲全部出让，而其势却又不能不出让一部分以解决其家庭问题。最近或可设法得其一部分，约价在二三万之间。现正拟偕森公同往阅书。俟有确切之消息，当即行奉告。

（四）海源阁杨氏所藏，除押于银行者外，存津者尚有绝精之品若干，宋蜀本《二百家名贤文粹》即其一也；又密韵楼蒋氏有宋本《于湖居士集》、北平邢氏有宋蜀本唐人集四种、吴某有宋本《楼攻媿集》及《唐文粹》等（均海源阁旧物），某氏有明末文儆彩绘本《本草图谱》等等。均待价而沽，似亦应收之。此批共约需一万五千元左右。

以上诸家，皆在最近即将散出者，如吾人有意，宜早予解决，俾免佚失（闻江安傅氏之宋本《乐府诗集》已售去，诚可痛心！我辈必须迅速着手，免蹈覆辙），庶无亡羊补牢之弊。

综计上列诸家，总数约在十万左右。请转告陈股及"中英"股，如有继续营业之意，恳早日示知，以便积极布置为祷！此外，海内大批书，尚有："北杨"押于津银行中之宋元本及抄校本百余种，南海潘氏（宝礼堂）所藏宋、元本百余种，又王寿珊（以"方志"为多）、谢光甫（以明刊本为多）、伦哲如（以明清本为多）、张国淦（方志）、德化李氏（敦煌卷子）、江安傅氏（宋、元、抄、校）、宝应刘氏（多内阁大库物）、五十万卷楼莫氏、顺德李氏及周越然等家所藏，亦颇为大观。此诸家一时尚无散出之消息，然亦有已在零星出售者（如江安傅氏、宝应刘氏及周越然等），但尚不妨缓图之。至滂喜斋潘氏、周叔弢及陈澄中三家，则精品极多，尚能保守不失。环顾宇内，大批书不过寥寥此数而已，将来如能并归一库，则诚古今希觏之盛业也，天禄琳琅，将失色矣。

至于诸肆零购，我辈亦认为尚有必要。盖南北各肆，时出好书，失之未见可惜，见之不能不留，大都可资补充，时亦得遇秘笈。预计，连同补充清本应用书，每月有一二千元，即足应付，此亦不能不预为筹储者。

现因积货大增，栈租激加，每月办公费用（连同栈租在内），约共需二百元。印刷及运费，亦须预为划出另储，以免临时筹措不及。故我辈公意，至少须作"一年"之计，预储万金，以供此项费用。现店中所存现金仅二千左右，王处尚有股款二万未到，然扣除汇水后，恐实收将不足一万五千元。两共存一万五六千元左右，如归还马氏垫款万元，则所余实不足供此一年内之办公、印刷及运输之费用。如此项垫款可缓行归还，如除预储此万元外，尚可余五六千元，恰可供购入刘晦之宋元善本十种及《本草图谱》之用。否则，将来至少运费须另行筹划也。尊见如何？乞即商之诸股东，即行示知，以便遵办。盖刘氏之物及《本草图谱》均迫不及待急欲脱手者。盼能电示，以便立即进行，俾免漏失，为荷！"善本书"所用印鉴，已请森公托王福庵刻"玄览中枢"四字，甚佳。兹附上印样，乞存案备查。"书影"自当遵命多寄数份。兹又检出二份，每份二张，乞分赠各股东。如仍不敷用，可设法再寄。专此，顺颂公祺

如茂、子裳、犀谛同启

五月二十一日

1941 年 6 月 8 日

蔚堂先生：

前日奉上"营业报告"第九号，想已收到。函内附有"善目"卷一经部二十四页，匆匆编就，不妥处颇多，尚乞细加指正为感！兹复抄就"善目"卷二史部之一部分（一至二十九页）奉上。有一部分书已装箱，查阅至为不易，因之，偶有书名不甚符者。（如《宸翰录》，恐非原名。）亦间有卷数、册数略歧者（但极少），故当待后来再行校正。所最感困难者，尤在分类，虽时以"四库目""千顷目""北平善目"等为依据，然不时发现矛盾、不

246

妥之处，只好凭臆见断定从舍了。"史部"书尚可满意，盖以罕见之品殊多也。此一部分"目"，当尽速于十一二日之前全部抄成，分函奉上。请将每卷订成一册，以便检阅。后收者及偶或漏列之书，当另写"补遗"附上。弟拟于月杪赴港一行，到时当即行函告。专此，顺颂

公祺

弟犀谛拜上
一九四一年六月八日

1941 年 6 月 16 日

慰堂先生：

前奉上营业报告第九号一份，又奉上"善目""卷一"二十四页，"卷二"二十九页，想均已收到。兹又附奉"善目""卷二"五十二页（分作两函），乞察收。便中乞见复为荷！"卷三""卷四"均在赶写中。此"目"间有空白未填处，盖缘赶写之故，未能将散放各处之书，检齐填写，俟后再行补填可也。又，补遗部分，包括一时漏写者及本月份新得者在内。此"目"匆匆编就，实未臻完善，务祈指正。"重编"，本供尊处查阅，实非正式之"目"，故殊感潦草，不安处极多。然目中书则均佳，可慰也！专此，顺颂

公祺

弟铎拜上
一九四一年六月十六日

1941 年 6 月 16 日

慰唐先生：

兹附奉"善目"卷二五十二页（三十页至八十一页），分作两函，同时发出，每函二十六页。收到后，恳便中见复数字，连日轰炸甚烈，中图同人想均安告，至念至念！致何先生"真"电已收到。刘晦之物，我辈正往返函商，不意乃已为平贾王晋卿夺购而去，现正设法截留中。俟有结果，当再行奉告。《本草图谱》，我辈已决定购下，计价二千元正，如再犹豫不决，则又必外流矣。弟月底前，可赴港，俟到后，当再详告一切。专此，顺颂

公祺

弟铎拜上

一九四一年六月十六日

1941 年 7 月 25 日

蔚唐先生：

奉六月十八日来示，敬悉。顷又得七月九日来示，知各报告及"善目"卷一及卷二，均已收到，至以为慰！此项"善目"，编时至为匆促，尚须加以补充及更正。"史"目自审颇为精彩，较之《北平图书馆目》，似仅"正史""地理"二门，望尘莫及。究竟宋、元善本过少也，但即就"地理"部分而言，"山志"似较胜，"郡邑"则苦于明刊太少。然除天一、平图外，海内外殆亦鲜可与"我"颉颃者。而宋刊之《吴郡图经续志》及《新定续志》，则即此二家，亦难有相类之精品也。惟目中疏漏失误处，尚有若干，间

有因原书不在手边而误记者。其中《咸宾录》一种，则系在北平赵君（乞秘之，至要！恐某君不欢也）代购者，书未到，即已入目。顷赵君南来，询之，谓此书已为某某所强夺而去，殊为憾惜！目中应除去此种。惟此书已有清刻本，尚不甚重要。赵君另觅得明刻本《开原图说》为代，书亦未到。据云，较此尤佳。连日忙于包扎各书，俟稍暇，当另一"勘误表"奉上。马款万元，唐处允缓还，感甚，感甚！并允再垫两万，尤为得用。森公昨已南行，犀因诸事未了，恐须稍缓若干时日方能成行。精品若干，已托森公携去。到后，当商之玉老，以"机"运上也。日前，经我辈再四详商，购入密韵楼藏之宋刊本《于湖居士集》一部（价一千四百元，张葱玉经手），又由潘博山处购入明文俶彩绘之《金石草木昆虫状》（源出明内府之《本草图谱》），十二巨册，计价二千元。此书内容之美，渊源之久，不可殚述，且系怡府旧藏。价虽昂，却不能不忍痛收下，盖潘已向海外接洽（索美金二百元），故不能不先下手为强也。藏章已刻成，颇佳，兹附上样张，乞察阅。此章已托森公携上，并拟购上好之印泥若干，由犀携上，以资应用。运货事，马氏处乞无所成，似仍以自力办理为妥速。现公是货已全部达港，他货亦陆续起运，至迟八月中旬必可将"善目"中物先行运毕，甚堪告慰也！此一月中，曾偕森公往阅芹圃、宝礼堂及瞿氏各书，增广见闻不少。满目琳琅，大饱眼福！杨书价昂而分量甚少，诚有如尊云云云者，殊可暂置不顾。瞿、张均表示非我辈不售，情意恳挚，殊可佩服。惟价格则大成问题，不能急进，急则彼辈将以为奇货可居矣，然却又不能不储款以待。宝礼方面，亦有斥售意，惟议价亦极不易。总之，以不受敲诈为主，果若货价相当，便当立即进行，以免夜长梦多。盖近来古董字画，价格飞涨至巨，书则虽尚未大涨，然古董商人已有向"书"问津之意。一旦"善本"亦成为古董商场之物，则恐事不可为矣。张芹伯游移不决，口气已较前不同，声言欲保留若干精品，恐旷日持久，必将日增其价，殊可虑也。森公深知其间经过，想到港后，必有详函奉告。宝礼物，可由卓有同君经手，此君尚可亲近，且与杭立武先生系同学，或不妨由其函卓一商。前函所云刘晦之货一批，我辈略迟一步（只差数日），已为平贾王晋卿所夺去，殊为可恶！闻尚未出脱，或可商洽就绪。晦之货尚有最后一批，曾开一宋元本书单来，共约二百余种，大多皆下驷，且亦有伪品。曾仔细考虑，选购其中精品九种，又"大库"残本八种，得此十七种，则远碧之精华已尽，余货皆糟粕，大可弃之不顾矣。北平邢赞庭处，有宋蜀本唐人集四种，又《扬子法言》及黄跋等书，共十种，均上品也。曾索伪币五千，若汇水平平，此件尚中平，然今日汇水太高，实难下手进行。北方"生坑"不时出现，近有宋本《建康实录》，亦绝佳，拟积极奉托赵君进行。（平处采购事，原托赵君，所以允守秘密者，诚恐某君知之也。）颍川、紫阳二股东，如此热忱，极为感佩！我辈自不能不勉效微劳矣！股款似应从容集合，储以待用，好货不时出现，万难预定，预算亦难得准确。总之，万事皆有机缘，时间最为重要，眼明手快，股款充足，则反易得便宜货。否则，迟疑、犹豫，费力较多，而成功反少矣。衣仁先生余款二百五十元，当遵嘱改拨作森公旅费。此间已先付森公五百元，俟其到港后再归账。森公最为谦抑，且富苦干精神，处处愿意自己吃亏，而不肯妄耗一文公费，诚今之圣人也！得聚首多时，实为平生幸事。俟货运事告一段落，当将"子""集"二目再行抄奉。月来督理包扎极为忙碌，且时须自己下手，实无余力及此也。但商人辈明大义者多，得其助力不浅，大可庆幸！货运事，时时由彼辈帮助，妥稳无比，衷怀实感之！"儒"而实"商"者，则反为大可畏惧。近拟购潘某处之《大元一统志》四册（贞节堂抄本，存三十余卷，中有二十五卷为孤本），彼竟开口索二千元，诚难问其居心，实存敲诈，大为不该，只好绝口不谈，置之度外矣。明、清刊本，近来大昂，略罕见者，每索百金以上。近出《廓尔喀方略》一部，平贾乃索伪币五百（约合千元）。董某售会通馆本《诸臣奏议》于燕京，竟得价五百以上，诚骇人听闻之事也。故我辈意，除实在与史料有关，不能不收下之明、清本外，似不妨暂不收此类货，尊见以为如何？专此奉覆，顺颂

公祺

子裳、如茂、犀谛同启

一九四一年七月二十五日

附犀致立公一函，恳即面呈为感！犀注。

1941 年 8 月 14 日

蔚唐先生：

连日渝遭狂炸，至为念念！同人等谅均安好！由航机运上之

251

精本书，想早已到达，谅亦已存放稳妥处所，必能安全无恙也。对此事，我极为关心！得之不易，守之宜谨，否则，大可不必收之矣。此点，尊处谅必已筹有极妥善之处置方法也。公是书，运港者凡一千一百三十七部，兹将"目录"一份附奉存查。（玉老意，欲再抽出精品若干航运至尊处。）现此目录亦已寄一份至港，请其按目抽运矣。又杂书运出者凡一千二百五十二部，其目录当于明日续奉，尚有七八百部，即日亦可将起运手续办妥。杂书中亦有可抽出航运者，森老携去之书共凡八十二部。此间所存，除乙库之善本及普通书外，所余者仅已付石印之书二三十种及精品少许耳。此事告一段落，堪慰诸股东之关念，且亦甚可自慰也。帐目已清理完竣，数日后，当有一详细之报告奉上。善目第三卷及第四卷，因运书事不及赶写完成，但日内亦可继续动笔。书价飞涨，直不敢下手购买。奈何？奈何！拟以英股款购入芹圃货一批，想可成。惟盼能早日寄下，储以待用为荷。诸事告成后，我当能成行，届时，自当内行，以罄所欲言也，惟私人事亦极多，日夜在赶办结束，不知何日始得动身，殊为焦急！在港运书事，已电森公，请其偕同玉老早日办妥。盖此事比较机械，似无须待我到时始动手也。将来装箱内运时，务请十分小心，以策万全为感！匆此，顺颂

暑祺

振铎拜启

一九四一年八月十四日

1941年9月11日

蔚唐先生：

月来未奉大函，深以为念！渝受轰炸甚烈，同人等谅均无恙，然处境必大为艰苦矣。前奉上三电，又二航函，不知均已收到否？函内均附有存港书目，诸留备查考。尚有存港书目数纸，兹并附奉。最精品八大包，森公已由港航运尊处。不知已收到否？至念，至念！收到后，乞即来一电为感。如尚未收到，务乞设法查询下落为要！现寄递各书，均系由森公独力负责。写中英文书目及附航邮各事，均是森公亲自料理。投寄时，森公竟立候至数小时之久！可佩，可感！余书装箱起运，亦系森公独自主持。犀本约定与森公同时南行，因此间琐事极多，未能料理就绪，暨大又开课在即，竟不能与行，未得稍分其劳，心中至为惭愧不安。装箱事，闻已工作二十余日，尚未完毕，可想见其麻烦琐细，非森公之耐苦耐劳者，决难从事也。闻滇缅商运，将难继续，我辈之货，可否由先生商之留公，特别设法，交国营机关代运？此事至关重要，务恳鼎力支持为荷！久藏港地，决非良策，一因港未必为福地，理宜早迁；二因港地潮湿，白蚁太多，亦非藏书之所。如果内运困难，似只有照原定办法，托适之先生向国会图书馆商"借藏"之途矣。先生以为如何？我辈为此事殊感焦虑，盖得之不易，守之尤宜谨慎，并策万全也。万望妥为设法处置，并商之留、立二公，主持一切。并恳能将办法早日见示，以安远念！中多孤本精椠，若有疏虞，百身莫赎，杞人之忧，想蒙察谅！芹货，后自动减至六万二千五百元，按之市价，此批货实尚低廉。深恐迟疑不决、时日迁延，芹方又将变计。故我辈意：如股东方面，决定购下，必以速为宜。且货款最好能一次汇下，以便立即成交，书款两清，免得夜长梦多，又生枝节。此批货成交后，"善目"必可耳目一新，精神大振矣！瞿货暂无办法。宝礼货亦恐索价太昂，均不妨缓图。（详情森公内行时必可面述。）如能一次筹款十万，则余款除购邢赞庭、刘晦之货外，同时并可每月划出一二千元，购各肆零星货色并补充普通应用及新货。否则，各货只好一切搁置不购，零星各货虽不多，然尽有佳品。盖此间所存店款，已仅敷办公及印刷之用矣。尊处如汇款来此，务恳设法由某处拨划，以省手续，并免扣除汇水。否则，汇水损失太多，太不值得也。现编目工作，进行甚为顺利。"善目"之"子""集"二部分，正由犀在抄录中，不日可以分数函奉上。"稿本"目录，亦将次告成。"乙库善目"正在着手，为数亦甚可观。"普通目"不日亦可着手。犀等曾略加估计，"普通应用书"亦颇伙多。此等货，若在今岁入手购置，为价当在三倍以上，且有万不能购得者。幸我辈着手较早，故成绩尚佳。将来各"目"告成寄上后，诸股东谅必可甚感满意也。至印刷事，现亦渐有眉目。书影已全部摄照完毕，约可有百余种。仅印宋、元部分，抄、校及明刻本全部割舍不照。因起运匆匆，实在来不及多照也。但如芹货成交，则此项宋、元书影，可共有二百四十余种，能订成四册或六册，大是巨观矣。石印部分，去岁所购纸张，敷印三十许册，每册二百部。现已印成《纪古滇说原集》《交黎剿平事略》《诸司职掌》及《甲申纪事》等，俟装订完成，当由港转行航寄一二部，以供参考。或由此间以散页分函奉上亦可。务期早日寄到，以快先睹。此项用款，至为撙节，而成绩似尚佳。惜去岁购纸不多，大是憾事，今年纸价，昂至一倍以上。去岁绵连纸每刀价十元八角，现需二十六元，如欲多印，则耗费必倍之矣。至此项景印本，拟每种加一里封面，并请姜佐禹先生代书"国立中央图书馆善本丛书"字样。此项封面是否需要，名义是否妥善，仍请核示遵办。（最好别定一名，于将来寄递为便。子裳注。）天一阁书，闻尚存浙，似不甚安全。前丁衣仁兄内行时，我辈曾与之谈及，何妨设法运储尊处？如能得此，则"善目"将成为无敌之品矣。盖其中"方志""登科录"（较少）二部分，仍是"天下无双"之物也。尚恳采纳蒭见，设法进行。专此，顺颂

公祺

子裳、如茂、犀谛同启

一九四一年九月十一日

盼即复。

1941 年 10 月 9 日

圣与、慰唐先生：

"巧"电及圣公"江"电均拜悉。圣公已平安抵渝，至为喜慰！航运货已到，亦可放下一段心事矣。圣公在港致犀各函（末一函系一日在飞机场所书），亦均收到。关于存港各书册数不符及缺失诸点，当详函马季明先生接洽说明，乞勿念！（俟清查后，并当再行函详。）芹货决全购，至为感慰！股款能即全汇，尤所深

盼！盖分批购入，原为不得已之举。自我辈提出此项办法后，芹方迄未有覆音，后经葱玉君见告，谓：芹对此办法，可赞同。惟价格方面，大有问题，仅"黄跋"书一项，即索三万。但现既决定全购，自不必再与之商议分批办法矣。朱先生致芹电，本应即转去，惟经我辈详谈后，决定缓交。拟俟商谈将告一段落时，再行交去，较为妥善。盖恐现时交去，芹必以为我辈非购不可，又将涨价矣。（葱君亦以为然。）昨曾与葱细谈，现由葱居间，较为妥当。圣公亦知葱为人殊爽直可靠。葱谓：芹曾改索六万五千，现又改索七万，彼殊反覆无常。此时暂可不必再与谈判，俟款到再谈，或当能减让若干。谈定，立即付款取书，庶可使彼再无反汗之余地。否则，此时谈判，仍极恍惚迷离，万难得其确切之价格也。犀曾确切表示我辈办事困难之情形，且再三说明：六万二千五百之数，业已电达尊处，实难反汗。如此反覆无常，中途变更，实不易再与尊处开口。葱谓：亦曾与芹谈过此点。然芹为人性格如此，殊无办法。（彼原以美金三千为标准，故价格如此变动。）我辈意，自当尽力坚持六万二千五百之数，恳挚与商，或能就范，然殊不能自信其必能成功。默察芹意，恐难有多大让步，势将变成僵局，则前功恐将尽弃矣。为策万全妥善计，尊处股款，以全汇七万为最上策，万一芹方坚持不让时，我辈可以有加价若干之余地。否则，此间股款无多，仅勉强敷办公、印刷之用，实无余力临时垫付若干。不知尊见以为如何？此种困难麻烦，反复变幻之情形，在商谈公是货时亦有之，圣公亦极为了然也。总之，愈迟延则愈难办，愈多谈则愈多变化。持款与商，商定即解决，一面付款，一面取货，乃对付彼方最好之办法。我辈诚不愿因数千数百元之上下，致功败悬成，想尊处亦必同具此意也。仔细估计，此批货究竟尚为值得，某平贾曾代芹估价至十三万之巨，可怕也已！（此事圣公知之甚详。）现时书价腾贵，万非去岁可比。"富晋"售去《四部丛刊》（连二、三编）一部，价至五百元，而我辈去岁购置一部（仅正编），不过九十五元耳。《频伽藏》已涨至二百，而我辈去岁购入《频伽藏》连同商务本《续藏》亦不过二百而已。总之，我辈出价，现显已落伍，故书贾辈已不甚上门。好在零星杂货，已少购置，故亦无甚影响。对于芹货价格之反复无常，似亦当作如此观。但一切均请尊处裁决，我辈无甚成见，惟深盼能早日将决定意见示知耳。此批货成交后，自当迅即南运，乞勿念！关于货运事，我辈意，似以运美为最上策。盖因内运困难殊多，且道路多阻，又恐旷日持久，变生莫测，不如运美之简捷可靠，必能万全无虑也。聊贡愚见，以供参考。但无论内运外运，总以从速为是，尚乞留意是幸！我辈意，内运货以实用为主，现正赶编乙库目及普通目。拟于此等货中，尽速选出亟须参考者内运一批，似较将孤本、善本内运，更为有用，更为重要也。不知尊见以为如何？此间股款将罄，港王处款似亦不多，已函请其速寄来。英股垫款万元，除购入《本草图谱》《于湖集》，购纸及平肆杂购外，本已用罄，此间有时不免有零星购置之必要。不知尊处能筹寄万元，作此间"一年之计"否？（月约用千元左右。）但如艰于筹寄，则此后敝处即当结束一切，对于零货，概行停购。仍请裁定，以决近止。又印刷方面，所耗亦不资，仅《五

257

边典则》一书，用纸亦须一千五百元左右，故"丛书"中竟不能将此书列入，殊以为憾。不知尊处对此有无办法？便中亦乞及，为感，为盼！专此，顺颂

公祺

子裳、如茂、犀谛同启

一九四一年十月九日

本日有一电，致朱先生，即述及以上各事。

本日又寄一函，内附《纪古滇说原集》（丛书之一），一册。乞察收。并示知尊见。

又犀于本月初曾有数函致圣公，不知港友能转上否？至念，至念！施款已到，当由徐公子径送还来薰阁。乞勿念。

又启者：

为便于尊处查考及装订计，拟将关于此项"丛书"样本之函件编号，将来如有阙失，自易照补。此为甲一号，第二函为甲二号，第三函为甲三号，以下类推。将来寄全时，当细编一表奉上。以下各书，篇幅均巨。每函仅能寄二十张左右，如《甲申纪事》凡五百余张，即须寄二十余函也。如不编号，恐必不易有头绪可寻。《五边典则》亟盼能印出。然全书篇幅，多至三千数百张，仅用纸即须一千五百元左右。第二批购入之纸，仅印此书，尚有不敷，故只好将此书暂行搁置。然极可惜！不知尊处有无办法，将此书设法印出？如第一集加入此书，则共可有一百六十册左右，

尤为巨观矣。（现仅有一百二十册。）

谛再启

一九四一年十月九日

1941 年 10 月 10 日

蔚唐先生：

　　兹附函奉上《纪古滇说原集》一册，作为"丛书"式样之一斑。此书颇可珍贵，得自徐氏时，价至五十金。今印出，研究西南文献者当大可满意矣。（四库存目）此丛书名目，曾与森公商酌过，我辈又曾数次集谈，拟决定：名为"××××图书馆丛书"第一集或甲集，不加"善本"字样，盖将来收书范围，可以较广也。第二集或乙集拟收清儒未刊稿本。"善本丛书"则留待将来印宋、元刊本时之用。不如尊见以为如何？此书印样尚佳，且用绵连印。较"连史"为堂皇，且书本比之《四部丛刊》略大（因绵连较连史为大），似亦较为美观。已印竣之书，拟分函奉上，由尊处集合装订成册。因邮寄困难，故不易多寄。将来当运港转上若干份。此仅作为"样本"而已。纸张太贵，不能多收"佳本"，大是憾事！如经费另想办法，则自当多购纸，多印若干种矣。专此，顺颂

公祺

犀谛拜启

一九四一年十月十日

（甲一号）

1941 年 10 月 17 日

蔚唐先生:

本月十一日奉上一函,又寄上"甲一号"至"甲九号"九函(内为《纪古滇说原集》及《交黎剿平事略》二书印样),谅均已收到。致朱先生佳电不知已收到否?昨奉到"酉、鱼"电,敬悉。昨即另电奉复,想亦已达览。芹货款即汇七万,至为喜慰!惟仍请以速汇为上策,迟则又恐生变也。连日美汇黑市飞涨不已,不知芹方是否又有他意,因近数日内尚未见到也。总之,持款与谈,谅必可就范,即有若干出入,当亦不至相去甚远。若再迁延时日,久久不决,恐芹再行反汗,改索高价,则我辈诚难应付,也许只好"敬谢不敏"矣。盖言而无信,屡次反复,我辈对于尊处亦实在再开不得口也。但愿其不至如此耳!潘货,森公在此时,曾偕犀同往细阅。数量虽仅百余种,而精美绝伦,可叹观止!方之南瞿南【北】杨,未必有逊色。宝礼目已印出,不知尊处有其书否?(其四册,为菊老所编。)日内当抄一简目奉上,以供参考。森公能详其内容也。惟能否购得,则殊为渺茫,价格亦未能详。潘戚卓有同君,人殊忠厚,有居间意。此君与杭立武先生尝同学金大,不知能由杭先生函托之否?潘氏子弟对于版本,全为门外汉,市价亦不大明白,卓君可以说话。惟我辈阅书时,系由潘博山君介绍,惟恐彼辈将托潘君估价。(其字画亦系托博山估价审定者。)此君胃口颇大,"败事有余"。犀曾与森公详商,拟避免此君之居间。但此时仔细考虑之下,觉得如避去此君,恐前途不免将有种种阻碍,甚至有破坏可能。不如仍由此途,恳其设法。

我辈务具远大之眼光，此等俗情世态，有时不免要牵就些。不知尊见以为如何？乞仍与森公详商见覆，以便遵循办理。此刻拟先露口风与博山，托其一询有无出让之意，俟有复讯，当即行奉告。此批书非同小可，诸股东注意及之，诚我国"文化"前途之大幸也！我辈自当追随诸股东后，勉效驽钝，以观其成！又，刘晦之货，李贾紫东昨曾前来接洽，开书十种，索价四千，而伪本之《东都事略》及《两汉诏令》亦在内，此为万不可收下者。我辈意，晦之货未尝不可收，精品亦尚有数十种，惟须一次购入，以省麻烦。已将此意告知李贾，彼以为此点或可办到。预计，约共须一万五六千元。兹拟应行选购之书目一纸奉上，乞审阅。（并请森公鉴定。）如尊处有意，即当进行。其中《韩文》《中兴词选》《禹贡图》《诸葛传》及《切韵指掌图》等均极精。残本各种，亦均为"内阁大库"之物，不能以其残而忽之。惟该项书款，如决购，亦请能即汇下。盖商定，即须付款，以免为人所夺。我辈鉴于上次王贾晋卿之截夺《后汉书》等一批事，殊为失意寒心！故势不能不储款与商，商妥即书款两讫，以免再蹈覆辙，而为他人作嫁衣裳。又前函所谈零购及印刷预算等事，亦恳早日与诸股东一商，即行见复，以决进止。实深感盼！存港货详目，即当着手编写。惟未知港友装箱时，系"分类"装入，抑系仍依敝处之号码次序装入？此一点必须先知其详，详目始可着手，以便彼方之点查。乞即询之森公，立复为荷！（已另函马季明先生查复。）惟我辈意：此刻时局将急转直下，运美货以立运为宜，似不必待详目到后再运出，不妨先运为要！尚乞即电港友办理为荷！兹另函

261

奉上"丛书"印样《九边图说》一种，计共一百五十八页（分六函，甲十号至甲十五号），收到后，盼即行见复为感！专此，顺颂公祺

如茂、子裳、犀谛同启

一九四一年十月十七日

圣与先生均此问候不另。

1941年10月23日

蔚唐先生：

前日奉上数函，又由朱先生转上二电，谅均已收到。芹事以速办为上策，现决定与商，先付定洋若干，订立一合同。如此，便不至有中变或反汗之虞矣。惟敝处已仅余百余元，定洋无法付出。英股允垫之二万元，盼能立电拨付如茂先生处，以资应用，实所深盼。合同底稿，今午可由芹拟就交下。如成立，当即行录副奉上。惟货款全数，仍以速汇为宜，以便早日了却此事，早日可以运出。港王君处"图记"款，尚有若干余存（已汇来四万二千，又付马君五百，共用过四万二千五百元），而已遭冻结，无法汇沪。拟请王君将此款电汇尊处，尊处收到后，恳能立即电汇敝处为荷！因办公、印刷时刻需款，时间耽搁若干日，用费便时刻增加，殊不合算也。（如购纸，现已涨至二十八元一刀，印工已涨至十五元一石，过了几时，也许还要涨。不能不急急办妥，以省耗费！）潘氏《宝礼堂书目》，兹已将《书录》四册，抄为"简目"十纸，《书录》为

262

菊老手编，不可购得（潘氏封存不售），故不能寄上。不知尊处有
之否？但有此"简目"作为参考，亦已足矣。此简目可与江标印之
瞿、杨、丁三目相比较。潘目中之残本，多为内阁大库书，森公知
之甚详，请一询之。专此，顺颂
公祺

犀谛拜启

一九四一年十月二十三日

附潘目十纸。

见森公时，乞代问候。不知森公何时回安顺？

1941年10月23日

蔚唐先生：

　　叠上数函数电，想均已收到。芹货事，经商谈数次，已有
结果。连日此间金价暴涨不止，芹几又有反复之意。幸接洽在
前，力争于后，总等大事已定，不复虑其反汗矣！诚可庆幸也！
前昨二日，均在与芹谈判，芹意书价七万，不能再减。其中有若
干种清版书、普通书目及吴兴人著述，须提出，不售。据犀估
计，此类书为数不多，且亦不值钱，大都与已得者重复，雅不欲
因争持此点而致谈判破裂，遂允之。芹谈时，颇有牢骚，且急
欲解决，急欲早日得款。彼云：今岁所得之七万，尚不如去岁
以三万出售之为得计也。（去岁我辈还过三万。）此是实情。且
金融情形，一日数变，彼欲早日得款，亦可原谅。前日下午谈

时，即商定：拟订一合同，先付壹万（本欲付二万，因马氏处取得之款只有一万，故只付此数），作为定洋。昨日拟就合同交去时，芹忽又说，最好先取一万之书，俟将来款到，再谈其他。当时我辈力与商议，坚持原定办法，此诚一发千钧之时也！犹幸芹君不失读书人面目，卒允照原议办理。惟原定：订约后两个月内将款付清，芹则坚持须改为一个月。此一点亦只好允之。（合同副稿，兹附上，乞察阅。）但这一点实非常重要！务恳尊处能在十一月二十五日以前，将余款六万汇到。否则，合同作废，前功尽弃。将来再行商谈，不知又将费多少气力，且恐又须多耗多少金钱矣！此合同可于今日下午或至迟明日下午签订。签订后，乃可放下一条心事矣！数月辛劳，至此告一结束，殊可自慰也。后日起，将根据合同，派员至芹处编目，俾能节省将来编目时间，庶货点交后，即可设法起运。此事万急，务恳尊处能按约定日期汇款为要！留公电，已面交芹君。彼甚为高兴。此事之能终于成功，此电当与有力焉。感甚！俟合同签妥后，当即进行潘货。（宝礼目，前函已附奉。想已收到。）又闻瞿氏兄弟有分炊说，藏书亦将剖分为三，剖分后，恐必不能保，此必须设法罗致之者！祈尊处留意及之为荷！我辈亦当时刻注意，设法进行。一有消息，即当奉告。便中尚祈即复数行，并请先电示以安远念为感！
专此，顺颂
公祺

如茂、子裳、犀谛同启
一九四一年十月二十三日

264

附　购书合同

　　兹希古堂（下称甲方）与张芹伯（下称乙方）订立购买莲圃全部藏书合同如下：

　　一、莲圃全部藏书（以《莲圃书目》三册为凭，清版书、普通书目及吴兴人著述若干种除外）由乙方让予甲方，共计书价国币柒万元正。

　　二、由甲方先行交付乙方书款一部分，计国币壹万元正，作为定洋。其余书款陆万元，甲方当于订约之日起壹个月内陆续付清。

　　三、定洋付出后，甲方即派员查照原目，检理莲圃藏书。此项费用，由甲方担负。

　　四、书款全部付清时，乙方即将莲圃全部藏书点交甲方接收。

　　五、如订约满壹个月后，甲方尚未能依照本合同付清书款时，应征求乙方同意，共同商订估价付书若干种办法。如书之数量或内容与原目不符时，两方亦当共同另商解决办法。

　　六、乙方关系之中人佣金，归乙方负担。甲方关系人不得收受乙方佣金。

　　七、本合同在书款付清与全部藏书点交完毕时，即行作废。

　　八、本合同甲乙两方各执一份为凭。

　　　　　　　　　　　　中华民国三十年十月二十五日订。

　　　　　　　　　希古堂代表人

　　　　　　　　　张芹伯

　　　　　　　　　保证人

1941 年 11 月 8 日[1]

蔚唐先生：

叠次奉上函电，并寄上"丛书"印样八种，不知均已收到否？未得覆示，至以为念！芹货连日正在点收。第一次点收之黄跋书一百又一种，已将目录附函奉上。数日来又已将宋、元本部分及明刻本、抄校本之一部分，续加点收。预计尚有十余日，即可全部竣事。点收目录，当分批函奉。留公来电云：马氏垫款一万元，应即付还。但此间事前因购纸一千九百余元，所存款已不敷还垫。而港王君处所存"图记"款五千一百余元，又遭冻结，无法汇下。只得俟港款到后，再凑足归还马公。乞转陈留公为幸。王君处款，盼能即以尊处名义，呈请解冻，以便汇下应用为荷！此间办事及印刷"丛书"，在在需款。有时见到好书，亦不能不"食指不动"。尚望先生能商之留公及诸股东，另行设法拨下购书及印刷款一二万元为要！否则，恐不久即将周转不灵，于店务殊有阻碍也。刘晦之余书尚佳（应选之目录一纸，前已奉上），恐将为平贾辈所夺。（此时平沪汇率，极为不平，平汇一元，在此间可得三元以上，故平贾辈又在积极大施活动矣。）不知尊见以为如何？如有意，似亦应以先下手为强也。其中《中兴词选》《禹贡图》《切韵指掌图》，实均国宝也！来青阁之余仁仲本《礼记》，已归平贾，可惜之至！宝礼堂潘处，已托人示意，不日当可有覆音。但恐价亦未必能廉，最好请先生便中恳立武先生致一电或一函给卓有同君，或可发生较好之效

1 整理者注：此信未有日期，审其内容应在 1941 年 11 月 8 日。

果。连日忙极，港货详目，一时竟未能编成。但似不妨将货先行运出，详目待后，再用航寄。不知先生以为如何？尚乞明示为盼！近来书价又趋涨。平贾王某在此得宋刊本《庄子》，平某人已出价至万金，尚居奇不欲售。百衲本《二十四史》，已加价至四千元以上，但尚有人要。可见书市情形，颇不寂寞。总之，以早日多购，最为合算。早下手，则所得多而好，迟则各"货"必更居奇矣。平贾有建文刊本《皇明典礼》及张燮刻本《七十二家集》（极少见），各需价六十余金，但合之国币，则已各需二百左右矣，然却均为非购不可之书。（建文本最罕见。）无论如何，我辈必当撙节他款以得之也。零购非无佳者，补充实为必要，上函所陈，每月千元左右之零购费用，尚恳能办到也。专此，顺颂

公祺

如茂、子裳、犀谛同启

1941 年 11 月 22 日

蔚唐先生：

本月五日来示奉悉，当另行奉覆。芹货点收事已有十余日，忙碌不堪，再有四五日，即可完毕矣。惟其中颇有问题，明版中，间夹有元本；而所谓宋、元本，亦有一小部分是伪品。此均须详加注明，双方签盖印章者。又芹所留吴兴人著作中颇有佳者，正在交涉中。来函所附书单，有未交齐者，当先将已交之一批整理就绪奉上。乞勿念！已交者中，《元遗山集》（中统本？）即为明刊，盖世上恐无真元刊也，但仍寄上，请再加鉴定。其他书单之外，可寄之精品

极多，容待第二三批提出寄奉。兹托西南联大教授李宝堂兄携上书箱二只，共装书五十一种，六百十九册，当面交马先生点收。书单三纸，兹附奉。（马先生处已交去二份。）其中有红○者为记者，系芹货中物，余皆旧存者。有蓝△或蓝△△为记者，系拟请马先生航运寄奉者。此项拟航之货，共凡二十八种，皆甚精之品也。因李兄走时匆匆，未及整理一切，故仅就在手边者装箱，托其携上。其中《七十二家集》系新近得之邃雅斋者，颇佳也。兹又寄奉《甲申纪事》（丛书印样）半部，计共分八函（乙一号至乙八号），同时寄上。收到后，乞即覆为感！以前所寄，共有八种，除《纪古滇说原集》，来函云已收到外，不知其他各书均已到否？甚念，甚念！印刷事，正积极进行。下月闻邮资加价，恐又须多付出邮票若干矣。一切皆昂。旅行箱一只（中等品质），价至一百二十余元，而包书之牛皮纸，每张竟昂至近一元！可叹也！惜当时未多购。（随用随购）专此，顺颂

公祺

谛拜上

一九四一年十一月二十二日

1941 年 12 月 2 日

蔚唐先生：

　　前上数函，谅均已达览。芹货点收，将次完竣，佳品缤纷，应接不暇。静夜孤灯，披卷相对，别有一种异香溢出册外，诚足自喜自慰矣。兹将接收之宋本编目奉上，俾便考查。目中颇有伪品，已

加注明，将来仍当由芹出函说明也。中以《尚书注疏》（八行本）最为下驷，一望即知其为明翻也。十二行本《五代史记》亦不甚佳，因补版究竟太多也。《孝经》《大学》及《四言杂字》均为德州发现之物，当是明初训蒙之读本也。《参寥子集》及《祖英集》亦全无宋本气息。《参寥子集》若是真宋本，诚大足傲人矣！芹意初欲留下《北山小集》及《雪岩吟草》二书，经再三交涉，已将《北山小集》交来。此书虽仅残存一册，实至宝也！纸背系宋乾道时公文纸，与《李贺歌诗编》同，亦无价之"史料"也。上品毕竟至多，大可满意。《晦庵集》一百册，几皆是宋印本，此虽非罕见之物，然似此初印本，世间恐不易有第二部也。《柳先生集》二部均极佳，元刊本删去"注"文极多，均可赖之补全。我辈有此一批宋本加入库中，顿添无穷生气，若再得瞿、潘、杨所藏，则恐不仅人间第一，亦且远迈天禄琳琅而上之矣。三百年来，殆将以吾"藏"为最巨观也！姑妄悬此鹄，或不难实现也。潘事，请即托立武先生作一函于卓君，以利进行。卓君在金大时，名景炽，字有同，香山人，系潘之姻亲。前日曾晤谈一次，潘氏诚欲出让，惟欲所归得当，以我辈名义得之，彼自无问题。惟愿得内地一函，俾其更易进言耳。此事尚恳一办为荷！今后收书，似不妨以已得者及瞿、潘二目为参考，凡在此数"目"外者，似皆应罗致之，且尤应补充其所未备。合此数家，并我辈所已得，宋本当在四百左右。古今公私藏家，即明之文渊阁、清之绛云、汲古以及徐乾学、季沧苇亦皆不及此也。而"百宋""皕宋"则更为望尘莫及矣。环顾宇内，北方之傅沅叔、邢赞庭，南方之王寿珊及吴某（即有宋本《楼攻媿集》

269

者），其所藏亦均可得。而刘晦之物，则已在进行中。最近市上尚有《会稽三赋》《渔隐丛话》等等，即可见到，有意罗致，不愁无货。微察瞿、潘二藏，有二十万，即已可动，而零购之物，每种亦不过多者千余金，少者数百金。有七八万之数，亦即可得补充之精品无数矣。宋本过五百，或不难实现也。于此时此地，若竟得有此结果，岂非百世之伟业乎！便中乞商之诸股东，见覆为感！灯下书至此，不禁神王气壮矣！此仅就宋本一部分而言也，若元、明刊本及抄、校本等，则所得当可更多。（瞿氏所藏，即以明抄为最多且精也。）芹处元本目录，明后日当可抄就，继黄跋及宋本二目奉上。收到后，盼即覆为荷。专此，顺颂

公祺

谛拜上

一九四一年十二月二日灯下

今午晤芹，《雪岩吟草》亦已允交来。

1942 年 1 月 12 日

慰兄道鉴：

久未得来信，甚以为念！此间八日后，秩序安宁如常，秋毫无犯，全家大小，均甚安吉，堪释远念。港地亲友，因消息隔绝，毫无音讯，最为罣念不安。玉老及马季二位，不知近况如何？寄存各物，不知已否先期离港。便中尚恳示知一二为荷。弟在此，已失业家居，终日以写字读书为消遣，尚不甚苦闷。近拟笺注季沧苇及

270

汪阆源二家藏书目录，亦消磨岁月之一法也。弟仍寓愚园路庙弄四十四号郑宅，来示请径寄该宅转交可也。专此，顺颂

冬祺

弟犀拜上

一月十二日

1942年1月26日

慰兄：

前上一函，谅已收到。此间一切安宁，家中大小，自莅翁以下均极健吉，堪释远念。家中用度，因生活高涨，甚为浩大，但尚可勉强维持现状耳。现所念念不释者，惟港地亲友之情况耳。公是一家，是否平安无恙，尤为牵肠，如得消息，恳即见告。前曾有衣服、杂物二件，送交季兄收下，亦未知有无收到。一家离散至此，存亡莫卜，终夜徬徨，卧不安枕，每一念及友爱之情，泪便涔涔下。惟有默祷上苍，拜祈无恙耳。我家忠厚无欺，数代安分，吉人当自有天相也。差幸此间买卖虽极萧条，而经济尚可周转。大哥等精神亦甚佳，便中乞转告留兄等，免其罣念。专此，顺叩

冬祺

弟犀拜上

一月二十六日

致圣翁一函，乞代转致。

1942 年 3 月 20 日

蔚兄:

前上数函,谅均已收到。家中大小,自莐翁以下,均安吉如常,堪以释念,一切自知保重。营业因资本无多,买卖又复清淡,已暂行停顿矣。此间生活程度日高,支出日形浩大,家口众多,迟早必将拮据不堪。尚恳兄处能有接济。现时家中每月开销约二百元已勉强足敷。惟将来则难言之矣。店中资金,大部存港。港肆久无消息,近闻业已封闭,数载心血,废于一旦,深夜徬徨,不能入寐。家运之蹇,一至于此,不禁愤懑难平! 沪店存货,为我家仅存之物,益不能不珍护之矣! 圣翁已平安抵达,晤谈至欢! 见颍川时,乞代述圣翁近况,以安其心。圣翁精神尚甚健,身体亦如常,现正奔走彼之店务,拟加清理,然困难重重,存货又已被封存,前途亦不可乐观也。莐翁近得《欧阳文忠集》一种,宋刊本也,实惊人秘笈,曾影印一二幅分赠友好。兹附奉一幅,乞留为案头清玩。匆匆,不尽所欲言。专此,顺颂

旅祺

弟悌拜上

三月二十日

1943 年 5 月 11 日

蔚哥:

久未通音问,甚以为念。此间生活程度,春夏之间又数度高涨,七八口之家,每月总需沪币三四千元始可敷衍。奈何,奈何!

今日方始感到经济压迫之苦也。惟阖家大小均甚平安，差堪告慰耳。兹有恳者，友人杨泉德君，卒业东吴法律系，人极干练有为，最近拟回乡一行，尚乞赐以接谈并援手为感。家中情形，杨君颇为熟悉，当能面罄一切也。圣叔已南归，精神尚佳，惟咳嗽不止，气管炎恐仍未愈也。专此，顺颂

近祺

弟犀拜启

五月十一日

又守信先生近好。

1943 年 7 月 18 日

蔚兄：

前上一函，谅已收到。家中大小自莲叔以下均甚安吉，堪释远念。近来市况萧条，经济困难，支持过日，颇见拮据。写此函时，据前函发出不过二月，而一般物价又见激涨。米每担已出二千关，肉每斤三十六元，其他日用品所涨尤多，皮鞋每双非千元以上不可。中等家庭月用四五千元，已是省吃省用之家，长此下去，可怕之至！物价之高涨无止境矣，而收入则有限，如何可以维持呢？！前由森翁处借来沪币五百元，仅足聊资贴补而已。现家用不足之数，均由东借西挪，随时设法而来，长此以往，诚非了局。弟向不诉苦谈穷，然今春以后，却亦不能不叫苦矣。尚望吾兄处随时加以资助为感。现时积欠李平记已有数千之多，得此信时，请即付第一

模范市场二十号中国农工银行齐云青君六千元。请其转入李平记账内，以便还清旧欠。至感，至感。月来阅市之兴大减，亦迄无好书可见。嘉兴沈氏之余书已尽出，绝无佳者，仅一《浙江通志》稿本近百册，索万金，只能望洋兴叹耳。盖究竟生活第一，殊无闲情逸致来搜罗古书矣。可叹也！专此，顺颂

近祺

弟犀拜启

七月十八日

李款，务乞于九月底以前付还。至恳，至恳！

1943年8月7日

蔚哥：

前上一函，谅已达到。所请拨付农工银行齐云青君存入李平记账内之六千元，恳即照付为感！此项欠款，已作为家用，为信用计，不能不如期归还也。至恳，至恳。否则，将来家用偶有缓急，便不易挪借矣。且如由此间归还，际此物价日增夜涨之形势中，其息金亦难计算也。何况家中罗掘已空，万无余力可还欠乎？潘博山兄于月前逝世，年方四十，大是可惜。博山在时，家中开支，全由其一力支持，尚可勉强敷衍。今则栋梁已折，大有其全厦倾圮之虞。"滂喜"物已有散出者。顷见《云斋广录》二册，为友人张君所得，价为沪币六千五百元，似极昂矣，然以一般物价衡之，则尚不算贵。盖此书为小说中之孤本，当米价八元十元一担时，亦决

不止值六七百元也，今不过涨至十倍而已。任何物价，殆皆不止涨十倍乃至二三十倍也。如为了囤积计，则书籍殆为最冷落、最廉价之物。四王一画，已值四五千金，乾隆瓷器一件，所值每在万金以上，古书则最佳之宋本，亦不过万金耳。为囤积计，似应乘此时多收若干，盖人弃我取，实计之至上者。若长袖善舞者亦注意及此，则我辈便万无着手插足之余地矣。对此"滂喜"物，我辈应如何珍视之乎？！与圣翁商谈久之，束手无策，相对长叹。今日之大藏家，南瞿外，便应数到"滂喜""宝礼"二潘矣。"滂喜"如散失，诚不可补救之一大劫也。"滂喜"物中之最精品，有金刻《玉篇》、宋刻《补注蒙求》、抄本《大元一统志》（孤本）、宋刻《金石录》（即所谓"金石录十卷人家"之物，闻尚在滂喜）、宋蜀本《东观余论》、宋刻《乖崖集》、宋刻《白氏文集》、宋刻《嘉祐集》、宋蜀刻大字本《陈后山集》及宋刻《荆公百家诗选》等。此等物，皆国宝也，贫儿得一，便可暴富。七八年前，如有一部出现，至少也须千金以上，合此数书，大约总须二三万金始可问津。博山在世时（前岁），曾向之指购《大元一统志》，彼索二千金，当时以其过昂，中止不该，今日则价必涨高不少，然决不需要十倍之数，则可知也。故在今日购入此种书，以物价衡之，尚是至廉。大约如有沪币十万之数，则精品必可全收之矣。我辈日夜思维，无计可施，不得不恳兄向紫阳、颍川二股东处极力设法，筹得此款，以便购入。明知处此情形之下，筹款必万分困难，十万之数，尤为巨大，然为保全国宝计，不能不有此迫切之呼吁。且缓不济急，不能不先就此间设法挪借，以期收购。（借十万，合内地币二十万。）已与此间开明书店略有接洽，与兄处对拨此数，惟有一条件，兄处如无意购入，不能拨款者，则将来彼店另行汇出时，所有损失应由弟等负之（已支取之款，当然照数退还。）但望不至如此耳。如待兄通知后再着手，一则精品必因不能久候而散失；二则开明必另行设法内拨，则款无着落。故不得已与圣翁再四商酌，姑作此权宜之计，为了此种"国宝"的保存，弟等自愿负一切偿还之责，虽家无长物，但尚有破书十数架可以作抵也。乞即日赐覆上海四马路开明书店徐调孚收为荷！不胜迫切待命之至！！！专此，顺颂

近祺

弟犀拜上

八月七日

附　**录西谛先生八月二十日来函**

嘱事承转达，感甚。慰兄前托叶处拨来家用款一千五百元（非二千元），合之沪币仅七百五十元，实不敷用。盖此间生活程度日高夜涨，漫无底止，今春以来，尤见激增，生活指数此刻已至八千数百，米为二千左右，鸡蛋每只在三元以上，蓝布每尺已至二十元以上，且不易购得。皮鞋一双，价恒在千元以上。一家所需，最俭省者已非每月四五千元不办，一人独居在外，至少亦须二千元左右。圣翁所耗尚不止此数。似此情形，不知如何是了，几乎每家无不以开门七件事为虑。幸店中新货已于去冬应市，销路尚佳，勉可支持半载。而意兴颇豪间

亦作访书阅肆之举，尝得乾隆铜板印之《十三排地图》一匣，又得金刻本《法显传》一卷。其他零星之物尚多，然所耗已不资矣。华兄所云五千元，昨方拨下，合以沪币亦仅二千五百元耳，亦仅足贴补家用数月。最近，滂喜斋（潘祖荫）物已陆续散出，尝与圣翁详商再四，拟向此间友人借资十万，购其万不得失之"国宝"十余种，不知能如愿否？今日宋本一部，稍佳者已非一万左右不办矣，可谓昂甚，万非措大所敢问鼎。然较之他物，则所涨独尚属不多也。又宝礼堂宋本书百种，近亦拟脱手，索五十万，亦尚不昂。已有粤友还价三十五万，尚未成交。我辈则万无此力量得之矣，可叹也。

1944 年 4 月 16 日

蔚哥：

来信奉悉。李平记款已收到。除归还前次之一千外，所余四千，以六五折计算，得二千六百元正。兄处日用浩大，未必敷用，而尚能勉拨家用，感激之忱，非言可宣。谢甚，谢甚！此间费用日增，大是不了，幸合家大小均甚安吉，可慰远念！芹、圣二位老辈亦均健安，乞勿念！前曾奉上二函，想已收到。珍本五部之收据，乞即交李伯嘉兄收为荷。物价大昂，聊城杨氏之四经四史等书，曾列目求售，索平币二百万，合之此间币，在一千一百万左右，恐问鼎者未必有人也。日游书肆，一无所见，寂寞之至，但弟颇有所得，容后详行奉告。弟因家用不继，去冬曾押去自藏之词曲一批，今春又售去明版书若干，方得勉强不至挨饿，然架上物日见其少，亦大可慨叹也。葛先生西上，当可将此间情形详告。连日春寒，阴雨不止，天气颇为不正，只能自己小心冷暖耳。闻北方尤为寒冷，病者甚多，殊为念念也！近来有人计画开设旧书肆，拟在各埠设分肆，如得有成，大是可喜，兄处如需手头应用之书，当可陆续寄上矣，然尚未必能否告成也。专此，顺颂

近祺

弟犀拜上

四月十六日

致徐文坰（伯郊）

1952 年 8 月 25 日

伯郊兄：

　　香港来信及托陈君葆先生带来的信都已收到了。以前寄的两封信均未收到，想均已失落了。以后来信，最好能复写几份，分几次寄出，同时交了一份托新华社或中国银行带到广州寄出，比较的妥当些。有数事分别答覆如下：

　　（一）所有在港要收购的文物，请统计一下；共有若干件，共需多少款？并请分别"最要的""次要的"，以便一次请求外汇。（在年内可成交的有多少件？需多少钱？）因外汇手续甚烦，数目多少倒无关系也。

　　（二）陈仁涛的古钱，如能在九十万港元左右成交，决当购下。惟本年度预算不多，需在明春才可付出。

　　（三）寄来的照片中，以任月山的《张果见明皇》为最佳，请即购下。巨然及刘道士的，也好。《盘龙石》及《三马图》、王蒙的《修竹远山》等可购。估计共需多少钱？《盘古图》要仔细研究。怕是出于张大千之手，千万要小心。如实是宋画，则太奇了！且也太好了！中国似从无此种作风也。

（四）《采薇图》能购下否？究竟是要合多少港币？

（五）回港后，请和张大千多联系。凡在美国的名画，还有在日本的，最好通过他的关系能够弄回来。这是一件大事。盼他能够努力一下也。《晋文公复国图》乃卢芹斋之所藏，均盼能回国来。此事甚为重要，且须机密。请和朱市长谈谈。能直捷和大千公开的谈，并托他（鼓励他）努力于此事否？

（六）去年的及今年的帐目，盼能将"收据"及清单寄下，以便结清。又，季羡林的款子，盼即能汇给他，他已催过多次也。即致敬礼！

振铎上

25/8

1952 年 12 月 15 日

伯郊先生：

接电话，知已回穗，甚以为慰！港汇四万元，已于前日汇交朱市长。请你和朱市长商定：是否可即汇给胡惠春兄，以清此帐，同时并托他将存港各画，托妥人带穗否？你可以暂时留穗，似不必亲自赴港办理此事也。你所需人民币五百万元，已由我局汇穗，托朱市长转交给你了。会计方面催结帐甚急，盼能将单据各件，早日寄京，以便报销。此事甚为重要，盼能即办一下。许多时候以来，你替国家办事，迄未支付分文，我们甚为不安。拟按月补送薪金，万乞勿却为荷。请便中即速来信，详细说明港中新发现的古画的件名，约价等等。又陈澄中的善本是否可购？陈仁涛的古钱究需若干？并乞告知，以便事前筹款。

匆颂

冬祺

振铎上

15/12

1952 年 12 月 23 日

伯郊先生：

由广州寄的四函，均已先后收到。（一）张大千的王蒙《林泉清集》，靠不住，万不可要！最好仍要他的《修竹远山》。千万！千万！或换一件别的画亦可。此全由收购时未曾来函联系好之故。此后工作，必须更加小心慎重。

（二）你这次购画，大费心机，甚是感谢！希望能在穗稍住几时，因有许多事正在决定阶段也。如赴港，又要接头不上了。宋徽宗等画，能托人带穗否？欠款能托人代付否？甚盼能设法托可靠之人办理此事也。（托胡惠春或陈君葆为妥。）

（三）《金匮论古》一册，已收到。

（四）陈仁涛的古币事，正在向中央请款中，一俟决定，即可汇交朱市长。大约明年春初，当可有办法。

（五）陈澄中的善本，亦可进行洽商，此是极重要的东西，必须收得。又，你所藏的善本，如能出让，亦盼能收得。

（六）周游的马远《踏歌图》及朱泽民《秀野轩卷》均可收。

赵氏三代《人马卷》，有问题，以不收为宜。

（七）李唐《采薇图卷》，应收。

（八）王南屏的《小米卷》及赵子固的《墨兰卷》、吴历《墨井草堂卷》必须收得。要托人同他说明，必须让给我们。曹知白的册页及仇英的《竹院逢僧》亦佳。能一同和他议价否？

（九）[1] 毛益《牧牛图卷》及孙知微《江山行旅卷》，均可收。

（十）王振鹏的《丹台春晓图卷》及黄荃《梨花山鹊轴》，均为劣下之伪品，万不可购。

（十一）商琦的《秋山图卷》，可要。

（十二）《行穰帖》可不收。

（十三）楼观《观瀑图》及方方壶《武夷放棹轴》均可收。

（十四）梅花道人的《峦光送爽图》系伪品，不可要。

（十五）李嵩《观潮图卷》可要。

（十六）王诜、石恪及某军人之物，似均不可靠，要十分慎重考虑，并仔细研究。

（十七）董源《溪山行旅图》绝佳，在必收之列。只要日本能够出口，即可付款。

（十八）王文伯、王季迁之物，均绝佳，可收，且必要收。能谈价否？

（十九）卢芹斋的李息斋《竹卷》，可收。他的钱选《杨妃上马

1　整理者注：此处原信仍作"（八）"，误。以下我们整理时数字均顺延改之。

282

图》，不可收。但另有张萱的《唐后行从图》，闻尚未售出，则为非要不可之物。

（二十）北京图书馆的杂志，已托陈君葆先生设法运回。

（二十一）康熙"墨地五彩"，最好能叫惠春出让。

（二十二）宋瓷二件，价太昂，且均窑观音尊，恐非宋均，以慎重不收为宜。

（二十三）《晋会要稿》尚未收到。当可考虑给奖状也。

（二十四）溥仪赏溥杰书画目录，并未印入《文参》。近印《中国印本书籍展览目录》一册，颇佳。兹托朱市长转上一份。请加批评。

你在港的工作，是肯定有很大的成绩的，我们都很感激你！为国家、人民争取已流出国外的"重宝"，这是一件大工作。尚恳能多多努力，获得更大的成功！匆匆，容后再详言。致

敬礼！

郑振铎上

23/12

1952 年 12 月 26 日

伯郊先生：

前日由朱市长转上一信，想已收到。因为有许多事正在商议、决定阶段，所以希望你能够在穗稍留，等候决定。如果那四件画非你回港不能取回，则请你和朱市长面商。否则，最好由你打电话或致函经手人，将那四件画送交朱市长指定之中国银行某人，交件取款。不知你的意见如何？第五号信已经收到了。容庚先生藏的错金

缶，确是绝品，当和他直接洽商收购。

王蒙的《葛稚川移居图》，系在孙煜峰手中，可不必和陈仁涛谈。此一件不能作为国外收购之物，也不能付港汇，请不必和陈仁涛接洽。张大千的王蒙《林泉清集》，不能要。原来说好是《修竹远山》的。我们不能收下伪品。必须弄到《修竹远山》。请千万竭力交涉为荷。余续谈。即颂

冬祺

振铎上

26/12

各种单据，务请寄回。

1952 年 12 月 30 日

伯郊先生：

前日托朱市长转上一函，并《中国印本书籍展览目录》一本，想已收到。这个展览，大有可观。宋本洋洋大观，几于无所不有。可惜你没有来京参观。但看了"目录"，也足以算是"过屠门而大嚼"了。张大千的画四件，其中王蒙的《林泉清集》一轴，万不可要，更不可带回穗来。因一带回，便难再行出口，将来纠纷更多。必须换王蒙的《修竹远山》，否则，换别的亦可。如一时来不及换，则只带三件回穗亦可。万不可把《林泉清集》也带回来。千万，千万！明年收购的意见，正在交换中。香港的市面不好，正是收购的大好机会。惟仍必须十分的机密，十分的小心慎重，以免有坏人钻空子。

在国外，办理此种事，不像在国内，处处要防备，处处要妥慎，绝对不能有一点疏忽。一不小心，就容易出乱子，实在不大好办。一切务请请示朱市长后再办为要！庞虚斋的藏画，已全部收购，剔除伪品之外，尚有三百多件，诚为大观。得此，明清画家们之精品，已略具规模矣。故宫的绘画馆，明年国庆节必可开幕。当为国内最完备之一美术馆也。请在穗稍住若干时，待我们有所决定后，再定行止为荷。季羡林君的款，已催索数次，盼能设法归还他。为要！我局拟每月致送薪金若干给你，乞勿却。并拟自五一年起补送。当从薪金中提取若干归还他，以了此事。你以为如何？乞覆！即颂

冬祺

振铎上

30/12

1953 年 1 月 29 日

伯郊先生：

因忙，数函稽覆，至以为歉！知张大千三画已运回，甚为高兴！尚有一画，亦盼能早日送回。请仔细估计一下，今年之内，或春季之内，必须购买的件名、价格，开列一单交来为荷。所有单据，务恳早日寄来。又您存港的善本，能运回否？我们很希望能够收购也。我局王毅同志赴穗公干，一切当面谈也。致

敬礼！

振铎上

29/1

孙知微画的照片已经接到了，谢谢！

1953 年 2 月 19 日

伯郊先生：

连接数函，未即覆，为歉！宋徽宗的画等五件，已收到。均是真迹，且均甚精，甚为感谢！特别是任月山的《张果》，精神奕奕，《三竹卷》也绝美，我们都很兴奋。

你所提的预算，已经看到。第一部分的价钱，是否可以确定？因请款必须有确切的数目也。乞即函知！惟请款手续甚烦，时间不能一定。我和冶秋同志商量了一下，拟仍请你再赴港一行，以便接洽陈澄中的善本书事等。行前，乞再来一详函。有数事请，注意：

（一）到港后，请告知确切地址，以便派人联系。

（二）行动务请特别小心慎重，不宜泄露秘密。

（三）时时写信来，并在决定收购何物之前，先行告知我们。通信的方法，（1）可复写数函，前后寄出；（2）但最好还是托中国银行沈经理等可靠之人，带穗付邮，或托朱市长寄来。千万要常通信。

（四）收得书画等件后，即行带穗。

（五）闻卢芹斋在巴黎病危，他的东西有办法托人收购否？

（六）陈澄中的善本书，要早日接洽好。

（七）你自己的《陆放翁集》及几十种明版方志，盼能售让给公家。当然，你如果要留下，我们决不勉强。不过，甚盼能带回国，不可任其流落在国外也。

（八）所有帐目单据等，盼能于回港后，整理清楚，交中国银行或他人带穗寄京，以便报销。此事，会计方面已催了好久也。

（九）王南屏二画，价极昂，如加上明清画，并加上文彦博、王晋卿等字卷，则可以二十五万购之。

（十）李绳毅的奖状，当即行寄上。

（十一）人民币七百万元，已汇上，想已收到。

一切请特别小心珍重。并请常常通信为荷。即颂

新祺

振铎上

19/2

1953 年 3 月 27 日

伯郊先生：

叠接数函，因月来极忙，未即覆为歉！预算尚未批下，但不是"钱"的问题，乃是办法和手续的问题。例如，如何在港组织一个小组，来主持收购，如何把已购之物带穗，等等。这些问题，正在与有关方面商谈中。我们的收购重点，还是古画（明以前）与善本书，因其易于流散也。至于古器物，像铜、瓷、玉器等，除非十分重要的，均可暂时不收。一年半载，也不能收得尽。现在首先要解决的问题是陈仁涛的一批古货币。这一批东西是重要的，但其中颇有波折。这一批古钱的所有权，是陈仁涛与张炯伯共有的。（张占十分之一。）曾把陈的目录和张研究了一下，张深知其收购的经过（大半是他代经手的），且也曾代为进行出售过。有几个问题，必须

287

先行解决，才能决定收购与否：

（一）陈托张代为出售时，只索价港币七十万元（有函为证），如今我们出了九十万元。可见陈之狡猾异常。你赴港时，只好推翻前议，以他从前所索之价为准。如不肯卖，只好暂搁一下。否则，我们凭空多出了二十万，实在交带【代】不过去。我们必须对人民负责。

（二）目录中物，重要者极【均】在。但以陈之狡猾，能不能担保不以伪换真呢？如被换了重要的几件，则全部的东西便顿然减色了！故必须查对目录，更必须审定是否原物！如何审定法子呢？最好是在穗。即先将古钱运穗，验明无误后，才能付款。万不得已，只好在澳门。或先将款提存某银行，双方（我、陈）签字为凭。俟验明后，才由双方签字提款。这个办法，他是否同意呢？

（三）如果陈对以上二点均同意了，如何把这批古钱，安全的运到穗呢？（必须不让它出半点差池。）以上三点，请先行研究后，即函告我为荷。弟意，如有困难，即暂时不理他亦可。宁可以全力进行购买古书、古画，因兄对书画是有把握的。对古钱，可能是把握少些，更不能不万分慎重小心也。

至关于书画方面，如此时不购古钱，则尽可在四五月内，把必须购的，一起购下也。最重要的是陈澄中的书，务请能设法购到国内收藏，重要者已仅此一家矣。兄的善本，也请能一并见让——如果愿意的话。

王南屏的信已见到了，可以照他的意见办。但明画能多争取为

288

上策。

李唐、马远必须购下。王季迁的东西，有办法购致否？卢芹斋处的张萱《唐后行从图》有办法得到否？一切均请兄努力！兄为人民争取了不少极重要的东西，功在国家，不仅我们感激你而已。这个工作，虽是麻烦，但成绩是很大的，效果是很大的。务望继续努力，不怕麻烦，为人民服务，必应全心全意地；革命工作就是麻烦的事，不遇到困难，而能立即成功的事是很少的。越有困难，越能增加考验的机会，越可加强信心也。

弟所以要兄在穗多留几天，即考虑把计划全部搞妥缓，俾兄到港后，不至再有等款不到的麻烦。请兄对以上问题仔细研究一下，见覆。再二三天，我当再将购画的具体计划告诉兄。

明天有一个小展览会陈列宋徽宗及马麟等画，一定可以大博好评也。匆致
敬礼！

弟振铎上
27/3

请候下次信再行决定行止。

1953 年 4 月 8 日

伯郊兄：

四月三日来信及附来的王南屏信，均已收到了。关于收购文物事，我们已有通盘计划，正在呈请批准中。大约不日即可批准。兄

的行程，最好等待决定后再动身，如何？大约不会出十天半月也。

（一）关于陈仁涛古钱币事，因今年第二季度经费已罄，拟专案办理，另请专款。想可以办得到。张炯伯已有书面的详细说明送来，拟于第三季度办理。但价值方面，最好能够减少，以免有人说话。

（二）胡棣殊的收藏，请代运回。他的嫂嫂处，我们也当设法，由她出函取件，以便一并运回。

（三）收购事，拟成立小组，由兄负责接洽、鉴定并议价事，由中国银行沈经理及温康兰二位负责付款等事；由你们三人成立一个小组，如此可省责任过重也。温康兰同志处，已由廖承志同志通知他。沈经理处，最好由朱副市长通知一下。温康兰同志如何和你接洽，可先和广州的华南统战部长饶彰枫同志联系。

（四）第二季度必须收购之物为：

（1）马远《踏歌图》，（2）朱泽民《秀野轩》，（3）宋徽宗翎毛四段（有疑问），（4）赵孟頫《双松平远》（已售与英国），（5）周砥《铜官山色》（不在周处，下落待查），（以上为周游所藏），※（6）宋人《湖山清晓图轴》（陈仁涛所藏），（7）李唐《采薇图》，※（8）毛益《牧牛图》，※（9）宋人（李嵩）《观潮图》，※（10）商琦《伍山图》，（11）方从义《武夷放棹图》，（12）董源《溪山行旅图》，（13）米友仁《云山图》《潇湘奇观》，（14）赵孟坚《墨兰卷》等（以上二件为王南屏所藏），（15）司马光《通鉴稿》，（16）吴允文自书诗卷，（17）张逊《双钩竹卷》（以上三件为谭敬押出的），估计约共八十至九十万元。

以上是第二季度必须收购的。款一领到，即可汇出。

（五）陈澄中的善本，请与他接洽，拟放在第三季度或第四季度之内，专案办理。

（六）王季迁、卢芹斋二家物，请加紧接洽。有眉目时，即可请款。

（七）盛莘臣处，有宋元集绘册三本，内容甚好。必须设法争取！

（八）余协中、王文伯之物可设法否？

（九）张大千的《修竹远山》何时可取回？他已否回港？盼他能够回国来。

（十）日本的东西，尚应设法争取。

总之，第二季度必须先办好所列的十七件。余可徐图之。如有其他消息，盼时时告知。出去后，盼常来信。信以托沈经理交人带穗寄来为妥。匆颂

春祺

振铎

8/4

有 ※ 的四种，价格似较昂请斟办。

1953 年 4 月 28 日

伯郊先生：

十八日和廿日的信都收到了。朱光同志明后天就回穗。一切

当由他面谈。港汇已汇穗。收购小组，你到港后，请即着手组织起来。画收到后，请即随时托人带穗。第一重要的是：先购董源的《溪山竹旅图轴》。凡从日本来的东西，都应收。这是十分必要的。其次，凡有被美帝垂涎欲购之可能的，也必须先收。像李唐《伯夷叔齐卷》等应先收。又王南屏款二十三万，也请先付。小米、赵子固等即托他，或托沈经理带穗均可。其他，可根据上次寄上的目录，分别收购。至宋徽宗翎毛四段，葱玉说是可靠的，能设法寄一张照片来，最好。

胡棣珠嫂嫂的信今附上。胡氏的欠款可代付。（将来扣还。）这一批尺牍取来后，盼即运穗转京。

陈清华的善本书，盼能便中进行。拟于讲好价格后，连同陈仁涛的古货币，一同请"专款"。古货币如能在七十万上下收下最好。最多不能超过八十万。因陈君向张炯伯说过，是半捐半卖也。汇上九十万，除购已定各物外，尚有余款，请谨慎的购些非购不可之物，特别是从东洋运来之物。

王季迁、卢芹斋之物，请进行，但也须要"专款"来办。

你自己的《陆放翁诗集》等，也请不客气的开个价格，以便付款。如需港币，当以港汇照付。我们知道你的困难，不必要说"捐献"之类的事。又，你在港所需款，请开帐，以便照付。又，以前的收据等，并请便中寄穗转京。

谭敬的三件，忽增为六万元，只好暂时不谈了。

王庭筠的《幽竹枯槎图》，极好，应购。

盛莘臣的《唐宋名画册》二本，虽中有伪品，亦可购。又他的

292

同宗某人，亦有一本，请打听一下。匆颂

近祺

振铎上

28/4

请常常来信。（最好交沈君寄出。）

1953 年 7 月 31 日

伯郊先生：

叠接手书，一一奉悉。先生在港，所得丰富，备著贤劳，甚
以为慰！朱公转寄各件，均已收到。甚佳，甚佳！王南屏处《画中
九友》，见到时，请他即函沪交森老收下。大千先生已回港否？甚
念！《溪山行旅》有无消息？深盼能早日有音问也。尺牍一批，已
整理完毕否？可否早日设法见到？

所有的信，务请送一份给朱公为要。

现时《采薇》《饭牛》《观潮》三图已否成交？

宋人的《湖山清晓》，方从义的《武夷放棹》及周砥的《铜官
山色》，希望先生能够收得。又闻周游处有盛懋《秋江待渡》一件，
先生能得之否？赵估的《四禽图卷》务盼能够为先生所有，并能早
日得到。

陈仁涛的古钱币，可照已定的办法做。款一到，即日汇出。惟
这件工作，不容易做，当请张炯伯先生亲自到穗一行。他的一成款
子，如何扣除，等和他接洽后再告。此事迁延甚久，甚以为歉！此

293

刻已成定局，只要款到，即可进行了。

来信所提王诜、钱选、王蒙、方从义、张孔孙、郭天锡、王冕、宋艳艳所画，均不可靠，万不可收入尊藏。周游的字四件，均不坏，均可收。但价钱必须便宜。否则，宁可稍缓几时再说。总之，以画为主，名人法书则不妨作第二步想也。未知尊见以为如何？李氏所藏集册，价昂无比，敝意可不必收。

余协中、吴普心所藏甚富，曾去看过他们之所藏否？

陈澄中氏的善本书，先生如得之，即可成一大藏家，似必须以全力进行，并盼能早日有结果。

目录能设法寄下一阅否？匆颂

暑祺

弟玄览拜上

31/7

1953 年 8 月 29 日

伯郊先生：

十二日来信收到。月前曾奉上一函，不知已收到否？古币款，已汇上。请即与沈君办理手续。明札一批，已办好，慰甚！李唐、李万二卷，盼能即办成交。王蒙的《修竹远山》和董源的《溪山行旅》二轴，亦盼能早日见到。赵佶的《四禽图卷》是重要的非购不可之物，盼能即办。陈君的宋元善本事，已进行否？究竟需要多少钱？恳即办为荷。周砥的《铜官山色》，宋人的《湖山清晓》，方从义的《武夷放棹》等，均请一办。梅花道人山水卷及巨然大幅的照

294

片尚未收到。收到后，当即覆。匆候

近祺

玄览拜上

29/8

附

（一）潘世兹 （二）丁惠康：李唐、仇英 （三）谭敬（？）（四）张家《周礼》事（来青阁）（五）王南屏 （六）董源：《夏山图卷》（七）刘海粟

（一）宋版书 （二）画 （三）嵌金银铜器

袁体明、周游、陈仁涛、余协中、吴衡孙、张珍侯、赵仲英、吴子琛、王文伯、胡惠春黑瓷

（1）唐　韩滉:《五牛图》（吴荪衡）

（2）宋　梁师闵:《芦门密雪》（余协中）

（3）宋　李公麟:《西园雅集》（周游）

（4）宋　马远:《踏歌图》（周游）

（5）宋　李唐:《采薇图》（何冠五）

（6）宋　李唐:《晋文公复国图》（丁惠康）

（7）宋　王晋卿:《西塞渔社图》（张大千）

（8）宋　赵昌花卉（张大千）

（9）宋人　《盘古图》（张大千）

（10）元　赵孟頫《三马图》（周游）

（11）元　赵孟頫《三竹图》（周游）

（12）元　赵孟頫：《双松平远》（周游）

（13）元　颜辉：《钟馗》（周游）

（14）元　朱德润：《秀野轩图》（周游）

（15）元　王蒙：《惠麓小隐》（陈仁涛）

（16）元　王蒙：《修竹远山》（张大千）

（17）元　王蒙：《园林清集》（张大千）

（18）元　方从义：《武夷放棹》（张大千）

（19）明　仇英：《雅集图》（周游）

（20）明　仇英：《职贡图》（丁惠康）

（21）元　张逊：《双钩竹卷》（谭敬）

（22）宋　巨然：《溪山兰若》（袁体明）

（一）以收购"古画"为主，古画中以收购"宋元人"画为主。

（二）碑帖，法书（字），暂时不收购。

（三）铜器、玉器、雕刻、漆器等，收其精美而价廉者。

振铎

6/9[1]

1　整理者注：以上三份单子未必作于同时，后一份署９月６日，年份失考。

报　告

上海文献保存同志会工作报告书

第一号工作报告书

（1940 年 4 月 2 日）

中国书店金君介绍之甲骨一批，已归中法，同是公家机关，似不必分彼此也。《册府元龟》有嘉靖白棉纸蓝格抄本一部，共二百册，又有万历抄本一部（有抄配），册数同，二者均从宋本出，嘉靖抄本索值二千【万】四千元，正商洽中，尚未解决，（书已由平寄来）。此间诸友均经常保持密切联络，并拟有办事细则。（兹附寄一份备存查。）自二月初以来，购进各书有可奉告者：（一）二月底购进刘氏玉海堂（刘世珩）所藏善本书，计七十五种，中有宋刊《魏书》一部（后印），元刊元印《玉海》一部（计二百册附刻十三种，全国内似无第二部，惜附刻最后二种系以明印本配全），明刊及抄本曲二十种，余均为元明抄本及抄校本，计值一万七千元，系从孙伯渊处购得，由潘博山君介绍。（二）三月初购进杭州胡氏书七百八十种，中有元刊本三种（均不甚佳），明刊本六七十种，余皆为抄校本及清刊本，清刊本中有极难得者，且均为初印本，校本多半出丁丙及许增手，盖其中书多半系胡氏从娱园购得也，价六千元，系中国书店金君介绍。（三）三月底购进上元宗氏（礼白）金石书二百二十余种，中有元刊元印《考古图》最佳，亦多稿本及抄本，可称善本者近四十种，容庚金石书目未著录者凡六十余种，购价计四千元，系铁琴铜剑楼瞿凤起君介绍。（四）三月初购进张葱玉所藏松江韩氏旧抄校本书十二种，虽非上品，而价甚廉，且均尚有用，中有明抄本《法帖释文》，旧抄本《道藏目录》，及校宋本《谢宣城集》等，价三百五十元，由中国书店经手。（五）三月底购进铁琴铜剑楼所藏元明刊本及抄校本书廿种，均甚佳妙，中有爱日精庐旧藏《营造法式》十六册（影宋抄，见《爱日志》，惜中有新抄配本四册），图绘精绝，又有明抄本《渑水燕谈录》二册，黄丕烈等跋，洪武刊本《元史》七十册，万历刊本《十六国春秋》三十二册（惜抄配二册），明初刊本《龙门子凝道记》二册（叶石君藏），明黑口本《滕王阁集》二册（何梦华藏），元刊本《素问入室运气论奥》一册，元刊本《黄帝内经素问遗编》一册等，价共二千元，系由中国书店估价，而与瞿凤起君直接商妥者。此皆由各藏家收购者。正在进行中者有：湘潭袁氏（思亮）藏书近八十箱（中多善本），南海康氏所藏宋元明及抄校善本二百余种。惟康氏所藏宋元本鉴别不精，多杂赝品，非细加剔除不可。袁氏书则包罗甚广，精品极多，数日后或可商谈成功。即此数批书，已略有可观矣。邓氏群碧楼书（以抄校本为多）为孙贾伯渊及平贾等所合购（闻出价四万余元），善本不过三百余种，而索价至五万金以上，普通书亦不多，观其送来之书价单，其全部定价在十万以上，可谓未之前有之奇昂。惟其中明抄各书及何义门、鲍渌饮、劳氏兄弟所抄校者，实是珍品，弃之可惜，应否选购若干种，尚祈示知（细目及价格下次抄奉）。至嘉业堂中物，则迄未商洽就绪，恐其数值决非我辈力所能及。铁琴铜剑楼所藏已商约再三，绝不他售，瞿氏兄弟深明大义，殊为难得，当可分批陆续得之，欲一时尽其所藏，此时尚谈不到也。南浔张氏昆仲之书亦可陆续得之。又有李氏藏普通书一百二十余箱，约一万数千册，均有用之参考物（如《九通》《廿四史》及清代所刊史、集等），由传新书店介绍，在接洽中，其价大约不出四千元（约三千数百元可得），购之似亦可补充善本库之所缺也，因其廉（每册不及四角），故不妨购得。至零星在此间各书肆及北平各肆所得者，亦颇足一述。近代史料约得七八十种，中有抄本不少，如《岛夷纪略》、《窥豹略》（皆叙鸦片战争经过）、《内阁官制》等，皆可资用。清人文集约得四百种，皆选择其有用与不可缺者。普通之诗词集皆弃之。其他零购善本如元刊元印《乐府诗集》（傅沅叔密校）、嘉靖本《六朝诗集》（二十四家，《北平图书馆善本目》仅十七家，缺首二册）、嘉靖本《唐百家诗》（朱警编，北平图书馆仅有明抄本）、元刊大字本《中庸或问》（蝴蝶装，纸首为元代物价）、明抄本《圣宋五百家播芳文粹大全》、万历刊本《神器谱》、崇祯刊本《南枢志》（绝佳，虽为残本，未见第二部）、嘉靖抄本《皇明名臣碑铭》、明抄本《宝日堂志》（张鼐作，类《酌中志》）、万历刊本《郁冈斋笔尘》（价未商妥）、万历刊薛应旂《宪章录》（天一阁旧藏）、崇祯刊《石仓诗选》（明诗至六集止）、弘光乙酉刊本《雪窦山寺志略》（极罕见）、崇祯刊本《寓山志》、万历刊田艺衡《留青日札》等。尚在议价及接洽中者有：明蓝格抄本《说郛》（书未寄到）、万历刊本《牛首山志》（有徐燉跋）、明刊残本《大明集礼宪章类编》等。零购之书，于近代史料及清人集外，皆以罕见珍本为主。由李贾紫东介绍，取得刘晦之藏、季沧苇辑《全唐诗》底稿凡一百十九册，皆以明刊诸唐人集剪贴，其中闻并有宋版书在内（惟仅见首函，未睹宋版），殆集明刊唐诗集之大成，且足发清人辑《全唐诗》掠窃之覆。惜索价至八千元之巨，虽极重视，却不能不割爱，如先生觉有购置必要者，当再度与之商谈，恐其价未必能多削减。又有《石林诗话》二卷（共四十八页，陈仁子刊，或误为宋版，实元初刊之最上品），索价至一千三百元，且至刊登《字林报》，求售外人，殊为可恶，曾数次相商，亦未谈妥。平贾淳馥（文殿阁）有明刊本刘梦得《中山集》（此书除日本某氏藏宋本外，明刊极罕见），索价至千金，亦未能商定。大抵我辈搜访所及，近在苏杭，远至北平，与各地诸贾皆有来往，秘笈孤本，正层出不穷，将来经济方面盼有以继之，此刻尚不虑困乏。我辈对于民族文献，古书珍籍，视同性命，万分爱护，凡力之所及，若果有关系重要之典籍图册，决不任其外流，而对于国家资力亦极宝重，不能不与商贾辈龂龂论价，搜访之际，或至废寝忘飧，然实应尽之责，甘之如饴也。书目抄二份，其原目原帐均保存，抄出之二份，则备随时查考，将来再行分类编目。至庋藏所在，并力求慎妥，可释廑念。前电所借法宝馆，仅得二楼一间之半，以书橱隔之，无门无锁，且与僧人杂居，甚不谨慎，

302

不宜储藏，只可作为抄写书目之办公处所。其临时庋储之室，已在另觅中。有何指示，盼时赐教。此为第一次报告，后当每半月致函一次。各藏家售书皆讳莫如深，瞿氏售书尤恐人知（甚惧对方知之索购），乞秘之为感。

第二号工作报告书

（1940 年 5 月 7 日）

慰堂先生：前上一航函（第一号）想已收到。群碧楼邓氏书，已以五万五千元成交。其中善本，约有三百数十种，以抄校本为最多。（大多数为《寒瘦目》所著录。）抄本中最可贵者，有季沧苇辑《全唐诗》（誊清本）百五十八册，邵二云、孔荭谷抄校本《旧五代史》十四册，孙渊如、严铁桥批校本《春秋分纪》十七册（原底为明抄本），蒋西圃手抄、鲍以文、顾千里、叶廷甲合校本《梧溪集》六册，何义门批校本《三唐人集》八册，吴绣谷抄本《眉山唐先生集》二册，明红格抄本《国朝典故》十九册，钱遵王校《宗玄先生集》一册，劳季言校《李遐叔集》四册，陆勒先校《弘秀集》四册，孔荭谷、钱献之校《淮南子》四册，陈南浦校《温飞卿集》一册，宋宾王校《存复斋集》八册，劳季言校《来鹤堂集》二册，秦恩复校《韩诗外传》四册，吴以淳批校《归震川未刻稿》六册，蒋西圃抄校本《栟榈先生集》四册，缪艺风校《陵阳集》二册，小山堂抄校本《三朝北盟会编》三十二册，惠定宇校《汉书》四十册，吴兔床批《金石契》四册，卢抱经校《丹渊集》四册，钱湘灵批校《正续通鉴纲目》一百八十册，鲍以文校《申斋文集》六册，顾嗣立、宋宾王校《江月松风集》一册，黄尧圃跋《雪庵字要》一册，孙二酉校《琴川志》四册，钱泰吉批校《乾道临安志》二册，常秋涯校《元次山集》四册，劳巽卿校《大雅集》八册，卢抱经校《砚北杂录》四册，厉樊榭校《勾曲外史集》九册，鲍以文手抄并校《芳兰轩集》及《二薇亭集》各一册，明蓝格抄本《文苑英华》一百二十册，穴砚斋抄本《家世旧闻》一册（与汲古刊本大不同），《老学斋笔记》三册，《别史》二十一种二十一册，张充之手写《鹿门诗集》一册，鲍以文手写《桃溪百咏》及《鲦背集》一册，劳巽卿手写《松雨轩集》四册，鲍以文校《鉴戒录》三册，《东京梦华录》一册，鲍以文校《墨庄漫录》一册，明抄本《冯咸甫集》二册，翁又张抄本《巨鹿东观集》一册，旧抄本《明季稗史》八册，旧抄本《斜川集》二册，旧抄本《两宋名贤小集》二十四册，明内抄本《明太祖实录》一册等。刻本之佳妙者有：弘治黑口本《孟东野集》，明初奉影刊本《贾浪仙集》（有黄跋）（此二种即邓氏所谓"寒""瘦"目中之精华也），正德本《贾太傅集》，赵定光刊《玉台新咏》，明仿宋本《鹤林玉露》；嘉靖刊本《草堂诗余》，《乐府古题要解》（单刻本），《锦绣万花谷》，《南丰文粹》，《唐人万首绝句》，《唐文粹》，《李杜诗》，《唐诗纪事》，《宋文鉴》、《元文类》、《文选》、《艺文类聚》，《金史》等；明初刊本《丁鹤年集》，明刊小字本《中晚唐诗》，明刊本《诗人玉屑》，明刊本《周恭肃公集》，明刊本《古诗记》，明红印本《黄帝内经》，明蓝印本《漫叟拾遗》，元刊本《乐府诗集》，元刊小字本《唐文粹》，元刊残本《本草》，元刊残本《崇古文诀》，元刊本《四书辑释》，《楞严会解》，《经部韵略》；宋刊大字本《通鉴纲目》（残存二册），宋刊本《新唐书》（残存一册）等。又有汲古阁所刊书十六种，内聚珍版书近八十种。计凡善本收三千数百册；普通书近九百种。中亦多大部之丛书。邓书全部，据平贾估价，在十四万元以上，且竞购甚力。故我辈商议再三，不得不忍痛以五万五千元成交。此外尚以五百元之代价，向宗礼白购得：元刊本《天目中峰和尚广录》，殿本《盘山志》，乾隆本《宝鸡志》及《泰山志》等四种。以二千元之代价，向铁琴铜剑楼购得：宋刊本《毛诗注疏》，宋蜀刊《宋书》（中多明补校），明蓝格抄本《实录》（计八册，洪武及永乐三朝，皆不全）。明嘉靖刊本《古今说海》（中有抄配），明刊本《春秋经传集解》（原作宋刊误），明黑口本《黄石公素书》，明黑口本《说文五音韵谱》，明正德刊本《郑少谷文集》，明嘉靖刊本《野纪》，及《阳明文粹》，明刊本朱应登《凌溪集》等十五种。以上皆在四月份中成交者。至上函所云李氏书，已成交。共一百三十余箱，一万数千册。（尚未点查完毕。）价共三千六百元。尚有陶兰泉明版书七八十种，集部居多，抵押于盐业银行者，亦可以四千元左右成交。又北平修绠堂孙贾，顷南来，持善本书四十余种求售。经仔细拣选后，留下十余种，皆甚精。中有宋刊本《王临川集》（明印），元刊本《国朝文类》，元刊本《道园学古录》（元印极佳），元刊本《辍耕录》（至迟为明初所刊），成化本《宋论》，旧抄本《草堂雅集》（徐渭仁跋），明刊本《秋崖

305

小稿》,《渭南文集》（均白棉纸）等等。价约三千数百元，尚未商妥。至零星在各肆所购善本，亦有足述者。稿本及抄校本有：（一）《石门诗存》（稿本），（二）嘉靖蓝格抄本《说郛》（一百卷，陶兰泉旧岁，闻为张宗祥校印本所据，而张本误字阙句甚多，此本足以补正不少），（三）鲁燮光辑《萧山丛书》（稿本）（四）《永兴集》（稿本），（五）鲁氏《西河书舫藏画录》（稿本），（六）《海甸野史》（旧抄本），（七）《黄勉斋集》（知圣道斋抄本），（八）《杜诗笺》（汤启祚稿本），（九）台湾《恒春县志》（中央研究院所藏），（十）《神器谱或问》（旧抄本），（十一）詹氏《玄览》（旧抄本），（十二）龚孝栱批校《积古斋钟鼎款识》，（十三）王西庄批校《李诗补注》，（十四）翁同龢校《苏诗补注》（以宋本校，阙文几皆补全，极佳）等。刻本有：（一）明初小字本《春秋属辞》（向皆以为元本），（二）明刊本《杨文敏集》，（三）元刊明补本《文公经济文衡》，（四）嘉靖本《西轩效唐集》，（五）嘉靖本《稽古录》，（六）嘉靖本《唐荆川文集》，（七）嘉靖本《三子通义》，（八）嘉靖本《大观本草》，（九）明初黑口本《陈后山集》，（十）明刊本《巢氏病源》，（十一）明刊本《庄子翼》，（十二）明刊本《春秋左传注评测义》（凌稚隆），（十三）明刊本《欣赏论》，（十四）明刊本《升庵韵学七种》，（较《函海》所刊者多出二种），（十五）明刊本《思问编》，（十六）明刊本《殿阁词林记》（建本少见），（十七）万历本《河防一览》，（十八）万历本《平播全书》（原刊本极罕见），（十九）万历本《慎余录》（极罕见），（二十）万历本《暖姝由笔》（徐充撰，末附《汴游录》，罕见），（二一）崇祯本《名山

306

藏》（完全者罕见），（二二）天启本《盟鸥堂集》（黄承充作，存奏议五卷，多关倭事，极罕见），（二三）清初刊本《倘湖外堂》六种（《春秋志在》等均罕见），（二四）开花纸印本《栋亭诗文词录》，（二五）乾隆本《河东盐法调剂记恩录》，（二六）内聚珍本《吏部则例》（凡六十九卷，较陶氏著录者多出十卷）等等。至前函所云《册府元龟》及《中山集》等均因价昂，尚未商量就绪。综计数月以来，所得书已可编成目录数册。善本亦可成一册。现正陆续编目装箱，装箱时分为三类：一为甲类善本，包括宋元刊本，明刊精本，明清人重要稿本，明清人精抄精校本；一为乙类善本，包括明刊本，清刊精本及罕见本，清人及近人稿本，清人及近代抄校本。其他为普通本（即丙类）。甲类善本，装旅行大箱存放外商银行。乙丙二类，装大木箱，存放外商银行堆栈。每箱均有详目一纸，粘贴于箱盖里面，并另录簿籍备查。各箱中均夹入多量樟脑等辟虫物，并用油纸等包裹，以防水湿。对于甲乙二类书，每种并用透明纸及牛皮纸包扎，以昭慎重。此项书目，正逐渐在编录、誊写副本。是否应将副本分次寄上备查，乞示，以便遵寄。又贵处亟需何项图书参考，乞先行开单示下，以便提出，陆续奉上。盖全部装箱后，便不易再行提取矣。今后半年间，实为江南藏书之生死存亡之最紧要关头。瞿氏方面，已无问题。决不至出售。惟此外如嘉业堂、张芹伯、张葱玉、刘晦之，徐积余及袁伯夔所藏，均有散失之虞。且其时间恐均在此半年之内。其中以张芹伯书为最精。仅黄跋书已有九十余种。现正在编目。目成后，恐即将待价而沽（闻索价五十万）。袁氏书中抄校本佳妙者甚多，正在接洽中，想不日可成，价亦不至甚昂。徐氏书亦在编目，其价亦不甚巨。所最可虑者为二刘所藏。嘉业所藏善本多半在沪。多而不甚精。其中明初刊本一千八百种以上，实大观也。其重要实在其所藏宋元本之上。刘晦之书分量亦多，现正逐渐散出。全部索价六十万。其中宋元本九种（实其中之精华），闻陈任中曾出价五万，因故未成交。或可为我辈所得。嘉业书之在南浔者，某方必欲得之。万难运出。恐怕要牺牲。惟多半为普通书，不甚重要。最重要者，须防其将存沪之善本一并售去。微闻此善本部分，索价颇昂（约四十万）。又张葱玉所藏善本，已有七十余种（宋元本为黄跋书。佳品仅有半数），托孙贾伯渊出售，亦在商洽中。凡此诸家所藏皆岌岌可危。平贾辈正陆续南来：文禄堂王贾、邃雅斋董贾、来薰阁陈贾、修绠堂孙贾、以至修文堂、文奎堂诸家，皆已在此。其目标皆在二刘二张诸氏所藏。若我辈不极力设法挽救，则江南文化，自我而尽，实对不住国家民族也。若能尽得各家所藏，则江南文物可全集中于国家矣。（除瞿氏外。）故此半年间实为与敌争文物之最紧要关头也。我辈日夜思维，出全力以图之。尚恳先生商之骝先、立夫诸先生，再行设法拨款七八十万元接济，至为感盼！并恳立覆。北平某方曾以四十万购李木斋书，又以六十万购某氏书，皆已成交。南方所藏，实万不能再行失去矣。又闻美国哈佛曾以美金六万金，嘱托燕京代购古书，此亦一劲敌也。将来若研究本国古代文化而须赴国外留学，实我民族百世难涤之耻也。政府在抗建时期，百废俱举，于此古文化之精华，必亦万分着意保全。尚乞即行续拨上款，以利进行，为感为祷！

第三号工作报告书

（1940 年 6 月 24 日）

慰堂先生：五月底奉上航函一件，想已收到。尊处书目一份已收到，除已收购者当即行提出交邮奉上外，余书亦已交此间各书肆采购，分批陆续寄发。惟邮寄渝昆，困难极多。只好径寄香港高先生转交。虽手续较繁，费用较巨，但较为稳妥。不知尊见以为如何？《清会典》已购妥二部，寄由港转。每部价值一百卅元。此因我们曾垫付二千元，故得有此廉价。（市间须二三百元间。）大正《大藏经》亦即可购得一部，取到时亦即当寄港转上。

自第二次报告寄发后，此间续得书甚多。整批收购者，计有：

（一）王荫嘉氏二十八宿砚斋所藏元明刊本，及抄校本书一百五十余种，由来青阁介绍，以国币七千元成交。中有元延祐刊本《书集传》，元大德本《隋书》，元刊本《瀛奎律髓》（冯定远评校），吕无党手抄章益斋校本《宋遗民录》，万历刊本《汉魏丛书》（中有十四种张绍明以宋元本校过，《论衡》一种并有黄荛圃补校），薛生白稿本《周易粹义》（沈归愚手写序），宋刊本《中庸集成》（残存一册），明影宋精抄本《说文解字篆韵谱》；影宋精抄本《契丹国志》，旧抄本《大金国志》（马笏斋旧藏），明抄本《诸宫旧事》，朱竹垞校本《钓矶立谈》，潜采堂抄本《南迁录》，及《南烬纪闻》（二种均有翁同龢跋），孙渊如校本《古烈女传》，旧抄本

《崇祯五十辅臣传》，旧抄本《柴氏世谱》，旧抄本《石斋黄先生年谱》，旧抄本《秦边纪略》（孔荭谷旧藏），旧抄本《东京梦华录》，旧抄本《梦梁录》（乾隆间龚雪江抄并跋），旧抄本《辽左见闻录》，陈鹤稿本《读堂改过斋丛录》，校本《遂初堂书目》，王靖廷临黄荛圃批本《读书敏求记》（与章氏校证所举本异同甚多），傅节子校本《碑版文广例》，高丽古活字本《武经直解》，莫子偲校本《折狱龟鉴》，清圣祖批校《几何原本》，万历岳刻惠松崖校阅本《愧剡录》，旧抄本《北窗炙輠》，旧抄本陈少阳《尽忠录》，明昆山叶氏抄本黄荛圃校《宋承明集》，莫云卿手稿本《石秀斋诗》，王惕甫评《南雷文定》，翁覃溪评校本《渔洋精华录笺注》，抄校本《霜猨集》，吴枚庵校《遵古堂外集》，吴印丞校《酒边词》，缪艺风、郑樵风、况夔笙、吴印丞、曹葵一、朱古微诸家校《宋人词》（共二十七册），旧抄本《常熟先贤事略》，嘉靖刊本《国语》，明刊《大明一统赋》，正德刊本《南濠居士文跋》，正统刊本《伤寒琐言》，成化刊本《缁门警训》，嘉靖刊本《法藏碎金录》，崇祯刊本《寰有诠》，正德刊本《分类补注李太白诗》，弘治刊本《王右丞诗》，明戒庵老人评本《孟襄阳集》，成化刊本《晦庵先生五言诗抄》，高丽古写本《纪事儿览》等。

（二）铁琴铜剑楼所藏宋明刊本二十种，计价三千元。中有宋刊本《春秋括例》（存二十册缺四册左右），成化刊本《历代史谱》，洪武刊本《郁离子》，嘉靖刊本《唐余纪传》，《全辽志》（残），万历刊本《太古遗言》，《薛文清行实》，隆庆刊本《吾学编》（惜残阙数卷，半系清初抽毁），也是园抄本《大明天元玉历

310

祥异赋》，旧抄本《劫灰录》，《皇元圣武亲征录》，《常熟县志》（影抄弘治本），《春秋五礼例宗》，《庶斋老学丛谈》，明抄本《舆地总图》（存三册）等。其中以《劫灰录》《皇元圣武亲征录》为最佳，《全辽志》虽残，亦上品。《唐余纪传》为陈霆撰，亦诸藏家罕见著录之书也。

（三）陶兰泉氏押于盐业银行之明版书一批，计八十余种，码洋须九千余元，经再三商谈，以四千元成交（汇划）。其中以明人别集为最多。最佳者有：嘉靖蓝格抄本《三朝北盟会编》，嘉靖刊本《雍大记》，旧抄本《吴文恪公集》，正德修洪武本《宋学士集》，嘉靖刊本《庾开府集》，《明太祖集》，《逊志斋集》，《罗一峰集》，《康对山集》，《魏庄渠遗书》，《洹词》，《王浚川遗书三种》，《罗念庵集》，刘传恃《客建集》，《王渼陂集》，《殷石川集》，《徐少湖集》，《静芳亭摘稿》，《樊少南诗集》，《赵浚谷集》，《姚谷庵集》，《诚意伯集》等。隆庆刊本《罗圭峰集》，《李沧溟集》，万历刊本《汪太函集》，《王忠文公集》，《王顺渠遗集》，《庐幪幪集》，《少室山房类稿》，《谷城山馆诗文集》，《太室山人集》，《程宸华堂集》，《冯文敏全集》，《何文定公集》，《王百谷集》，《夏桂洲集》，《朱枫林集》，《徐海隅全集》，《王浚宿山房集》，《徐天目集》，《万子迂谈》，《频阳四先生传》，《徐文长集》等。崇祯刊本《夏文愍公全集》，《玉茗堂集》，董文敏《容台集》等。

（四）传新书店介绍杭州杨氏丰华堂（清华曾购其大宗书籍）所藏《紫光阁功臣图像》二巨幅，及明清本鬻余书籍一百二十余种；其中有明刊《东林十八高贤传》，《葩经旁意》，《定山园回文

311

集》,《山居杂著》,《野菜谱》,《游唤》(写刊本),《西湖游览志余》,《方氏墨谱》,及《鹤林玉露》(单刊本增补八卷)。

（五）修文堂孙贾得常熟常氏所藏普通书一百八十余种,以一千六百元全部转购之。中以普通金石书为多;有孙诒让校本《历代钟鼎款识》(疑系过录本,然考订甚精),原拓本《小檀栾室镜影》,原拓瓦当文(二册)等。

其他尚有上元宗氏所藏明刊及抄校本书六十六种,约可以二千元得之。又有徐氏积学斋藏抄校本书数十箱,亦在商谈中,均待下函详述。至零购诸书,亦有极堪注意者:尝从传新书店得周越然君所藏《永乐大典》二册,一为卷之一万四百二十一至二（"李"字),一为卷之一万五千八百九十七至八("论"字即《阿毗达磨俱舍论》九至十),近来《大典》市面绝罕见,故此二册虽其价值至二千三百元,却不能不收下,以平贾辈亦在争购也。又从北平修绠堂得常熟翁同龢旧藏之知圣道斋抄本《旧闻证误》《日本国考略》《东观奏记》《南沙志》《王著作集》及《江淮异人传》等书,大半均有翁跋。从中国书店得大兴傅以礼旧藏明末史料书不少;中有《酌中志余》(旧抄傅校),《岭表纪年》,《南疆逸史》(此为五十六卷本最全),《甲申朝野【事】小纪》(五编完全),《万历野获编》(旧抄本与刻本异),《奇零草》,《鲰闯小史》,《剿闯小史》等,多有傅氏校及跋,皆极难得之书也。从蟫隐庐得罗氏秘藏未售之天一阁书多种;中有《御倭军制》(嘉靖蓝印本),及嘉靖隆庆《乡试录》《武举录》数种,《义溪世稿》,旧抄《玉台新咏》(纪昀批校)等。从修文堂得宋宾王校《周益公大全集》,《大明清类天文分野之书》,《铜政便览》(虽清刊,罕见。于滇贵矿务有用),《沈氏弋说》,《婺书》(明刊少见),明翻宋本《杜樊川集》,《明遗民诗》,《长元吴三县志稿》,严元照校《大唐新语》等。从富晋书社得嘉靖刊本《山东通志》,弘治刊本《纲目兵法》等。从来青阁得正德本《山堂考索》,永乐本《历代名臣奏议》,万历本《古今逸史》等。从文殿阁得抄本《西陲今略》(明末人著惜缺首册)等。从修绠堂得《纨绮集》(张献翼撰),王西庄校《旧五代史》,元刊本《国朝文类》,明刊本《李卫公集》,正德本《渭南文集》等。从文禄堂得旧抄本《宋遗民录》,四库底本《朱子年谱》,道光刊本《西夏书事》,及《古文汇抄》(虽清刊而甚罕见)等。从来薰阁得淡生堂抄本《乐全居士集》,旧抄本《桂林四海记》等。从春秋书店得《唐大诏令集》(旧抄本),元刊本《两汉诏令》等。从叶贾处得明刊本《历代相臣传》,明初刊本《历代法帖释文》,及《埤雅》等。又由瞿凤起君介绍得元刊本《纂图互注南华经》,明蓝格抄本《寓简》,明抄本《天文书》等。最可惊喜之发现,有明俞大猷校刊并增补本《续武经总要》,明刊本《钟氏水云集》四种(中有《倭奴遗事》),清初抄本高侪鹤撰《诗经图谱》(彩绘甚精,中国书店介绍),旧抄本顾栋高《万卷楼文稿》(未刊),汪沆《小眠斋读书日札》(劳权校),武英殿东庑凝道殿存贮书目(书治清查时底本)等。虽断断论价,事极琐屑,鉴别版本,颇费苦辛,而取十一于千百,一旦获有精品或孤本,便足偿数日乃至数月之辛劳而有余。独惜可与"奇文共欣赏"者不多耳!尚有明初抄本《太古遗音》(彩绘本),及周宪王《牡丹谱》

313

《芍药谱》及《菊花谱》（彩绘本）等共九册，由文禄堂王贾送来，初索价五千元，后乃减至一千五百元，仍未能决定留购与否。来青阁有宋本《礼记郑注》（已影印）书品绝佳，初索万金，后商谈可减至六七千金之间。文禄堂有宋本《通鉴纪事本末》（以珂罗版配一卷）初索六千五百元，后减至四千五百元。修文堂有明蓝格抄本《新唐书略》（天一阁旧藏），《汉语》及《史事易求》，亦均以价昂未能决定可购与否。此均应请尊裁者。如款可续来，此等书均尚有收藏之价值；否则以现在之余资，恐仅能多购普通实用书籍，似难染指于有保存性质之善本也。依数月来之经历，大抵我辈购书之目标，凡有五点：（一）普通应用书籍，自《十三经注疏》、《二十四史》、《九通》至清人重要别集，均加选购；对于近百年来刊□之丛书，亦正拟陆续收购，以补已购各批普通书之所未备者。（二）对于明末以来之"史料"，搜购尤力。盖此类书最为重要，某方及国外均极注意，少纵即逝，不能不特加留心访求。于鸦片战争以来之"史料"，已购置不少，明末文献，亦略获有罕见之著作若干。（三）明清二代之未刊稿本，惜所得不多。（四）"书院志"及"山志"关系宗教教育文献甚巨，正在开始搜访。对于抄本之"方志"及重要之"家谱"，亦间加收罗。（五）有关"文献"之其他著作，有流落国外之危险者，此一类书籍，包括范围甚广。对于前四类书，以现在之资力，尚易应付，且尚可维持若干时日。惟对于此第五类书，则万非力之所及。若刘晦之远碧楼书，索价至四十万（宋元本及方志均尚不在内）；张芹伯书索价至美金三万；嘉业堂善本书（宋、元、明本及稿本书，普通书绝难由沦陷区中运出），亦索价至四五十万金。此皆非今日此间之力所能及者。然我辈不及早商购，则亦必有流落国外之虞。远碧楼普通书尚不足惜，然如张芹伯、嘉业堂之藏却万不能再任其失去。皕宋东运，木犀继去，海源之藏将空，江南之库已罄。此区区之仅存者，若再不幸而不复为我有，则将永难弥补终天之憾矣！民族文献，国家典籍，为子子孙孙元气之所系，为千百世祖先精灵之所寄；若在我辈之时，目睹其沦失，而不为一援手，后人其将如何怨怅乎？！幸早日设法救援为荷。不仅此也，即对于刘晦之所藏宋本《五臣文选》(孤本)、《中兴馆阁录》、《续录》、《新定续志》、《续吴郡图经》、《弘秀集》、《广韵》、《礼记》、《史记》(彭寅翁本元版也) 等九种（索价五万余元）；张葱玉所藏《苏诗》(宋版即翁苏斋旧藏)、《五代史平话》、《月老新书》等书百余种（目附)（索价七万余元），亦已无"力"收之。如欲先行收购此二批书，及其他宋元刊本者，务恳能于最近汇下一二十万元，以资应付。否则余款仅能敷收购"普通书""史料"等用，于宋元精本及其他善本均不能问津也。此刻对于收购宋元明刊本，皆参考嘉业堂及张芹伯二家书目，于此二目所有者，皆摒弃不收。（惜此二目最近方取得，已收有若干种重复者矣。）盖预计此二"藏"于最近将来或可获得。普通书不妨重复，此类善本则似不宜多储复本。而于二家目所未收而确有保藏价值之明代精刻本，则亦尽量收之。于普通习见之明本，则持极慎重之态度；对于价昂而无甚意义者，往往弃去，亦矜惜"物力"之一策也。我辈有一私愿，颇想多收四库存目，及未收诸书。于四库所已收者，则凡足以发馆臣删改涂抹之覆者，亦均拟收取之。盖四库之纂修，似若提倡我国文化，实则为消灭我国文化，欲使我民族不复知有夷夏之防，不复存一丝一毫之民族意识。故"馆臣"于宋元及明代之"史料"及文集，刈夷尤烈，涂抹最甚。乾嘉之佞宋尊元，断断于一字一笔之校勘者，未始非苦心孤诣，欲保全民族文化于一线也。然所校者究竟不甚多，且亦多亡佚。恢复古书面目，还我民族文化之真相，此正其时。故我辈于明抄明刊及清儒校本之与四库本不同者，尤为着意访求。然兹事体大，姑存此念。但望能有若干之成绩也。（近所得淡生堂抄本《乐全居士集》，即较四库本多出极有关系之文数篇，其间文字之异同，尚未遑计及。）经此数月来之努力，南北各肆，均可联络就绪，好书不虑失去。惟坊贾辈狡诈百端，书价亦多腾贵。我辈于送阅之书中，于伪书残书及丛书另种，均慎之又慎，当不至有误收之虞，尚堪告慰，不负所望。（下略）

又启者，普通书籍已装箱不少，现又陆续开箱，提出尊处所需各书。善本书籍，正在编目。群碧楼所藏一部分，已将编竣，即当着手编辑零购及陶、王、瞿各家之书。现在系用散页写目；将来告成后，按四部分类排列，便可成一善本目。一俟完成，即当先将此目录副奉上也。普通书亦将按此法编目。每书之首页，均盖硃文"希古右文"四字章，末页则盖白文"不薄今人爱古人"一章。此为我人之密记。特以奉闻。香港叶先生拟向敝处索全目一份，俟编成亦当录副寄去。现在编目虽有二人，一录善本，一写普通目；但尚须负装箱查点之责，且为时甚暂，甚不易即行整理就绪也。

316

第四号工作报告书

（1940 年 8 月 24 日）

　　慰堂先生：月来编目装箱，极为忙碌，故七月份未寄"报告"，歉甚。顷得八月十日来示，慰甚。渝地连日轰炸极烈，知同人等均安好，极为喜慰，尚祈谨慎小心为要！此间尚安，我辈生活均照常，可释廑念！虽日坐愁城，然在表面上还无甚特殊之变动。所居及藏书所在，均在美兵防区，如国际情形，无极大变动，想尚可安居下去。所云续款，知将即可汇来，极为慰佩！惟刘、张二家事，正在积极进行中，如续款能在月内或下月内寄到，便可有具体之结果，否则"夜长梦多"，恐要发生他故，月前有刘某衔某方命至此，进行嘉业所藏，亦有问鼎张藏意，现在尚未归去。深恐功亏一篑，故极盼先生能力促早汇。至六月底以来，此间所得，有可奉告者，整批购入计有：

　　（一）于六月中，由传新书店介绍，以一千七百元购入张尧伦君收藏之太平天国史料书等一百五十余种，中有太平天国"漕米纳照"、"地丁执照"等二十一件，虽多半为"伪"件，然亦数件是"真"者。木居士稿本《爬疥漫记》，某氏稿本《守虞日记》，旧抄本《红羊奏稿》，均极佳。又薄帙单行之书，若《平桂纪略》《江苏金坛县守城日记》《湖防私记》《两淮勘乱记》《扬州御寇记》《义乌兵事纪略》《羊城西关纪功录》《劫火纪焚》《虎口日记》及《梅溪张氏诗录》等，均为近来修太平天国史者所未易读到者。关于鸦片战争之《扬威将军奏折》（四册，翁同龢旧藏），及稿本《犀烛留观记事》，亦为孤本，外间绝未见到。若斯类整批之专门史料书，亟应收之，虽间有与已购者重复之本，然为数极少，似亦无伤也。

（二）于六月中，由中国书店介绍，以四千八百元购入程守中君收藏之地图六百余种。程氏收藏地图已十余载，所得已尽于此，其中多参谋部所印行之地图墨本，彩绘本之地图亦极多。乾隆铜版印行之八排地图今尤不易得。德人所印山东省若干县之地图，亦尚罕见，虽无明刊古本在内，然一次而获得如此一批数目，亦尚可观，且每种中间有多至三百幅以上者，若以"幅"计，每幅当不及二元也。此种图籍，有关国防，万不能听其流落在外，故亟行收得之。程氏尚有史料书若干，将来亦可分批得到。

（三）于七月中购入费氏（念慈）藏书一批，计一百零八箱，共约一千三百余部，一万数千册，价为国币三万元整。此系李拔可君介绍，直接商谈成交，不经书贾之手，故价值尚廉。中有善本二百余种，宋、元、明精刊本约近一百种，抄校本稿本在一百种以上。刊本部分有：宋刊本《说文解字》二册（残存九—十五卷，朱竹君跋），元刊本《沧浪先生吟卷》二册（极精，罕见），元刊本《李长吉歌诗》八册（刘须溪评），元刊本《钱氏小儿方诀》四册，元刊本《珞琭子三命消息赋》三册（四库本系从《大典》辑出，不全，铁琴铜剑楼有旧抄本。此犹是元刊元印本，最难得），明李元阳刊本《十三经注疏》一百三十册，明刊本《礼经会元》八册，明刊本《古今韵会举要》十六册，明刊本《前汉书》二十六册，《后汉书》三十二册，《三国志》（万历）十二册，《晋书》（仿北宋刊）七十四册（残），《南齐书》十二册，《宋史》（元刊明补）六十册，又一部六十册，《辽史》十二册，《金史》二十册，《元史》三十六册，朱国桢《明史概》四十册，明刊本《通鉴纪事本末》四十二册，《资治通鉴节要续编》十六册（元末明初刊），明刊本《通鉴考异》，明刊本《皇明永陵编年信史》四册，明洪楩刊本《路史》十六册，明刊本《通典》一百册，经厂本《贞观政要》六册，明刊本《包孝肃公奏议》二册，《李忠定公奏议》十二册，《姑苏志》（王鏊）三十二册，《两汉博闻》十册，《十六国春秋》二十四册，明嘉靖刊本《韩非子》四册，《何氏语林》二十册，《初学记》十六册，《世说新语》六册，明刊本《白孔六帖》五十册，《艺文类聚》四十八册，芸窗书院刊《六子》二十册，明刊本《百川学海》四十八册，许自昌刊《太平广记》五十二册（白棉纸印），高丽刊《群书治要》四十七册，明刊本《桯史》八册，明刊本《楚辞集注》四册，明刊本《陶靖节集》四册，《陆士衡集》二册，郭刻《李太白集》三十二册，《集千家注杜诗》十二册，《杜津虞注》二册，《王摩诘集》二册，《韦苏州集》五册，《宋之问集》一册，明铜活字本《张说之集》，《戴叔伦集》及《皇甫冉集》各一册，安国刻《颜鲁公集》八册，明刊本《陆宣公翰苑集》六册，明刊本《韩柳文合刻》二十四册，马调元刻《元白合刻》十八册，《孟东野集》二册，明刊本《欧阳居士集》二十四册，《元丰类稿》九册（残），《东坡七集》（嘉靖刊）三十册，《盱江文集》六册，高丽刊《山谷集注》十册，经厂本《击壤集》六册，明刊本《淮海集》十册,《龟山全集》十册,《东莱吕太史全集》十册,明刊本《秋崖小稿》六册,《松雪斋文集》二册,《道园学古录》八册,《吴渊颖集》四册,明刊本《石田集》四册,《甫田集》八册,《俨山文集》二十二册,《何大复集》八册,《蒹葭堂稿》二册(陆楫撰,罕见),明刊黑口本《文选》二十册,明刊本《唐文粹》(小字本),《宋文鉴》二十八册(慎独斋刊),明刊本《古文苑》八册,明刊本《文翰类选大成》八十册等等,大体皆佳。抄校及稿本部分有:陈石甫《师述》及“文稿”二册(稿本),孙星衍、陈奂、管廷祺等校《经典释文》四部(过录惠、江、黄、顾诸人所校),抄本《太平寰宇记》三十二册(有“戴震校定”印记),小山堂抄本《苏魏公集》十册,旧抄本《攻愧先生集》十六册,《后山居士集》二十册,《鸡肋集》二十册,《范太史集》二十册,《剡源先生集》十二册,《嵩山集》二十册,《北山小集》八册,《贞居先生集》六册等等。抄本皆佳,每足补正四库本,校本则远不及群碧所藏者。惟清刊本中,难得之书亦不少,如宋翔凤《浮溪精舍丛书》,《珍艺宦遗书》,《周松霭遗书》,惠栋《省吾堂丛书》,《张皋文遗书》,《蒋侑石遗书》,《钱可庐所著书》等,均颇罕见。大抵此批书,清儒之著述最多,乾嘉诸大师之重要著作,已十得其三四,颇足补充前购各批书之未备。

(四)刘晦之远碧楼所藏宋刊等书,已于本月初由王涥馥、李紫东二人经手购入,计有:宋刊本《中兴馆阁录》《中兴馆阁续录》(黄跋),宋刊本《续吴郡图经》(黄跋),宋刊本《新定续志》(黄跋),(此三种皆见《百宋一廛赋》中,宋刊方志二种,实志书中之国宝也！）宋刊本《唐僧弘秀集》（清宫旧藏），宋刊本《五臣文选》（孤本，国宝），宋刊本《广韵》（即《四部丛刊》影印之底本），宋刊本《礼记》（天一阁旧藏，袁克文跋），元彭寅翁刊本《史记》（此书各家皆仅有残帙，此独完整，且刊书牌记俱在，尤为可贵），汲古阁刊本陆氏《南唐书》（黄、顾合校并跋），士礼居抄本马令《南唐书》（黄校并跋），以上共价五万三千元，虽似昂，而实不欲放手。同时又得刘氏所藏旧抄本（开花纸）《圣济总录》一百六十册，此书为怡府旧藏，较道光刊本多出二卷有半（二百卷完全无缺），足资校勘之处尤多，初索八千元，后以三千元成交，刘氏藏书之精华，已全在此。拟再选购其所藏宋刊本《切韵指掌图》等若干种，则远碧所藏，大可弃而不顾矣！节省资力极多，实极为合算遂愿之事也。

（五）风雨楼邓秋枚氏所藏书，最近经陈乃乾君介绍，以三万一千五百元成交，总计七百五十种，九千册左右，其中明刊善本及抄校本近二百种，丛书凡一百十余种。（丛书足补我辈已购书中之未备者约六十余种。）明刊本中尤可注意者，有万历刊本《国朝典汇》一百册，崇祯刊本《长乐县志》六册（夏允彝编，极罕见），嘉靖刊本《昆山人物志》二册，明末刊本《三朝要典》八册，万历刊本《广西名胜志》六册（极罕见），万历刊本《两浙海防图考续编》十册，《四友斋丛说》十册，嘉靖刊本《白氏长庆集》十册，明黑口本《欧阳圭斋集》四册，明末刊本《泾皋藏稿》（顾宪成）四册，嘉靖刊本《黼庵遗稿》四册（柴奇），《甕天小稿》四集，《林屋集》四册，万历刊本《尊生斋集》十二册，《苍霞草》

三十二册,《环碧轩尺牍》五册,《王文肃文集》八册,明末刊本《拟山固集》十五册,《心史》二册,《明诗选最》六册,万历刊本《袁氏丛书》六册,嘉靖刊本《博物志》二册,万历刊本《刘氏鸿书》二十册,《李氏焚余》五册,隆庆刊本《王襄毅公集》十二册,明末刊本《甲申纪闻》一册等等。旧抄本及稿本多半为《国粹丛书》及《风雨楼丛书》之底本,但亦有未刊者。中有戴震稿本《中庸补注》一册,旧抄本《吴日千集》一册,野史八种六册,稿本《仲廉甫札纪》四册(冯伟撰),稿本《句章征文录》二册(《鄞县艺文志》有提要),明抄本《硕辅宝鉴》十四册,旧抄本《吾汶稿》一册,《留都闻见记》一册,《弦书》一册,《不共书》一册,《清临阁书目》一册,《瞿木夫藏书目》一册,《吕晚村集》三册,《张文烈遗诗》一册等等,并有章太炎手稿数册。邓氏以流布民族文献著名,所藏书中,"禁书"不少,实足以补充已购各批书中之未备者。初索六万元,经若干次之商洽,乃以此数成交,明后日即可点收入藏。

至零购各书,除将尊处来函所开各种目录书及金石书补购约百种外(大略已购齐十之九,所阙十之一多已绝版,亦有仅为抄本,一时难以配全。如《文选楼藏书目》,仅有传抄本且系杭贾伪造者),多注意于补充已购者及刘、张二家所藏之未备者,中有极难得之珍贵罕见本不少,曾以七百元在平得《事文类聚翰墨大全》四十册(元刊小字本),以五百六十元在此间得祝穆《方舆胜览》二十四册(宋刊元印本,惜首册抄配),以六百五十五元得《今史》九册(崇祯史事,明末蓝格抄本,有范景文印,疑即为其所辑),

以三百六十元得元刊大字本《中庸集解》一册（残）（其背面为元泰定年浙东乐清县公文纸，足考知当时物价，极可珍贵），又得明刊本《钟氏四种》（中有《倭奴遗事》一种，最佳），《两朝平壤录》，《敬事草》，《东事书》（叙辽事，极佳），《客座赘语》，《卓氏全集》（计《蕊渊》《瞻台》《漉篱》三集，全者极罕见），《谭资》，《黄扬集》，《瑞杏山房集》，《紫崖诗文集》，《二十六家唐诗》（嘉靖刊），《晚唐四家集》（崇祯刊未见著录），《通粮厅志》（万历刊，孤本），《万历嘉定县志》，《嘉靖常熟县志》及万历巾箱本《广皇舆考》（未见著录）等等，虽价均极昂，然为保存文献计，实不能不亟收之。盖此类书近来最为人所注意，略一踌躇，便立将失去，永永不可复得。又由陈乃乾君介绍，收得平湖葛氏书四种，计价四百五十元，内《瞿同卿集》（禁书）及《王文肃集》，为明刊本，《若庵集》及《明词汇选》（附《今词汇选》，少见），为清初刊本。葛氏书闻已全部毁失，仅留此戋戋作一纪念，殊可伤也！尊处所需《大藏经》，日本大正本一时不易得，已以二千购得哈同本《大藏经》一部，商务本《续大藏经》一部；如方便，当先行奉上，以应需要。现在所最感困难者，即运输中断，无法寄递，所有尊处亟需参考之目录金石等书，及《大藏经》等，均已装箱，专待寄出。尊处有无善策，伫候明示。大函云可派专人带上，但敝处实无人可派，且费用亦极巨，将来或可托便人，分批由滇越运入（闻滇越路旅客尚可通行），先藏昆明，由昆明运渝，便易于设法了。现时藏书之所，已无隙地，将来续购，势非另行觅屋不可。惟此间房租日逐昂贵，经常费用恐要增加不少，（现用编目二人，理书者一人，

323

书记一人，茶房一人，共仅二百余元）已购各家书目，已另雇一人陆续以复写纸誊写二份，除尽先寄一份至尊处外，并存一份在敝处（分批作信件寄上）。商器一批，得来示后即与商价，据听涛山房主人意，约八折可以成交。

沈氏海日楼所藏，近亦陆续散出，已得元刊本《方是闲居小稿》，明刊本《藏说小萃》（不全）等数种，均佳。最近尚可得到若干种。

近来北平各肆寄来善本书不少，中尽有极佳者，曾以一月以上之时力，加以剔除，凡刘张二目所已备者皆剔去。邃雅斋曾寄来三百种以上，四库底本不少（皆四库存目中书），有许多系乱中得之黄冈刘氏者。来薰阁亦寄来二百余种，其余修绠堂、文禄堂、修文堂等亦均寄来数十种至百种不等，加以精细之选择，约可得三百种以上，皆可谓善本者也。经我辈此番购入后平肆现存之精华，殆亦十尽其七八。其价均昂，盖平市本来书价视沪市为高，大约邃雅须一万五千左右，来薰约须万元，修绠各家亦须一万四五千元，以四万左右之资力便可尽其"存"货。此后，仅须注意其新收之书矣。

张刘二处进行之详情，亦有可奉告者：

张氏苀圃（芹伯）善本书目，顷已编就，凡分六卷，约在一千二百种左右（全部一千六百九十余部，其中约六百种为普通书），计宋刊本凡八十八部，一千零八十册，元刊本凡七十四部，一千一百八十五册，明刊本凡四百零七部，四千六百九十七册，余皆为抄校本及稿本。仅黄荛圃校跋之书已近百部，可谓大观。适园

324

旧藏，固十之八九在内，而芹伯二十年来新购之书，尤为精绝。彼精于鉴别，所收大抵皆上乘之品，不若石铭之泛滥、误收，故适园旧藏，或有中驷杂于其中，而芹伯新收者，则皆为宋、元本及抄校本之白眉。现正在商谈，有成交可能，索五十万，已还三十万，芹伯尚嫌过低，不欲售。然彼确有诚意，最多不出四十万或可购得。惟黄荛圃旧藏之元刊杂剧三十种一匣，原藏适园者，我辈极注意之，"目"中却无此书。曾再三询之芹伯，据云：在乱中藏于衣箱中，不幸失去。此实最大之损失也。如果未被焚毁，尚在人间，将来或可有出现之可能。嘉业堂所藏亦在积极进行中。惟某方亦在竞购，嘉业主人殊感应付为难，且某方原出四十五万者，近忽愿增价至六十万，此数亦非我辈力所能及。后经再三商谈，思得一"两全"之计，即将嘉业所藏分为三批，第三批为普通清刊本，明刊复本及宋元本之下驷，我辈认为可以不必购置，即失去，亦无妨"文献"保存之本意者，留作时局平定时成交，即万不得已为某方所得，亦不甚可惜。第一批为我辈认为应亟需保存，且足补充已购诸家之未备者，即一部分宋元本，明刊罕见本，清刊罕见本，全部稿本，一部分批校本，此一批正在选拣中，俟全部阅定后，即可另编一目，按"目"点交。第二批为次要之宋、元、明刊本及一部分批校本，卷帙繁多之清刊本等。全部估价即以六十万计算，第一批拟先付二十万左右，第二批付十五万左右，第三批付二十五万左右（因数量最多），不知尊处以为可行否？

嘉业堂藏书总数为一万二千四百五十部，共十六万零九百六十余册，书目凡二十三册，普通参考书几于应有尽有，作为一大规模图书馆之基础，极为合宜。其中宋元明刊本及抄校本、稿本，约在四分之一以上。其精华在明刊本及稿本，明刊本中尤以"史料"书"方志"为最好。明人集部亦佳，北平图书馆前得密韵楼藏明人集数百种，大多为薄册之诗集，此项明人集则大都帙甚多之重要著述。清初刊之诗文集，亦多罕见者。约略加以估计，如以五十万全得之，每册不过平均值三元余，即以六十万（最高价）得之，每册平均亦未超过四元也。第一批选购之书，约在二万册左右，皆其精华所聚；如付以二十万，每册平均亦仅十元。现在此类明刊本，价值极昂，每册平均总要在二三十元以上。（明刊方志，平均市价每册约五十元至百元。）稿本尤无定价。以此补充"善本"目，诚洋洋大观也。加之以芹伯等所藏，已足匹俪北平图书馆之藏而无愧色。

马爵士所垫十万之数，已于七月底领到。当经电告骝公，想承察及。除付刘晦之宋版等书五万三千，又邓氏藏书三万一千五百元外，所余已不到四万余元。续拨之七十万，盼能早日见汇。此数之分配，暂定如下：张芹伯三十五万，刘汉遗二十万，张葱玉四万，沈氏海日楼一万，平肆约三四万元，已近六十万。所余十万左右，拟再选购刘晦之藏宋元刊本中之最精华者，及法梧门抄之宋人集四五万元，余款仅敷作为保管、编目及零购之费用耳。如果芹伯处须多付四五万元者，则便将罗掘皆空矣。现在每月各肆送来之善本，颇不少，尤以明刊方志史料等书，足补未备者，万不能不购入，所费恐每月亦需万元左右。如在大局未定以前，每月能确定二万元左右之购书费，以便随时搜集，似有必要。惟江南一带之藏书家，有三五万元之收藏者，颇为不少，将来如发现时，恐亦须加以罗致。如有此项确定之款，即可随时应付。如平湖葛氏之书，虽传闻已全部失去，然如未被焚毁，必尚在人间，将来或可得之。又徐积余氏尚有抄校稿本一百余箱，今虽未售，将来恐亦必须售出。铁琴铜剑楼及周越然氏所藏，现亦陆续售出，每月约须以五六千左右得之。（瞿氏之明刊方志七种，又抄本方志九种，最近赵万里君以七千五百元为北平图书馆得之，我辈未便与之争购，其价亦可谓昂矣！）"书囊无底"，古人所叹，照现在之情形而论，除方志外，余书皆可不至流落海外。方志之价，逐日高涨，乾隆刊之罕见志书，每种往往售至三五百元，即光绪至民国间所印之方志较罕见者，亦须一二百元一种。如欲搜罗此项方志，便非另行筹措一二十万元不足以资应付也。燕京曾印一"方志征访目"，凡三千余种，简直不论价而购，实难与之竞争。彼为哈佛代购，购得便邮寄美国。将来研究中国地理者，或将以哈佛为留学之目的地矣。

　　闻彼辈近亦扩大范围，收罗宋元刊本，盖方志之罕见者，实不易多得。彼辈虽出价以待，究竟至多不过得十之二三耳。某方某文库对于方志及禁书亦搜求甚力。惟所得亦不多，其作用自别有在。有友人主张专购西南、西北一带方志，以免落入某方之手，此亦一可注意之见解。唯欲办此，又非钱不行。姑陈所见，尚乞尊裁。

　　前者，菊老曾赴港一行，归来时，传达玉老意，谓最好多购实用书，此固"人同此心"者。

　　然窃谓国家图书馆之收藏，与普通图书馆不同，不仅须在量上包罗万有，以多为胜，且须在质上足成为国际观瞻之目标。百川皆

327

朝宗于海，言版本者必当归依于国立图书馆。凡可称为国宝者，必当集中于此。盖其性质原是博物院之同流也。若能尽张芹伯及嘉业堂之所有，并继得南北各藏家之精华，则"百宋千元"之盛业，固可立就。微闻南海潘氏宝礼堂之宋刊本百余种，亦有不能守之说。若并得之，则"皕宋"之语，固非若潜园主人之虚夸浪语矣。此一大事业能在"抗建"期间完成，则诚是奇迹之奇迹，不仅国际间人士诧异无已，即子孙百代亦将感谢无穷矣！然究竟为数尚不甚巨，似为中枢力所能及。此种购置，纯为兴国气象，实亦是建国过程中之应行实现之工作也。我辈固极愿为国家文献，"鞠躬尽瘁"，深望骝公、立公及先生能力持大计，随时赐以指示及援助。菊老数日前大病一次，至今尚未能出门。老年人珍摄为要，一劳碌便有害身体也。

近来通信颇感困难。以后通信，拟全用商业信札口气。敝处即作为商店，"万"字拟代以"百"字（百字旁加圈），"千"则代以"十"字，余类推，以免他人注意。以后各人署名，亦均拟用别号，好在先生必能辨别笔迹也。

第五号工作报告书

（1940 年 10 月 24 日）

慰唐先生：得十月五日来示，极为欣慰！知续股于月底前可到一部分，则店务诸端皆可积极进行矣。先生和诸位股东在万分困难之中，犹能顾及店务，尤可感激！此间业务，颇为发达，平沪各贾送来各书，多有精品；惟惜存款早罄，往往未能收下耳。甚盼上函所云，按月拨款二百[1]元事能够成功，则可源源不绝收集秘笈孤本矣。店中日常费用，因多租一二处堆栈，存放"存货"，自九月以后，大为增加。二百元之固定经常费，恳能极力设法！现时所购，已少大宗之货，故绝少重复之本。刘、张二"目"，亦时时放在手边备查。遇有与二家"目"重复者，则皆不收。故凡有所得，皆为罕见难得之图籍。将来积以岁月，一旦布露于世，必大可"一新耳目"也。自上次（第四号）报告以后，所得各书，兹更约略报告如下：

（一）邓氏风雨楼书，业经点收，共计七百十五种。最可惜者竟缺嘉靖本《博物志》二册，虽经催索，据云：早已佚去。此人市侩气甚重，与之交涉，极费口舌。幸余书尚佳。且无意中发现：原注系"普通书"者，往往是极难得之本。若《救狂书》一册，系潘稼堂攻击石濂和尚之作，潘氏集中，业已删去，此为清初一重要案件，得之，深可庆幸！《硕辅宝鉴》为明蓝格抄本，存十五册，宜稼堂旧藏，绝佳。《句章征文录》及《仲廉甫札记》均为冯伟原稿。《袁氏丛书》为万历刊本，极罕见。他若：嘉靖本之《蠛庵遗稿》（柴奇），《甕天吟稿》，《白氏长庆集》；万历本之《华礼部集》《尊生斋集》等等，均甚可贵。而于明末清初诸家之著述，罕见者尤

1　整理者注：如第四号工作报告书所述，"百"字下圈为郑振铎先生所加，以"百"字代"万"字，以"十"字代"千"字，但先生并未完全记住这一做法，在报告书和信件中颇有漏圈者。

多。盖风雨楼之精华，原在此而不在彼也。若《郑方坤诗集》，久觅不得，此中却有之。俟清理就绪后，当即将全"目"奉上。

（二）嘉兴沈氏海日楼书，除前购数种外，又以七千元续得七十六种（中国书店经手），其中天一阁旧藏物不少。重要者有：劳校本《中兴馆阁录》及《续录》，旧抄本《北堂书钞》，抄本《简斋集》，抄本《朝野类要》，明抄本《各部事略》，宋刊本：《桯史》（明补），《论语》（可疑），《八十一难经》（可疑），《春秋经传集解》；元刊本：《古今事林》，《锦囊经》，《昌黎集》，《山谷刀笔》，《雪窦颂古集》，《高峰禅要》等；明刊本：《初学记》（残，小字本，原作宋本，极少见），《艺文类聚》（小字本），《北堂书钞》，《辍耕录》（成化本），《静斋诗集》（天一），《风雅逸编》（天一），汪谅本《文选》，《伐檀集》，《仪礼》（徐氏刊），《西楼乐府》（天一），《诗家一指》（天一），《赵清轩集》（天一），《吴地记》（万历），《坛经》（永乐本，又一部崇祯刊袖珍本）等等。其他多半是佛经及医书。后又以五百元得书十七种。重要者有：嘉靖本《山谷全集》，明蓝印本《孔子家语》，茅坤刻本《墨子》，方刻本《山谷全集》，李刻本《山谷别集》，陆文通《春秋集传辨疑》及《纂例》（天一），明刊本《淮南鸿烈解》及《齐东野语》等。沈氏存放上海之书大略已尽于此。闻尚有若干，藏于嘉兴，其中仍有天一阁旧藏之书不少，亦在设法罗致中。大抵沈氏对于宋元版本，鉴别不精，其所谓宋、金、元本，可疑者居多；甚至有一望即知其为明本，而彼亦收入宋、元本中，殊可诧怪！然其所藏天一旧物，却多佳品。其所藏真正之宋刊本《黄山谷集》，元刊元印本《国朝名臣事略》等，却早由蒋某经手，售之张芹伯。现所存者，大抵皆明本也。间有抄校，佳者却不甚多。在嘉兴之书，尚有《大元一统志》（二页），明刊本《辽东志》，明刊《嘉兴府志》数种。沈子培本瘁心于宋诗之研究，故对于宋人集部（以江西诗派诸家为主），收藏不少。将来均可得之。此亦他家藏书之少有者。

（三）平肆邃雅斋历年得山东毕氏、黄冈刘氏及各地藏家之善本不少。数月前，曾以此项善本三百余种邮寄敝处。经我辈仔细研究、选别，择其确是罕见秘籍或四库存目之"底本"，今日不易得到者，收下八十余种。价虽颇昂，然已费尽口舌争论矣。计得宋刊本《鬳斋考工记解》四册，宋刊本《翻译名义集》七册（与《四部丛刊》影印之祖本相同，然《丛刊》序文作者脱一"葵"字[周葵]，关系匪浅。其他可资补正处尚不少），元刊本《三体唐诗》（四库底本，叶石君手抄序文一页）二册，元刊本（或明初本）《十八史略》二册，北宋元丰间刊本《福州藏》一册（此藏残卷，近极少见），旧抄本《倭志》一册，旧抄本《雅乐考》六册（四库底本），《精忠庙志》（万历刊）八册，《常熟儒学志》八册（明刊本），《辽东疏稿》四册（毕自严撰，抄本），《抚津疏草》（明刊本）八册，《戎事类占》六册（明刊本），《厚语》四册（明刊本），《大怀子集》一册，《黄篇》四册，《西墅集》二册，《佚笈姑存疏稿》五册，《户部题名》一册，《明文□》二十二册，《龙飞记略》十二册，《岭南文献》四十七册（惜残阙），《革节卮言》二册，《王公忠勤录》二册，《资治大政记纲目》四十六册，《杨文懿公全集》十二册，《皇明鸿猷录》十二册，《云鸿洞稿》二十二册，《漕抚奏稿》八册，《草木子》四册，

《钓台集》十册，《唐文鉴》六册，《刘文恭集》二册，《蔚庵逸草》一册，《薛荔山房集》十六册，《二礼集解》十二册，《岱宗小稿》二册，《田深甫集》二册，《吴素雯全集》三十六册，《太岳志略》三册，《三山志选补》三十二册，《皇明经世要略》（存三册），《沈长水集》十册（以上均明刊本）;《武林高僧事略》一册，《孔孟事迹图谱》二册，《春秋四传私考》二册，《春秋实录》六册，《周易本义通释》十册，《唐史论断》三册（以上均"四库"底本），《夷坚志》十册，《夷坚志续补》十五册（均抄本），等等。

（四）平肆来薰阁寄来头本亦在四百种左右（分二批寄来），经仔细选剔后，购得八十余种。其代价亦颇昂。然书均佳。重要者计有：《冥冥录》二册，《夷齐录》一册，《元史阐幽》一册，《史说萱苏》一册，《胡澹庵文集》一册（以上均为旧抄本，"四库"底本）;《皇明文则》二十四册，《东墅诗集》二册（天一阁旧藏），《七修类稿》二十册，《休阳诗隽》十二册，《纪效新书》四册，《容庵录》四册，《全史论赞》二十册，《四素山房集》十八册，《翰苑新书》二十八册，《东里文集》八册，《刘清惠公集》四册，《余忠宣公集》二册，《陈氏仅存集》四册，《圣学嫡流》四册，《摄生众妙方》十二册，《八编类纂》九十六册，《东莱博议句解》八册（成化黑口本），《二十家子书》十六册，《大明仁孝皇后劝善书》（永乐刊）二十册，《妙绝古今》六册，《岳阳纪胜汇编》四册，《和唐诗正音》一册，《彤管遗编》十册，《金累子》八册，《武夷新集》八册，《三礼考注》十册，《忠安录》二册，《日记故事》二册，《萃古堂剑扫》四册，《明音类选》四册，《王文端公集》十册，《宣城右

332

集》十六册,《天经或问》四册,《疑耀》三册,《谥法纂》五册,（以上均明刊本),《小畜集》六册（明抄本),《东史》十六册,《夷齐考疑》一册,《藏虚集》四十八册,《地亩册》一册（明抄本),《武经征事》八册,《靖康要录》十六册,《春卿遗稿》一册,《警睡集》四册,《数度衍》六册,《续资治通鉴长编》（存六册),《历代赋汇》（原稿本）一百册（以上均旧抄本), 等等。

（五）铁琴铜剑楼瞿氏近复以抄校本十余种见售, 计价约一千二百元左右。（尚未商妥。）内有：明末刊本《先拨志始》二册, 旧抄本《甲申核真略》一册,《吕氏家塾读诗记》六册（王振声校宋、明诸刻本),《公羊注疏》四册,《谷梁注疏》五册（均为李仲标临何仲子校宋本), 明抄本万历《安徽职官册》一册, 旧抄本《黑鞑事略》一册,《使规》（记使缅事）一册,《简斋集》（陆珣批校本）二册。

至零购各书, 亦大有渐入佳境之概。前曾得明蓝格抄本《圣宋名贤五百家播芳文粹》二十七册,《续表忠记》八册,《脉望》六册,《明季小史》（抄本）二册,《建文书法拟》一册, 翁同龢手稿《本朝掌故》一册, 又日记五册, 抄本《滇南经世文编》八册, 抄本《三家村老委谈》四册, 明刊本《济美录》一册, 明刊本《玄妙类摘》四册, 明黑口本《周濂溪集》二册, 嘉靖本《辽史》二十册, 翁方纲稿本《纂修四库事略》二册（不全), 旧抄本《邓巴西集》二册（翰林院藏书), 赵之谦批校本《说文解字》六册, 明刊本《知稼翁集》二册, 明刊本《沈青霞祠集》一册, 焦循稿本《毛诗地理释》二册,《毛诗草木鸟兽虫鱼释》六册, 焦氏手写本《南游集》《三忆草》一册等等。最近又得明刊本王季重《游唤》一册，明永乐写本《瑞应龙马歌诗》一册，冯柳东拓本金文一册，潘伯荫拓本金文四册，嘉靖黑口本《唐音大成》八册，焦循手写本《读史札记》二册（焦氏抄），《席帽山人文集》二册，《广陵旧迹诗》一册，《石湖诗词集》五册，又焦廷琥手书《尚书伸孔篇》一册，隆庆刊本《百家类纂》十八册，金武祥原稿《粟香室函稿》《杂著诗词集》等二十册，庞氏稿本《古音辑略》《说文校记》《易例辑略》等六册，明刊本《周礼复古编》一册，旧抄本姚广孝《三悟编》一册，清初刊本《粤闽巡视纪略》一册，明蓝格抄本《菊坡丛话》（吴兔床校）四册，明蓝印本《全辽志》二册（残），明刊本《归有园集》十册（徐学谟），明刊本《食物本草》十册，明刊本《医便》五册，明刊本《扶寿精方》三册，明刊本《体仁汇编》十册，明拓本《千金宝要》四册，原稿本《慕陶轩古砖图》一册，清初刊本《如来香》十四册，日本旧抄本《内经太素》（残）八册，明刘一煜《抚浙疏草》十册，《抚浙行草》六册，杨端洁《疏草》二册，《万历疏钞》四十册（残），元刊本《新编诏诰章表机要》四册（有明补板），嘉靖蓝印本《御倭行军条例》一册，嘉靖十七年《武举录》二册，嘉靖十七年《浙江乡试录》二册（以上三种均天一阁旧藏）等等。凡此所得，均相当重要。有一部分，虽为残书，以其难得，辄亦留之。盖欲求全，大是不易，且恐艰于再遇。若稿本之类则往往竭力购之，盖以其少纵即逝，万难复得也。然我辈心目中，仍以能获得刘张二"藏"为鹄的。刘张二目，经逐日翻检，愈觉其美备。张氏之书，在版本上讲，实瞿杨之同流也，无数重要之宋元本及旧抄本，若以今日市价核计之，其价总须在十万左右。若零星购取，恐尤不止此数。万不能任其零星散失或外流。至刘氏书，则其精华全在明刊本，史籍尤多罕见之孤本，其中清儒手稿，亦多未刊者。实亦不能以市价衡之。取其上品，已盈数室。张氏已还价三万，尚无售意。刘氏则上品一部分约可以三万以下，二万以上得之。如此，续股到时，除还旧欠一万，付张葱玉书三千余元外，仅足敷付此二家书款而已。店中日常费用，尚须另行设法也。故店中人均极盼每月经常费能有着落。不知先生能极力代为设法否？否则续股到后，于收购此二家书外，只好暂时作结束之计矣。然好书层出不穷，听其他流，实非吾辈保存文献之初衷也。古人云：书囊无底，信哉！平津近出好书不少，海源阁之旧藏，亦每多发现。最近有宋刊宋印本《二百家名贤文粹》一书（见黄荛圃题跋）求售，索价至二万金左右。（战前已有人出过九千元。）此书实人间尤物，惟恐店中为力有限，未能问津耳。又有北宋蜀刊本《欧阳行周集》一部，南怀仁及洪承畴揭帖稿各一件，又明人集若干种（均北平图书馆所无者），等等，均在接洽中。此间亦有宋刊本《荀子》等出现，亦在商谈论价中。待经费确定后，想均可顺利进行。

近时采访所及，奇书渐出，往往有出于意外之收获。最近有《京学志》（明刊本，记南雍事）及《皇明太学志》（北雍）相继出现，已设法留下，尚未付款。而绝精之宋刊本，亦时有求售者，若能假以岁月，敝店所收必能成为百川之"渊海"也。深盼先生等能为文献前途着想，于万分困难之中，设法多赐接济是荷。凡我辈力所能及，无不愿为各股东尽瘁效劳，以期多得上等货色也。敝处

335

所编书目现分三种:(一)购入各家之原来书目,均录留副本,对于各肆之书已购入者亦然(以一肆为单位),(二)各箱书目,分别"甲""乙""丙"三种:依箱号为次第,俾每箱内储何书,一检即获,此种"目录"亦录有副本,(三)分类书目,先写卡片,然后分别部类;此项目录,分为两种,一为善本书目,一为普通书目。原来乙种善本,提一部分入"善"目,一部分则编入"普通"目中。第一项书目,已誊清甚多,将以告竣;第二项及第三项书目均在编写中。陆续写成,可告一段落时,即当将副本奉上,以供稽考。此项分类书目编成后,即可进一步编一"征访目"(不公布),择已购书目中之未备而重要者,设法购置,以资补充。如"史料"书,如"丛书",如"书目",则以多多益善为宗旨,如此,每月所费不多,而所得则必甚可观。现在应补充之普通书,尚未着手收罗。一以检目不易,如仅凭记忆,未免有误收复本之虞。再则现时为力甚薄,亦不能从事于此补充之工作。若我辈前函所提之每月续股二百元有办法,则尽可开始做去矣。

此间诸友均主能将"孤本""善本"付之影印传世,我辈亦有此感。惟石印甚不雅观,宋本元椠,尤不宜付之雪白干洁之石印。至少应以古色纸印珂罗板。所谓"古逸",确宜以须眉毕肖为主。《吴郡图经续记》等,篇幅不多,或可试印一二种,如何?(名义为:□□□□图书馆善本丛书第一种。)惟选纸择工,未免较费时力耳。此项工作,商务恐未必肯担任。或可在每月经费中撙节为之。不知尊见以为如何?乞即示知!

关于"史料"书,因篇幅较巨,工程较大,却非交商务印不

336

可。前函拟印之《晚明史料丛书》，或以为过于萧瑟凄凉，非今所宜，不妨扩大范围，自汉以来，迄于太平天国，先选五六十种，作为"史料丛书"，以影印为主，大都皆未刊稿本，或明刊罕见本，似于读者更为有用。（约先出百册。）不知商务能担任否？兹先将已拟定之"善本丛书目录"附上，乞决定。拟目中有一部分为张氏所藏者。姑悬此"鹄"，以待实现。敝处上等之货，均已储于某德商货栈，大可放心，朱公曾有将货择要运美意，已在接洽中。将来或须请尊处直接与美使一谈，亦未可知，容再告。

□□□□□善本丛书拟目

一、《尚书注疏》 宋刊本（张）

二、《韩诗外传》 元刊本（张）

○三、《中兴馆阁录》《续录》 宋刊本

○四、《续吴郡图经》 宋刊本

○五、《新定续志》 宋刊本

六、《李贺歌诗编》 北宋刊本（张）

七、《豫章黄先生文集》 宋刊本（张）

○八、《沧浪吟》 元刊本

九、《五臣注文选》 宋刊本

○十、《唐诗弘秀集》 宋刊本

十一、《坡门酬唱》 宋刊本（张）

十二、《诗法源流》 元刊本（张）

以上十二种拟编为第一集，有○者拟先出，皆篇幅不甚多者。以古色纸，印珂罗版，三开大本。约每二月或一月出版一种。

第六号工作报告书

（1941 年 1 月 6 日）

慰唐先生：前得来示并来电各一，均已拜悉。森老来，详谈甚快！采购事，已会同森老商议办理，极融洽，乞勿念！已购各书及细帐，已定日内会同森老点查封存。港中股款已交来一批，共一万三千余元，前已覆。第二批一万五，尚未汇到。又陈公处股款五万不知已拨出汇下否？甚念。月来又购得书不少：

（一）张葱玉善本书一百余种，已以三千五百元成交，书款两讫。（书目前已奉上。）

（二）瞿氏书又送来一批，惟无大佳者，然为数不巨，当可购下。

（三）沈氏海日楼藏书，现已全部散出，归中国书店出售。敝处事前再三与之约定，全部书籍须先由敝处先行阅定后，始可散售他人，此点现已办到，并已由该店分批将各书送来。经仔细选剔后，所得者颇为可观。其中关于明代史料部分及天一阁旧藏部分最为重要，除与刘氏书重复者尚未决定是否收购外，已决定购买者有：《皇明献征录》，《皇明经世文编》，万历本《大明律》，万历本《大明律集解》，嘉靖蓝印本《辽东志》，嘉靖本《嘉兴府图经》，万历本《海盐图经》，万历本《厂库须知》，明末本《五边典则》（徐日允辑，见《全毁目》）等罕见之明代史料书；又天一阁旧藏之《石屏集》（明初本），《陈刚中集》（黑口本），《藏春诗集》（黑口本），《潜斋集》等等；又有：明抄本《游宦纪闻》，《桂苑丛谈》等三种，《膳夫经》等三种，《丹崖集》，《洞天清录》，《碧鸡漫志》，《鬼谷子》，《伯生诗续编》，《北虏事迹》等（均为天一阁蓝格抄本），均是不能放手者。此外尚有明刊本《颜氏全书》，嘉靖本《山静居丛书》，《明名臣言行录》，旧抄本《杨诚斋集》，孙渊如校《墨子》及《晏子》等等，连罕见之清刊本等，约可选得二百余种，并有大正《大藏经》等在内，其价尚未谈妥，约须费二三千元之谱。

（四）本月底由汉文渊书肆介绍，以六百七十七元，购得合肥李氏书一批。原来索价甚高，且杂有伪宋本不少，经选剔后，得明刊本《径山藏》二千二百四十三册（目录一册为龚孝拱手抄，共装廿四箱），精写本《西清砚谱》三册，明初黑口本《苏平仲集》八册，嘉靖刊本《仙华集》二册，嘉靖刊本《正杨》二册，嘉靖刊本《俨山外集》八册，兰雪堂活字本《白氏长庆集》十六册，明刊本《沧浪吟》二册，明刊本《陈忠肃言行录》三册，明刊本《谢文庄公集》二册，元刊本《春秋或问》六册，康熙刊本《庐州府志》十二册，铅印本（非后来石印本）《清史稿》一百三十一册，明末刊本《甲申纪事》四册（足本，前得风雨楼所藏者仅八卷）等，皆足补以前所购之未备，且亦皆为刘目所未有者。此外平肆邃雅斋、来薰阁、文禄堂等（其肆主均在沪）亦送来书不少。已选购者中，重要者有：《正气录》（见《全毁目》）、《云南铜志》（道光间抄本，甚佳）及"四库底本"九种，前日获得姚振宗《师石山房书目》（实可称为《读书记》），每书均有"提要"，且所收书，十之五六为清儒著作，足补《四库提要》，极可珍视，立与开明书店商妥，归其承印出版。（作为本图书馆丛书第一种。）出版后由开明送书若干部，"合同"订立后，当将副本奉上。

现知李木斋所余剩之敦煌卷子数十种（皆极精之品）有外流之虞。此批"国宝"，似当以全力保留之。已托友人在积极设法挽救中。尚未知前途欲望如何，是否我辈力所能及，但我国所有敦煌卷子，大抵皆为"糟粕"，如加入此批，大可生色。故闻此消息大感惶恐！恳鼎力向股东方面提出，商榷一挽救之策，至盼至祷！又李氏书现存平整理，拟托友抄录其中孤本以免失传。是否可行，亦乞明示！好在抄费所需不多，此间自可设法进行。平肆近有蜀本《欧阳行周集》出现，索六百元（平币），以汇水计之近八九百元矣，似太昂，故未还价，姑与敷衍，嘱其暂时留下。又有海源阁旧藏之《二百家名贤文粹》（蜀刻，海内孤本），索一千五百元（平币，据云系最低价），某藏家并有书棚本唐人集二种，可转让。又平刘某处有宋刊《王文公集》（内阁大库物，孤本，背为宋人手札多通，诚国宝也！）或亦可商让，此皆好消息也，惟苦于店中为力有限，未能放手购置耳。近来与森公连日商榷决定：除普通应用书外，我辈购置之目标，应以：（一）孤本，（二）未刊稿本，（三）极罕见本，（四）禁毁书，（五）四库存目及未收书为限。其他普通之宋元刊本，及习见易得之明刊本，均当弃之不顾。而对于"史料"书，则尤当着意搜罗，俾成大观。总之，以节省资力为主；以精为贵，不以多为贵；以质为重，不以量为重。是否有当，尚乞征求各股东意见示知为荷！

续股到齐后，如欲同时问津刘张二氏书，实不易办到之事。盖刘书须四万，张书亦须四万左右。而店中力量，除去应储之运费，还马氏一万，又杂支及印书费外，实仅敷购置张或刘一家之物也。现正与森公仔细考虑，未能下一决心。以版本论，张物诚佳。但以材料论，则刘物亦不可失。中夜彷徨，未能毅然决断，鱼与熊掌，惜不能兼。我辈连日商谈经过，以刘物易销，且主者急欲销去，搁置不顾，必成问题；张物则数量较少，知其好处者殊鲜，外人对于抄校本亦尚无程度注意及之。故似尚不妨暂行稽延下去，以待将来之机缘。现正排日往阅刘物。约须半月，始可阅毕。当待下函再行详告。

印书事，正积极进行，现已购得纸张六百余元，储以待用。第一步拟先印"书影"，一以昭信，一以备查，且亦可供学人应用。此外，拟再印行甲乙种善本丛书若干种；"甲种善本"拟用珂罗板印，照原书大小。（较续古逸为壮观。）第一种拟印《中兴殿阁录》及《续录》。"乙种善本"用石印，照北平图书馆善本丛书大小，第一辑拟印宋明史料书十种，大都为未刊稿本。"书目"正在拟议中，俟决定后，当奉上请各股东再作最后之决定。印刷费用，拟提出五千之数。但如节省用之，有三千或可敷用。每种拟印二百至三百部，因纸张太贵，实不能多印也。至少每种保存一百部，以待将来分赠各处。是否有当，并乞示知。

统计简表

（一）宋刊本	三十五部	四百零三册
（二）元刊本	六十四部	九百八十七册
（三）明刊本	一千一百余部	一万三千二百余册

（四）未刊稿本 　　　　五十部　　　　　　　三百余册

（五）抄校本 　　　　　八百部　　　　　　　三千八百余册

以上甲类善本共二千零五十余部，一万八千六百余册。

（六）普通明刊本 　　　一百余部　　　　　　二千余册

（七）清刊精本 　　　　八百余部　　　　　　九千余册

以上乙类善本共一千余部，一万一千余册。

"甲""乙"两类善本书共三千余部，二万九千余册，普通书未及清理完竣，暂不能将部数册数统计表编就，待后再行补报。

第七号工作报告书

（1941 年 4 月 16 日）

慰唐先生：得来示，知六号营业报告已到，甚慰。朱先生来电拜悉。诸股东关心店务，至为感激！森公在此，无日不见，相助至力，得益匪浅。正月以来，店务颇为发达。惟此间百物奇昂，书亦不免。平贾辈日遨游市上，所付收货代价，竟较我辈所能付出者为高，亦一奇事也。盖缘平津汇水甚高，故彼辈即以高价收书，尚属有利可图。幸我辈采访甚力，多方截留，故彼等所得，尚鲜精品。即偶有关系颇巨之书，漏入彼等之手，我辈亦能设法从彼等处购得。惟未免代价较巨耳。此种情形，尚不多见。大抵我辈所得，多半从本地各肆及各藏家直接购取，故代价均尚平平。然默察一般市况，书价日趋上涨。今岁之价，较之去岁，已大不同；明日之价，较之今日，恐又将有异。普通应用书，所涨最巨。百衲本《二十四史》，商务售至一千七百元，《四部丛刊初编》，市价已达二千金。我辈于去岁购得此书一部，不过费九百数十金耳。故将来用款百元，仅能抵得过去岁之五六十金而已。朱先生意拟多购，以免散佚。我辈意亦从同，并已照办。预计本月底（至迟五月底），店务必将告一段落。（一）款将不继；（二）借此休息一时，将店中存书加以清理。丁、陈二先生业已动身，想不日即可相晤。此间详细情形，已托其代为面陈。（中略）携上之书，共计二十箱，皆关"目录"之书。（中略）此间用款甚节省。所不能节省者惟有购书之款而已。店中房租，因存货渐多，不能不扩充堆栈，恐亦将支出略巨。大约每月预料总可不至超出百元也。刘书正在积极商洽，必可成功，堪以告慰。港处王君款，已到二万。其余股款，想不日亦可续到。此间工作，正倾全力以编"善"目。俟刘书成后，即可开始缮写此目一份奉上。预计五月中必可写成。拟分作数函，陆续寄奉。收到后，除诸股东外，尚祈秘之，不可任人借抄，以免漏出，至盼，至感！盖此点关系甚大；如漏出，或将惹起意外之是非也。为慎重计，不能不守密。预估"善目"所收，颇堪满意；且颇自幸能不辱命也。兹将一月至四月中所得各书，择要奉告：

　　（一）二、三月间，分批购得积学斋徐氏善本书二十种，计共用款五百三十元。其中最重要者，有明刻本《宝祐四年登科录》，绍兴十八年《同年小录》，山东《乡试录》，应天府《乡试录》，《惠山集》，《钓台集》，《记古滇说原集》（嘉靖沐氏刊本），《安骥集》，《痊骥通玄论》，《靖康孤臣泣血录》，《皇明后妃记略》（万历蓝印

343

本），《梦学全书》及钞本《崆峒志》，《平江记事》等。

（二）二月间购得瞿氏书十二种，计价一百二十元，中有宋刻明印本《心经》《政经》，明刻本《白云楼诗集》，《摭古遗文》及抄本《纲山集》等。

（三）一月底从蒋谷孙许购得季沧苇《全唐诗集》底本（百衲本）二十四套（原装未动），计价八百元。此书原为刘晦之物。我辈前曾议价未谐，为蒋氏所得。兹仍得归我辈有，诚幸事也。

（四）二月中，从张寿征君处购得焦理堂手抄本《焦氏家集》，《农丹》，《邠记》（较刊本多一卷），明抄本《云台编》等九种，计价二百五十元。

（五）三月底，购得张菊生先生所藏宋刊宋印本《荀子》一部，计价四百元。

（六）孙伯渊处之上元宗氏书一批，前已说定二百元；现已付款取书。又以六十五元，购宋刊本《方舆胜览》一部（中有抄配）。

（七）中国书店经手之海日楼沈氏书，其善本几已全归我辈所有。除前已付二千元外，现又找付九百二十元结清。全部书目当另行抄奉上。

（八）从蟫隐庐罗子经处购得墨缘堂所印书全部（所阙无几），其中有外间绝版已久者。

（九）从北平来薰阁购得清末以来刊印之重要应用书一批（今日结算），如《清儒学案》及燕大出版各书等，亦多久觅未得者。拟目托购，所费心力颇多。足资补充我辈所缺。惜因汇水关系，书价未免加昂。（照定价加六成，尚属低廉。）

（十）从上海书林购得顺治《黟县志》，康熙《抚州志》，雍正《昭文县志》，乾隆《夔州府志》，乾隆《澎湖记略》，嘉庆《绵竹县志》，道光《金谿县志》，道光《太和县志》等二十七种，计共价二百四十元，皆罕见之方志也。

（十一）其他零星在沪肆所得，重要者有：（一）明刊本（黑口）《淮南鸿烈解》，（二）明刊本《皇明辅世编》，（三）万历刊本《海岳山房存稿》（郭造卿撰），（四）万历刊本《三山全志》，（五）明刊《四季须知》，（六）明末刊本《剿闯小说》，（七）万历刊本《松石斋诗文集》，（八）正德刊本《革除遗事》，（九）万历刊本《医经会元》，（十）万历刊本《殊域周咨录》，（十一）顺治刊本《已吾集》，（十二）万历刊本《山带阁集》，（十三）万历刊本《庶物异名疏》，（十四）抄本《延平二王遗集》，（十五）《彗星说》（稿本）等。

（十二）零星从平肆诸贾处购得，重要者有：（1）《里堂词》（稿本），（2）张行孚《说文考异》（稿本），（3）宋刊残本《居士集》，（4）明刊本《群玉楼集》（张燮撰），（5）明初刊本《道德经》，（6）康熙刊本《畿辅通志》（开花纸印），（7）明刊本《皇明百大家文选》，（8）道光刊本《濮川所闻记》等。

大抵我辈所得，不仅善本颇为可观，即普通应用书亦已略见充实。大劫之后，得书必倍艰于前，书价亦必随日俱涨。今日收之，诚得计也。若《续经解》《广雅丛书》之类大部书，今日便已绝迹市面矣。乃至《聚学轩丛书》及影印本《道藏》《学海类编》等亦甚不易得。我辈于此，亦颇费苦心以罗致之。（《道藏》迄今未购得。）补充未备，当为今后收书目标之一。惟此项工作，较之搜罗善本，尤为琐屑艰难，拟俟善目告成后，即从事于此项普通书目之编辑。然恐非半载以上之时力不办也。惟书囊无底，古人所叹。所收愈多，愈有不足之感！幸基础已立定，只要按部就班做去，其成绩必超过前人数倍也。所苦者书价日昂，颇难放手购置耳。现以直接向各藏家及较小之肆购买为主，且出价极力抑低，俾能维持去岁之标准，同时又不愿失去好书。对于索价较高者，常暂时保存，不与结帐。竟有时能发现索价较低之第二部，而将第一部退还。但对于少纵即逝者，则亦偶然忍痛收下。措置、调度之间，自信颇费苦心也。各"目"奉上后，各股东当可明了购置之困难情形矣。

关于运货事，与森公日在设法中。惟运输困难，日益加甚。自当于万难之中，设法运出，以期不负尊望。或当先行运港，再作第二步之打算。现在存货所在，皆甚谨慎，无虞水火，堪释远念。

印书事，因纸张已于去岁冬间购备若干，故进行尚为顺利，不受物价高涨之影响。应印之书，约有四五十种。印成后，除陆续寄奉尊处一份外，皆当封存堆栈，决不发售。乞勿念！书影亦已陆续在印。除前已奉上三份外，兹又附函奉上三份。多寄不便，故仅能如此零星寄上也。珂罗板以印于古色纸上者最为悦目。现已设法向泾县造纸处设法定购古色宣纸。（不漂白，价且可较廉。）将来，凡印珂罗板之善本书，皆拟用此项古色纸印刷。不知尊见以为如何？

正写至此时，适接奉四月二日航函；所附书单中各书，一部分已由丁陈二先生携港。余书即当设法照尊意寄递。乞释念！存港之一批，亦当即托友人设法寄至仰光转运也。

第八号工作报告书

（1941年5月3日）

慰堂先生：前日奉上七号营业报告，想已收到。尊处来电，亦已即覆。刘书已成交。计共选取明刊本一千二百余种，抄校本三十余种，共计价洋二万五千五百元。（内五百元为介绍人手续费。）款已付讫，书亦已分批取来（仅有十余种未交），正在清点中。详目容俟清点完毕后抄奉。此批书商谈甚久，变化颇多。功败垂成者不止二三次。幸能有此结束，大可庆幸！然我辈之心力已殚矣！盖书主素性懦弱寡断，易为人言所惑。初索四万，我辈已允之。所争者惟在取书之多寡问题。曾偕森公前往阅书十余日，选择至为审慎。其宋元部分，曾印出"书影"五册，然多杂伪冒之品。以元本为宋本，以明本为宋、元本者几居十之三四。（如所谓宋版《列女传》，则直以清阮氏覆刻本伪冒。）即不伪者，亦往往刷印不精，补板累累。综计宋本之可取者不及十，元本之可取者不及二十。为勉强凑数计，共选取宋本三十三种，元本三十三种。明刊本部分（原有一千九百余种），共选取一千二百余种。抄校本，稿本部分，共选取四百余种。清刊本部分，共选取二百种。清刊本至多且杂，千中取一，不啻四五易其稿，几费半月之力，从事于此。自信汰芜取华，用心至劢。当将此项选定之书目交付书主。久候未得覆音。颇为彷徨，恐其反覆。后书主托介绍人来覆云：宋元本部分，盼能少取若干；明刊本部分，盼能除去"丛书"及"方志"二部分；清刊本部分，盼能除去"丛书""方志"及"别集"三部分。当即答云：宋刊本部分可剔除后印模糊三五部。明刊本部分，一部不能减少；"丛书""方志"尤须包括在内。清刊本部分，可减去"丛书""方志"若干种。我辈如此迁就，而书主尚无决定。迟之不允，又托介绍人来覆云：明刊本部分拟不出售，可否单购宋元本及抄校本、稿本部分。当即答以：明刊本部分如不在内，我辈即不拟收购。盖当时风闻有人拟竞购明刊本部分，挈之海外转售。又风闻某人亦拟购其明刊本，而转售一部分于海外。此时形势，至为危急。我辈出其全力，以说动书主。大义、私交，无话不说尽。最后，书主乃云：可否以二万七千元，单购其明刊本部分。当答以：明刊本部分，至多可出价至二万元。但抄校本部分，尚拟选取若干，书价可另计。彼允加以考虑。当又费去数日之力，拟就必须选取之抄彷校本书单一纸交去。（共三十六种。）十数日后，书主覆云：明刊本部分，连同此项抄校本，最低价为二万五千元。当即再三与之商议，分文不肯减让。因恐其又将中变，只好忍痛允之。（外加介绍人手续费五百元，尚廉。）然经过一夜，书主果又反覆，复托介绍人来商云：可否加殿版《图书集成》一部，共付三万元。我辈当即加以拒绝，云：《图书集成》不要，但书主如必须三万元者，我辈亦可付之。惟此另加之五千，须另行选取他书。彼突然又云：如照原议，付四万，取前曾选定之宋元本，明刊本，清刊本及抄校本者，可成交否？当即答之云：当然可以照办。（当时如迟疑不覆，或答以不能照办者，彼必生疑，明刊本部分，即万难成交矣。）随即提出三项办法，任彼择其一：（一）照原议付四万元；（二）付三万，另取他书五千；（三）付二万五千，取明刊本一千二百余种及抄校本三十六种。此时诚如以一发悬千钧，少纵即逝。幸赖对付得法，未再节外生枝，发生意外。次日，书主乃正式答覆云：可仍照前议，以二万五千元取明刊本一千二百余种及抄校本三十六种。我辈即备就书款送去，同时即进行点书包扎，分批送来。盖迟则恐又将生变化也。至此，此项交易，乃大功告成矣！成交之日，我辈心满意足，森公亦极为高兴。盖其精华，已为我辈所撷取矣。余书续购与否，已无多大关系。虽宋、元本，稿本，抄校本，清刊本各部分，尚有应行选购者，然均非万不可失之物。结果如此，实非我辈始料所及。如以四万，购其全部善本，实为勉强。不意书主自愿析出明刊本及一部分抄校本单售，诚是我辈求之不得者！平均计之，每种计值仅二十余元。不仅按之今日市价，大是低廉，即以劫前之书价核之，亦尚为值得也。何况其明刊本中，多为可遇而不可求之物乎！"史""集"二部，尤为白眉。天一阁、抱经楼旧藏之物甚多。曾与森公约略加以估价，值百元以上者，可有二百种，值五十元以上者，可有三百种。即此二部分已可共值三万五千元矣！在今日市上，不必说万难有此一大批善本出现；即有十种、八种零星善本出现，其价亦必大昂，难于成交也。平市曾有《大政记》（《明史概》中之一种）一书，为美方所得，价至百金；又明刊《常州府志续集》，为燕大取得，价至八十金。核之国币，尚须加倍计算。诚

349

可骇人听闻矣！此批书如为坊贾辈所得，即出售其十之二三，殆已足偿本有余矣。我辈书运之佳，诚堪自喜！此亦诸股东之福也！抄校本中，我辈所选取者，以明抄本为最多，殆已竭其精英。计有：《论语解》四册，《雅乐考》八册（毛斧季跋），《皇宋中兴圣政》五册，《洪武圣政记》十二册，《蹇斋琐缀录》一册，《刑部问宁王案》一册，《兵部问宁夏案》一册，《比部招拟类钞》六册，《肃皇外史》十册，《皇明献实》八册，《朝鲜杂志》一册，《高科考》一册，《论衡》六册，《册府元龟》二百二册，《六帖补》一册，《邵氏见闻录》六册，《绿窗新话》二册，《南山黄先生家传集》六册，《三武诗集》一册，《陈允平词》一册，《华阳国志》四册（钱叔宝手抄），《藏一话腴》一册（金孝章手抄），《元六家诗集》四册（金亦陶手抄）等。旧抄本百中取一，未必甚佳，惟可资以补充未备，计有：《万历邸钞》三十二册，《国榷》六十册，《劫灰录》二册，《秘书志》四册，《闻过斋集》二册，《观乐生诗集》三册等。批校本所取最少，然均为极堪矜贵之品；计有：《淳熙三山志》二十册（明小草堂抄本，徐兴公校），《述古堂书目》二册（吴枚庵校并跋，吴兔床跋），《尘史》四册（明抄本，毛斧季校），《玉台新咏》一册（赵氏刊本，叶石君校并跋），《稼轩长短句》六册（嘉靖刊本，陆勒先校，惜仅校前三册，后三册无陆氏校笔，疑佚去，坊贾取他本配全），《中州启札》一册（抄本，劳巽卿校）。此项抄校本，取十一于千百，难免有遗珠之憾。然多取恐书主生疑，不愿见售，故约之又约，仅择此三十余种不能不取之书。取舍调度之间，自信颇煞费苦心也。

明刊本中，以史料之书，最为难得，最可矜贵。择其要者言之，则有：《昭代典则》四十册，《皇祖四大法》二十册，《交黎剿平事略》六册，《虔台倭纂》二册，《皇明名臣琬琰录》二十四册，《苍梧总督军门志》十五册，《边政考》六册，《九边图说》二册，《三边图说》三册，《桂胜》《桂故》六册，《金陵梵刹志》十册，《炎徼瑸言》二册，《裔乘》六册，《吏部职掌》十二册，《掖垣人鉴》八册，《漕船志》六册，《海运新考》三册，《福建运司志》六册，《马政记》二册，《昭代王章》六册，《江南经略》十册，《师律》三十六册，《宪章类编》二十册，《皇明嘉隆两朝闻见记》十二册，《皇明卓异记》十册，《征吾录》四册，《吾学编》二十四册，《皇明书》二十四册，《世庙识余录》六册，《皇明典故纪闻》十八册，《皇明宝训》二十册，《经略复国要编》十六册，《国朝典故》四十八册，《九十九筹》八册，《安南来威图册》《安南辑略》六册，《颂天胪笔》二十册，《王端毅公奏议》六册，《青崖奏议》四册，《箸溪疏草》六册，《郑端简公奏疏》八册，《柴庵疏集》十二册，《皇明疏钞》三十六册，《皇明留台奏议》二十四册，《皇朝经济录》十八册，《皇明开国功臣录》二十册，《吴中人物志》六册，《圣朝名世考》十六册，《宗藩训典》十二册，《皇明应谥名臣录》十二册，《本朝分省人物考》四十六册，《宰相守令合宙》二十六册，《古今宗藩懿行考》二十册，《明一统志》十六册，《大明一统名胜志》七十二册，《皇舆考》四册，《皇明职方地图》四册，万历《帝乡纪略》二十册，万历《广西通志》五十六册，弘治《八闽通志》四千册，嘉靖《浙江通志》四十册，嘉靖《河南通志》十二册，嘉靖《南畿志》十二册，成化《毗陵志》十三册，正德《常州府志续集》三册，万历《昆山县志》四册，嘉靖《安庆府志》二十四册，弘治《徽州府志》十二册，成化《中都志》二十册，嘉靖《抚州府志》十六册，万历《杭州府志》四十册，成化《宁波郡志》十八册，嘉靖《宁波府志》四十册，万历《金华府志》四十册，嘉靖《河间府志》十二册，万历《故城县志》三册，嘉靖《朝城县志》四册，正德《漳州府志》二十四册，《通惠河志》四册，《吴中水利全书》十二册，《东夷考略》三册，《三山志》十六册，《东山志》十册，《罗浮山志》八册，《庐山纪事》十二册，《明州阿育王山志》十册，《蜀中名胜志》八册，《崖山志》十二册，《禹峡疏略》十二册，《明经书院录》三册，《石鼓书院志》四册，《皇明功臣封爵考》八册，《国朝列卿年表》十六册，《京学志》十册，《玉堂丛语》四册，《大明官制》四册，《牧津》十二册，《大明集礼》四十册，正德刊《大明会典》六十册，万历刊《大明会典》七十册，《皇明世法录》一百册，《皇明经济实用编》二十四册，《明伦大典》八册，《皇明太学志》五册，《皇明进士登科考》十六册，《明贡举考》八册，《皇明三元考》十册，《王国典礼》八册，《读律琐言》十六册等等。此项史料皆极难得，即悬百金于市，恐亦不易得其三五种。今乃一批得之，诚宜踌躇满意矣。

集部之中，难得之精品亦不在少数。六朝唐人集，无甚佳者。宋人集却有天顺本《欧阳文忠公全集》八十册，黑口本《屏山集》四册，弘治本《竹渊文集》四册，洪熙本《欧阳修撰集》四册，正统本《云庄刘文简公集》八册，天顺本《梅溪集》二十四册，景泰本《水心全集》二十四册，黑口本《石屏诗集》二册，景泰本《叠山集》四册，天顺本《方蛟峰文集》八册等；元人集有成化本《吴文正全集》四十册，嘉靖本《还山遗稿》四册，成化本《静修先生文集》十册，正德本《雪峰文集》四册，嘉靖本《道园学古录》二十册，嘉靖本《黄文献公文集》八册，嘉靖本《宝峰先生集》二册，明初刊本《铁崖先生古乐府》四册等，皆颇佳。惟其精华所聚，毕竟在明人别集。此项明刊本明人别集，约近四百种，皆极有用，非若簿册单帙之无关时代之诗集也。举其要者，有：成化本《诚意伯集》十册，弘治本《胡仲子信安集》二册，明初刊本《清江贝先生集》六册，明初刊本《黄文简公介庵集》十册，成化本《高漫士啸台集》八册，正德本《在野集》三册，明初刊本《梦观集》三册，正统本《两京类稿》十二册，弘治本《南斋稿》四册，成化本《忠文公集》十册，成化本《东行百咏》四册，景泰本《寻乐文集》六册，弘治本《敬轩薛先生文集》十二册，成化本《颐庵文集》四册，成化本《畏庵集》四册，成化本《王文安公集》二册，弘治本《完庵集》二册，弘治本《宜闲文集》六册，嘉靖本《王端毅公全集》八册，嘉靖本《类博稿》四册，弘治本《杨文懿公文集》二十四册，万历本《黎阳王襄敏公集》四册，弘治本《彭文思公文集》八册，嘉靖本《巽川文集》十二册，嘉靖本《康斋先生集》十六册，正统本《篁墩文集》四十册，嘉靖本《东田诗集》八册，万历本《见素集》三十二册，隆庆本《庄简集》十册，黑口本《堇山集》十册，嘉靖本《祝氏集略》八册，万历本《张庄僖公文集》六册，万历本《何文简公集》八册，嘉靖本《王氏家藏

353

集》十八册，嘉靖本《水南集》六册，明刊本《周职方集》二册（黄莪圃跋），嘉靖本《椒丘文集》十二册，嘉靖本《泉翁大全集》四十册，又《甘泉先生续编大全》三十二册，嘉靖本《孟有涯集》十一册，嘉靖本《泾野先生文集》六十册，嘉靖本《南湖诗集》四册，嘉靖本《玄素子集》四十册，万历本《群玉楼稿》八册，嘉靖本《欧阳南野集》二十八册，万历本《蓝侍御集》四册，万历本《中麓闲居集》十二册，万历本《辽阳稿》四册，嘉靖本《五岳山人集》十六册，万历本《天一阁集》十六册，万历本《赵文肃公文集》十册，万历本《袁文荣公集》九册，嘉靖本《丘隅集》六册，万历本《刘子威全集》八十四册，万历本《徐氏海隅集》十二册，又《春明稿》二册，万历本《李温陵集》十册，万历本《条麓堂集》二十册，万历本《耿天台先生文集》十册，万历本《处实堂集》四册，万历本《文起堂诗文集》十册，万历本《二酉园诗文集》三十六册，隆庆本《何翰林集》八册，万历本《潘景升诗集》十六册，万历本《十岳山人诗》十册，万历本《王百谷二十种》十册，万历本《止止堂集》三册，万历本《大泌山房集》三十九册，万历本《谷城山馆集》二十二册，万历本《不二斋文选》三册，万历本《郁仪楼集》八册，又《石语斋集》六册，又《天倪斋诗》四册，万历本《隅因集》十二册，崇祯本《赵忠毅公全集》三十二册，万历本《少室山房类稿》等三十二册，万历本《快雪堂全集》三十二册，万历本《农丈人文集》十二册，万历本《魏仲子集》四册，崇祯本《李文节集》十四册，天启本《苍霞草》等七种六十册，万历本《白苏斋类集》四册，万历本《焦氏澹园集》二十四册，崇祯本《吴文恪公文集》十六册，天启本《陶文简公集》十一册，天启本《山草堂集》二十四册，崇祯本《归陶庵集》四册，万历本《下菰集》三册，又《居东集》六册，万历本《雪涛阁集》十册，万历本《睡庵文集》二十册，明写刊本《输寥馆集》十四册，万历本《懒真草堂集》八册，明末刊本《经略熊先生全集》十二册，崇祯本《宝日堂集》四十册，万历本《东极篇》《南极篇》《皇极篇》十四册，天启本《珂雪斋集选》十二册，天启本《鳌峰集》六册，天启本《十赍堂文集》十二册，万历本《石秀斋集》十册，天启本《鹿裘石室集》十四册，万历本《翏翏阁全集》六册，万历本《程仲权先生集》四册，明末刊本《陈眉公集》三十册，万历本《何长人集》四册，万历本《陈明卿集》四册，崇祯本《小筑迩言集》十六册，崇祯本《岳归堂集》六册，明末刊本《茅檐集》二册，又《魏子敬遗集》二册，明末本《拜环堂诗文集》五册，明末刊本《瑶光阁集》四册，明末刊本《金太史集》八册，崇祯本《简平子集》六册，崇祯本《偶居集》十册，明末刊本《七录斋集》四册，崇祯本《怀兹堂集》四册，崇祯本《寒光集》八册，崇祯本《太乙山房文集》六册，崇祯本《几亭文录》五册，崇祯本《纺绶堂集》八册，崇祯本《还山三体诗》《凌霞阁杂著》三册，天启本《石民未出集》，八册等等，均皆轻易不能在坊肆中见到者。即偶一有之，亦不过月遇二三种，年遇二三十种耳。且更有市上绝不可得见者！即以十载、廿载之力，欲聚此，恐亦难能也。今得此似较之北平图书馆前得密韵楼之明集一批尤为重要也。

至总集、诗文评及词曲部分之重要者，则有隆庆本《文苑英华》一百一册，弘治本《新安文献志》三十二册，嘉靖本《延赏编》六册，嘉靖本《孔氏文献集》四册，嘉靖本《浯溪集》二册（黄尧圃跋），嘉靖本《南滁会景编》八册，隆庆本《玉峰诗纂》六册，隆庆本《皇明文范》四十二册，隆庆本《昆山杂咏》十册，嘉靖本《文氏五家集》六册，万历本《国雅》二十四册，万历本《包山集》四册，万历本《香雪林集》二十四册，万历本《皇明诗统》四十册，万历本《今文选》十二册，万历本《宋元诗集》二十四册，天启本《洞庭吴氏集选》四册，天启本《金华文征》十六册，崇祯本《皇明文征》三十册，崇祯本《几社壬申文选》十二册，明末刊本《皇明策衡》二十册，正德本《湖山唱和》二册，正德本《全唐讲话》六册，万历本《讲话类编》三十二册，明刊本《艺薮谈宗》八册，嘉靖本《桂翁词》三册，万历本《杨升庵夫妇乐府词余》四册，万历本《花草粹编》十二册，明末刊本《古今词说》二十册，正德本《碧山乐府》等十二册，嘉靖本《雍熙乐府》四十册，嘉靖本《词林摘艳》四册，万历本《吴骚集》四册，万历本《南词韵选》二册（残），万历本《目莲劝善戏文》六册等。

其他子部，亦多奇书异品。仅就"丛书"部分而言，有若：《历代小史》二十册，《明世学山》十六册，《裨乘》十册，《今献汇言》十六册，《金声玉振集》二十册，《夷门广牍》五十六册，《盐邑志林》五十册，《顾氏文房小说》三十册，《顾氏四十家小说》十册，《汇刻三代遗书》十二册，《纪录汇编》一百二十册，《范氏奇书》四十册，明经厂本书三十四种，九百二十余册等，均不易得。

而所谓"明经厂本书"，本非"丛书"，乃亦列入"丛书"中，仅算作一种，尤为得意；内有《含春堂稿》等，均非寻常之物也。他若"类书"部分之成化本《事林广记》十二册，万历本《三才图会》一百七〔十〕册，万历本《图书编》五十册，万历本《天中记》一百二十册，万历本《学海》八十册，明末刊本《广博物志》二十四册等；"小说家"部分之万历本《亘史钞》六册，《聚善传芳录》五册等，均价值颇昂。又"儒""兵""法""医""术数""艺术""谱录""杂""道""释"诸家中，亦多罕见之书。惟经部较为贫乏。然亦选取七十八种，多半为明人经解，足补历来汇刻经解者所未收、未及。

综计明刊本中，凡得经部七十八种，史部二百五十余种，子部二百六十余种，集部六百余种，共计一千二百余种。（因有十余种在争议未决中，故未能以确数奉告。）

本月廿二日，又从张菊老处，得其藏书中之最精者五种：（一）唐写本《文选》一巨卷（日本有数卷，已收为"国宝"，并印为《帝大丛书》），（二）宋写本《太宗实录》五册，（三）宋刊本《山谷琴趣外编》一册，（四）宋刊本《醉翁琴趣外编》一册（残），（五）元刊本《王荆文公诗注》十册。（李璧注，国内无藏全帙者。）此五书，皆可称为压卷之作。菊老大病后，经济甚窘。彼意谓：将来必将散出，不如在此时归于我辈为佳。因毅然见让。计共价二千六百元。实不为昂也。得《文选》，总集部可镇压得住矣；得《太宗实录》，史部得冠冕矣；得山谷《醉翁》《琴趣》二种，词曲类可无敌于世矣；得《王荆文公诗注》，元刊本部分足称豪矣！所憾者五经四史均尚未能罗致宋椠佳本耳。假以时日，焉知不有"来归"之望乎！

至平肆零购之书，近日收到者，胥为佳品，甚可重视。虽出价较高（因平沪汇率关系），然实尚值得。举其重要者，则有：（一）万历本《高文端公奏议》八册，（二）嘉靖本《皇明疏议辑略》三十二册（张瀚辑），（三）明抄本《江西疏稿》六册，（四）清初朝鲜刊本《璿源系谱纪略》一册，（五）万历李承勋刊本《朝鲜图说》一册，（六）明抄本《崞县志》四册，（七）清初朝鲜刊本《庄陵志》二册，（八）万历本《岳麓书院志》二册，（九）明彩绘本《延绥东路地里图本》一册，（十）明绘本《喜峰口边隘图》一册，（十一）明彩绘山海、永平、蓟州、密云、古北口等处地方里路图本一册，（十二）顺治本《顺治丙戌缙绅录》一册，（十三）万历本《星宿图》一册，（十四）嘉靖本《蓬窗日录》八册（陈全之撰），（十五）崇祯本《耳新》四册，（十六）万历本《石鼓文正误》《碧落碑文正误》三册（陶滋撰），（十七）嘉靖本《阳峰家藏集》十二册（张璧撰），（十八）嘉靖蓝印本《韩襄毅公家藏文集》六册（韩雍撰，四库底本），（十九）万历本《灵山藏笨庵吟》二册（郑以伟撰），（二十）万历本《慎修堂集》七册（刘日升撰），（二一）万历本《杨道行集》十册（杨于庭撰），（二二）明刊本《阳岩山人集》四册（江汜撰），（二三）明刊本《玉阳稿》四册（区怀瑞撰），（二四）汲古阁刊本《四照堂文集》二十四册（卢绒撰），（二五）康熙铜活字本《松鹤山房诗集》四册（陈梦雷撰），（二六）汲古阁本《隐湖唱和诗》三册，（二七）万历本《塞下曲》

一册（万世德撰），（二八）明刊本《续真文忠公文章正宗》十册（明郑柏辑），（二九）清初刊本《诗观》初二三集三十六册，（三〇）明朝鲜刊本《元遗山乐府》三册，（三一）顺治本《倚声初集》（邹祇谟辑），（三二）嘉靖本《天台胜迹录》二册等等。此等书不至流落海外，实为万幸！亦缘彼辈尚知大义，故能远道见归。我辈书运日佳，诚堪自慰也！

至沪肆日来所收，亦多精品。刘十枝（即撰《直介堂丛刻》者）藏书，近已分批出售。去冬售去"方志"一千余种，为北平文殿阁所得，多半售之燕大，余亦不可踪迹。惟尚余精品若干，顷归修文堂，转售于我辈，计有：嘉靖本《秦安县志》四册，万历本《固原州志》二册，康熙《虹县志》八册，道光中《卫县志》四册，康熙《常熟县志》十二册，乾隆《无锡县志》十六册，嘉庆《于潜县志》五册，乾隆《凤山县志》十册（抄本），乾隆《灵璧县志略》二册等，均系"方志"中不易觅得者。此外，尚有印谱数种，亦佳，如瞿木夫《集古官印考证》，系吴清卿甫钤本，殊为可贵。

然取之坊肆，究竟费力多而所得少。现决定自即日起停购各肆之书。尚有若干送来样书，未决定购买与否者，亦拟尽一个月内，与之分别解决，结清。总之，在五月底，采购事必可告一结束。

五月份内拟办之事，最重要者为：设法商购适园张氏之善本书一部分。张氏原索五万元，但可减少；现在亦肯分批出售。拟先行购取万元。数日后，当可偕森公同往阅书。俟阅毕，当再行报告。惟此万元，原应归还马氏垫款。如张氏书可成交，则势不能不动用此万元矣。

　　刘晦之处尚有若干宋本，颇佳（如宋蜀刊本《后汉书》，宋刊本《三国志》等，"四史"足补其二，且较海源阁之"四史"为佳），亦有见让之意，正在商洽中。惟余款无几，恐不易问津也。又北方出现之《王文公集》，《二百家名贤文粹》等，均拟放弃。最可憾惜者：潘博山君尝介绍明末文俶（赵灵均妻）所绘《本草图谱》一书，凡二十许册，绝为精美，首有灵均手书长序，其他序跋，亦皆出明末诸贤手。书主索二千金，不能减让分文。我辈踌躇数月，尚未能有所决定。势恐必归他人。因股款无几，对此项价昂之珍品，仅能望洋兴叹耳。

　　印书事，中经工人罢工，故进行颇为迟缓。兹拟就第一至四集目录附上，请诸股东详加指正，以便遵循。此项书籍，所选者均未有每部超过七八册以上者。因所购纸张不多，不能印大部书也。四集约共有一百二十册左右，似尚可观也。

　　善本"书影"三份，兹并附奉。

　　此后店中工作，当集中于编目。五月份内必可陆续将"善目"先行编就，分批寄上。（每批约三十张，约共有十批。）此项书目，除诸股东外，乞勿传观为盼！

　　此项营业报告约再有一次或二次（至多二次），即可完全结束矣。补充普通书之工作，亦拟暂行停止，俟将来再进行。森公浩然有归志。然总须俟此间点查事及其他工作告段落后，方能成行。正在极力挽劝中。店务进行，森公最为努力，亦最为详悉。将来晤面时，必能细述一切也。

善本丛书第一集

一、《诸司职掌》 明刊本

二、《昭代王章》 明刊本

三、《大明官制》 明刊本

四、《旧京词林志》 明刊本

五、《玉堂丛语》 明刊本

〔明代典章〕

六、《厂库须知》 明刊本

七、《马政记》 明刊本

八、《漕船志》 明刊本

九、《海运新考》 明刊本

十、《福建运司志》 明刊本

善本丛书第二集

一、《皇舆考》 明刊本

二、《皇明职方地图》 明刊本

三、《天下一统路程记》
　　明刊本

四、《边政考》 明刊本

五、《三镇图说》 明刊本

〔地理边防〕

六、《东夷考略》 明刊本

七、《朝鲜杂志》 明抄本

八、《炎徼纪言》 明刊本

九、《记古滇说原集》 明刊本

十、《裔乘》 明刊本

善本丛书第三集

一、《中兴六将传》
　　穴砚斋抄本

二、《家世旧闻》 穴砚斋抄本

三、《高科考》 明抄本

四、《明初伏莽志》 稿本

五、《蹇斋琐缀录》 明抄本

〔宋明史料〕

六、《刑部问蓝玉党案》
　　明抄本

七、《刑部问宁王案》 明抄本

八、《兵部问宁夏案》 明抄本

九、《泰昌日录》 明刊本

十、《史太常三疏》 明刊本

361

善本丛书第四集

第九号工作报告书

（1941 年 6 月 3 日）

蔚唐先生：前上营业报告第八号及一函，谅均已收到。五月份内，所得不多。盖因零星购置，业已停止也。"中英"股曾复我辈"辰、哿"电，对于瞿、杨、潘、张、刘诸家，拟欲全购，诚不世之伟举，钦佩无已！惟据我辈所知：杨书仅百余种，而去岁索价已在七万。今春沪、津汇率更高，几涨一倍，似无法问津。今日即付七万，恐书主亦未必肯售。此批书想来一时不至售出。盖胃口如此之大之主顾，必不会有也。不妨姑置之。俟有拟出售之确耗时，再行奉告。潘氏宝礼堂书，亦仅百余种。微闻拟索十万左右。书主此时亦尚无意出让，似亦不妨暂行搁下缓图。现时所能办者，实为瞿、张、刘三家。瞿书千余种，犀曾偕森公往阅其一部分（不

362

久尚拟再往阅看数次），实叹观止！曾与瞿凤起君作恳挚之谈话数次。彼势不能不售书过活，却又不愿全部售出。拟分批出售，每次约售一二万。彼不欲"上品"全去，我辈亦不愿得中等货。拣择取舍之间，实费斟酌。好在已再三约定，必不他售。将来总是全部归我。故此时之选取，但求其货价相当，即不全取其最上品，似亦不妨也。有森公在此，相商进行，决不至有负尊望。张芹伯书已审阅其大部分。"善本"约有一千二百余种。森公与犀胸中已略有成竹。大约在此数中，尚应剔去不佳及可疑者三四百种。总之，七八百种以上之佳品必可有。（参阅上函）但尚须约看一二次，始能全部了然。此批货最好全收。（连普通书共约一千五百种。）张氏亦愿全售。盖分割殊感不易也。曾托介绍人切实询问书价。张云：三四万之间，绝对不欲商谈。彼希望以五万之数成交。我辈意：四万五六千元或可解决。然亦不敢必也。至刘晦之（远碧楼）物，尚有二三十种上品，最多不出一万三四千元。（尚未详谈）以上三家，总共约在八万左右。但甚盼"中英"股方面，能筹足十万。（其中六七万最好能在六月中旬即行汇下，以便早日解决张瞿二家物。）盖北方杨氏之《二百家名贤文粹》等，邢氏之《蜀刻唐人集》四种，宝应刘氏之《王荆文公集》及滂喜斋之宋本数种（潘博山君有出让意），亦均有得到之可能。此种宋本，即在瞿、杨、潘、陈（澄中）藏中，亦是白眉。似难放手，任其流失。又其他平、沪各肆，间亦出现零星"善本"，似亦应储款以待之也。俟张、瞿、刘三批成功，不妨第二步再徐图杨、潘等物。如能尽行网罗诸家，则店中所储，不仅无敌于天下，且亦为五百年来之创举矣！"中英"

股"感"电已另覆。然电文未能详。乞便中以此函呈诸股东一阅为荷。至店中五月份内所得，亦有略足报告者：

一、于张菊老处续得第三批善本书六种：（一）宋刊本《春秋经传集解》十六册（以"纂图互注"本配）；（二）宋蜀刊本《权载之文集》一册（存卷四十三之五十）；（三）宋刊明印本《真文忠公续文章正宗》十册；（四）正德十六年《登科录》四册；（五）万历十四年《会试录》四册；（六）嘉靖十九年《应天乡试录》四册；计价共六百元正。

二、得李思浩处书一批，计价共五百元正。内中多普通应用书，足以补充前所未备。"善本"之重要者有：（一）抄本《枣林杂俎》六册（朱竹垞旧藏）；（二）抄本《海昌外志》八册（拜经楼旧藏）；（三）嘉靖间安肃荆聚校刊本《草堂诗余》四册；（四）万历间郭子章刊本《秦汉图记》二册；（五）抄本《说文解字通释》十二册等。普通书如张刻《唐石经》等，现时市价亦颇昂。此批书不经书贾手，故价尚低廉。

三、平肆各贾书款，大致已结清；计付来薰阁六百六十八元，文殿阁六百元，修文堂一百元。帐中各书，大都尚系去冬搁置至今者，价均未涨。虽颇费口舌，然诸贾均能深明大义，可嘉也！彼辈近来送书较少；一因好书不易得，二因我辈选择甚酷，三因他处有好主顾。然真正之好书却仍能不至漏失。

四、此间各肆，所见更少。曾从孙贾伯渊处，得嘉靖间洛川王氏刊本《宣和遗事》四册（分四集），诧为奇遇，尚未与议价，恐彼所望甚奢，然实不欲放手也。此外，稿本、抄校本、明刊本等，亦尚收入若干。惟均非甚重要者。森公颇急于内行，犀亦亟欲赴港一次，办理运货事。至迟拟于六月底动身。（大约同行。）故"中英"股方面之款，盼能早日见汇，以便在此时间之内，办妥张、瞿、刘三家物。否则，恐又须担误若干时日矣。"公是"物已有一部分寄港。俟第一批到后，当再寄第二三批。其上等精品，则当随身携带。

　　"善本书目"卷一"经部"，已编成（共二百十六种），兹抄奉一份备查。细阅，尚感满意。所缺者仍是宋、元精品。得瞿、张、刘三家物，则大足弥补此缺憾矣。卷二"史部"亦在誊写中。（约较"卷一"多三四倍。）俟抄就，当继此奉上。"子""集"二部，亦已具有底稿。无论如何，此目在六月内必可全部编就奉寄也。如此，则第一部分之工作，即自去岁二月至今年五月间之购置事业，可自此告一总结束矣。（"总报告"拟分二次或三次奉上。）以后张、瞿、刘三家物，则为第二步之工作成绩，当归之"续编"中矣。

日　记

求书日录

序

　　如果能够尽一份力，必会有一份的成功。我十分相信这粗浅的哲学。只要肯尽力，天下没有不能成功的事。我梦想着要读到钱遵王《也是园书目》里所载许多元明杂剧。我相信这些古剧决不会泯没不见于人间。他们一定会传下来，保存在某一个地方，某一个藏家手里。他们的精光，若隐若现的直冲斗牛之间。不可能为水、为火、为兵所毁灭。我有辑古剧本为古剧钩沉之举，积稿已盈尺许。惟因有此信念，未敢将此"辑逸"之作问世。后来读到丁芝孙先生在《北平图书馆月刊》里发表的《也是园所藏元明杂剧跋》，我惊喜得发狂！我的信念被证明是确切不移的了！这些剧本果然尚在人间！我发狂似的追逐于这些剧本之后。但丁氏的跋文，辞颇隐约，说是读过了之后，便已归还于原主旧山楼主人。我托人向常熟打听，但没有一丝一毫的踪影。又托人向丁氏询访，也是不得要领。难道这些剧本果然像神龙一现似的竟见首不见尾了么？"八·一三"战役之后，江南文献，遭劫最甚。丁氏亦已作古。但我还不死心，曾托一个学生向丁氏及赵氏后人访求。而赵不骞先生亦已于此役殉难而死。两家后人俱不知其究竟。不料失望之余，无意中却于来青阁书庄杨寿祺君那里，知道这些剧本已于苏州地摊上发现。我极力托他购致。虽然那时，我绝对地没有购书的能力，但相信总会有办法的。隔了几天，杨君告诉我说，这部书凡订三十余册，首半部为唐某所得，后半部为孙伯渊所得，都可以由他设法得到。我再三地重托他。我喜欢得几夜不能好好的睡眠。这恐怕是近百年来关于古剧的最大最重要的一个发现吧。杨君说，大约唐君的一部分，有一千五百金便可以购致，购得后，再向孙君商议，想来也不过只要此数。我立刻作书给袁守和先生，告诉他有这么一回事，且告诉他只要三千金。他和我同样的高兴，立刻复信说，他决定要购致。我立刻再到来青阁去，问他确信时，他却说，有了变卦了。我心里沉了下去。他说，唐君的半部，已经谈得差不多，却为孙伯渊所夺去。现在全书俱归于孙，他却要"待价而沽"，不肯说数目。说时，十分的懊丧。我也十分懊丧。但仍托他向孙君商洽，也还另托他人向他商洽。孙说，非万金不谈。我觉得即万金也还不算贵。这些东西如何能够以金钱的价值来估计之呢！立刻跑到袁君的代表人孙洪芬先生那里去说明这事。他似乎很有点误会，说道：书价如此之昂，只好望洋兴叹矣。我一面托人向孙君继续商谈，一面打电报到教育部去。在这个国家多难，政府内迁之际，谁还会留意到文献的保全呢？然而陈立夫先生立刻有了回电，说教育部决定要购致。这电文使我从失望里苏生。我自己去和孙君接洽，结果，以九千金成交。然而款呢？还是没有着落。而孙君却非在十几天以内交割不可。我且喜且惧地答应了下来。打了好几个电报去。款的汇来，还是遥遥无期。离开约定的日子只有两三天了！我焦急得有三夜不曾好好的睡得安稳。只有一条路，向程瑞霖先生告贷。他一口答应了下来，笑着说道：看你几天没有好睡的情形，我借给你此款吧。我拿了支票，和翁率平先生坐了车同到孙君处付款取书。当时，取到书的时候，简直比攻下了一个名城，得到了一个国家还要得意！我翻了又翻，看了又看，慎重地把这书捧回家来。把帽子和大衣都丢了，还不知道。至今还不知是丢在车上呢，还是丢在孙家。这书放在我的书房里有半年，我为它写了一篇长文，还和商务印书馆订了合同，委托他们出版。现在印行的《孤本元明杂剧》一百余剧，便是其中的精华。我为此事费尽了心力，受尽了气，担尽了心事，也受尽了冤枉，然而，一切都很圆满。在这样的一个动乱不安的时代，我竟发现了、而且保全了这么重要、伟大的一部名著，不能不自以为踌躇满志的了！中国文学史上平添了一百多本从来未见的元明名剧，实在不是一件小事！我们政府的魄力也实在可佩服！在这么军事倥偬的时候还能够有力及此，可见我民族力量之惊人！但也可见"有志者事竟成"，实在不是一句假话。但此书款到了半年之后方才汇来，程先生竟不曾催促过一声，我至今还感谢他！他今日墓木已拱，不知究竟有见到这书的印行与否。应该以此书致献于他的灵前，以告慰于他！呜呼！季札挂剑，范张鸡黍，千金一诺，岂足以比程先生之为国家民族保存国宝乎！

这是我为国家购致古书的开始。虽然曾经过若干的波折，若干的苦痛，受过若干的诬蔑者的无端造谣，但我尽了这一份力，这力量并没有白费；这部不朽的宏伟的书，隐晦了近三百年，在三百年后的今日，终于重现于世，且经过了那么大的浩劫，竟能保全不失，不仅仅保全不失，且还能印出问世，这不是一个奇迹么！回想起来，还有些"传奇"的意味，然而在做着的时候，却是平淡无奇的。尽了一份力，为国家民族做些什么，当然不能预知有没有成绩。然而那成绩，或多或少，总会有的，有时且出于意外的好。我这件事便是一个例子。

"但管耕耘，莫问收获。"

我今日看到这一堆的书，摩挲着，心里还十分的温暖，把什么痛苦，什么诬蔑的话都忘记得干干净净。为了这么一部书吃些苦，难道不值得么？

"狂胪文献耗中年"，龚定庵的这一句话，对于我是足够吟味的。从"八·一三"以后，足足的八年间，我为什么老留居在上海，不走向自由区去呢？时时刻刻都有危险，时时刻刻都在恐怖中，时时刻刻都在敌人的魔手的巨影里生活着。然而我不能走。许多朋友们都走了，许多人都劝我走，我心里也想走。而想走不止一次，然而我不能走。我不能逃避我的责任。我有我的自信力。我自信会躲过一切灾难的。我自信对于"狂胪文献"的事稍有一日之长。前四年，我耗心力于罗致、访求文献，后四年——"一二·八"以后——我尽力于保全、整理那些已经得到了的文献。我不能把这事告诉别人。有一个时期，我家里堆满了书，连楼梯旁全都堆得满满的。我闭上了门，一个客人都不见。竟引起不少人的

372

误会与不满。但我不能对他们说出理由来。我所接见的全是些书贾们。从绝早的早晨到了上了灯的晚间，除了到暨大授课的时间以外，我的时间全耗于接待他们。和他们应付着，周旋着。我还不曾早餐，他们已经来了。他们带了消息来，他们带了"头本"来，他们来借款，他们来算帐。我为了求书，不能不一一的款待他们。有的来自杭州，有的来自苏州，有的来自徽州，有的来自绍兴、宁波，有的来自平、津，最多的当然是本地的人。我有时简直来不及梳洗。我从心底里欢迎他们的帮助。就是没有铺子的捎包的书客，我也一律的招待着。我深受黄丕烈收书的方法的影响。他曾经说过，他对于书船到的时候，即使没有自己想要的东西，也要选购几部，不使他们失望，以后自会于无意中有惊奇的发见的。这是千金买马骨的意思。我实行了这方法，果然有奇效。什么样的书都有送来。但在许多坏书、许多平常书里，往往夹杂着一二种好书、奇书。有时十天八天，没有见到什么，但有时，在一天里却见到十部八部乃至数十百部的奇书，足以偿数十百日的辛勤而有余。我不知道别的人有没有这种经验：摩挲着一部久佚的古书，一部欲见不得的名著，一部重要的未刻的稿本，心里是那么温热，那么兴奋，那么紧张，那么喜悦。这喜悦简直把心腔都塞满了，再也容纳不下别的东西。我觉得饱饱的，饭都吃不下去。有点陶醉之感。感到亲切，感到胜利，感到成功。我是办好了一件事了！我是得到并且保存一部好书了！更兴奋的是，我从劫灰里救全了它，从敌人手里夺下了它！我们的民族文献，历千百劫而不灭失的，这一次也不会灭失。我要把这保全民族文献的一部分担子挑在自己的肩上，一息尚存，决不放下。我做了许多别人认为傻的傻事。但我不灰心，不畏难的做着，默默地躲藏着的做着。我在躲藏里所做的事，也许要比公开的访求者更多更重要。每天这样的忙碌着，说句笑话，简直有点像周公的一饭三吐哺，一沐三握发。有时也觉得倦，觉得劳苦，想要安静的休息一下，然而一见到书贾们的上门，便又兴奋起来，高兴起来。这兴奋，这高兴，也许是一场空，他们所携来的是那么无用、无价值的东西，不免感到失望，而且失望的时候是那么多，然而总打不断我的兴趣。我是那么顽强而自信的做着这事。整整的四个年头，天天过着这样的生活。这紧张的生活使我忘记了危险，忘记了威胁，忘记了敌人的魔手的巨影时时有罩笼下来的可能。为了保全这些费尽心力搜罗访求而来的民族文献，又有四个年头，我东躲西避着，离开了家，蛰居在友人们的家里，庆吊不问，与人世几乎不相往来。我绝早的起来，自己生火，自己烧水，烧饭，起初是吃着罐头食物，后来，买不起了，只好自己买菜来烧。在这四年里，我养成了一个人的独立生活的能力，学会了生火，烧饭，做菜的能力。假如有人问我：你这许多年躲避在上海究竟做了什么事？我可以不含糊的回答他说：为了抢救并保存若干民族的文献工作，没有人来做，我只好来做，而且做来并不含糊。我尽了我的一份力，我也得到了这一份力的成果。在头四年里，以我的力量和热忱吸引住南北的书贾们，救全了北自山西、平津，南至广东，西至汉口的许多古书与文献。没有一部重要的东西曾逃过我的注意。我所必须求得的，我都能得到。那时，伪满的人在购书，敌人在购书，陈群、梁鸿志在购书，但我所要的东西决不会跑到他们那里去。我所拣剩下来的，他们才可以有机会拣选。我十分感激南北书贾们的合作。但这不是我个人的力量，这乃是国家民族的力量。书贾们的爱国决不敢后人。他们也知道民族文献的重要，所以不必责之以大义，他们自会自动的替我搜访罗致的。只要大公无私，自能奔走天下。这教训不单用在访求古书这一件事上面的吧。

我的好事和自信力使我走上了这"狂胪文献"的特殊工作的路上去。

我对于书，本来有特癖。最初，我收的是西洋文学一类的书；后来搜集些词曲和小说，因为这些都是我自己所喜爱的；以后，更罗致了不少关于古代版画的书册。但收书范围究竟很窄小，且因限于资力，有许多自己喜爱的东西，非研究所必需的，便往往割爱不收。"非不为也，是不能也。"

现在，有了比自己所有的超过千倍万倍的力量，自可"指挥如意"的收书了。兴趣渐渐地广赜，更广赜了；眼界也渐渐地阔大，更阔大了。从近代刊本到宋元旧本，到敦煌写经卷子，到古代石刻，到钟鼎文字，到甲骨文字，都感到有关联。对于抄校本的好处和黄顾（黄荛圃、顾千里）细心校勘特点，也渐渐地加以认识和尊重。我们曾经有一颗长方印："不薄今人爱古人"，预备作为我们收来的古书、新书的暗记。这是适用于任何图籍上的，也表明了我们的态度："不薄今人爱古人。"对于一个经营图书馆的人，所有的图书，都是有用的资材：一本小册子，一篇最顽固、反动的论文，也都是"竹头木屑"，用到的时候，全都能发生价值。大概在这一点上，我们与专门收藏古本善本的，专门收藏抄校本，或宋元本，或明刊白棉纸本，或清殿版，或清开花纸书的人有所不同。他们是收藏家。我们替国家图书馆收书却须有更广大，更宽恕，更切用的眼光，图书馆的收藏是为了大众的及各种专家们的。但收藏家却只是追求于个人的癖好之后。所以我为自己买书的时候，也只是顾到自己的癖好，不旁骛，不杂取，不兼收并蓄，但为图书馆收书时，情形和性质便完全不同了。

这使我学习到了不少好的习惯和广大的见解；也使我对于过去从未注意到或不欲加以研究的古代书册，开始得到了些经验和知识。

若干雕镂精工的宋刊本，所谓纸白如玉，墨若点漆的，曾使我沉醉过；即所谓麻沙本，在今日也是珍重异常，飘逸可爱。元刊本，用赵松雪体写的，或使用了不少简笔字、破体字的民间通俗本，也同样的使我觉得可爱或有用。

明刊本所见最多，异本奇书的发见也最多。嘉靖以前刊本，固然古朴可喜，即万历以下，特别是天启、崇祯间的刊本，曾被列入清代禁书目录的，哪一部不是国之瑰宝，哪一部不是有关民族文献或一代史料的东西！

清初刊本，在禁书目录里的，固然可宝贵，可嘉道刊本，经洪杨之乱，流传绝罕的，得其一帙，也足以拍案大叫，浮白称快！

即民国成立以来，许多有时间性的报章、杂志，我也并不歧视之。其间有不少东西至今对于我们还可以有参考的价值。

至于柳大中以下的许多明抄校本，钱遵王、陆敕先辈之批校本，为先民贤哲精力之所寄的，却更足以使我摩挲不已，宝爱不忍释手了。

可惜收书的时间太短促，从二十九年的春天开始，到了三十年的冬初，即"十二月八日"太平洋战争爆发后，即告结束，前后不过两年的工夫。但在这两年里，我们却抢救了、搜罗了很不少的重要文献。在这两年里，我们创立了整个的国家图书馆。虽然不能说"应有尽有"，但在"量"与"质"两方面却是同样的惊人，连自己也不能相信竟会有这么好的成绩！

说是"抢救"，那并不是虚假的话。如果不是为了"抢救"，在这国家存亡危急的时候，我们如何能够再向国家要求分出一部分——虽然极小的一部分——作战的力量来作此"不急之务"呢？

我替国家收到也是园旧藏元明杂剧，是偶然的事；但这"抢救"民族文献的工作，却是有计划的，有组织的。为什么在这时候非"抢救"不可呢？

"八·一三"事变以后，江南藏书家多有烬于兵火者。但更多的是，要出售其所藏，以赡救其家属。常熟瞿氏"铁琴铜剑楼"燹矣，楼中普通书籍，均荡然一空，然其历劫仅存之善本，固巍然犹存于上海。苏州"滂喜斋"的善本，也迁藏于沪，得不散失。然其普通书也常被劫盗。南浔刘氏嘉业堂，张氏适园之所藏，均未及迁出，岌岌可危。常熟赵氏旧山楼及翁氏、丁氏之所藏，时有在古书摊肆上发现。其价极奇廉，其书时有绝佳者。南陵徐氏书，亦有一部分出而易米，一时上海书市，颇有可观。而那时购书的人是那么少！谢光甫君是一个最热忱的收藏家，每天下午必到中国书店和来青阁去坐坐，几乎是风雨无阻。他所得到的东西似乎最多且精。虽然他已于数年前归道山，但他的所藏至今还完好无缺。这是一个很重要的书库，值得骄傲的。我也常常到书店里去，但所得都为"奇零"，且囿于小说、戏曲的一隅。张尧伦、程守中诸位也略有所得，但所得最多者却是平贾们。他们辇载北去，获利无算。闻风而至者日以多。几乎每一家北平书肆都有人南下收书。在那个时候，他们有纵横如意、垄断南方书市之概。他们往往以中国书店为集中的地点。一包包的邮件，堆得像小山阜似的。我每次到了那里，总是紧蹙着双眉，很不高兴。他们说的某人得到某书了。我连忙追踪某人，却答道，已经寄平了，或已经打了包了。寄平的，十之八九不能追得回来，打了包的有时还可以逼着他们拆包寻找。但以如此方法，得到的书实在寥寥可数，且也不胜其烦。他们压根儿不愿意在南方售去。一则南方书价不高，不易得大利；二则我们往往知道其来价，不易"唬"人，索取高价；三则他们究竟以平肆为主，有好书去，易于招揽北方主顾。于是江南的图籍，便浩浩荡荡的车载北去，我一见到他们，便觉得有些触目伤心。虽然我所要的书，他们往往代为留下，但我的力量是那么薄弱，我所要的范围，又是那么窄小，实在有类于以杯水救车薪，全不济事。而那两年之间，江南散出去的古籍，又是那么多，那么齐整，那么精好，而且十分的廉价。徐积余先生的数十箱清人文集，其间罕见本不少，为平贾扫数购去，打包寄走。常熟翁氏的书，没有一部不是难得之物，他们也陆续以低价得之。忆有四库底本一大堆，高及尺许，均单本者，为修绠堂孙助廉购去。后由余设法追回，仅追得其"糟粕"十数本而

378

已。沈氏粹芳阁的书散出，他们也几乎网罗其全部精英，我仅得其中明刊本《皇明英烈传》等数种耳。又有红格抄本《庆元条法事类》，甚是罕见，亦为他们得去。他们眼明手快，人又众多，终日盘踞汉口路一带，有好书必为其所夺去。常常觉得懊恼异常。而他们所得售之何人呢？据他们的相互传说与告诉，大约十之六七是送到哈佛燕京学社和华北交通公司去，以可以得善价也。偶有特殊之书，乃送到北方的诸收藏家，像傅沅叔、董绶经、周叔弢那里去。殿版书和开花纸的书则大抵皆送到伪"满洲国"去。我觉得：这些兵燹之余的古籍如果全都落在美国人和日本人手里去，将来总有一天，研究中国古学的人也要到外国去留学。这使我异常的苦闷和愤慨！更重要的是，华北交通公司等机关，收购的书，都以府县志及有关史料文献者为主体，其居心大不可测。近言之，则资其调查物资，研究地方情形及行军路线；远言之，则足以控制我民族史料及文献于千百世。一念及此，忧心如捣！但又没有"挽狂澜"的力量。同时，某家某家的书要散出的消息，又天天在传播着。平贾们在天天钻门路，在百计营谋。我一听到这些消息，便日夜焦虑不安，亟思"抢救"之策。我和当时留沪的关心文献的人士，像张菊生、张咏霓、何柏丞、张凤举诸先生，商谈了好几次。我们对于这个"抢救"的工作，都觉得必须立刻来做！我们干脆地不忍见古籍为敌伪所得，或大量的"出口"。我们联名打了几个电报到重庆。我们要以政府的力量来阻止这个趋势，要以国家的力量来"抢救"民族的文献。

我们的要求，有了效果。我们开始以国家的力量来做这"抢救"工作。

这工作做得很秘密，很成功，很顺利，当然也免不了有很多的阻碍与失望。其初，仅阻挡平贾们不将江南藏书北运，但后来，北方的古书也倒流到南方来了。我们在敌伪和他国人的手里夺下了不少异书古本。

"八·一三"后的头两年，我以个人的力量来罗致我自己所需要的图书，但以后两年，却以国家的力量，来"抢救"许许多多的民族文献。

我们既以国家的力量，来做这"抢救"文献的工作，在当时敌伪的爪牙密布之下，势不能不十分的小心秘密，慎重将事。我们想用私人名义或尚可公开的几个学校，像暨大和光华大学的名义购书。我们并不想"求"书，我们只是"抢救"。原来的目的，注重在江南若干大藏书家。如果他们的收藏，有散出的消息，我们便设法为国家收购下来，不令其落于书贾们和敌伪们的手中。我们最初极力避免与书贾们接触。怕他们多话，也怕有什么麻烦。但书贾们的消息是最灵通的，他们的手段也十分的灵活。当我们购下苏州王海堂刘氏的藏书，又购下了群碧楼邓氏的收藏之后，他们开始骚动了。这些家的收藏，原来都是他们"逐鹿"之目标，久思染指而未得的。在这几年中，江南藏书散出者，尚未有像这两批那么量多质精的。他们知道不足以敌我们，特别是平贾们，也知道在江南一带已经不能再得到什么，便开始到我家里走动，不时的携来些很好、很重要的"书样"。我不能不"见猎心喜"，有动于中。和咏霓、柏丞二先生商量了若干次，我们便决定也收留些书贾们的东西。

这一来，书贾们便一天天的来得多，且来的更多了。我家里的"样本"堆得好几箱，时时刻刻和咏霓、菊生、柏丞诸先生相商，往来的信札，叠起来总有一尺以上高。——这些信札，我在"一二·八"以后，全都毁去，大是可惜。惟我给咏霓先生的信札，他却为我保存起来。——我本来是一个"好大喜功"的人，收书的范围越来越广。所收的书，越来越多。往往弄得拮据异常。我殚心竭力地做这件事，几乎把别的什么全都放下了，忘记了。我甚至忘记了为自己收书。我的不收书，恐怕是二十年来所未有的事。但因为有大的目标在前，我便把"小我"完全忘得干干净净。我觉得国家在购求搜罗着，和我们自己在购求搜罗没有什么不同。藏之于公和藏之于己，其结果也没有什么不同。我自己终究可以见到，读到的。更可喜悦的是，有那么多新奇的书，精美的书，未之前见的书，拥挤到一块来，我自己且有眼福，得以先睹为快。我是那么天真地高兴着，那么一股傻劲的在购求着。虽然忙得筋疲力尽也不顾。咏霓先生的好事和好书之心也不下于我。我们往往是高高兴兴地披阅着奇书异本，不时的一同拍案惊喜起来！在整整两年的合作里，我们水乳交融，从来没有一句违言，甚至没有一点不同的意见。咏霓先生不及看"升平"而长逝，我因为环境关系，竟不能抚棺一恸！抱憾终生！不忍见我们所得的"书"！谨以此"日录"奉献给咏霓先生，以为永念！

我们得到了玉海堂、群碧楼二藏书后，又续得嘉业堂明刊本一千二百余部，这是徐森玉先生和我，耗费了好几天工夫从刘氏所藏一千八百余部明刊本里拣选出来的。一举而获得一千二百部明本，确是空前未有之事。本来要将嘉业堂藏书全部收购，一以分量太多，庋藏不易；二则议论未谐，不如先撷取其精华。这些书最初放在我家里，简直无法清理，堆得"满坑满谷"的，从地上直堆到天花板，地上更无隙地可以容足。我们曾经把它们移迁到南京路科发药房堆栈楼上。因为怕不谨慎，又搬了回来。后来科发堆栈果被封闭，幸未受池鱼之殃。——虽然结果仍不免于被劫夺。

蕴辉斋张氏，风雨楼邓氏，海盐张氏，和涉园陶氏的一部分残留在沪的藏书，也均先后入藏。从南北各地书贾们手中所得到的，也有不少的东西。

最后，南浔适园张氏藏书，亦几经商洽而得全部收归国有，除了一部分湖州的乡邦文献之外。这一批书，数量并不太多，只有一千余部，但精品极富，仅黄荛圃校跋的书就在一百种左右。

这时，已近于"一二·八"了，国际形势，一天天的紧张起来。上海的局面更一天天的变坏下去。我们实在不敢担保我们所收得的图书能够安全的庋藏。不能不作迁地为良之计。首先把可列入"国宝"之林的最珍贵古书八十多种，托徐森玉先生带到香港，再由香港用飞机运载到重庆去。这事，费尽了森玉先生的心与力，好容易才能安全的到了目的地。国立中央图书馆接得这批书之后，曾开了一次展览会，听说颇为耸动一时。其余的明刊本、抄校本等，凡三千二百余部，为我们二年来心力所瘁者，也都已陆续的从邮局寄到香港大学，由亡友许地山先生负责收下，再行装箱设法运到美

382

国，暂行庋藏。这个打包邮寄的工作，整整地费了我们近两个月的时间。叶玉虎先生在香港方面也尽了很大的力量。他在港、粤所收得的书也加入了其中。

不断刚刚装好箱，而珍珠港的炮声响了，这一大批重要的文献，图书，便被沦陷于香港了。至今还未寻找到它们的踪迹，存亡莫卜，所在不明。这是我最为疚心的事，也是我最为抱憾、不安的事！

我们费了那么多心力所搜集到的东西，难道竟被毁失或被劫夺了么？

我们两年间辛苦勤劳的所得难道竟亡于一旦么？

我们瘁心劳力从事于搜集，访求，抢救的结果，难道便是集合在一处，便于敌人的劫夺与烧毁么？

一念及此，便捶心痛恨，自怨多事。假如不寄到香港去，也许可以仍旧很安全的保全在此地吧？假如不搜集拢来，也许大部分的书仍可楚弓楚得，分藏于各地各收藏家手里吧？

这个"打击"实在太厉害了！太严重了！我们时时在打听着，在访问着；然而毫无消息。日本投降，香港接收之后，经了好几次的打听，访问，依然毫无踪影。难道果真完全毁失了，沉没了么？但愿是依然无恙的保存在某一个地点！但愿不沉失于海洋中！但愿能够安全的被保存于香港或日本的某一个地方，我不相信这大批的国之瑰宝便会这样的无影无踪地失去了！我祷求它们的安全！

今日翻开了那寄港书的书目，厚厚的两册，每一部书都有一番收购的历史；每一部书都使我感到亲切，感到羞歉，感到痛心！他们使我伤心落泪，使我对之有莫名的不安与难过！为什么要自我得之，复自我失之呢？

虽然此地此时还保存着不少的足以骄傲的东西，还有无数的精品、善本乃至清代刊本，近代文献，然而总觉得失去的那一批实在太可惜太愧对之了！我们要竭全力以寻访之，要"上穷碧落下黄泉"的寻访之！

政府正在组织一个赴日调查文物的团体，我希望这团体能够把这一批书寻到一个下落——除非得到了他们的下落，我的心永远是不能安宁的！

"一二·八"后，我们的工作不能不停止。一则经济的来源断绝；二则敌伪的力量已经无孔不入，决难允许像我们这样的一个组织有存在可能；三则，为了书籍及个人的安全计，我不能不离开了家，我一离开，工作也不能不随之而停顿了。

那时我们还不知道香港的消息如何，我们还在希望香港的书已经运了出去，但又担心着中途的沉失与被扣留。而同时存沪的书却不能不作一番打算。"一二·八"后的一个星期内，我每天都在设法搬运我家里所藏的书。一部分运藏到设法租得之同弄堂的一个医生家里；一部分重要的宋、元刊本，抄校本，则分别寄藏到张乾若先生及王伯祥先生处。所有帐册、书目等等，也都寄藏到张、王二先生处。比较不重要的帐目、书目，则寄藏于来熏阁书店。又有一小部分古书，则寄藏于张芹伯先生和张葱玉先生叔侄处。整整忙碌了七八天，动员我家里的全体的人，连孩子们也在内，还有几位书店的伙友们，他们无时无刻不在忙碌地搬着运着，为了避免注意，不敢用搬场车子，只是一大包揪，一大包揪的运走。因此，搬运的时间更加拖长。我则无时无刻，不在担心着，生怕中途发生了什么阻碍。直等到那几个运送的人平安的归来了，方才放下心头上的一块石，这样，战战兢兢的好容易把家里的书运空，方才无牵无挂地离开了家。

这时候，外面的空气越来越恐怖，越来越紧张，已有不少的友人被逮捕了去，我乃不能不走。我走的时候是十二月十六日。我没有确定的计划，我没有可住的地方，我没有敷余的款子。——我所有的款子只有一万元不到，而搬书已耗去二千多。——从前暂时躲避的几个戚友处，觉得都不大妥，也不愿牵连到他们，只随身携带着一包换洗的贴身衣衫和牙刷毛巾，茫茫的在街上走着。那时，爱多亚路、福煦路以南的旧法租界，似乎还比较的安静些，便无目的向南走去。这时候我颇有殉道者的感觉，心境惨惶，然而坚定异常。太阳很可爱的晒着，什么都显得光明可喜，房屋、街道、秃顶的树、虽经霜而还残存着绿色的小草，甚至街道上的行人、车辆，乃至蹲在人家门口的猫和狗，都觉得可以恋恋。谁知道明天或后天，能否再见到这些人物或什么的呢！

我走到金神父路，想到了张耀翔先生的家。我推门进去，他和他的夫人程俊英女士，十分殷勤的招待着；坚留着吃饭和住宿，我感动得几乎哭了出来。在他那里住了一宿。但张先生是我的同事，我不能牵惹到他。第二天一清早，便跑到张乾若先生处，和他商量。乾若先生一口气答应了下来，说食宿的事，由他负责。约定黄昏的时候，再来一趟，由他找一个人带我去汝林路住下。我再到张宅，取了那个小包袱，还借了一部铅印的《杜工部诗集》，辞别了他们，他们还坚留着我多住若干时日。我不能不辞谢了。说不出什么感激的话。那天下午在乾若先生那里，和他商定了改姓易名的事，和将来的计划。他给我以许多肯定而明白的指示。到了薄暮的时候，汝林路的房主人邓芷灵先生和夫人来了。匆匆地介绍一下，他们便领我到寓所那里去。电灯已经亮了，我随着走了不少不熟悉的路，仿佛走得很久，方才到了他们那里。床铺和椅桌都已预先布置好。芷灵先生年龄已经很大，爽直而殷勤，在灯下谈了好些话，直到我连打了好几次的呵欠。那一夜，我做了不少可怕的梦，甚至连汽车经过街上，也为之惊慌起来。

第二天，我躲在房里读杜诗，并且摘录好几首出来。笔墨砚纸等也是向张家借得的。

过了几天，心里渐渐安定下来，又到外面去走走，然而总不敢走到熟悉的人家去，只打了一个电话回家说是"平安"而已。这样的便和"庙弄"的家不相往来！直到祖母故世的时候，方才匆匆的再回来一趟，又匆匆的走了，一直在外面住了近四年的时候。

在这四年之间，过的生活很苦，然而很有趣。我从没有这样的生活过。前几次也住在外面过，但只是短时期的，也没有这次那么觉得严重过。有时很惊恐，又有时觉得很坦然。有一天清晨，我走出大门，看见弄口有日本宪兵们持枪在站岗。我心里似被冰块所凝结，但又不能退回去，只好假装镇定的走了出去，他们并没有注意。原来他们在南头的一个弄堂里搜查着，并不注意到我们这一弄。又有一夜，听见街上有杂沓的沉重的皮鞋声，夹杂着兽吼似的叫骂声，仿佛是到了门口，但提神停息以听时，他们又渐渐地走过了，方才放心下来。有时，似觉得有人在后面跟着，简直不敢回过头去。有时，在电车或公共汽车上，有人注意着时，我也会连忙地在一个不相干的站头上跳了下去，我换一身中装，有时还穿着从来不穿的马褂，眼镜的黑边也换了白边。不敢在公共地方出现，也不敢参与任何的婚、丧、寿宴。

我这样的小心的躲避着，四年来如一日，居然能够躲避得过去，而且在躲避的时候，还印行了两辑的《中国版画史图录》，有一百二十本的《玄览堂丛书》，十二本的《长乐郑氏影印传奇第一集》和十二本的《明季史料丛书》，这不能不说是"天幸"！

虽然把旧藏的明刊本书、清刊的文集以及《四部丛书》等书，卖得干干净净，然而所最喜爱的许多的版画书、词曲、小说、书目，都还没有卖了去，正想再要卖出一批版画书而在恋恋不舍的时候，"天亮"的时间却已经到了。如果再晚二三个月"天亮"的话，我的版画书却是非卖出不可的。

在这悠久的四个年头里，我也曾陆续的整理了不少的古书，写了好些跋尾。我并没有十分浪费这四年的蛰居的时间。

在这悠久的四个年头里，我见到、听到多少可惊可愕可喜可怖的事。我所最觉得可骄傲者，便是到处都是温热的友情的款待，许多友人们，有的向来不曾见过面的，都是那么热忱的招呼着，爱护着，担当着很大的干系；有的代为庋藏许多的图书，占据了那么多可宝贵的房间，而且还担当着那么大的风险。

在这些友人们里，我应该个个的感谢他们，永远地不能忘记他们，特别是张乾若先生和夫人，王伯祥先生，张耀翔先生和夫人，王馨迪先生和夫人！有一个时候，那位医生有了危险，不能不把藏在那里的书全都搬到馨迪先生家里去！张叔平先生，张葱玉先生，章雪村先生等等，他们都是那么恳挚地帮助着我，几乎是带着"侠义"之气概。如果没有他们的有力的帮助，我也许便已冻馁而死，我所要保全的许许多多的书也许都要出危险，发生问题。

我也以这部《日录》奉献给他们，作为一个患难中的纪念。

我这部《日录》，只是从"日记"中摘录出来的。无关于"求书"的事的，便不录出。虽然只是"书"的事，却也不少可惊可愕可喜可悲的若干故事在着。读者们对于古书没有什么兴趣的，也许对之也不会有什么兴趣。且我只写着两年间的"求书"的经过——从二十九年正月初到三十年十二月初——有事便记，无事不录。现在还不知道能写到多少。说不定自己觉得不必再写，或者读者们觉得不必再看下去了时，我便停止了写。

以上是序，下面是按日的日记体的记录。

中华民国二十九年

1月4日（星期四）

昨夜入睡太迟，晨起，甚疲。叶铭三来索款，以身无一文，嘱其缓日来取。闻暖红室刘公鲁藏书，已售给孙伯渊。此人即前年卖出也是园元明杂剧者。本来经营字画古董，气魄颇大，故能独力将公鲁书收下。恐怕又要待价而沽了。拟托潘博山先生向其索目一阅。暖红室以汇刻传奇著于世，所藏当富于戏曲一类的书。惟自刘世珩去世后，藏书时有散出，我在十多年前便已收到好几部曲子；像用黑绸面装订的明末刊本《荷花荡》，就是其中之一。又有黄荛圃旧藏之明初刊本《琵琶记》及《荆钗记》，为今日所知的传奇的最古刊本，亦曾归他所有。但《琵琶》已去，《荆钗》已坏，目中自决不会有的。公鲁为人殊豪荡，脑后发辫垂垂，守父训不剪去。时至上海宴游，偶作小文刊日报上。我和他曾有数面缘。他尝有信向我索《清人杂剧》，作《国朝杂剧》，可知其沾染"遗少"气味之深。"八·一三"后，敌军进苏州，他并未逃走。闻有一小队敌兵，执着上了刺刀的枪，冲锋似的，走进他家。他正在书房执卷吟哦，见敌兵利刃直向他面部刺来，连忙侧转头去，脑后的辫子一摇晃，敌兵立即鞠躬退出。家里也没有什么损失。然他经此一惊吓，不久便过世了。他家境本不好，经此事变，他的家属自不能不将藏书出售。但愿能楚弓楚得，不至分散耳。

傍晚，蔚南来电话，说某方对他和我有不利意。我一笑置之。但过了一会，柏丞先生也以电话通知此事，嘱防之。事情似乎相当的严重。即向张君查问，他也说有此事；列名黑单里的凡十四名，皆文化教育界中人。（此十四人皆为文化界救亡协会之负责人。）予势不能不避其锋。七时，赴某宅，即借宿一宵。予正辑《版画史》，工作的进行，恐怕要受影响了。夜梦甚多。

1月5日（星期五）

西禾至某宅访予。他知道了这事，连忙来慰看；谈久之，方别去。至新民村访予同。未遇，复至四合里，遇之。偕至锦江茶室喝茶。予云：我辈书生，手无缚鸡之力，百无一用，但却有一团浩然之气在。横逆之来，当知所以自处也。予同云：人生找结笔甚难。有好结笔倒也不坏。这是达观之论。十一时许，至中国书店，遇平贾孙实君等数人，知彼辈寄平之书，未到者甚多。且于十二月间，曾在火车上焚失不少邮包。先民文献，无端又遭此一劫，殊可悼伤！但此后彼辈辇书北去，当具若干戒心矣。向朱惠泉购得光绪二十八年成都木刻本《四川明细地图》一巨幅，价八元，作入川之准备。赴传新书店，购得元刊吴师道校注本《战国策》残本一册，《罗汉文征》一册，《粤海小志》一册等，共价十一元。抱书回高宅，翻阅过午，竟未及午餐。书癖诚未易革除也。午睡甚酣，至三时才醒。写《版画史》"引用书目"，以参考材料不在手头，未能完工；又誊清《版画史》自序，未及一叶，即放下，亦以手头无书之故。似此"躲避"生涯，如何能够安坐写作呢？可见在这样日月失光、沧海横流的时候，要想镇静宁心的从事于什么"名山事业"，恐怕是不大可能的。夜九时睡。

1月6日（星期六）

晨七时起。誊写《版画史》自序，殊见吃力。因为太矜持，反而写得慢，写得不大流利痛快了。下午五时许，至文汇书店，得光绪二十一年至二十三年份《京报》十余册，系由新闻报馆排印者，价二元。晚至航运俱乐部晚餐。连日天气很暖和，很像暮春三月，但今天日落后，渐渐的冷起来。睡在床上，独自默念着：家藏中西图书，约值四五万元，家人衣食，数年内可以无忧。横逆之来，心仍泰然。惟版画史的工作，比较重要，如不能完成，未免可惜，且也不会再有什么人在这几年内去从事的，自当抛却百事，专力完成之。因此，便也不能不格外的小心躲避。然果无可避，则亦只好听之而已。身处危乡，手无寸铁，所恃以为宝者，唯有一腔正气耳。

1月7日（星期日）

晨起写《版画史》自序三页，仍极慢，至午后，方才写毕。即至伯祥处，托他将自序校阅一遍。傍晚，赴东华处。落日如红球，金光四射，满天彩霞灿烂。迎之而西行，眼看其落下地平线去，而天色则渐渐由红而紫而灰。天气有点冷飕飕的。觉得神清气爽。八时归，整理《太平山水图画》及《黄氏所刊版画集上》二册，所缺仍多，非赶印不可。

1月8日（星期一）

晨起，回"庙弄"一行。几天不曾回去，仿佛隔了几年，情绪有点紧张，也有点异样。一推开门，家中人声嘈杂，正在纷纷议论。一见我回来，争来诉说，方有巡捕十许人，押一青年人至宅，说曾住此处。其实，并不认识其人。纷扰数刻，刚刚离去。予匆匆取了应用之物若干，即出。有满地荆棘之感。"等是有家归未得"，仿佛为予咏也。下午，至传新书店，得《皇朝礼器图式》残本三册，图极精细。闻有九册，前为平贾王渤馥得去。如能合璧，大是快事。若英见予《劫中得书记》，赠予明刊钟伯敬、王思任集数种。翻阅数过，百感交集！夜，仍住某宅。

1月9日（星期二）

晨起，阴云密布，西北风大作，冷甚。赴校办公，无异状。作致菊生、咏霓二先生函。午后，杨金华带了《版画史》的锦函来，函尚潮湿，即将书签贴好，尚为古雅可观。访家璧，见他正在校对我所写《谈版画之发展》一文。篆有电话来，说，外间情形很紧张，以少出门为宜。在这个"危境"中，写些研究性质的东西都不可能了么？直不知人间何世！原来便不该做些"不急""无补"之务的！愤懑之至！十时半睡。

1月10日（星期三）

晨起，整理《版画史图录》第一辑各册页子，仍缺少十余页，应催其早日印齐。今日之事，一天是一个局面，是一个结束，能够有一天，便可多作一天的工作，也便是一个意外的收获。谁知道明天是什么情形呢？每天早晨看见窗外的太阳光的时候，总要松了一口气，轻唔的自语道：这一天又可以算是我的了！为了要争取时间，便不能不急急忙忙的在工作着。九时，赴校上课。是这学期的末一课了，当敦勉各生安贫励志，保持身心的清白，为将来国家建设工作的柱石。国家所以不动员青年学生入伍，就要为将来的建设工作打下基础的。他们似均颇有感动。午后，至上海书林购王绶珊所藏《方志目》抄本二册，价六元。傍晚，过中国书店，遇平贾孙殿起。孙即编《贩书偶记》者，为书友中之翘楚。彼专搜清人诗文集及单行著作之冷僻者，颇有眼光，见闻亦广。谈甚畅。七时许，在暮色苍茫中，抱所得书及印样一包归。十一时，睡。

1月11日（星期四）

晨七时起，甚觉疲倦，疑有些伤风。十时许，赴中国书店，又赴万有书店，晤姜鼎铭，得嘉靖本《东坡七集》，明刊本《昌黎集》及明仿宋刊本《黄帝内经素问》，价三百五十元。此类明刊白棉纸书，予以其价昂，而上不及宋元本之精美，下不如清代版之适用，故不甚罗致之。然刻工之精者，往往能鱼目混珠，被书贾们染纸加蛀，冒作宋元刊本。且未经删改，尚存古本面目，藏书家固应收之。予力薄，仅能偶得一二种耳。吴瞿安先生锐志欲收此类嘉靖刊本书百种，尝颜其所居曰百嘉室。恐终未能偿其愿也。镇日心闷意乱，似觉伤风甚剧。八时即睡。

1月12日（星期五）

连日天阴，欲雨不雨，正如予心境之灰郁。上午，整理《版画史图录》。下午，访家璧。自觉体力不支，头涔涔欲晕，勉强归所寓。即解衣睡倒，晚饭也不能吃。热度高至三十八度许。疑是伤寒，故以不吃为上策，吃了两颗阿司匹灵，中夜出了一身大汗。但热度仍不退。双眼耿耿待旦，殊无聊，倚枕读东坡诗。

1月13日（星期六）

仍阴云满天，昨夜艰于入眠，偶一阖眼，即又醒来。天尚未明，微见朦胧之晨影。一灯荧荧，卧听远鸡相继而鸣。心头感触万端，觉得时间过得格外的慢，听得出床头小钟，一秒一分的在慢吞吞的走着。读东坡诗。不知不觉间，放手释卷，复又熟睡。八时起，热度仍在三十八度。请了郑宝湜医生来诊。他也疑是伤寒。吃了蓖麻油，洗清肠胃。终日不想吃什么，亦不觉饥。下午，服药两次，热度反而高到三十九度。柏丞先生来一信，说蒋复璁先生从渝来，有事亟待面洽。勉强打一电话给他，说明病情，请他先与张凤举先生谈洽。终日倚枕读《东坡集》，颇有所得。时睡时醒，竟不知是昼是夜。

1月14日（星期四）

微有日影。热度已退，觉精神清爽，惟四肢无力耳。仅发热两天，不知如何，竟会这样的疲弱！郑医生云：心脏甚弱，肺部亦不甚强。向来好胜，今后当静养少动了。上午，十一时许，柏丞先生来。说起蒋复璁来此，系为了我们上次去电，建议抢救，保存民族文献事；教部已有决心，想即在沪收购，以图挽救。拟推举菊生先生主持其事。惟他力辞不就，已转推张咏霓先生。此事必当进行，惟亦须万分机密，且必须万分谨慎，免得将来有人说话。我不想实际参与其事，但可竭力相助。当与柏丞先生约定，在后天中午，与蒋、张诸位在菊生先生宅商谈此事。终日以牛奶、豆浆代饭，甚觉乏力。

1月15日（星期一）

晨，天阴，下午，微雨。三时许即醒来，不久，又迷迷糊糊地睡着了。五时半，又醒来。天色尚未发白。倚枕听鸡声陆续而作，又闻窗外鸟声渐渐的喧闹起来。热度已退净，惟全身仍觉软弱无力。十余年来，未有大病过，以此次卧床两日，最为严重。早吃西米粥，中午，吃挂面及鲫鱼汤，渐觉体暖有力。然上下楼梯，足尚颤战，不大得劲。午时，柏丞先生来电话，说复瑢先生正在菊生先生处劝驾，未知有效否。要我下午也去一趟。午餐后，至潘博山先生处。谈起暖红室刘氏藏书事，说，中有元刻元印本《玉海》（刘世珩得此书，名其居为玉海堂），又有剧曲不少。惟书贾居奇，恐不易成交。但他必力促其成。又谈起群碧楼邓氏书，亦欲出售，中多精抄名校本。他想，将为此事赴苏一行。他说，意在不任中国古籍流失国外耳。保存文献，人同此心。博山为我辈中人，故尤具热忱。至良友，晤家璧，与他约定，每四个月，可出《版画史》四册，想来不会失约的。但须看第一辑销路如何而定继续与否。予向来有一自信：但肯做事，不怕失败。且往往是不会失败的。予计划颇多，每甚宏巨，且邻于不自量力。然竟每每成功者，以具有此种勇猛直前、鲁莽不顾之毅力也。予已过中年，然此毅力至今犹旺。不似其他中年人之兢兢于小利害，亦不似老年人之徘徊却顾，遇事不敢下手。以此，往往弄得生计窘迫，室人交谪。然天生好事，终未能改变也。四时许，至柏丞先生处，谈了一会。又至菊生先生处，以病辞，未见。颇为不快。至凤举先生处，相见甚欢。将此事经过，详细的告诉了他，他也十分的高兴。我们只负发动、鼓吹之责，成功则不必自我。当初一念发动，茫无把握，或已觉无望，乃至绝望，但却会意外的在灰心失望之后得到了成功。"自古成功在尝试"，此语诚不诬也。六时，归，仍吃挂面，八时时，即睡。

1月16日（星期二）

阴雨终日。身体已复元，精神亦佳。四时许，醒。很早的便起身梳洗。八时许，到校办公，清理积牍。晤柏丞先生，谈及购书事，已决定由菊生、咏霓、柏丞、凤举四位及我负责。下午，回家一行，检出几部需用之书携带在身边。至中国书店，晤姚石子先生，谈甚畅。傍晚，至万宜坊，访蒋复璁先生。我们第一次见面，但畅所欲言，有如老友。他说起这次战事中中央图书馆的损失，说起内地购书的困难，说起将来恢复的计划；说起内地诸人要他来此一行的原因，然后谈到我们的去电事。予则谈起江南各藏书家损失的情形，谈起平贾们南来抢购图书的情形；谈起玉海堂刘氏，积学斋徐氏藏书散失的经过；然后说到我们发电的原因和我们的购书计划。最后，说到我个人在劫中所得的东西，说到某某书、某某书失去了的可惜。我们谈到九时许，竟忘记了吃饭。出门，细雨霏霏。至大三元晚餐，用二元。回家，已近十一时，亲戚们很恐慌，不知予何在，恐怕会有什么事故。心头觉得惨怆而温暖。即睡。

1月17日（星期三）

昨睡甚迟，意今晨必可晏起，但不到四时，又已醒来。眼睁睁的看电灯，看天花板，看黑漆漆的窗户，思潮起落不定。六时，穿衣起床。天色方见灰白。倚窗，见屋瓦皆润湿，知雨丝又在飞洒矣。九时，赴图书馆办公。翻阅几种书目。午餐后，回家一行，看望贝贝的病。他热度不高，惟大便未通，爱睡爱哭。在三楼，整理小说书及半。鼠粪甚多，灰尘不少。双手墨黑，屡洗屡黑。不知何故，老鼠总喜欢在书堆里做窝逞其破坏的惯伎，恨不一一扑杀之。四时许，至中国书店，知有一批书要售出，群碧楼书亦要在年底以前出脱。当嘱以款可设法，惟不能售给平贾或分散零售。八时许归。博山有电话来，说玉海堂刘氏书，可以谈判成功，目录可于星期日上午送来。闻之，甚为兴奋。晚餐，仍进挂面。

1月18日（星期四）

阴雨终日。今晨又是睁了眼看天亮。此实生平所未有之经验。六时，起身。作一函，致菊生先生。清理《太平山水图画》二份，拟赠给慰堂先生。九时，赴校办公。陈某来谈，态度颇可疑，或有刺探之意。说起前日所传绑架事，谓当蔚南误会；又说不过是神经战的一种。我不欲听他的话，但亦须十分戒备。"我有笔如刀"，书生的笔的诛伐的力量，也许还在戈矛之上。惟为了工作的关系，尚不能不隐忍自重，不欲多言招患。午餐后，回家整理小说书。大致已完毕。共凡九箱，普通本子的小说已经应有尽有，惟"善本"尚不甚多耳。中国小说如此之贫乏可怜，实在令人骇异。历史不为不久，作家不为不多；然而数量却是那么少。曹雪芹只写了一部《红楼梦》，吴敬梓也只写了一部《儒林外史》。为什么他们不能多写些呢？为什么中国小说家没有像狄更司、托尔斯泰诸人的魄力呢？四时后，过中国书店。石麒云：来青阁收到《碧山乐府》一部，后附曲三种。立至来青阁取阅，乃是崇祯本之至后印者；所附者为南曲《次韵游春记》及《中山狼》。予原藏有两部，即弃之不顾。至传新书店，得清词数种。八时归，十时睡。

1月19日（星期五）

小雨连朝不止，有暮春落花时节的样子。未明即起。九时许，赴校。至张咏霓先生处，商谈购书事。他提出两点意见：（1）对外宜缜密；以暨大、光华及涵芬楼名义购书。（2）款宜存中央银行。他因小病，未能赴菊生先生宅，故托我代达其意。正午，与柏丞先生同赴张宅。慰堂、凤举二位亦到。谈甚久。原则上以收购"藏书家"之书为主。未出者，拟劝其不售出。不能不出售者，则拟收购之，决不听任其分散零售或流落国外。玉海堂、群碧楼二家，当先行收下。我极力主张，在阴历年内必须有一笔款汇到，否则刘、邓二家书将不能得到。又主张，购书决不能拘于一格，决不能仅以罗致大藏书家之所藏为限。以市上零星所见之书，也尽有孤本、善本，非保存不可者在。不能顾此失彼。必须仿黄荛圃诸藏家的办法，多端收书。但他们的意见，总以注意大批的收藏为主。最后，一致同意，自今以后，江南文献，决不听任其流落他去。有好书，有值得保存之书，我们必为国家保留之。此愿蓄之已久，今日乃得实现，殊慰！凤举与予，负责采访；菊生负责鉴定宋元善本，柏丞、咏霓则负责保管经费。予生性好事，恐怕事实上非多负些责不可。三时许散。至中国书店，又得《皇朝礼器图式》四册，装潢与前在传新所得者相类，仍是从一部中拆散出售者。叶铭三以抄本唐宋词六本见售，价四十元。向校借一百元，以须付富晋书款也。归来甚倦，晚餐后即睡。

1月20日（星期六）

夜眠甚酣，六时方醒。窗外雪片飘舞。今年第一次见雪，天气要逐渐寒冷了。十时，至来青阁，购《四库标注》一部，价三十元，即着人送到慰堂处。下午，至中国书店，与石麒谈购书事，费庚生送来装订好之《玉夏斋十种曲》，甚精雅。此书在平购得，久受"风伤"，触手即破，今则可翻读矣。每本装订费二元，似甚昂。四时，赴良友晤家璧，商《版画史》事。他觉得第二辑能否继续出版，尚未甚把握。五时归。六时半，赴胡咏骐宅晚餐。吴耀宗谈到内地的旅行的经过，觉得前途有无限的光明，许多地方可指摘，但大体上还不错。我们对于现状，应该以望远镜看，不应该用显微镜看。乐观的成分究竟居多，很觉得兴奋。九时半归。雪尚未止。十时半睡。

1月21日（星期日）

雪止，微雨。天气又转暖。七时许起。博山来谈，约定下午至孙伯渊处看玉海堂书。二时许，偕博山同赴孙处。先看目录，不过十多部书，佳品不少。按目看书，一部部的翻阅一过。《玉海》二百册，确是元刻元印本。与后来所谓"三朝本"，补刻极多，字迹模糊不清者截然不同。其他元刻本数种亦佳。戏曲书凡二十余部，以明刻本《董西厢》、张深之之本《西厢记》，及有附图的原刻本

《画中人》为最好，余皆下驷耳。刘氏尝刻《暖红室汇刊传奇》，意其收藏善本戏曲必多而精，实则，浪得虚名也。伯渊索价二万五千金。当答以考虑后再商谈。归时，已万家灯火矣。

1月22日（星期一）

晨起，即致函菊生、咏霓二位，详述玉海堂所藏的内容。因购书款须俟慰堂归渝后方能汇来，现在尚不能与书贾有何具体的商谈与决定，只能力阻其不散售，留以待我们全数收购耳。九时，赴校，与柏丞先生谈此事。他的意思，最好由菊生先生再去看一遍，作最后之决定。下午，赴中国书店一行，无所得。九时睡。

1月23日（星期二）

晨起，见薄雾蒙蒙，万家瓦上皆霜，胸襟寥廓凄清。读苏诗自遣。九时，赴校授课，饭后，至中国书店一行。无意中得《林下词选》二本，为之大喜。我收词集不少，未见此书。今得之，于"词山"中又增一珍石了。《林下词选》为吴江周铭编集，凡十四卷，刊于康熙辛亥，首有尤侗序。所选皆闺秀词，自宋至清初，搜辑甚备。叶仲韶有《填词集艳》，沈慕燝有《初蓉集》，皆未刊，铭得之，遂增益之，以成此选，其间明清二代词，颇多失传之作。四时，归，灯下阅《词选》，颇高兴。

1月24日（星期三）

晨，赴校。饭后，至孙伯渊处，再细阅玉海堂书。菊生先生亦来。他见多识广，普通书甚难入眼。这批书似无甚足以使他留连惊喜者。《玉海》虽初印，然外间尚不难得。我自己则独恋恋于《董西厢》及张深之本《西厢记》。我自己搜集《西厢》异本已十年，所得不过二十种，明刊《董西厢》，迄未得一本，而张深之本《西厢》，图出陈老莲手，精彩夺人；曾于北平一见，遍访未能获之。今睹此本，数数翻阅，未肯释手。如得之，必当将图收入《版画史图录》中。武进董氏尝印《千秋绝艳图》，中亦收入张本插图，然刷印不佳，且有半页系补绘的，神采已失，故有重印必要。归时，已万家灯火矣。

1月25日（星期四）

与咏霓、柏丞先生商购玉海堂书事，决定不任流散。书价则托博山与孙伯渊磋谈。博山说，伯渊已允减让，但必须于废历年内解决。我们不能肯定的答复，怕那时候渝款未必能到。但又不能不姑允之，以免他人下手。下午，赴中国书店等处，见平贾辈来者不少，殆皆以此间为"淘金窟"也。今后"好书"当不致再落入他们手中。

1月26日（星期五）

晨起，精神不振，恐怕又要伤风了。连忙喝热茶数盅。下午，至中国书店，无一书可取。又至他肆，也没有什么新到的东西。在来青阁偶见明黄嘉惠刊本《山谷题跋》四卷，姑购得之。我对于宋人题跋，很喜观看。汲古阁本《津逮秘书》里收得不少。但单行明刊本却不多见。这些题跋，在小品里是上乘之作，其高者常有"魏晋风度"，着墨不多，而意趣自远。灯下，读《山谷题跋》，不觉尽之。

1月27日（星期六）

博山来电话，云：玉海堂书，伯渊已允减让到两万元。与张、何二位相商，仍觉得太昂。下午，至来青阁，闻平贾某曾购得爱日精庐旧藏书数种，为之诧然，即追踪觅之，已不可得。仅知其中有红格抄本《庆元条法事类》，绝佳。某贾必欲挈之北去，售给董康。迹其来源，知系得之老书贾汪某。汪与我交易有年，绝无好书。前偶得《杂剧新编》一部，为之惊喜欲绝。但只是"昙花一现"耳。今闻其数数至虞山，得书不少。皆售之平贾，坚不肯说出为何家之物。此人连年潦倒，能稍得润余，聊慰晚景，我也要为之高兴的。即访之，坚嘱其有好书必要为我留下，价可不论。

1月28日（星期日）

连日无甚动静，恐怕只不过是谣言。住在外面，种种不方便，晨起，即回家。想把书籍整理一过。但堆积太多，无可下手处。我向来买书，不加编目，也无排列次序，除了小说、戏曲及词，均分开来入藏外，别的书都是乱堆乱放的，故找起来很不容易。要决心编目，已不止三四次，但总是中途而废。今天起，想要彻底的清点一下。不知有此恒心否。整理了半天，倦甚。夜，住在家中。中夜，还有些不安之感。

1月29日（星期一）

博山来电话云：孙伯渊催解决玉海堂事。当答以书价如能再减让若干，即可成交。九时，至校。即与柏丞先生详商。以待渝款寄来，恐必不及，拟先付给定洋若干。归饭时，即致函咏霓先生，说到我们的意见。他也表示同意。无论如何，这一批书必须由我们截留下来。下午，博山来谈，说，伯渊已肯减让到一万七千金，不能再少，且须早日解决。否则，他因年内需款，有意他售。我说，三天以内，一定有确定的回答给他。博山走后，踌躇了好久；三天后果有办法么？款果有着落么？玉海堂书固未必为上乘之收藏，但弃之也十分可惜。但我相信：到了那个时候一定会有办法的。

1月30日（星期二）

晨起，即致函咏霓先生，述昨日交涉经过。九时，赴校又与柏丞先生谈起这事。他们都主张，书价一万七千金可以同意；此时只能先付定洋若干。余款须俟渝款到时再付。当即致电慰堂催款。下午，至中国书店，得《遵生八笺》一部。此书，我少年时候很喜欢它：虽然包含明人的浅薄的"养生"知识不少，但其中也有很有用的材料。关于鉴别古书的一部分，很有见识。灯下翻阅，如见故人。童年好弄，尝信其言，欲植小荷花于碗中，终于无成。然在北平，实亲见小杯中，所植之红白荷花，莲叶，花藕，无不具体而微，则其所说固非无稽也。

1月31日（星期三）

未明即起，四无人声。梳洗后，阅王徵译的《远西奇器图说录最》。此书刊本甚多，以崇祯间武位中刊本为最可靠，图式皆准确无错。后来新安书坊所刊者，已大为改动，谬讹百出，像齿轮之类，刻工每图省事，往往刻作圆形，与原意已大为不同。如果按图制器，必当终岁无成。所谓差之毫厘，失之千里，此等事可作为一例。《图书集成》曾收入此书，亦系用新本，故图式亦均大错。可见此书出后，一时颇为流行，而好事之徒，按图作器者，则恐鲜其人，故能任其谬种流传也。否则，一经试作，纰缪立见，必不至将"伪图"辗转翻刻也。此本亦是新安刊本之一，题新安后学汪应魁校订，刻工为黄惟敬，图中符记，尚用 AE，未改甲乙，但图式亦均失原形。武位中本并不难得，不知《图书集成》编者何故收新安本而不收正确之武本？王徵序云："奇器图说，乃远西诸儒携来彼中图书，此其七千余部中之一支。"在明末时代，西学本来可以大盛，所译各书亦多可观者。惜未能大量译出。且不久便遇"国变"，科学之萌芽遂遭摧残以尽，驯至二百余年后，方再有"西学为用"的口号提出，百事遂都落人后了。阅此，感触万端。下午，至中国书店。无所得。

2月1日（星期四）

晨起，赴校。博山来电话，催问玉海堂书事。当与柏丞先生商定，先借数千金为定洋，余款允于旧历年内付清。下午，至中国书店，得《宝古堂重修宣和博古图录》卷第二十三、卷第

404

二十四残本两册，极为得意。此是明刊白棉纸初印本，已均挖去"宝古堂"三字，且都是竹纸本，神采还不及此本。明刊书籍，其版片往往辗转贩卖。得之者每挖去原刊者姓氏及斋名，即作为自刻之书。论述版本者常易弄错。像《博古图录》和所谓《仇绘列女传》便是转手最多的。其实，原本只是一个，后印者所加种种堂名斋名，皆是幻化之物。根本上，原书版片并不曾改动过。《列女传》版片，至清代犹存，尝为知不足斋所得，重印若干部，故今往往误为知不足斋本，实则仍是明刊原本也。我历年得到《博古图录》好几部，今始发现其祖源，其喜悦可知！《列女传》我亦收到了三本，一是后印之"知不足斋本"，二是明刊竹纸本，三是明刊白棉初印本。后二者虽均是残本，然可考见其授受之迹，故甚珍之。由平南归后，一本为孝慈假去不归，一本亦遍寻不得，至今惆怅不已！

2月2日（星期五）

晨九时，赴校。下午，至中国书店，又至三马路各古书肆，无所得。知平贾辈南来者不少，有所企图，目的在苏州群碧楼邓氏书。邓氏书曾刊有书目二种，《群碧目》中所有者已扫数售于中央研究院，其《寒瘦山房鬻余书目》中物，则方在"待价而沽"之中。此目所载，宋元本不足道，明本颇多，而佳妙者亦少，其精华所在为若干精抄名校本。有《全唐诗集》一部，为季沧苇稿本，《全唐诗》全窃之，却不说明来历。如能得此，可证断三百年前的一重公案。惟恐所求太奢，不易应付耳。然必当设法得之，不任其零星售出，散失四方。

2月3日（星期六）

晨起，博山来电话，说，孙贾催促甚急，以早日决定为宜。当答以三日后必可有确定之方法，即致函咏霓先生，并到校与柏丞先生商谈，决定先付给定洋三千金，余款一万四千金，于半个月内付清取书。下午至博山外，将此办法告诉他，他觉得孙贾当可同意。至中国、来青等肆，得残本《六十一家词》六册，系愚园图书馆散出者，初印甚精。我从前所用《六十一家词》是博古斋石印小本，取其廉便，颇想得原本一读。此虽残帙，亦足快意。淮海、小山二家，均为予所深喜，亦均在其中。灯下，披卷快读，浑忘门外是何世界。

2月4日（星期日）

晨，有书贾某来谈，谓群碧楼书求售甚急，平贾辈亦志在必得，有集资合购说。孙伯渊亦为此事赴苏州。此事殊感棘手。这批书一旦落于书贾之手，必将抬价甚高，我辈或不易有此力量购得之。惟其中抄本、校本，佳者极多；如失了去，大是可惜，故仍须用全力设法购致。下午，至三马路各书肆，无所得。

2月5日（星期一）

天气若初春，小雨淅沥不止。八时起。九时半，赴校办公。借款事已办妥，各书肆的帐目，明天都可以付出了，有"无债一身轻"之感。赴咏霓先生处。他说，重庆有电来，可即汇出二十七万元。但不知何日可到。下午，杨君送来法式善抄本"宋元人诗集"目录一纸，计八十二种，都是从《永乐大典》抄撮下来的。他参与《全唐文》编校之役，曾翻检《大典》一遍，他自己便把宋元人文集之篇幅不多者抄录成册。其中必有今日失传之作在内。当详细的检查一下，便可购入。赴中国书店，晤瞿凤起。偕至大新喝咖啡。和他谈起购书事。说明我们的搜购古书，目的不在收书，而在防止古书的散失和外流。铁琴铜剑楼的藏书是国家的至宝，决不能听任其散失。他很高兴，也说明他保存这一批书的苦心。傍晚复回中国书店，付清人文集款四百元，又至来青阁，付款二百元。至潘博山宅，和他谈群碧楼藏书出售事。他说，孙贾已以五万元将这批书购下，其望甚奢，坚欲以十万元脱手。当托他设法交涉减让，并付以玉海堂书定洋三千元。他说，群碧书，不日即可运到上海来。和他约定，书一到，便想去看。大约总要在阴历明年正月的时候了。其中钞校本书最多，必须细细的翻阅一下。此时，急景凋年，银根大紧，书价必然低落，所以，孙贾宁可留到新年以后再出售，不欲在此时急急流出。七时半，归。细雨如膏，道路滑甚。晚餐时，喝了几杯葡萄酒。灯下，将法氏抄本宋元人文集目录细阅，又翻出几部书目来查对，其中有明刊者凡八种，有清刊及近刊者凡五十三种，仅二十一种未见刊本。且法氏所抄者仅为诗集，凡有文者均加删去，故多为不足不全之集子。然即此二十多种久佚之宋元人诗，亦已足令人心喜神怡。如果书价不太昂，决当收下。惜仅见目录，未睹其书耳。十时睡。雨声仍未止。

附一　残存的四天日记

（1940 年 1 月 4 日、5 日、15 日、23 日）[1]

1月4日（星期四）　晴

八时起。因昨夜迟睡，甚疲。叶铭三来索款。当嘱以后日
取。实分文莫名也。且到届时再打算。九时，赴四合里办公。誊清
《版画史》自序二页。十一时半，赴康脑脱路。十二时，柏丞至宅，
借去宋刊本《乐书》十四册。饭后，午睡未成。本欲看电影去，亦
因惮于跋涉而止。杨金华来。续交来《太平山水图画》印样三张。
检出《偷桃记》二册，《玉杵记》一册，托他补印一二幅图。六时
许，蔚南来电话。说某方有对我及彼不利意。余一笑置之。但过了
一会，柏丞亦以电话通知此事，嘱防之。即托张去查。他亦云：有
此事。凡列名者十四人，皆文化教育界中人也。不知彼辈为何要对
付我们手无缚鸡之力者。余正辑版画史，因此，工作将受影响矣。
盖势不能不避其锋也……

1月5日（星期五）　晴

七时半起。不知忙些什么，不觉已到九时许，西禾来谈。赴
予同宅，不在。即转赴四合里，遇之。偕他同到锦江茶室闲谈。我
辈书生，百无用处。但遇横逆之来，却只有以浩然正气御之而已。

1　整理者注：作者生前未发表。1961 年 11 月《北京文艺》（总第 85 期）
上发表，由吴晓铃摘录，题为《西谛日记钞》。

予同云：找结笔甚难，有好结笔倒不坏。此达观之论也。十一时许，赴中国书店，遇孙实君等。知彼辈寄平之书，未到者甚多，且于十二月初，在车上焚毁不少。平贾之物资不足惜，惜先民文化不幸又遭此一劫，是可伤也！此后，彼辈辇书北去，当具若干戒心矣。十二时半，至开明书店。晤雪村、伯祥。惊悉调孚老父已于前日作古。在中国书店向宋惠泉购得《四川明细地图》一份，为光绪二十八年成都木刻本，价八元。即寄存伯祥处。下楼时，遇调孚，匆匆致唁意。赴传新书店，……立谈数语，即别去。在传新购得：元刊《战国策》（吴师道校注）残本一册，《济阴纲目》残本一册。彼等知余收残书，故以求售。价共五元。又购得：《罗溪文征》一册，《乔氏载记》（乔松年辑）一册，《笠山诗钞》（四卷，丹徒袁乾玉符撰，乾隆三十三年刊本）一册，《粤海小志》（张心泰撰，七卷，光绪庚子刊本）一册，《卧园诗话》（八卷，罗田潘焕龙四梅著）四册，又残本《翠娱阁文选》二册，共价六元。抱书而归，翻阅过午。书癖诚未易除也。竟未及午餐。午睡至三时许。箴携小倍来。补充"引用书目"。尚有数种，竟未能补注完全，以材料均不在手边也。誊写《版画史》自序，不及一页，即放下，亦以参考资料不够之故。一离开了家，便无办法。可见在此沧海横流，狐兔遍村的时候，要安安静静的从事于"名山事业"，怕是不大可能的。晚餐后，箴回。写致斐云、颂清二函托其带回去寄出。九时许。睡。

1月15日（星期一） 阴

仍是三时半即醒。到了四时，又朦朦胧胧的睡着了。至五时半，又醒了来。天色尚未发白。鸡声陆续而作。不久，鸟声渐闹，则东方已大亮矣。热度已全退。惟身体仍软弱无力。似这次的重伤风，殆十余年来所未有也。上午，吃了些米粥。中午，吃挂面，配以鲫鱼汤。渐觉身体有力。然上下楼梯时，足尚战震震的，不大得力。病之经验，这一次体验得很深刻。……三时，赴万有书店，未晤姜，说已抱了《方氏墨谱》赴余处。惜未能立见此书也。即转赴良友，晤家璧。……当时与他约定：每四个月可出《版画史》四册。想来不会失约也。然尚须看第一辑销路如何而决定。想来不会失败的。余向来有一自信：不怕失败。但凡肯做事，必不会失败也。余向来所有计划，每皆甚为巨大，且每多近于不量力，然竟每每成功者，即以有此鲁莽勇敢之精神也。自觉此精神至今未衰。不似中年人们之詹詹于小利害；老年人们之徘徊却顾，遇事不敢下手也。然因此，室人交谪，每每引起不愉快之环境，且因之，生计亦永无充裕之日。然余不顾也！……

1月23日（星期二）晴

今日方才放晴。地上已干燥。然极冷。阅报，见前昨二日冻死者在百数十人左右。为之愕然，凄然！这是世界任何大都市所未有之现象也！"朱门酒肉臭，路有冻死骨。"诚可为今日之上海咏也。彼酒囊饭袋，日沉酣于歌楼舞榭，博场茶馆，庸知街头巷角有无数无告之人在僵冻以死么？上海难民捐不在少数，只肥了办事人。竟一事不办！有人说：不是养难民，是养"难员"。工部局收了极高的捐税，只知自己加薪，对此饥寒交迫之平民们，却瞠目不见，充耳不闻。岂以此为"华人",便可死活听之乎？……令人切齿！令人伤心！然社会上说话的人却也不多，不知何故！殆皆知"秦人视越人之肥瘠"也。冷酷！无情！可怕！可怕！……

附二　残存的访书日录

（1942［？］年12月5日至1943年12月2日）[1]

12月5日

至来薰阁，无书可供一阅者。正怅闷间，一中年男子携书一册来，欲求书店中人为之估价。予亟索阅，乃《仙佛奇踪》初印本也。予问曰：仅此一册乎？曰，然。予曰：然则，此不全本也。然至佳。彼坚执以为系全书。盖此为仙部之一册，别署"逍遥墟"一名，故彼误以为全也。予前得仙部初印本一册，与此恰可相配，故颇欲得之。彼云已有人估值三百金，然实不售出。店中人与之商值至百余金，彼不顾而去。予怅惘者久之。未知将为何人有。此册序末署有"黄铵镌"三字，与明末翻镌本之署汪文宦镌者不同。此实版画史上一重要资料也。交臂失之，不可复见矣。

12月8日

至蒲石路访范行准君。与之偕往徐家汇图书馆。晤徐宗泽牧

　1　整理者注：作者生前未发表。小笺纸，共51页，散页。毛笔字直写。原件无年份，据考大多为1943年。今据国家图书馆所摄胶卷次序整理，但开头的12月5日、8日也有可能是1942年作，待考。

师。十年不见，风度犹昔。数月前，松江佘山教堂，散出明刊本《名理探全书》一部，为富晋书社所得。辗转归孙实君。范君以一千二百金，复从实君许得之。予尝向之索阅，则云：已归徐氏。予谈及之，徐氏乃取以相示。云，巴黎有此书一部。然国内则无第二全本也。又取新得明刊之关于天主教之版画书二种，均极珍贵。一为《天主降生言行纪略》，凡八卷，插图甚富。予尝得道光间刊本一部。此则崇祯本也。首有崇祯丁丑艾儒略序。封页题云：

遵教规凡译经典三次看详方允付梓

耶稣会中同学

瞿西满

阳玛诺　　同订

聂伯多

天主降生救世后一千六百三十五年崇祯八祀岁次乙亥孟秋

晋江景教堂敬梓

图形亦近于建本各书。一为《玫瑰经》。封页题云：

泰西耶稣会　　值会德玛诺阅

同学毕多明我

圣母显报会　　显相十五端玫瑰经

云间敬一堂梓

插图凡十五幅。所谓显相十五端者，凡欢喜五端，痛苦五端，荣福五端。每端一图，尚存泰西服饰及景物，实为至珍之品。徐氏并取 P. Pasqual M. Delia S.I. 所著 *Le Origini Dellarte Oristina Cinese* （1583—1640）［《中国明季耶稣教艺术之起源》，见于罗马出版之 *Reale Accademia Dlitalia*，1939- XVII ］一文相示。此文中载一明刊本之《念珠规程》，与原来刊本之 *Adnotalionevet Meditationes in Evangdia quas in Sacrosancte Missae Vacrificio toto amo leguntay di Gisolamo Nodal*，S.I.（1959）相对照。盖即《玫瑰经》之别一明译本也。然人物衣冠已全易为中国式矣。徐氏允将此数种加入《版画史图录》中，隆情盛意，至可感也。

正月 26 日 [1]

过来薰阁，遇郭石麒，石麒正挟书一布袱，欲赴虹口某氏处。索其书单一阅，见有永乐刊本《刘尚宾文集》，嘉靖刊本《陶情乐府》及石阳山人《蠹海》三书在内，亟解包阅书。《陶情乐府》予所有者附续集，此本无之。至《刘尚宾文集》及《蠹海》，则确为罕见之物，因与议价，并得此三书。

《蠹海》为陈德文所著，分上下二卷，上卷为诗话，下卷为五言古诗六十四篇。嘉靖间蓝印本。予十余年前尝收《石阳山人诗余》一卷，为天一阁旧藏，版式与此正同，亦蓝印本。颇疑此本亦是天一阁故物也。每卷之首，德文均有小序。

1　整理者注：以下当是 1943 年所作。

昔牧政和，山隰幽阻，民淳务简。书簿余闲，静阚衙斋，不辍铅椠。当路者弗之察，误以为能其官，胥檄以其职从，谓邑可卧治也。于是凡蛮烟泽雾之墟，险绝僻危之地，车轨莫致、马迹弗胜者，余皆得而履之。时则舍骑而舆，亦或弃车而徒。忧虞骇愕之机，已异平生所历；叹愁郁纡之状，尤非耳目由来。发诸篇章，流于简牍。顾风埃扑乎颜面，乃吟咏徒为凄凉耳。因念韶龄呫哔之时，得于编翰师友，虽颇散失，犹幸思惟。仰溯虞夏殷周，列观风雅屈宋。心抽秦汉之逸，侧想魏晋之奇。寻绎南朝，檃括唐代。揆所闻见，拟议未精。稽厥讲求，归缩弗逮。或于驰马，间在肩舆。参前倚衡一二，记忆反复推度。驾言疾书，杂置囊中，聊备检阅。积汇忽焉累百，辇为八十一篇。虽浩瀚汪洋，杳无畔援，然参[1]

2月24日

至来薰阁小坐。孙景润云：有刻本《嘉庆一统志》在鄞出现。闻之心动，即促其设法罗致。《四部丛刊续编》所收《嘉庆一统志》为故宫所藏抄本。刻本绝罕见。森玉先生云：尝见之。遇朱遂翔，问其有何好书。云：徽州来信，说有明刻本《珍珠记》及《樱桃梦》二传奇，《樱桃梦》附图绝精之。惜徽沪邮包不通，无法寄来。予颔之。实则极为兴奋也。此二传奇予皆未有。《樱桃梦》为陈与郊作。劫中平贾乔□熹尝得一部，予向之索阅，则已寄平售去矣。

---

1 整理者注：手稿以下缺页。

414

《珍珠记》即高文举《珍珠记》，北平图书馆有文林阁刊本，恐人间无第二刊本也。

2 月 15 日[1]

3 月 1 日

至忠厚书庄，与李紫东闲话。偶抽架上《武夷志略》一阅。此书不难得。予尝于北平三友堂得一部。后又见一白棉纸初印本，以索价昂，稍一犹像，便为他人所得。至今憾之。此本印工不佳，然末页有一牌子，为予藏本所无。（予藏本缺末数页。）

| 万历己未仲冬 |
| 崇安孙世昌梓行 |
| 晋江陈衙发刻 |

因复以八十金收得，学向无涯，便于此类书亦须备得复本，始能确定刊书之年月。

3 月 2 日

至来薰阁，遇汪由伯，闲谈久之。见书堆中有《敦煌随笔》一部，即取阅。《随笔》凡二卷，后附《敦煌杂钞》，亦二卷，为叶河常钧和亭氏所纂。自敦煌石室之古钞本发现后，西陲之史地乃为世人所注目。此书作于乾隆七年，然流传已罕。惟北平图书

---

[1] 整理者注：手稿以下缺。

馆藏有此清润斋刊本，他处未见。森玉先生云：厂估得此书时，尝传钞若干部出售。此为原刊本，故肆中人殊重视之。索价至五百五十金。予姑携归，实不欲得之，以其昂也。灯下披览，见其中述道里形势者为多，亦间录断碑残碣文字。《杂钞》卷下雷音寺一条云即千佛洞，在城南四十里，不知建自何时。有断碑。此碑为唐昭宗乾宁元年归义军节度使张义潮之女夫李某（名阙不可考）纪再修功德，并及其三世勋业。有关沙州史迹，不知今尚存否。

5月26日

微寒中人，御夹衣犹感不足。至传新，徐绍樵尚未归。无一书可阅，闷损之至。折往开明书店，晤伯祥。取得乃乾留下之《春雨楼集》二本。此书为扬州何氏物，予求之已久。乃乾赴扬获得之。予与之反复相商，时经半载，终得为予有。喜可知也，予前岁尝从罗子经许，得沈彩手写《春雨楼集》一本，为杂文及词，即蟫隐庐影印之底本也。后子经又以残本《春雨楼诗》一本归予，亦彩手写。今获此集，乃得见全本面目矣。彩字虹屏，本吴兴故家女。年十三，归陆烜。烜妻彭玉嵌，授以唐诗，教以女诫，稍知文义。浏览书史，过目不忘。学右军书，终日凝坐，常至夜分。故书与诗，皆能入格，小文亦有佳致。予所见彩书，于手写集外，有《斜川集》（今在平湖葛氏）及烜撰《尚书□□》。（今在朱某许）。《尚书□□》凡□巨册，皆出彩手书，一笔不苟。每卷末多缀以小跋，或诗及词，皆楚楚有致。此集为乾隆四十七年刊本，尤罕见。首有彭玉嵌、顾介、秦昆、赖良、陈朗、徐志鼎、方元、金式珪、林羽、屈凤辉、朱方蔼、沙杓题词，汪辉祖及煊序。汪亮应为作临池小影一帧。卷一为赋，卷二至卷七为诗，卷八、九为采香词，卷十、十一为文，卷十二至十四为题跋，都为彩手书上板者。彩诗词多闺房戏谑语，盖以身既为绮罗香泽之人，故不能脱绮罗香泽之习。诗根乎性情，彩固不欲故作苍老高古之调，以为怪诞也。

5月29日　晴

冷暖宜人。蔷薇沿道旁屋檐盛开。春光虽老，夏意方浓也。便道至传新书店。徐绍樵已归，携来《词林摘艳》、《人镜阳秋》、朱墨本《绣襦记》、《李氏说书》、《劝善金科》、《古柏堂传奇》等书十许种。予见而心动，嘱其留下。然尚不知书价几何。窥其意，似所望甚奢。予方售去《四部丛刊》以易米。今食指动，恐又将作挖肉补疮计矣。结习难忘，有如是乎！

5月30日　晴

天气凉爽似仲春。街市戒备森严，不欲外出，傍晚，徐绍樵忽着人送一条来云：《人镜阳秋》《词林摘艳》《玉梧琴谱》及嘉靖本《楚辞集注》四书，已有人出价一万元，《绣襦记》已有人出价二千元。欲购与否，今夜即须决定。予亟持款六千金赴市。绍樵不知何往。即取此数书翻阅数回，不能不有所割舍。《人镜阳秋》虽是白纸印，且刷印颇明晰，但非白棉纸本，尚是习见之物，且予本备有一残本,《玉梧琴谱》及《楚辞集注》,亦均非心喜者。乃决意购《词林摘艳》及《绣襦记》二书,而以所携款扫数交与徐妻。先取《绣襦记》四本归。时已近九时,浑忘未进晚餐矣。灯下,细阅《绣襦记》。朱墨本传奇杂剧,予所见者,有《西厢五剧》《琵琶记》《红拂记》《红梨花记》《幽闺记》,并《绣襦记》而六,皆湖州凌初成所刊者。俗皆讹称之曰闵刻。盖明末朱墨本书,原有凌闵二家校刊;今则忘凌而胥混之曰闵刻矣。(闵氏亦刻有《牡丹亭记》及《邯郸梦》二种,亦朱墨本。)凌刻六种,予所藏者有《西厢》《琵琶》及《红拂》(仅半本)。今复获《绣襦》,则有其四矣。《绣襦》凡四十一出,分四卷。卷首附《汧国夫人传》(李卓吾评本《绣襦》亦附此传)及插图十六幅。图绝精丽,惜不署绘者及刻工姓名。凌刻《西厢》《琵琶》图皆为王文衡所作,作风正同此本,则此图当亦出文衡笔也。近来明刊本插图书绝少见,传奇小说绝迹已久,予于一月间,既得《千金记》,复获此书,诚是奇缘也。价虽昂甚,却不能不收,少纵即逝矣。

与绍樵伙友张某闲谈。渠云:有《六十种曲》初印本及《元曲选》(极初印)均因其蛀烂过甚,未收。又有元人杂剧一堆(非《元曲选》),亦破蛀,予心羡甚,力促其速往收下。

欲出万金夺去此四五种书者,闻为平贾王晋卿。渠知予已得《词林摘艳》及《绣襦记》,则意兴当大减矣。探骊得珠,贵在眼明手快也。予收奇书数百部,何一非费尽苦辛,方能得之。其间甘苦,盖非仅足勤眼勤已也,有力者固未必能与予竞。而披卷相对,乐在其中,区区奔走之劳,则又不足道矣。

5月31日　晴，凉爽

　　理想中之读书天也。晨，至传新，取《李氏说书》四册归。晴窗开卷，快读奇书，至足乐也。此书不分卷，计《大学》《中庸》一册，《论语》二册，《孟子》一册，叶数自为起讫。（《论语》分上论下论二部，《孟子》亦分上孟下孟二部。）若以叶数之分别为卷第，则可得六卷。每"卷"之首题曰：

　　　　李氏说书大学（或中庸，或论语）
　　　　　　泉州　卓吾　李载贽编辑
　　　　　　莆田　龙江　林兆恩阅著

　　盖明万历间闽中所刊者。《大学》《中庸》及《论语》之首，胥有统论一篇，惟《孟子》统论独无殆已佚去矣。首有序曰：

　　　　夫《说书》，何书也？说孔曾思孟之书也。孔曾思孟之书，何书也？孔曾思孟所著之书，所以立言以教天下万世者，岂有外于吾心之中，吾心之一哉。如有能明吾心之中之一，以说孔曾思孟之书，岂其不得孔曾思孟之真实义耶？夫孔曾思孟之书固在也。而后世有孔曾思孟者出焉，岂有在于孔曾思孟之书者哉！《易》曰：书不尽言，言不尽意。而天下后世，必欲求孔曾思孟之意于其言，求孔曾思孟之言于其书者何与？殊不知心性之大，自有精深之《易》，虽卦爻之未画，今亦可得而画也；自有疏通之《书》，虽典谟之未说，今亦可得而说也；自有敦

419

厚之《诗》，虽风雅之未咏，今亦可得而咏也；至于谨严之《春秋》，和序之礼乐，亦皆具于心性之内，则《春秋》今亦可得而笔削，礼乐亦可得而兴起也。若忘其心性之大，而惟索之陈辞故纸者，此章句之儒，见闻之小耳。又安能得孔曾思孟之所谓中、所谓一，旷世相感，以续其道统之传邪？是为序。

卓吾盖以禅说四书者。"旷世相感，以续其道统之传"，自负诚不浅！（此书末半叶，原书脱去，故无序者姓名，然读之，当知必是卓吾氏之自序也。）其说《大学》"知止而后有定"一节中，有云："李子曰：驰驱骏奔而心静者，虽谓之禅定之释子可也；禅林面壁而心不静者，虽谓之伽梨之弥猴可也。"是非以禅学来说四书，是乃以四书来作禅学之注脚也。较阳明尤为大胆。林兆恩为刻之，盖因亦是同道也。兆恩撰《三教正宗》所诠或不外此。

袁中郎《李卓吾传》云："公素不爱著书。初与耿公辩论之语，多为掌记者所录，遂哀之为《焚书》。后以时义诠圣贤深旨，为《说书》。最后理其先所诠次之史，焦公等刻之于南京，是为《藏书》。[1]

卓吾有《藏书》(《续藏书》)、《说书》、《焚书》，今惟《藏书》《焚书》二种，世多有之；至《说书》，则各家藏书目中皆未之见。乾隆禁书目录，则入之全毁中。故尤为罕秘。研讨卓吾之哲学思想，此书实为最重要之根据。

---

1 整理者注：这一段原为眉批。

420

6月2日　阴

　　晨至传新书店，选购清人文集四十余种。前已大致翻阅过，今复尽半日之力，细为选别。多半是通常刻本，惟杜于皇《变雅堂集》一册，为原刊不分卷本，无页数次第，颇佳。惜仅有一册，未是全书。钱君尝以此书二册见贻，亦为原刻本，与此相较，不知异同如何。又携归《古柏堂传奇》六册、《心史》二册。

　　《古柏堂传奇》为唐英撰，每取流行之花部戏文改作昆山腔。今所知者，凡十有六种。予旧藏有《英雄报》《佣中人》《梅龙镇》《面缸笑》《长生殿补阙》等数种，为吴瞿安先生假去未还。前岁，吴先生殁于滇池，此书存亡已不可问。北平图书馆藏有此书二部，一为十二种，一为八种，今所得凡十三种，殆为最多者矣。录目如下：

　　一、《芦花絮》一卷（四出，首有乾隆戊辰蒋士铨序。）

　　二、《梅龙镇》一卷（四出）

　　末以〔清江引〕结，云："梅龙旧戏新翻改，重把排场摆。戏凤唱昆腔，封舅新时派。（那些乱谈班呵。）就出了五百钱，这总纲也没处买。"

　　三、《面缸笑》一卷（四出）

　　末结以〔清江引〕云："好笑好笑真好笑，梆子腔改昆调。床底下坐晚堂，查夜在面缸里炒，把一个王书吏活活的烧胡了。"

　　四、《巧换缘》一卷（十二出，首有乾隆甲戌董榕题词。）

　　〔尾声〕云："灯窗雪夜闲情寄，巧换缘，新词旧戏。问周郎：比那梆子秦腔那燥脾？"

五、《天缘债》二卷（二十出，原注云：原名《张骨董》。首有乾隆十九年董榕题词。）

第一出标目云："李成龙借老婆夫荣妻贵，张骨董为朋友创古传今。打梆子唱秦腔笑多理少，改昆调合丝竹天道人心。"

六、《佣中人》一卷（一出，首有乾隆癸酉董榕序，甲戌商盘题词。）

七、《梁上眼》一卷（八出）

八、《三元报》一卷（四出）

〔尾声〕云："曲翻新，排场异。劝贞女，贤娘记取：若不能教子成名，也枉断机。"

九、《虞兮梦》一卷（四出，首有嘉庆六年王文治跋。）

十、《英雄报》一卷（一出）

原注云："旧曲纭索调小十面增本。"

十一、《女弹词》一卷（一出，首有乾隆十九年董榕题词）

题下自署云："蜗寄居士改本。"

十二、《长生殿补阙》一卷（二出）

原注云"古大红袍曲摘演。"

十三、《十字坡》一卷（一出）

此十三种中，较北平图书馆藏本多出《巧换缘》《天缘债》《梁上眼》三种，阙《筘骚》及《清忠谱正案》二种。合之共得十五种，尚有一种，[1]

1　整理者注：原稿如此，似未完。

《心史》为明崇祯十三年刊本；世所传者，多是抄本，刻本殊罕见，此本题页有刊者识语云：

> 先生名思肖，字亿翁，闽福建人。宋末徙居吴门。其孤忠介节，详《辍耕录》诸书，而其文未传。崇祯十一年，岁戊寅冬十一月八日，吴门承天寺中浚井，获一铁函，启之，乃得是集。系先生手书，纸墨完好。考缄固沉井，为宋德祐癸未，至今戊寅，三百五十六年矣。诚足异也。详校缮梓，以传先生之心，后学者之责也。悦安草堂识。

据卷首曹学佺序，则刊书者为汪权奇；权奇名骏声，新安人。权奇本有跋，此本已夺去。林古度序云：

> 取其诗文，名曰《心史》，用蜡封固，而函以锡，锡复函铁，沉于承天寺狼山中房古井中，以待千载后人得见其生平。此其立志不亦奇欤！果今三百五十六年，一旦为予友君慧上人浚井而得之，其事尤奇。寺僧多以酿为活，独慧公酷好诗文。非先生之灵自为呵护，即慧公是其后身转世，不可知也。……予何幸，垂老而适同高钟陵会府，得见于叶雁湖民部署中，共相惊异。雁湖、钟陵与予，皆郡后学，急谋较梓，以传先生之心。友人汪权奇欣任其事。雁湖、钟陵捐资助成，表章先贤，皆急忠义者。

按《四库总目提要·存目》云:"《心史》七卷,旧本题宋郑思肖撰。"又云:"文词蹇涩难通,纪事亦多与史不合。必明末好异之徒,作此以欺世,而故为眩乱其词者。"此本仅存五卷,凡《咸谆集》一卷,《大义集》一卷,《中兴集》二卷,《久久书》一卷(末阙),未为全书。尚有《杂文》一卷,《大义略序》一卷,后附序五篇,及《疗病咒》一则,皆阙。当从他本补写足之。此书持民族观念至坚,主夷夏之防至严;作者以身丁亡国之痛,故一字一句,均含血泪。"元凶忤天,篡中国正统,欲以夷一之。人力不胜,有天理在。自古未尝夷狄据中国,亦未尝有不亡国。苟不仁失天下,虽圣智亦莫救。我朝未尝一日不仁。乱臣贼子,夭阙国脉,贪官虐吏剐剥民命。君上本无失德。今犬羊愈恣横逆,毕力南入。吾指吾在此,贼决灭于吾手。苟容夷狄大乱,当不复生。吾观吾之身,天地之身,父母之身,中国之身。读圣贤书,学圣贤事,是与圣贤为徒,奚敢化为贼,而忘吾君父吾母也。欲弯弓射贼,曷能顾母存亡。欲偷生事母,何以扶国颠覆。舍忠不足为孝,舍孝不足为忠。以是迟迟二三百日间,双睛望穿天南之云。天道胡为尚未旋?蚤夜以思,狂而不宁。泪苦流胆,心赤凝血。挺然语孤忠,孑然立大义,与世相背,独立无涯。我母龙种,忧愤成疾。旦暮无期,奚生其生。叫日而日未出,泣夜而夜何长!愈久愈不变,愈不可为愈为。"心烦意乱,语重情迫,是岂好异之徒能作!更岂是作伪欺世之文!徐乾学以此书为明海盐姚士粦所伪托。《四库提要》之语,当本于此。按士粦刊书甚多;《秘册汇函》中何不收入此书,而必欲待林古度诸人出而始为之表章?曹学佺、林古度诸人,多见古书,皆不作妄语者，何所为而造作此漫天大谎？当崇祯十三年之际，奴酋尚未有猾夏之举，流寇势亦未大炽；曹、林辈何所为而预先写下此种不详之文字？此皆理所万不可通者。徐乾学与提要作者，所以必欲证其为伪书者，盖深恶其骂虏太甚，攻夷太切，嫉胡太深也。司马昭之心，路人皆知，而后人乃为所蒙蔽，众口一辞曰：《心史》是伪书。呜呼，是殆未尝读《心史》一字者也；是殆甘为虏臣胡谍之颠倒黑白之伎俩所麻醉者也。至《禁书目录》成，《心史》被收入"全毁"目中，而此书乃益晦不显矣。若必欲以《心史》为伪书，则作伪者当为明之遗黎古老。刊书之年，必非崇祯十三年，而当为弘光、永历之际，借古人之酒杯，浇自己之块垒；倒填年月，以避网罗。斯乃最近情实之推测。斯则林古度辈之用心，亦犹夫所南翁之用心也。以梨枣代铁函，以传布代沉井，其技益进矣；然此亦只是推测之辞而已，曹学佺殉节甚早，此序何为乎来哉？刊版式样，亦明明是崇祯时代之物。且一入清代，文禁立严。彼时古老遗黎，方避祸遁世之不遑，又何能公然刊布此"禁"书！林古度时方穷愁蛰居，以诗自隐，又何敢公然刊布此书，而自弁其前？若必执为明季遗黎之所为，则林古度辈必自隐其名矣。故知《心史》决非伪书也。晦三百五十六年而显，显而复晦，至今复三百数十载而始复显，何此书之多阨也！

　　所南翁所著，传于世者，有《一百二十图诗集》一卷，及《文集》一卷，有《知不足斋丛书》本及《四部丛刊续编》本。然《姑苏志》所南小传中所载断句，如《过徐子方书塾》云："不知今日月，但梦宋山川。"《题郑子封寓舍》云："此世但除君父外，不曾别受一人恩。"《寒菊》云："宁可枝头抱香死，何曾吹落北风中。"今皆不见于《心史》及诗集中，则知所佚者多矣。（按《宋遗民录》卷十三无名氏《宋郑所南先生传》中，亦有《题郑子封书塾》及画。）[1]

……字鉴，泽存堂刊本，首有"小李山房图籍"，朱文方印。中有校语数则颇精，似深于小学者所为，惜不多耳。武虚谷、常秋厓有跋语二则，云：

> 乾隆癸丑岁，曲阜桂未谷赠此本，辨证正俗，亦小学之助也。然仅获一册，慎勿转假，有所损缺。
>
> 是书为武虚谷先生藏本。右卅六字及标题二篆书皆先生手泽也。道光甲辰购自匽师，因书此以志缘起。常秋厓。
>
> 宣统丙寅冬十二月获于海上，以为荫宧秘笈之一。华阳王君复文焘识。

疑校语亦出虚谷手笔。末有王文焘一跋，不录。

《石溪周先生文集》五卷，明吉水周叙撰。首有景泰元年萧镃序。第一至第四卷为诗赋，第五卷为奏疏、表、书、墓志铭及墓表。此为嘉靖丙寅其嗣孙承起等重刊本，亦明人集之罕见者。

1　整理者注：手稿以下缺页。好在抗战胜利后，郑先生曾将此篇关于《心史》的札记改写成《跋心史》一文，发表于 1945 年 11 月 19 日《前线日报》的《书报评论》上，请参阅。下面一段，头上也有缺页，且不知写于何时，姑按手稿所拍摄的胶卷的顺序抄录。

8月25日　晴，有风

　　雨云堆拥半空，或将有阵头暴雨欤？入秋忽热，蝉声又充耳。以出门为畏途，乃当风披卷。崇祯瞿氏刊本《初学集》得之已久，今始得一读。牧斋为世诟病者久矣。总缘其尚有人心，不甘奴伏，《有学》一集，民族意识尚炽，丹忱不灭，傲骨犹存，迥异于一般歌颂新朝夷主之辈。遂遭夷主之忌，所著诗文皆被禁焚；即清初选本、专著，入牧斋一诗，有牧斋一序者，亦无不遭抽毁。沈德潜《国朝诗别裁集》□□□序云："夫居本朝而妄恩前明者，乱民也，有国法存。至身为明朝达官，而甘心复事本朝者，虽一时权宜，草昧缔构所不弃，要知其人，则非人类也。"盖指牧斋而言也。《明史》入牧斋于"贰臣传"中。凡为明臣而仕清者，何一而非贰臣，独贰臣牧斋何哉！《初学》一集，诋諆奴酋甚至，后印本皆挖空，几难成诵。此本独完好，盖犹是初印未挖本也，卷二十下有《冯二丈犹龙七十寿诗》：

　　　　晋人风度汉循良，七十年华齿力强。

　　　　七子旧游思应阮，五君新咏削山王。（冯为同社长兄。文阁学、姚宫詹，皆社中人也。）

　　　　书生演说鹅笼里，弟子传经雁瑟旁。

　　　　纵酒放歌须努力，莺花春日为君长。

　　此集刊于崇祯癸未（十六年），犹龙编《甲申纪事》，序末自署"七一老人"。年辈自较牧斋为长。近人喜述犹龙事，似皆未见牧斋

427

此诗也。牧斋诗文，偏见殊多。于七子钟谭辈，无不丑诋之。盖自具领袖文坛之气概也。

8月30日　晴

前夜狂风暴雨后，天气已转凉矣。窗外仍有蝉声，阅绍虞见假之《词坛正法眼藏》。此书为明季闽中林瑜撰。凡二十八卷，分内外二函，内函为体格、矩律、考证、辨核、解释、品藻六函，外函为丛谈、剩记二函。集古今谈诗者之所得，而参以己见，颇类万历时王昌会所纂之《诗话类编》。惟引书不注出处，所见多浅薄迂腐，实明末村学究之积习使然也。间有胜语，亦瑜不掩暇【瑕】。首有蔡善继（崇祯己巳）及何乔远二序。乔远序云：

> 自尼父之读诗也，而系之以赞词，则万世论诗之祖矣。汉魏有论文而无论诗。晋宋以后，品裁日出，史册逞逞[1]可综也。钟仲伟始为《诗品》，后先作者，标榜尽矣。刘彦和、颜介，亦商榷错落，可谓品藻，未能如仲伟之博论也。唐以后，诗话益繁。间有以诗评诗，如"江河万古"、"光焰万丈"之类，风流不乏，而专门核论，未有传者，宋元两代，此道不□，而评论愈炽。严沧浪、范清江之徒，凭臆放言，创为诗格，真童子之雕篆耳。明兴，评诗者杨、王、徐、梁备矣。至胡元瑞而集其成。始乎《诗薮》，卒乎《笔丛》，盖论诗之渊海也。林瑕夫继

1　整理者注：手稿原字如此。

428

作，综采益博，穷体极调，析疑剖伪，发独见而定群嚣，而又按其性情之所自荡，本其兴会之所偶随，娓娓持论，怳与古今词人韵士，面证于一堂，探囊而取，悬鉴而照，其有神传其间耶？夫尼父之赞诗者，目击而道存也。予读是书，如入五都之市，而万货毕陈，访河宗之宫，而众宝溢目。盖为之者劳，观之者逸，信词林一快籍也。非若湛溺于风露月云者，赏奇标巧，必字栉而句比焉。将使夫率尔之制，辄期穷工，幽思之吟，□臻尽美。至于求流派而覼来脉，其于诗道亦殊苦矣。书成而题以《正法眼藏》。通诗于禅，其得于玄悟良深焉。虽然，钟谭二氏之《诗归》，今操觚家明窗净几，人置一帙，使悬诸国门，又有欲车载其金而归者。我以为法眼，人以为拙目。法俗之论，岂有常哉。瑕夫之书，能若伯敬友夏之传其人乎？夫禅之与诗，余得参其半耳。瑕夫若以一人之眼，比天下之目而同之，抑江生所云，世好丹而忌素，其于禅不愈远哉，要以四海之广，千秋之遥，能无具眼若慧与天者，是必有以知瑕夫之正而法矣。

瑕夫，瑜字也，莆阳人，自号尚友居士。蔡善继序云："余令莆阳时，从诸生中物色之，雅以千秋相期许。屡战棘闱败北，而益肆力于古，其穷愁逾甚，而纂述逾富。兹藏特一斑耳。志薄时流，神交往哲，其可以乡国天下限之耶？"而瑜亦尝高自许，自云："窃谓古今谈诗之渊薮也。"（《自叙》）又云："予读李本宁先生《唐类函序》云'以《诗纪》之未备也，欲为《广诗纪》。因《诗纪》而推之，欲为《诗传》，会通古今论诗解诗者悉萃焉。'余素憾雅道凌夷，有纂著《词坛正法眼藏》八函，正先生所欲萃古今论诗解诗之旨也。"（《跋》）每卷题"潭阳余应虬犹龙父、余昌祚尔锡父同校"，盖建[1]

9月7日　阴

晨阅皮锡瑞《经学历史》，叙述简要而无甚胜义。所谓经学，实中国二千年学术界之大魔障。汉宋之争，今古文之争，皆是蜗角蛮触之争也。像孙悟空大闹天宫，尽管一筋斗打到十万八千里远，仍不出如来佛之手掌心外，安得有识者以快刀斩乱麻之手段，为此无穷尽之纠葛作一痛痛快快之总结束乎！

9月9日　晴

小雨数日，闷损之至。忽见阳光，自有轻【清】新之感。然天气亦转暖。窗外又有蝉声矣。晨闻意大利已降；黄浦江上之意邮船康特怀地及炮舰一，均已自行凿沉。累累意人，又成楚囚矣。世事之变迁，诚如白云苍狗也。外出即归。阅森公见假之《愧生丛录》毕。

9月18日　晴

热甚，有如仲夏。街头戒备甚严，不欲外出。阅南海潘氏《宝礼堂宋本书录》。此书凡四册（不分卷），首有张元济序及潘宗周自序。宗周字明训，以贾致富。其友甘翰臣，偶得蜀刻《史记集解》半部，举以相视。精美夺目，入手不忍释，于是慨然有收书之志。

1　整理者注：手稿以下缺页。

复交杨惺吾、王雪澂、袁寒云诸人。寒云以宋黄唐刊本《礼记正义》售之，遂颜其新居曰宝礼堂，并募工栞刻，以公诸世。于是远近书估，闻风而至，寒云所储后百宋一廛之物，归之者亦什之六七。宗周则非天水佳椠，概从屏斥。时海源阁及读有用书斋所藏散出，亦多为其所得。二十年来，凡收得宋刊本一百又七部，又元刊本六部。即此目所载者是。此目编述谨严，于藏印、宋讳外，物著"刻工姓名"，是为创例。而辨别真伪，旁证类引，决非以专收天水佳椠者自豪之宗周所能办；盖实出张元济菊生先生手也。其中若《仪礼要义》、《礼记正义》、《春秋公羊疏》、《春秋五礼例宗》、《九经正文》（缺《左传》，即寒云八经阁之八经也；系真宋本）、《史记集解》、《汉书》、《后汉书》、《隋书》、《新雕重板战国策》、《四明续志》、《咸淳临安志》、《音点大字荀子句解》、《袁氏世范》、《武经龟鉴》、《伤寒明理论、方论》、《伤寒要旨》、《古三坟书》、《景祐乾象新书》（宋抄本）、《啸堂集古录》、《事类赋》、《湘山野录、续录》、《挥麈录》、《北山录》、《陆士龙文集》、《黄氏补千家集注杜工部诗史》、《分门集注杜工部诗》、《孟浩然集》、《韦苏州集》、《陆宣公集》、《增广注释音辩唐柳先生集》、《皇甫持正文集》、《唐女郎鱼玄机诗》《巨鹿[1]

10 月 19 日

在来薰阁见娄东王扶所辑之《词曲合考》六本（共五卷又余编一卷）。系稿本，未经刊行。扶"字匡令，为烟客先生第四子也。工

1　整理者注：手稿以下缺。

古文词，一时名公巨卿，争与之交。惜蚤卒。曾选唐宋元明词曲甚精。稍有瑕疵者均不采入。可谓曲之董狐矣"（《池北偶谈》）。王氏所谓"曾选唐宋元明词曲"，未知即系是书否？是书以唐宋词调为祖，而以元明南北曲之同名者列后，以证其渊源有自。而调名相似之义可通者，则采入余编。按南北曲中，多袭用词调，而元明以来，无人为之比勘考订其异同。是书始创为之。后《南北九宫大成谱》坐享其成；谢元淮之《碎金词谱》则又食《大成谱》之赐，自是匮令是书之祢孙矣。是书序次，取调名首一字，依韵编缀。卷一自[1]

······

卷四自送韵至陷韵，所录凡六十一调；卷五自屋韵至叶韵，所录凡四十九调。余编所录凡四十调，有注与调全合，亦有注与词不合者，如六幺令，以柳永词：

> 澹烟残照，摇曳溪光碧。溪边浅桃深杏，迤逦染春色。昨舟【夜】扁舟泊处，枕簟当滩碛。波声渔笛，惊回好梦，梦里欲归怎〔归〕得。[2]

10 月 25 日

晨，天阴将雨，有北风窜入破窗，虎虎作声。手微僵，似已入冬矣。阅《豫章丛书》本王猷定《四照堂文集》。此本凡十二卷，

1　整理者注：以下手稿胶卷所示为空白，约三四行，不知何故。

2　整理者注：手稿以下缺页。

又《诗集》四卷。首有康熙元年周亮工序。然据明思敬跋，实从玉蔬轩本重雕，未见周本也。周本梓于金陵而烬于蜀，今绝不可得见。康熙癸亥，栾令王玑复为刊印。玑序云"栎园先生所梓才十之二三"，则玉蔬轩本非从周本出可知也。王玑本凡文五卷，诗二卷。予尝从斐云许得焦理堂手录本五册，仅存文五卷，诗已佚去。取以校《豫章丛书》本，应互有出入，丛书本有王玑、陈僖二序，而无周序。第一卷即丛书本之第一、二、三卷，溢出《答周栎园书》《姜张二家七言近体序》《文雪堂制义序》三篇，而阙《大方便报恩经序》等六篇。第二卷即丛书本之第四、五、六卷，溢出《赠程生入学序》一篇，而阙《宋荣公胡传纂要序》等十二篇。第三卷即丛书本之第七、八卷，溢出《滦州王处士传》《朱蒋陶列传》二篇。第四卷即丛书本之第九卷，又第十二卷之一部，溢出《浙江按察司狱记》《古月头陀书经后纪事》《钱卞两烈女别记》三篇，而阙《桓罍记》一篇。第五卷即丛书本之第十、十一、十二卷，溢出《梦中为余中作赞，觉而记之》等三篇，而阙《黄山慈光寺募疏》等三篇。计溢出十二篇，阙二十二篇。大抵玉蔬轩本晚出，故得补遗拾阙若干篇，而删去原本之有违碍者若干篇。要当以王玑本为胜也。王玑本在嘉庆时已罕传，故焦氏手录以藏之。

卷一有"焦循手录"（白文）、"理堂"（朱文）二方印。第一、三、五卷末记有抄书年月：

嘉庆丙寅冬十月二十七日（卷一）
冬十一月初十日（卷三）

嘉庆十一年十一月十九日（卷五）

　　十七年六月廿日灯下阅，时伏日大雨，天气如九月（卷五）

　　理堂抄书最勤，所录多异本，余所得不下二十余册，北平图书馆所收尤多，皆近年自淮扬一带散出者。古人治学之劬，诚不可及也。

　　书此时，正闻远处有炸弹响声，窗户为之微震，警报声随大作。书毕则空袭警报恰解除也。

10月26日　阴雨不止

　　祖同来，携《云南丛书》二十许册。欲以易新印书。中有《滇海虞衡志》二册，为檀萃所辑，颇佳。闲中阅毕，足广见闻。惟过于模拟范成大《桂海虞衡志》，殊可不必。又《诗法萃编》十册（二十五卷），为许印芳辑，所收自子夏《诗序》至沈德潜《说诗晬语》，凡二十余种。虽皆为习见之书，然汇于一编，颇便省览也。

　　午后，玄伯来，快谈久之。并示前寄斐云诗云："桃枝柳叶灿成堆，芳草薰风次第回。还是江南春色好，顾园楼畔待君来。"意极拳拳。又赠予一扇，一面为其夫人竹君女士画，一面为玄伯用放翁寄朱元晦韵题诗，诗云："淡香斜影月横窗，书勘不知夜倍长。为厌胡尘污赤舄，岂真竟与世相忘。"用此扇时，"胡尘"当已扫却也！

10月27日

　　淫雨不止，无色朦胧若黄昏，闭门不出，读书自遣。晨阅杨守敬《晦明轩稿》。

12月2日

于忠厚书庄袁西江处见到古泉拓本十三种，甚精。古泉之学，今胜于昔。凡古人所视为珍罕之品，在今日往往是习见之物。然古人一番搜讨之苦辛，却不容埋没。故此十许种书，在货币研究史上自有其重要之价值，西江索价三万金，余无力购入，乃录目如下，惟愿此十余种能得所归也。

一、《东武刘氏嘉荫簃所藏古泉拓本》（乾隆拓本）

十六册

（首有刘燕庭像，及金锡鬯、洪颐煊、高枚、赵秉龟、戴熙、柯培元、周其懋、吕世宜、胡石查、盛昱、王懿荣、陈亭明、王瑝诸人题跋。）

二、《泉币图释》（刘燕庭撰，乾隆拓本）　　　　　　二册

三、《簠斋藏钱谱》　　　　　　　　　　　　　　　一册

四、《幼云藏钱谱》（沈阳杨继震撰）　　　　　　二十四册

五、《王戟门藏钱谱》　　　　　　　　　　　　　　八册

六、《观古阁泉谱》（歙鲍子年撰，盛昱跋）　　　　五十册

七、《王文敏公藏钱谱》（王廉生）　　　　　　　　一函

八、《差不贫于古斋谱所藏钚币》（杨继震）　　　　四册

九、《古泉喜神谱》（杨继震）　　　　　　　　　　一册

十、《留余堂泉谱》（东武夏松如撰，陈叔通跋）　　二册

十一、《晴韵馆收藏古泉述记》十卷（桐乡金锡鬯撰，刘喜海跋）

四册

十二、《大清钱币》（孔昭鋆撰，张元济跋，张纲伯批注）

十册

十三、《彝斋藏钱谱》（丁彝斋）　　　　　　　　一册

此十许种中，尤以鲍子年《观古阁泉谱》为巨观。刘燕庭《嘉荫簃所藏古泉拓本》亦佳。子年所藏原币，悉已归于北平银行公会，闻今尚保藏无恙也。

常熟赵氏旧山楼 [1]

附　9月8日　阴雨

秋凉已深，可御夹衣矣。晨，冒雨至来薰阁，知其新收得明末刊本《册府元龟》三部，一出北平《余氏读已见书斋物》，一出济南，一则新由鄞县收来，欲假来一阅。出自济南者，已为顾起潜持去，乃假得北平本及鄞县本首二册归，穷一日夜之力对勘之，并录其序。[2]

1　整理者注：原稿如此，似未完。

2　整理者注：此段日记见于郑振铎零星残稿，姑附录于后。郑先生所录之序此处未抄。最后又提及一普通清版书，并写道："此不难得之书，其版本亦复有积疑不决者。使非征见初印、后印诸本，则此疑终不易解。读版本者惟有博见广闻，多收异本耳。窗外雨声，淅沥未止，秋灯夜抄，手为之疲。"